KB260565

프롤로그

카메라가 돌아가면 우리는 숨을 참는다. 그 다음에는 무슨 일이 벌어질까?

끝도 없이 펼쳐진 탁 트인 초원과 이끼로 둘러싸인 나무, 바다와 하늘의 푸른색과 흰색이 만나는 빅아일랜드의 수평선이 우리 발밑에 펼쳐져 있었다. 이곳은 하와이에 여행 온 사람이 기대할 법한 모래사장은 아니었다. 촬영팀과 내가 서 있는 작은 절벽이 전부인 곳이었다. 보기 드문 하와이기러기Hawaiian Goose 두 마리가 전경에서 자유를 향해 머뭇거리며 첫 걸음을 내딛는 모습까지 완벽했다.

이 넨네Nene* 두 마리는 골프장에서 서식하다가 상처를 입은 후 야생동물보호센터의 재활원에서 몇 주를 보냈다. 이제 이 새들은 방생해도 될 정도로 완전히 회복됐고, 우리는 그들이 야생으로 돌아가는 모습을 관찰하고 그 마법 같은 모습을 조금이라도 찍을 수 있기를 바랐다. 새들이 어떤 행동을 할지 알 수 있는 방법은 없

* 하와이기러기의 독특한 울음소리 때문에 붙은 별명이다.

었고, 이 순간을 포착할 수 있는 시간은 아주 짧았다. 이 영상은 내가 진행하는 텔레비전 쇼에 공개될 예정이었다.

절벽 끝에 자리를 잡은 넨네들은 주변 환경에 녹아들어 덥수룩하게 자란 잔디 사이에서 고개를 빳빳하게 들고 높은 소리로 주저하듯 끼룩끼룩 울었다. 마치 이렇게 말하는 듯했다.

"세상에, 이런 건 처음인데. 내가 어떻게 여기 있게 된 거지?"

나는 그 기분을 이해할 수 있었다.

예상치 못한 일이었지만, 사무직으로 몇 년간 일한 후 나는 모든 탐조인들이 꿈꾸는 삶을 살고 있었다. 넨네처럼 상징적인 종을 쫓아 대륙을 가로질러 희귀한 새를 가까이에서 마주하고(내 시경으로 푸에르토리코아마존앵무Puerto Rican Amazon의 고환을 확인할 만큼 가까이는 아니었다) 카메라 앞에 서서 대중에게 그 새들의 보호구역에 관해 참담하면서도 고무적인 이야기를 (그리고 농부와 생물학자를 비롯해 이런 노력에 기여한 평범한 사람들과 특출난 탐조인의 이야기를) 들려주는 특권을 가진 삶.

그렇다고 어느 날 갑자기 이런 일이 벌어진 건 아니었다. 수십 년 전 나의 어린 시절을 이룬 요소들은 이 변화의 연금술에 영향을 끼쳤다. 그리고 넨네를 만나기 두 해 전, 그러니까 5월 말 어느 날, 아침 일찍 맨해튼의 센트럴파크에서 경찰을 부르기 위해 911을 누르려 휴대폰 위를 방황하던 하얀 손가락의 소유자가 순간적으로 내뱉은 문장에서 그 사건은 촉발됐다.

"여기 나를 위협하는 아프리카계 미국인이 있다고 신고할 거예요."

69초짜리 비디오 중간에 등장한 여덟 단어는 두 생명체의 삶의 궤적을 바꿔놓았다.

리가 고향에서 흔하게 볼 수 있는 캐나다기러기Canada Goose가 내는 소리(하지만 캐나다기러기가 급소를 맞은 것처럼 더 높은 소리를 낸다)를 떠오르게 한다는 사실을 알아차리게 될지도 모른다. 이 순간 서로 다른 기러기 두 종의 가까운 관계는 추상적 개념이 아니라 실제로 보고 들을 수 있는 것이 된다. 당신은 세상을 상호 연결된 유전자의 썰물로 바라보기 시작할 것이다. 어떤 장소에서 하나의 멋진 형태를 보여주면서도, 다른 장소에서는 완전히 새로운 방향으로 표류하는 모습을 보게 될 것이다. 물론 넨네 무리가 머리 위 하늘을 가르고 날아가며 야생으로 되돌아온 두 신참에게 특유의 울음소리로 대답하는 모습을 보며 모든 것을 잠시 잊게 될 수도 있다.

"우리의 세계에 온 것을 환영해."

탐조는 당신의 시각을 바꿔놓을 것이고, 새로운 의미를 더할 것이고, 그것들을 서로 연결할 것이다. 소리와 계절을, 멀리 떨어진 장소를, 우리를 초월하는 동시에 포용하는 야생의 세계와 인간의 세계를. 내 삶에서, 탐조는 경이로움으로 향하는 문이었다.

이제 장막을 걷고 당신을 내 세계로 초대하려 한다.

차례

근무 시간에 과도하고 무분별하고 지속적으로 울리는 맨해튼 희귀조류 경보('희귀'라는 말은 몇몇 이용자에 의해 다소 느슨하게 정의됐다)는 매우 거슬렸다. 나는 아침 일찍 탐조하는 것을 선호했다. 탐조를 마친 후에는 곧바로 사무실로 향했고, 사무실 사람들은 그즈음 내 복장(세탁을 덜 해도 되는 기능적인 옷이었고, 봄에 이사하려는 계획 탓에 다른 복장은 허용되지 않았다)에 익숙해진 상태였다. 결국 나는 오후 6시까지 모건이 보낸 문자를 보지 못했다.

"커틀런드아메리카솔새Kirtland's Warbler 보러 갈 거야?"

장난이라 생각하며 즐거웠던 마음은 이전에 도착해 있던 알람을 읽는 순간 믿을 수 없는 놀라움으로 바뀌었다.

"세상에, 세상에, 세상에!"

나는 소리를 지르며 책상에 있던 쌍안경을 낚아챈 후 어떤 설명도 없이 사무실 밖으로 튀어나갔다. 나중에 어떤 동료는 내가 가까운 이의 사망 소식을 들은 줄 알았다고 했다.

미드타운에 있는 사무실에서 리저버 근처의 공원 서쪽까지 전력으로 질주하다가, 목적지에 가까워지자 나는 속도를 늦췄다. 몇 분 후에는 완전히 잘못된 장소에 도착했다는 느낌이 들었다. 하지만 길모퉁이를 돌자 많은 사람들(거의 대부분 아는 사람들)이 모여 있었다.

내가 제대로 찾아온 것이었다.

> 🐦 **탐조 팁**
>
> 유명하고 희귀한 새를 찾는 가장 빠른 방법은 새가 아니라 이미 새를 찾고 있던 탐조인 무리를 찾는 것이다.

나의 극심한 패닉과 고군분투가 섞인 괴로운 표정과 헐떡이는 숨소리를 알아차린 마이크는 무리에서 떨어져 내 앞에 섰다.

"숨 쉬어."

그는 늘 그랬듯이 차분하고 간결하며 건조한 영국인 억양으로 말했다.

"아직 여기 있어. 우리가 지금 보고 있어."

친구들의 도움으로 나는 커틀런드아메리카솔새가 있는 바로 그 나무를 찾을 수 있었다. 나뭇잎 사이로 움직이는 모습이 보이자 나는 기대감으로 떨리는 손으로 쌍안경을 잡았다. 청회색과 노란색을 띤 참새보다 작은 크기의 새는 꼬리를 치켜들고 나뭇가지를 옮겨다니고 있었다. 나는 내 눈으로 살아 있는 유니콘을 보고 있었다.

그 순간에 온전히 감사하기 위해서는 먼저 이 독특한 새를 이해해야 한다. 북아메리카에서 가장 희귀한 명금류인 커틀런드아메리카솔새는 센트럴파크에서 쌍안경으로 새를 관찰하는 게이-흑인-괴짜보다도 보기 힘든 생명체다. 커틀런드아메리카솔새는 특정한 시기에 오직 방크스소나무에만 둥지를 튼다. 서식지가 매우 한정적이기에 전 세계에 6000마리밖에 존재하지 않으며, 번식지도 무척 제한적이라 대개 미시간주 일부 지역에서만 볼 수 있다. 봄이면 겨울 동안 머무르던 바하마를 떠나 수백 킬로미터를 이동해 미시간주로 돌아온다. 매년 벌어지는 이주지만, 이 자그마한 깃털뭉치 중 하나는 경로를 벗어나 길을 헤매기도 한다. 어쩌면 나만큼이나 희귀한 이 새는 온갖 종류의 괴짜들이 환영받는 대도시의 삶을 갈망할지도 모른다. 긴 여정의 목적지는 3.2제곱킬로미터의 센트럴파크 속 어딘가다. 이 작은 새는 공원에 있는 1만

8000그루의 나뭇잎 사이를 스쳐지나간다. 아마추어의 시선에는 커틀런드아메리카솔새와 크게 다르지 않아 보이는 다른 솔새Warbler를 포함해 백만 마리 이상의 새들로 가득한 나무들을. 〈스타트렉〉 엔터프라이즈호의 함장 제임스 커크의 말을 빌리자면, "모래사장에서 바늘 찾기 정도는 어린애 장난 같을 것이다".

자, 탐조인인 케빈 토핑을 소개한다. 그는 언제나 적절한 시간과 적절한 장소에 있곤 했다. 비록 운이 새를 관찰하는 데 중요한 역할을 하긴 하지만 탐조를 할 때는 그보다 더 많은 것이 필요하다. 탐조인은 '일반 시민'이라면 눈치채지도 못할 생명체의 존재에 경각심을 갖는다. 탐조인의 시선은 바람에 흔들리는 것과는 다른 나뭇잎의 독특한 움직임, 혹은 아무런 움직임도 없이 주변 환경에 녹아드는 위장을 하고 있는 무언가에 고정돼 있다. 또한 탐조인의 귀는 늘 열려 있다. 쉴 새 없이 떠드는 목소리들 속에서 긴급한 메시지(독특한 새들의 소리)를 알아채고 곧바로 집중하고 행동한다는 면에서는 경찰 무전과 비슷하다. 숙련된 탐조인은 축적해온 지식을 바탕으로 어느 서식지에서 어떤 새를 관찰할 수 있는지, 한 종을 다른 종과 구별짓는 특징적인 행동과 깃털의 미묘한 디테일이 무엇인지 직관적으로 파악할 수도 있다. 케빈 토핑은 새를 찾는 기술뿐만 아니라 눈앞에 있는 새가 어떤 종류인지 구분할 수 있는 능력도 있었다. 그리고 적시에 탐조 커뮤니티에 널리 소식을 알리는 기지도 지녔다.

이건 역사상 처음으로 센트럴파크를 찾아온 커클런드아메리카솔새가 어떻게 기록으로 남게 되었는지에 대한 이야기다. 마치 뒷마당에 들어섰는데 야생 호랑이가 잔디밭을 배회하는 모습을 보거나, 배 위에서 바다를 바라본 순간 잠수하기 직전 미소 지으며 윙크하는 인어를 목격한 것만 같았다. 혹은 살아 움직이는 유니콘이 숲 밖으로 발을 내디딘 모습을 본 듯했다.

이것은 탐조의 일곱 가지 즐거움 중 일곱 번째, 어쩌면 지금까지 경험한 것 중 가장 큰 즐거움일 것이다.

탐조의 일곱 번째 즐거움

유니콘 효과

유니콘 효과는 상상 속에서만 존재했던 생명체를 마침내 직접 보게 되는 짜릿함이다. 일곱 번째 즐거움이 가장 짜릿하긴 하지만, (내가 탐조에 무관심한 친구들에게 늘 말하듯) 탐조의 다른 즐거움도 모든 이들에게 기쁨을 선사한다. 친구들은 매년 센트럴파크에 찾아오는 여름철새가 절정에 다다르는 5월이 되면 어떻게 내가 그들과 술을 마시며 흥청망청하는 대신 아침 일찍 일어나 수면 부족으로 엉망진창인 인간이 되는지 궁금해했다. 나는 이유를 설명하기 위해 수많은 시도를 한 끝에 나의 탐조 경험을 '탐조의 일곱 가지 즐거움'으로 정리했다. 특별한 경험이 없는 사람들에게 쉽게 이 기쁨을 전파하기 위해서였다. 일곱 가지 즐거움 중 첫 번째이자 가장 중요한 것은 아래와 같다.

탐조의 첫 번째 즐거움

새들의 아름다움

만약 당신이 수컷 풍금새Scarlet Tanager의 완연한 번식깃(칠흑같이 어두운 색의 날개와 꼬리 덕분에 몸통의 강렬한 빛깔이 정지등처럼 눈에 띈다)을 한 번도 본 적이 없다면 놀라운 경험이 당신을 기다리고 있다는 걸 기억하자. 이건 쇼의 시작에 불과하다. 오색멧새Painted Bunting의 혁명적인 화려함과 대백로Great Egret의 고요하고 깨끗한 우아함, 어려움 없이 하늘을 활공하는 장엄한 숫자의 검독수리Golden Eagle와 맹렬하게 날갯짓을 하는 벌새Hummingbird, 붉은머리딱따구리Red-headed Woodpecker의 선명한 색깔과 링컨참새Lincoln's Sparrow의 강렬한 색과 연한 색 패턴…….

대부분의 사람들은 지구에서 우리와 함께 살아가는 놀라운 생명체인 새가 다른 어떤 종보다 우리의 마음을 강하게 사로잡은 이유를 모른다. 탐조가 하나의 현상이 된 이유는 무엇일까? 포유동물이나 곤충을 관찰하는 활동은 왜 그렇지 못할까? 아프리카 사파리에 방문하거나 나비를 수집하는 사람만 해도 수천 명이기에 분명 이런 취미를 가진 사람은 많다. 이런 취미는 중복되는 경우가 많으며, 나 또한 다방면에 발을 걸치고 있다. 일단 자연의 일면에 관심을 갖게 되면, 우리 주변을 둘러싸고 있는 모든 생명체의 관계를 의식하게 된다.

하지만 탐조는 접근성에 있어 꽤나 큰 이점이 있다. 당신이 지구 어디에 있든 어떤 장소(도시, 교외, 시골, 산, 삼림지대, 초원, 늪, 해변, 바다)에 살든 볼 수 있는 새의 종류는 동일한 지역에 있는 포유류의 숫자를 훌쩍 뛰어넘을 것이다. 많은 종류의 포유류는 야행성이거나 땅 아래 혹은 바다 속에서 서식하기에 관찰하기가 어렵다. 곤충의 경우는 정반대의 문제가 있다. 종류가 너무나도 다양해 모든 종을 파악하기 어렵고, 낮은 기온이 지속되는 겨울에는 한 종도 찾아볼 수 없다. 반면 새는 연중 어느 시기에도 항상 볼 수 있다.

다양한 종을 볼 수 있다는 사실만이 탐조의 매력은 아니다. 새의 매력은 그보다 더 심오하다. 인간을 포함한 포유류를 제외하면 다른 어떤 동물보다 우리와 비슷한 온혈척추동물인 새는 인간과 훨씬 쉽게 관계 맺을 수 있다. 이 점에서도 새는 무척 매력적인 존재다.

분명 우리 인간은 다른 포유류와 독특한 유대관계를 맺고 있다. 인간과 개의 관계(유인원과 늑대의 공생과는 다르다)는 사회적 동물인 두 종의 특성에 의해 1000년 전부터 굳건해졌다. 개는 인간이 행복한지, 화가 났는지, 흥분했는지, 슬픈지 알 수 있으며 우리도 개들의 그런 감정을 구분할 수 있다. 우리는 개와 같은 감정 팔레트를 공유한다. 하지만 개와 우리의 주된 감각은 다르다. 다른 많은 포유류처럼 개는 후각을 주로 사용한다. 개의 코는 인간의 코보다 후각수용체가 50배는 더 많으며, 개의 뇌는 냄새를 분석하는 데 훨씬 더 많은 공간을 할애한다. 우리는 겨우 (충분한 소화를 마쳤더라도 안타깝게도 너무 가까운 탓에) 독한 술 냄새를 맡을 수 있지만 개는 암의 냄새까지 맡을 수 있다. 개와 아무리 가까워졌다 하더라도 나무에 오줌을 싸거나 엉덩이 냄새를 맡을 계획이 아니라면 당신은 개가 감각하는 세상을 절대 경험하지 못할 것이다.

대부분의 새들은 일반적으로 굉장히 제한적인 후각을 지니고 있다고 알려졌다(이 사실은 큰뿔부엉이Great Horned Owl가 어떻게 점심을 거르지 않고 행복하게 스컹크를 잡아먹을 수 있는지 알려준다). 대신 새들은 우리와 같은 방식으로, 즉 시각과 청각으로 소통한다. 새들은 놀라울 정도로 다양한 패턴과 색을 발달시켰다. 특히 명금류들은 경이로운 수준의 음악적 레퍼토리를 발전시켰고, 인간에게는 이 음악을 즐길 수 있는 능력이 있다. 인간은 세상을 해석하기 위해 시각과 청각을 사용하고, 새들은 우주의 한 부분을 생동감 넘치는 노래로 채우며 그들의 의무를 다한다.

새와 함께라면 시각과 청각의 자극은 언제든지 발생한다. 어느 초여름 풍금새가 신호탄처럼 나무 사이를 쏜살같이 지나다니는 캣스킬의 작은 언덕을 오르던 나는 나무가 우거진 곳으로 들어서다 짤랑이는 멜로디를 들었다. 요정 허비 만Herbie Mann*이 작은 플루트를 쉬지 않고 반복하며 연주하는 소리 같았다. 어딘가에서 울려퍼지던 그 소리는 환상 속 이야기보다도 섬세한 마법처럼 들렸다. 나는 주변을 돌아봤고 조금 더 살펴보았다. 주변을 몇 번이나 꼼꼼히 살핀 후에 마침내 통나무 끝에서 꼬리를 위로 젖히고 앉아 있는 자그마한 어두운 갈색 털뭉치가 눈에 들어왔다. 나는 굴뚝새Winter Wren를 본 적은 있었지만(미국 동부에서 굴뚝새는 그 이름처럼 겨울에 더 자주 볼 수 있다) 소리는 들어본 적이 없었다. 그 순간부터 굴뚝새의 노래는 숲을 산책하는 일을 마법 같은 일로 바꿔놓았다.

의사소통이라는 공통점을 제외하고도, 더 단순한 이유로 새를 사랑하기도 한다. 새는 하늘을 날 수 있다. 이 지구의 그 어떤 다른 생명체도 창공을 지배하진 못했다. 지상에 묶인 우리는 한계 없는 공간으로 몸을 던지는 새들을 보며 꿈을 꾼다. 비행기의 창문을 통해서가 아니라 스스로의 힘으로 날아올라 발아래 펼쳐진 육지와 바다를 보고 있다고 상상해보자. 지상에 남겨둔 것은 점점 희미해지고, 높은 고도에 도달한 당신은 새로운 시각으로 세상을 바라본다. 바람을 타는 건 어떤 느낌일까? 2차원적 움직임, 그러

*   1960년대 재즈 장르에서 활약한 전설적인 플루트 연주자.

니까 앞뒤와 좌우로만 움직이는 것이 아니라 3차원적으로, 가능한 모든 방향으로, 원하는 대로 오르내릴 수 있다면 얼마나 새로울까? 새를 쫓아 시선을 하늘로 옮기면 진정한 의미의 자유를 이해하게 된다.

어두워지는 빛 아래에서 센트럴파크를 찾아온 커틀런드아메리카솔새를 넋을 잃고 바라본 30분 속에는 이렇게 단순한 열정 이상의 이야기가 담겨 있다. 커틀런드아메리카솔새가 세상에서 가장 화려한 새는 아니지만, 이 희귀한 생명체가 우리 집 마당에 기적적으로 나타나는 일은 무엇과도 비교할 수 없다. 만족과 놀라움으로 똘똘 뭉친 50여 명의 탐조인은 좋아하는 연예인을 볼 수 있다는 소문이 도는 유명한 장소에 진을 치는 팬들처럼 모여들었다. 몇몇 탐조인의 손에는 최첨단 카메라가 들려 있었기에 우리는 실제로도 연예인을 따라다니는 사생팬 무리로 여러 번 오해받았다. 우리 모두 커틀런드아메리카솔새가 며칠 더 머무르는 게 아니라면 평생 그 새를 다시는 보지 못할 수도 있다는 사실을 알고 있었다(다음 날 아침 근방에 거주하는 탐조인에게는 기쁨을, 그리고 이곳에 너무 늦게 도착한 탐조인에게는 안타까움을 전한다). 지식과 경험을 공유하며 우리는 동지애를 느낀다.

우리는 독특한 종이다. 우리 인류는 경로를 벗어난 이 작은 새 주위로 모여든다. 우리는 날개 달린 꿈을 꾼다. 어린 시절 내 머릿속을 가득 채운 꿈을. 탐조는 내가 환영받지 못하는 세상 속 퀴어 청소년으로서 고통 받을 때 피난처가 되어주었고, 흑인이자 아웃사이더라는 정체성을 공고히 해 나의 괴짜 같은 근간을 다질 수 있게 해주었다. 탐조는 내게 일생일대의 풍경을 목격할 수 있도록 안내했고, 몇 년 후 내 삶을 완전히 바꾸어놓은 센트럴파크에서의

겉모습은 속일 수 있다. 검은 빛깔의 새로 예를 들어보자.

내 '눈을 뜨이게 한 새(깃털 달린 생명체 중 처음으로 새에 대한 관심에 불을 붙인 새)'는 붉은어깨검정새Red-winged Blackbird였다. 내가 아홉 살 때 부모님은 나를 여름 목공 수업에 보냈다. 아들이 어딘가 다른 남자애들과 다르다고 느낀 것일지도 모른다. 이 과정을 통해 내가 조금 더 남자다워지리라 생각했을지도 모른다. 발 받침대와 새 모이통 중 하나를 만들어야 하는 소피의 선택*에 맞닥뜨렸을 때 나는 새 모이통을 선택했다.

얼마 지나지 않아 부서진 옥수수를 내놓은 우리 집 마당에 날개의 붉은 무늬만 빼면 완전히 까만 새가 찾아왔다. 내가 새로운 종의 까마귀를 발견한 것이다! 적어도 그때의 나는 그렇게 생각했다. 새의 정체를 깨닫는 데는 그리 오래 걸리지 않았다. 십대 초

---

*   윌리엄 스타이런의 소설 《소피의 선택》에서 유래한 말로,
고통스러운 두 가지 선택지 사이에서 내리는 어려운 선택을
뜻한다.

에 과학적 업적을 세우지 못했다는 실망은 새를 향한 특별한 애정으로 바뀌었다. 뉴욕 롱아일랜드 교외에서 보낸 어린 시절 동안, 붉은어깨검정새가 영역을 지키기 위해 내는 요란한 울음소리는 다정한 친구의 목소리가 되었다. 겨우내 따뜻한 지방으로 떠나 있다가 돌아온 수컷이 내는 그 소리는 오늘날까지도 내가 봄을 알아차리는 첫 신호다.

미국에는 붉은어깨검정새를 포함해 '붉은 날개를 지닌 검은새'가 대략 스무 종 있다. 이들의 친척은 대부분 검은색이거나 검은색과 노랑이나 주황이 섞인 중간 크기의 날카로운 부리를 지닌 찌르레기사촌과다. 하지만 대륙검은지빠귀Eurasian Blackbird는 다른 과에 속하는 완전히 다른 종의 새다. 이 혼란은 미국에 도착한 영국 정착민들이 찌르레기에게 겉모습이 닮은, 유럽에 서식하는 새의 이름을 붙여주면서 생겨났다. 대륙검은지빠귀는 완전히 검은색이지만 찌르레기사촌과는 아니다. 대륙검은지빠귀는 개똥지빠귀속에 속하는 새인데, 미국지빠귀American Robin(교외의 잔디밭에서 볼 수 있으며 붉은 가슴이 눈에 띈다)도 여기에 속하지만 영국에 서식하는 지빠귀는 여기에 속하지 않기에 헷갈리면 안 된다. 다시 한번 말하지만 영국 정착민들은 자신이 살던 대륙에 있던 새와 대략적으로 유사한 생김새를 지녔지만 '완전히 다른' 미국 새들에게 비슷한 이름을 지어줬다. 덕분에 혼란스럽고 헷갈리는 이름이 탄생했다.

붉은어깨검정새의 경우 헷갈릴 가능성은 더 크다. 유럽의 기준대로라면 찌르레기Blackbird가 아닐뿐더러 영국에는 이미 개똥지빠귀속에 속한 비슷한 이름의 붉은날개지빠귀Redwing가 있었다! 붉은날개지빠귀는 같은 붉은 날개를 지닌 찌르레기사촌과에게는 낯선 존재다. 하지만 뒤늦게 밝혀진 바로는 붉은날개지빠귀는 꼬까울새UK Robin보다 대륙검은지빠귀와 미국지빠귀에 가까운 친척이었다.

혼란스러운 이름들과 찰나에 목격한 생김새를 기반으로 한 잘못된 추측 때문에, 누가 누구고 그 새가 진짜 어디에 속하는지 이해하고 진가를 알아보기까지는 오랜 시간이 걸릴 수 있다. 나도 예외가 아니었다. 다른 사람들처럼, 나도 내 정체성을 다방면으로 살펴보고 사회적 분류 체계 중 어디에 속하는지 확인해야 했다. 어떤 이름이 어울리고 맞지 않는지, 세상이 어떻게 나를 오인하고 잘못 정의했는지 말이다. 나는 백인들의 세상 속에서 내 검은 피부에 익숙해져야 했고, 성적 지향이 흑과 백으로만 나눠지는 세상에서 무지개색인 내 퀴어 몸에 익숙해져야 했다.

나는 알래스카의 여름날이 길다는 말만큼 이상하게 태어났다. 내가 만화 속 슈퍼히어로에게 성적 끌림을 느꼈던 어린 시절부터 이는 명확했다. 멋진 근육을 가진 남성을 바라보자 깊은 마음속에서 이런 말이 들려왔다. '와, 너무 좋아!' 얼마 지나지 않아 이런 반응은 부모님의 눈에도 띄게 됐다. 나는 슈퍼히어로를 떠올리다 첫 몽정을 했고, 겁이 났던 나머지 이렇게 소리치며 안방으로 달려갔다.

"엄마, 아빠! '이게' 계속 고개를 들고 있어요! 내려가질 않아요! 고장난 것 같아요!"

너무 어렸던 때라 분명하게 기억이 나진 않는다. 내가 기억하는 건 곤혹스러운 웃음을 애써 감추던 부모님의 표정뿐이다. 그 키득거리는 웃음이 걱정스러운 찡그림으로 바뀌는 모습을 상상해보자. 만약 엄마가 묻는 질문에 정직하게 답했다면 그렇게 됐을 것이다.

"그런데 크리스천, 무슨 생각하고 있었니?"

"별 생각 안하고 있었어요."

나는 잠시 고민한 후 답했다. 어렸어도 성적 욕망을 둘러싼 문화적 금기를 알고 있었기에 거짓말을 했던 것이다.

1960년대 후반과 1970년대, 대체로 보수적이었던 롱아일랜드의 교외 커뮤니티에서 살아남기 위해서는 몇 가지 조건이 필요했다. 그곳에 동성애자는 없었다. 누구도 동성애자를 알지 못했고 경멸하기도 했으며 동성애자라는 의심을 받으면 개인적인 결함이라고 뒤에서 쑥덕거렸기에 조심스럽게 행동해야만 용인될 수 있었다. 얼마 지나지 않아 스톤월 항쟁*이 일어났지만 당시에는 그런 변화의 힘이 모이지 않았다. 영화나 텔레비전에서 게이 캐릭터는 사실상 찾아볼 수 없었다. 악당을 더 악랄하게 만들기 위해 동성애자임을 암시하거나 조롱의 대상으로 삼는 경우나 〈댈러스〉의 특별 에피소드에서 한심한 비극적 이야기로 등장하는 경우를 제외하면. 커밍아웃한 연예인은 한 명도 없었다. 동성애에 반대하는 가톨릭교회 지도부는 향후 수십 년까지도 뉴욕의 정치판을 쥐고 흔들 것이다. 평신도들이 성 지향성에 대한 교회 지도부의 입장을 무시한다고 해도 성직자들은 여전히 도덕적 권위로 명령을 내린다. 아이러니하게도 교회에서 일어난 소아성애 사건은 제대로 알려지지도 않는다.

종교가 없는 자유주의자인 부모님이 저녁 식사 자리에서 처

---

* 1969년 6월 28일, '스톤월 인'이라는 뉴욕의 게이바를
경찰이 폭력적으로 수색하면서 일어난 성소수자들의 항쟁.

음으로 '동성애'라는 단어를 입에 올리던 순간을 기억한다. 나는 부모님께 그게 무슨 뜻인지 물었다. 부모님은 못마땅한 기색을 지우지 못한 채로 답을 해주었다. 저녁을 먹은 후 나는 새로운 지식으로 머릿속이 혼잡해진 채로 방으로 돌아왔다. 그리고 머릿속으로 세 어절을 읊조리며 벽장의 문을 닫고** 문을 걸어 잠갔다.

"하지만 그게 나인걸."

가장 최악인 부분은 외로운 어린 시절을 보내면서 다른 사람은 이 문제를 어떻게 견디는지 알 방법이 없다는 것이었다. 당신은 혼자가 되는 저주에 걸렸다. 이 끔찍한 비밀을 지닌 유일한 사람이 되는 저주에.

내 상황을 부모님에게 의논해 봐야 소용없는 일이었다. 엄마와 유대가 깊고 아빠와는 소원했던 나는 '당신의 아들이 게이가 되는 이유'의 전형적인 편견과 딱 맞아떨어졌다. 초콜릿색 피부를 지닌 아름답고 매력적인 영어 교사인 엄마는 자신의 아들과 딸이 어떤 결정을 하든 무한히 지지해줄 이상적인 어머니처럼 보였다. 누나와 나는 크게 될 운명을 타고났다. 하지만 내가 남자와 연애를 한다는 사실은 분명 엄마의 환상 바깥에 있는 일이었다. 붉은색의 염소수염이 있고 남들이 백인으로 '착각'할 만큼 피부가 하얀 아빠는 소박한 목재 패널로 만든 우리 집(아빠는 손수 지붕창을 만들었다) 밖에서는 관대하고 사교적인 인물처럼 보였지만, 가족과 있을 때면 무뚝뚝하고 신경질적인 모습을 자주 드러냈다. 아빠가 기분이 좋지 않을 때면 우리 가족은 며칠씩 공포에 벌벌 떨기도

______

**   '벽장'은 성소수자가 자신의 정체성을 밝히지 않은 상태를
     뜻하는 은어다.

했다. 내가 게이라는 사실을 고백한다면 아빠는 5초도 안 돼 세상을 뜨게 될 거라 자신할 수 있었다.

비슷한 고통을 지닌 사람들 중 몇몇은 기대 이상의 성과를 발휘하는 데로 관심을 돌렸다. 나도 어느 정도 그랬던 것 같다. 고통을 둔화시키기 위해 알코올이나 약물에 빠지는 사람도 있지만, 나는 절대 그 함정에 빠지지 않았다. 도망칠 피난처가 둘이나 있었기 때문이다.

첫 번째 피난처는 자연의 세계였다. 아빠가 학교에서 전반적인 과학, 그중 특히 생물을 가르친 덕에 자연은 우리 집에서 늘 특별한 위치를 차지했다. 오늘날까지도 국립공원을 방문하는 사람 중 흑인의 비율은 턱없이 낮다. 하지만 야영지를 찾는 흑인의 숫자가 지금보다 훨씬 적었던 반세기 전에도 브루클린 출신 아빠는 미국의 야생에 어두운 피부의 가족을 주기적으로 데려갔다. 우리는 메인주에서 텐트 캠핑을 하다가 이후 폭스바겐 웨스트팔리아 캠핑카(밴보다 약간 더 좋은, 천장이 열리는 차)로 업그레이드했다. 교사였던 부모님은 내가 6학년 때 여름 휴가로 미국을 횡단하는 긴 여정을 떠나기 위해 작은 캠핑카에 우리 가족과 키우던 강아지를 욱여넣었다.

항상 그래왔던 것처럼 우리는 캠핑 여행을 떠났다. 교통 체증을 피하고 낮에 최대한 많이 운전하기 위해, 동트기 직전 별이 잔뜩 박힌 어두운 시간에 출발했다. 나와 누나는 대부분의 시간을 좀비처럼 보냈고 도로 위를 달리면서는 거의 의식이 없었다. '도로'를 통해 우리는 캐나다까지 이동했다. 밴프 국립공원의 대초원을 지나 빙하를 구경하고 레이크 루이스의 터키색 안식처를 지나쳤다. 회색과 검은색이 어우러진 형체(나중에 알게 됐지만 캐나다산갈

까마귀(Clark's Nutcracker였다)가 손가락 사이에 있던 땅콩을 잡아채며 우리를 즐겁게 해주기도 했다. 로키산맥을 가로질러 처음으로 본 비현실적인 광경은 미국자연사박물관 디오라마의 배경이 살아 숨 쉬는 것처럼 펼쳐졌다. 미국으로 돌아와 워싱턴 올림픽 반도의 호 Hoh 열대우림에 들어서자 침엽수 너머로 이끼와 양치류가 가득한 신비로운 풍경이 펼쳐졌다. 내가 살면서 본 생명체 중 가장 키가 큰 거대한 삼나무를 지나(문자 그대로 삼나무 숲을 **통과하는** 전형적인 관광객의 루틴이다) 웨스트코스트를 따라 이동했다. 남서부의 사막을 가로지르며 위대한 그랜드 캐니언도 구경했다. 그리고 마침내 우리 집이 있는 롱아일랜드에 도착했다. 이 모든 일이 일어나는 데는 두 달밖에 걸리지 않았다.

이 여행은 지금까지도 누나와 나의 기억에 남아 있는 인상적인 선물인 동시에 진이 빠질 정도의 시련이기도 했다. 통제할 수 없는 사소한 것들이 어긋났을 때 가족들을 괴롭히는 아버지의 분노에 잠식되기도 했고, 엘크와 무스와 곰을 실제로 목격하는 행복에 압도당하기도 했다. 곰을 만났을 때는 무척 아찔했다. 아빠가 옐로스톤에서 길을 따라 먹이를 구걸하는 흑곰을 관찰하기 위해 캠핑카를 세웠을 때 엄마는 재빠르게 창문을 닫았고 그 사이 곰은 최단거리로 달려 관광객이 있는 곳으로 다가왔다. 우리 집 강아지 스팽키가 엄마의 무릎에 앉아 있었기에 상황은 더 위험했다. 강아지를 보고 곰이 흥분할 수 있었기 때문이다. 엄마는 우리의 작은 잉글리시 코커스패니얼이 곰에게 짖자마자 바로 창문을 올렸다. 신중함이 용기보다 낫다는 격언을 마음에 새기는 순간이었다. 그리고 스팽키는 캠핑카 뒤쪽으로 숨어버렸다. 내가 목격한 것은 곰의 콧구멍에서 뿜어져나와 창에 응결되는 숨결뿐이었다.

차 안 공간은 좁았다. 우리 가족 넷과 스팽키, 옷, 바리바리 싸들고 온 음식이 볼품없는 폭스바겐 웨스트팔리아를 가득 채우고 있었다. 생물학을 사랑하는 아빠는 좁은 짐칸에 모든 탐조인의 성경인 로저 피터슨의 《탐조를 위한 필드 가이드》도 실었다. 서부에 들어서면서 나는 상대적으로 최근에 발간된 《골든 필드 가이드》를 아빠에게 선물했다. 오랫동안 단조로운 농지를 달릴 때도 있었기에 차를 타고 이동하는 동안 할 일이 거의 없었던 나는 도감을 찬찬히 살펴봤다. 내가 만들었던 새 모이통에 붉은어깨검정새가 내려앉던 순간부터 탐조의 불꽃은 타오르기 시작했다. 나는 새롭고 익숙하지 않은 아름다운 새들의 그림을 꼼꼼히 살펴보고 실제로 그 새들을 보게 된다면 어떨지 상상했다. 불꽃이 튀어 불이 붙는 순간이었다.

서부 해안에 도착할 때쯤엔 도감을 백 번쯤 돌려봤을 것이다. 화장실을 가기 위해 브리티시컬럼비아주의 작은 공원에 잠깐 들렀을 때 나는 지금껏 보지 못했던 화려한 새를 보고 깜짝 놀랐다. 검은색과 하얀색이 가득한 탄탄한 몸에 길고 사랑스러운 청녹색 꼬리가 있는 새였다.

"엄마, 아빠! 저기 좀 보세요! 검은부리까치Black-billed Magpie 예요!"

기쁨에 가득 차 내가 소리쳤다.

가족들은 믿을 수 없다는 눈으로 나를 바라봤다. 그들은 그 새의 정체도, 어딘가 이상한 아들도 도무지 이해할 수 없었다.

"그걸 대체 어떻게 안 거야?"

과학 교사의 자존심을 간신히 수습한 아빠가 물었다. 나는 어깨를 으쓱했다.

"책에서 봤어요."

쉽게 외부의 영향을 받았던 어린 나의 뇌는 여행 동안 쏟아지던 수많은 생명체에 대한 정보를 체계적으로 정리하지는 못했지만 무의식적으로 그 내용을 모두 흡수했다. 다시는 그런 시절로 돌아갈 수 없을 것이다.

롱아일랜드로 다시 돌아왔을 때 아빠는 일요일에 탐조 산책을 진행하는 지역단체를 하나 발견했고, 달력에 일정을 기록해두었다. 아빠와 나는 부자관계를 위한 일을 거의 한 적이 없었기에 이 활동은 완전히 새로운 세계를 열어주었다. 그날 아침 아빠는 사우스쇼어 오듀본 협회*의 엘리엇 커트너가 주도하는 첫 번째 탐조 산책 일정에 참가하기 위해 삼십 분을 운전해 자메이카 베이 야생동물 보호구역으로 향했다. 자메이카 베이 야생동물 보호구역의 산책로는 뉴욕시 끄트머리에서 민물과 바닷물이 만나는 지점과 닿아 있었다.

커트너를 묘사할 수 있는 유일한 표현은 '생기 넘친다'였다. 그는 제2차 세계대전 당시 공군 수훈 십자훈장을 받은 참전용사로서 수많은 찬사를 들었지만, 이후로는 몇 년 동안 노동조합 노동자들을 고용하며 골판지 포장재 공장을 운영한 남자였다. 커트너는 누구를 만나든 봄철 멧종다리Song Sparrow가 부르는 노랫소리처럼 억제할 수 없는 생기를 뿜어냈다. 사우스쇼어 오듀본의 창립자 중 한 명이었는데 수년 동안 회장을 맡기도 했다. 오랫동안 회

---

*　조류학자 존 제임스 오듀본의 이름을 따서 만든 미국 최대
　　조류 보호단체다.

장을 맡으며 그는 조직에 헌신적인 인물로 남았다. 전통적인 유대인으로서 커트너는 토요일에는 엄격하게 안식일을 지키고 일요일 아침이면 자신이 이끄는 탐조 산책에 복음을 전파했다. 철새가 가장 많이 이동하는 봄과 가을 그리고 매서운 추위가 찾아오는 겨울마다 자메이카 만에 있는 연못과 뜰, 존스 비치의 강한 바람이 부는 사구로 여행을 떠났다. 커트너는 탐조 산책을 수십 년 동안 진행했고 다양한 사람들에게 깃털 달린 모든 생명체에 대한 열정을 불어넣었다.

햇볕이 내리쬐는 10월 어느 날 등장한 아빠와 나는 사우스쇼어에서 탐조 산책을 시작한 이래 첫 흑인 참가자들일지도 모른다. 만약 그랬다고 해도 그 사실을 알아차릴 수 없었을 정도로 사람들은 살가웠고, 커트너는 활기찬 커트너 그 자체였다. 그는 신참을 위해 쌍안경을 사용하는 방법에 대한 튜토리얼을 큰 소리로 알렸다. 나는 물려받은 내 구닥다리 쌍안경을 다루느라 고군분투하고 있었다.

> 🐦 **탐조 팁**
>
> 먼저, 맨눈으로 새를 찾는다. 그리고 시선을 고정한 채로 쌍안경을 눈에 가져다댄다. 절대 반대로 하지 말자!

이 새로운 기술에 성공하기까지는 그리 오래 걸리지 않았다. 몸집이 작은 새들이 우리 바로 앞에서 길을 가로질러 덤불 사이를 빠르게 오갔다. 탁 트인 공간에 위치한 덕에 꼬리 바로 위, 엉덩이 부분 갈색 무늬 중심부에 있는 밝은 노란색 반점을 볼 수 있었다.

"머틀솔새예요!"

커트너가 소리쳤다. 당시에는 노란엉덩이솔새Yellow-rumped Warbler를 머틀솔새라고 불렀다. 내 심장은 빠르게 뛰기 시작했다. 살아 있는 솔새를 실제로 보는 건 처음이었다! 도감을 통해 눈부신 색을 지닌 작은 새인 솔새과를 알고 있었지만 솔새가 얼마나 작고 활동적인지는 몰랐고, 이런 이국적인 새를 퀸즈에서 볼 수 있을 거라고는 생각지도 못했다. 그리고 그때 나는 내가 앞으로 몇 년이나 탐조를 할 거라고 상상하지 못했다. 매년 봄 동부에서, 특히 뉴욕에서 솔새를 보는 일이 변화무쌍한 보물찾기이자 교향곡을 감상하는 일로 바뀌게 될지 몰랐다.

길을 따라 이동하다가 보호구역의 웨스트폰드 반대편을 관찰하기 위해 삼각대를 세워두며, 커트너는 또 다른 새를 발견했다고 소리쳤다.

"저기 아메리카우드콕American Woodcock 한 쌍이 보여요! 아메리카우드콕이요! 저기를 보세요!"

모든 사람들이 줄을 서서 자기 차례를 기다렸다. 하지만 나보다 간절한 사람은 없어 보였다. 대부분의 종이 그랬지만, 우드콕(균형이 맞지 않을 정도로 긴 부리로 진흙에서 먹이를 찾는 통통하고 이상하게 생긴 새)은 당시 내게 완전히 새로운 종이었다. 이전에 한 번도 보지 못한 종을 처음 봤을 때, 탐조인들은 그 새를 '인생 새Life bird'라고 부른다.

내 차례가 되어 렌즈 안을 들여다본 후 나는 떨리는 다리로 비켜섰다. 그 새는 멀리 있었기에 아주 작게 보였고 망원경으로도 완벽히 분간하기 어려웠다. 하지만 어린아이의 예리한 시력을 지녔던 나는 내 믿음직한 도감에 자문을 구한 후 무언가 잘못됐다는 생각을 했다.

"저 새는 우드콕이 아닌 것 같은데요."

나는 무리에서 떨어져 아빠에게 속삭였다.

"가서 말해 봐."

아빠는 나를 북돋아주며 커트너를 가리켰다. 쫓겨나거나 창피를 당할까 두려워하면서도 나는 커트너에게 다가갔다.

"저기, 제 생각에는 우드콕이 아닌 것 같아요."

내 말을 듣고 커트너의 눈이 반짝였다.

"왜 그렇게 생각했니?"

"음, 그러니까요. 머리에 있는 무늬가 도요새와 비슷하다고 생각했어요."

월슨스도요Wilson's Snipe를 직접 본 적은 없었기에 나는 위험을 무릅써야 했다. 내가 숨을 죽이는 사이 커트너는 망원경을 한 번 더 들여다보았다. 그리고 나를 꿰뚫어보듯 유심히 바라보았다.

"꼬맹아, 네 이름이 뭐니?"

"크리스천이요."

나는 너무 긴장해서 쪼그라들어 사라질 것만 같았다.

"크리스천, 네 말이 맞아!"

커트너는 환희로 가득 차 소리를 지르듯 외쳤다.

"여러분, 정정합니다! 이 어린이의 말대로 저 새는 사실 월슨스도요예요! 한번 와서 보세요!"

그 순간부터 커트너는 그가 처음 만난 소년이 지닌 탐조에 대한 갓 태어난 열망을 온전히 키워내는 것을 자신의 소명으로 삼았다. 몇 년에 걸쳐 커트너는 내게 갈매기에 대해 알려줬다("세상에 바다갈매기Seagull 같은 건 없단다!"). 솔새의 아름다운 세계를 소개하고 줄무늬새매Sharp-shinned Hawk와 거의 똑같이 생긴 다른 종을 분류하는 법을 가르쳤다. 그 '거의 똑같이 생긴 새'는 나처럼 '쿠퍼'라는 이름을 지녔는데, 비행할 때 고개를 드는 각도로 둘을 구분할 수 있었다. 커트너 덕분에 나는 물이 뚝뚝 떨어지는 호스 아래에 쓰레기통 뚜껑을 뒤집어두고 뚜껑의 물이 넘치면 아래로 흐르게 해 뒷마당에 도랑을 만들 수 있었고, 그렇게 이동 중인 철새에게 신선한 물을 보여주고 소리를 들려줄 수 있었다. 커트너도 자신의 마당에 같은 구조물을 만들어뒀다. 우리 부모님처럼 커트너의 아내 또한 마음이 넓었다는 사실은 말할 것도 없다.

커트너는 아이들을 위한 교육용 모형을 기부하려고 버려진 알들을 주워 투명한 매니큐어를 발라 보존했다. 그는 발견하는 알마다 슈퍼 8*으로 촬영했고 존스 비치의 길가에서 마주한 롱아일랜드를 드물게 찾아오는 겨울 손님, 털발말똥가리Rough-legged Hawk를 가까이에서 찍은 영상을 특히 자랑스러워했다. 그는 맹금류를 매우 사랑했다. 새와 사람을 사랑했고, 가족과 자신의 신념 모두 충족시키는 삶을 살았다. 내가 중학교와 고등학교를 거치는 동안, 활기 넘치는 유대인이자 2차 세계대전 참전 군인과 자신이 힘들어하는 이유조차 모르는 흑인 청소년은 친구가 됐다. 커트너는 내 삶 전체에 오래도록 영향을 미쳤고 모든 고통을 초월하게 만드는 새에 대한 사랑을 알려줬다. 그 재능에 대한 찬사는 아무리 말해도 부족하다. 커트너는 신앙적 모범을 보여주었으며, 여기에 보낼 수 있는 가장 큰 찬사는 이것이다. 엘리엇 커트너는 훌륭한 사람이었다.

---

* 크기가 작아 주변의 방해를 받지 않고 촬영할 수 있는 카메라.

교외는 말끔해 보였다. 잔디밭은 〈베터 홈즈 앤 가든즈〉에 나올 만큼 깔끔하게 정리되어 있었지만 그 주변을 돌아다니는 야생동물들은 길들여지지 않은 듯했다. 미국지빠귀는 지렁이의 흔적을 찾기 위해 잔디밭을 뛰어다녔고, 소방차만큼 붉은 홍관조Red Cardinal는 뒤뜰 덤불을 수놓고 있었으며 흉내지빠귀Mockingbird 여러 마리가 한꺼번에 하늘로 날아오르며 힘차게 노래하다 텔레비전 안테나(당시 대부분의 집이 케이블 채널을 보지 못했다)를 망가뜨리기도 했다. 마치 하늘을 배경으로 흑백 깃털이 흩날리는 앤설 애덤스*의 사진 같았다. 그 순간 롱아일랜드의 옥상은 서부만큼이나 끝없이 펼쳐져 있었다.

뉴욕의 교외는 몬태나에 한참 미치지 못했으므로 나는 뒤뜰에 개울을 만들지는 못했다. 그래서 커트너가 정원 호스를 이용했던 방법을 따라하기로 했다. 목공샵에서 구매한 새 모이통으로는 충분하지 않았다. 모든 새가 씨앗을 먹는 건 아니라는 사실을 알고 난 후에는 씨앗을 먹지 않는 새들을 끌어들이기 위해 다른 방법을 찾아야 했다. 물은 시각적, 청각적으로 새를 끌어들여 물을 마시고 목욕하게 만든다. 다른 장소로 이동하면서 우리를 스쳐 지나가는, 곤충을 주로 먹기에 새 모이통에는 내려앉지 않는 철새들도 머무르게 한다. 우리 집의 지저분한 도랑은 내 침실에서 몇 미터 떨어진 곳에 있었다. 나는 창문 앞에 앉아 기다렸다. 창문을 열어 나와 새 사이를 가로막는 것은 아무것도 없게 만들었고, 몇 시간이고 가만히 도랑을 바라봤다. 기나긴 인내는 보상을 받았다.

* 미국의 대표적인 사진작가. 캘리포니아주 요세미티 국립공원의 환경운동가로도 잘 알려져 있다.

꼬리를 까딱이는 물지빠귀Waterthrush와 검은색과 주황색이 어우러진 딱새Redstart가 끊임없이 꼬리를 움직이는 모습을 보게 된 것이다. 이 우아하고 작은 새들은 자신이 공작이라도 된 마냥 행동했다. 이 작은 '미시시피' 기슭에서 나는 근방에 서식하는 울새를 자세히 뜯어볼 수 있었다. 머리의 짙은 회색빛 깃털부터 눈 주위의 흰색 무늬, 꼬리 끝 구석에 있는 흰색 점까지. 이 새는 다른 세계와 나를 연결해주는 특사였고, 내게는 여기로 통하는 창이 있었다.

'야생성'을 조금 더 목격하고 싶다면 뮬레너 연못까지 걸어가면 됐다. 아니면 근처에 있는 연못(한동안은 정확한 이름을 몰랐다)으로라도. 갈대 사이에서 흔히 볼 수 있는 지빠귀Blackbird는 청량한 소리로 자신의 위치를 알리고 붉은 어깨로 존재를 드러낸다. 얕은 곳을 헤엄치는 사향쥐는 비버나 수달로 착각할 수 없을 만큼 누가 봐도 사향쥐였다. 돌이켜 생각해보면 두 고속도로가 만나는 지점에 있던 연못은 그리 훌륭하지 않았을 수도 있다. 하지만 어린아이였던 내가 이파리 사이로 우아함을 형상화한 듯한 생명체를 엿보았던 순간부터 연못은 마법 같은 곳이었다. 레이스 같은 흰색으로 뒤덮여 있고 기품 있는 긴 목을 뽐내는 쇠백로Snowy Egret는 연못의 가장자리를 따라 발에 신은 노란색 신발을 뽐내듯 천천히 움직였다.

놀라운 새들을 보고 듣는 일인 만큼, 탐조는 이 새들이 서식하는 공간을 경험하는 일이기도 하다. 그렇지 않다면 그냥 동물원에 있는 새를 보면 될 것이다. 여기서 탐조의 일곱 가지 즐거움 중 두 번째가 등장한다.

자연스러운 환경에 있는 것의 즐거움

아침에 센트럴파크로 탐조를 나가면 호숫가에서 물속에 가만히 서 있는 거대한 해오라기Black-crowned Night Heron를 발견할 수 있다. 해오라기는 사나워 보이는 붉은 눈을 제외하면 단색이다. 그들을 본다면 호수에 드리운 나뭇잎 사이로 물결치는 빛이 수면에서 춤추는 새벽녘의 윤슬도 볼 수 있을 것이다. 코첼라 밸리 위를 배회하는 까마귀Raven를 본다면 척박한 암석으로 가득한 산과 사막의 고요함을 배경으로 검은 형체가 구름 한 점 없는 푸르른 하늘을 가로지르는 모습을 떠올리게 될 것이다. 바위새Cock of the Rock의 비현실적인 주황색을 본다면 그 색을 따라 에콰도르의 위험한 협곡과 열대 지방의 폭포 아래를 지나가보자.

이런 장소들로 이동하면서 우리는 내면 깊은 곳에 있는 무언가를 되찾는다. 나의 고민만 바라보게 만드는 근시안적 시각은 얼마 지나지 않아 사라진다. 불현듯 다시 제대로 숨을 쉴 수 있게 될 것이다.

당연한 말이지만 탐조를 할 때 이런 경험은 특이하지 않다. 도보 여행자, 야영객, 공원을 사랑하는 사람들을 포함해 야외 활동을 좋아하는 사람들도 같은 것을 경험한다. 하지만 탐조를 하는 동안에는 약간 다르게 느껴질 것이다. 모순적인 말처럼 들릴 수도 있지만, 특정한 서식지에 거주하는 생명체에 집중함으로써 우리는 그 지역 환경을 더 넓고 심도 있게 이해할 수 있다. 자연이 다른 생명체의 집이며 그 존재가 살아가는 데 필요한 모든 것, 어쩌면 우리가 살아가는 데 필요한 모든 것을 제공한다는 진실이 밝혀지면서 새로운 차원이 열릴 것이다. 탐조를 통해서라면 건물이 빽빽한 도심 한복판에서도 이런 깨달음을 얻을 수 있다. 맨해튼 시내를 가득 메운 콘크리트 바다를 가로지르는 날카로운 "끼에엑 끼에엑!" 소리는 뾰족한 날개로 하늘을 날거나 높은 곳에 앉아있는 아메리카황조롱이American Kestrel를 보려 하늘로 눈길을 돌리게 만든다. 그리고 이 작지만 화려한 색의 황조롱이가 여기 서식하며 참새, 덩치가 큰 곤충, 작은 설치류를 사냥한다는 사실을 알면 인공물이 가득한 뉴욕조차 야생의 일부라는 사실을 깨닫게 된다.

　새를 찾아다니면서 나는 집 밖으로 나오게 됐고, 내 삶은 우울을 벗어나 삶의 리듬과 맞물려 돌아갔다. 돌아오는 동부큰딱새Eastern Phoebe를 보기 위해 3월 숲의 헐벗은 나무들 사이를 돌아다니다 마치 그곳에만 잠깐 눈이 내린 것처럼 하얀색 꽃봉오리가 가득한 채진목을 발견하거나, 하늘과 바다 그리고 해변이 끝없이 연결된 듯한 롱아일랜드 사우스쇼어 해변의 겨울철 모래언덕에서 흰올빼미Snowy Owl를 찾거나, 텔레비전 안테나에 앉아있던 흉내지빠귀가 구름 사이로 사라지는 모습을 지켜보면서.

　2012년 커트너가 88세의 나이로 생을 마감했을 때, 흉내지빠귀도 커트너에게 마지막 인사를 전했다. 사우스쇼어의 탐조 멤버들은 커트너의 장례식장에 모두 모였다. 묘지에서 장례식이 진행되는 동안 흉내지빠귀(이 새의 학명은 '다양한 언어를 따라한다'는 뜻을 담고 있다)는 커트너의 무덤 바로 옆에 가볍게 내려앉아 몇 음절을 다양한 높낮이로 부르고 날아갔다. 누군가가 어디에선가 우리에게 알려주는 듯했다. 커트너가 세상을 떴어도 그의 영향력은 죽지 않았다고 말이다. 생전에 커트너가 다양한 목소리로 자연에 미친 영향력은 수많은 사람들을 통해 지속되고 있다.

3장

무덤 밖으로

나는 전 세계에 존재하는 새 중 특별히 우아하고 끝이 뾰족한 날개를 지닌 사냥꾼, 엘레오노라매Eleonora's Falcon를 목격할 만큼 운이 좋지는 못했다. 몇몇 지중해 섬에 서식하는 이 새들 무리가 섬뜩한 행동을 하는 것을 목격한 적도 없다. 이 험준하고 척박한 암석에는 새가 그리 많이 서식하진 않지만 늦여름과 가을이 되면 남쪽으로 이동하는 명금류가 유럽에서 날아와 이곳을 통과한다. 번식기를 맞은 엘레오노라매를 위한 엄청난 먹이가 공급되는 셈이다. 하지만 이 매는 먹이를 조금 더 오랫동안 누릴 수 있는 방법도 알고 있다. 엘레오노라매는 사냥한 모든 새의 숨통을 끊지 않는다. 대신 나중을 위해 꼬리와 날갯깃을 뽑고 산 채로 파묻어 일부를 저장한다. 암석이 가득한 섬의 틈 사이에 끼워 넣어서. 사냥당한 명금류는 이런 방식으로 매가 숨통을 끊어버리겠다고 마음먹을 때까지 며칠 동안 신선한 먹이로 저장된다.

　자유로운 운명이었지만 속수무책으로 무자비한 끝을 마주하게 된 불운한 피해자가 됐다고 상상해보자.

　나도 다 겪어봤다. 그 마음 내가 알지.

나는 초등학교, 중학교, 고등학교 시절 동안 이성애자 행세를 했다. 십 수 년 동안 거짓말을 한 것이다. 그건 우리의 어린 시절 전체, 그러니까 영겁의 시간이다. 그 당시 학교에서 게이라고 낙인찍히는 것은 죽음을 의미했다. 작으면 사회적 죽음, 그리고 어쩌면 신체적 위해가 가해져 진짜 죽음에 이를 수도 있었다. 남자아이들 사이에서 가장 큰 모욕은 '게이'였다. 그리고 그게 사실이라면 상황은 훨씬 더 끔찍하다. 나는 대범한 태도를 취했고 이성에 관심이 있다고(나는 남자 친구들보다 여자 친구들과 더 가깝게 지냈다) 스스로를 세뇌했다. 그래서 나는 거침없이 커지는 호르몬 폭풍우를 몰고 오는 사춘기 시절 대부분의 십대들이 겪는 성적 발견을 할 기회가 없었다.

겉으로는 아무 문제가 없는 듯했다. 그 누구도 내가 느끼는 절망을 알아차리지 못했다. 스스로를 곤란에 빠뜨릴 수 있는 암시를 하고 다닌다면 대답할 수 없는 질문을 받을 수 있었기에 매우 신중히 행동해야 했다. 나는 우등생이었고, 여유로운 사람인 척했다. 탐조 활동에 있어서는 약간 괴짜처럼 굴었지만 말이다.

하지만 진실은 조금 더 복잡했다. 나의 본질(정직함과 친밀함, 자극적이고 심장을 빠르게 뛰게 만드는 만남, 그래, 진정한 사랑을 갈망하는 마음, 끔찍할 정도의 외로움과 끊임없는 두려움을 느끼지 않으려 애쓰는 부분), 그러니까 진정한 나는 십 수 년이라는 영원에 산 채로 묻혔다. 지표 2미터 아래 묻힌 관에 갇힌 기분이었다. 어둠 속에서 천천히 숨이 막혀가는 그런 느낌. 나는 누군가 나를 꺼내주길 바라며 간절하게 관 뚜껑을 두드렸지만 누구도 내 비명을 듣지 못했다. 그 아래에 살아 있는 사람이 있을 거라고 아무도 예상하지 못했다. 친구와 가족 모두 알아차리지 못한 채로 내 무덤 위를 걸어 다녔다.

이게 내 삶이 어땠는지에 대해 이야기를 시작할 수 있는 유일한 방법이다.

성소수자가 아닌 흑인들은 때로 동성애자들의 경험을 묵살하곤 한다. 일반적으로 동성애자는 흑인과 다르게 비교적 자유롭게 사회에 녹아들 수 있기 때문이다. 성적 지향은 피부색과 다르게 숨길 수 있기에 차별로 고통 받지 않고 사회의 혜택을 즐길 수 있으니까. 이는 대부분 사실이다. 하지만 이런 식의 선 긋기는 성소수자들에게 전혀 도움이 되지 않는다. 뚜껑이 열리지 않는 관 속에 갇히기를 그만둔 후 나는 벽장 안의 삶이 그리 행복하지 않다는 것을 증명했다. 강제로 아웃팅을 당할 뻔한 위험을 여러 번 겪으며 벽장 속 삶은 가장 잔인한 저주라는 사실을 깨달았다.

무엇보다 중요한 사실이 있다. 성소수자들이 단지 살아 있기 위해서 스스로 무덤 속으로 걸어들어가는 일은 벌어지면 안 된다는 것이다.

미국에서 흑인과 성소수자가 겪는 경험의 또 다른 큰 차이는 수 세기 동안 정확히 흑인을 겨냥해온 시스템적 탄압에 있다. 우리는 노예제에 대한 공포로 오랫동안 고통 받았고, 헌법은 흑인 인구의 60퍼센트만 사람으로 인정했다. 오랫동안 폭력적인 사적 제제와 차별 정책, 시민권 운동의 시대를 거치고도 오늘날 여전히 경제적 격차와 암묵적이면서도 노골적으로 풍기는 편견의 유산이 남아 있다. 흑인들이 삶 속에서 불이익을 당하거나 경찰의 손에 생을 마감한 역사를 살펴보면 동성애자의 역사와 감히 비교할 수 없다.

이런 고통을 겪으며 우리 흑인들에게는 서로 간의 유대감이 생겼다. 우리 가족(노예주들이 중고 가구처럼 팔아버리지 않는다면), 우리 공동체 그리고 믿음이 있는 종교적인 사람들 사이에 존재하는 유대감이다. 반면 성소수자들이 마주하는 공포는 이런 것들의 정확히 반대편에 있다. 가족, 친구, 교회 등의 공동체가 그들을 가장 필요로 하는 순간에 등을 돌릴 거라는 굉장히 그럴 듯한 가능성이다. 이들은 힘든 시간을 보내는 당신을 지지해주는 대신 엄청난 고통의 원천이 될 수 있다. 사랑하는 사람뿐만 아니라 (어떤 사람들의 말에 따르면) 신에게서도 버림받은 정서적으로 취약한 사람을 방치하면서. 백인 동급생들이 "니거Nigger!"라고 소리친다면, 적어도 집에서는 엄마가 당신을 포용하고 위로하거나 이해해줄 것이다. 하지만 엄마가 "호모!"라고 소리치며 당신이 지금껏 집이라고 믿던 곳에서 쫓아낸다면?

흑인이자 게이로서 나는 '누가 더 억압받는가?'라는 질문의 승자독식 게임이 정말 싫다. 여기에 승자는 없다. 그리고 이 질문은 두 집단 사이에 삭막한 단절을 일으키는 잘못된 인식을 심어줄 수 있다(또한 성소수자와 흑인의 경험이 놀라울 만큼 비슷하다는 독특한 시각도 무시된다. 백인으로 '착각'할 만큼의 밝은 피부를 지닌 흑인의 경험은 벽장 속에 있는 게이의 경험과 매우 유사하다). 실제로 나를 포함한 수십만 명의 유색인과 성소수자는 이런 경험을 공유한다.

어린 시절 나는 성소수자로서 잠시 동안만이라도 무덤에서 나갈 방법을 간절하게 찾고 있었다.

밖으로 도망칠 수 없을 때면 나는 완전히 반대, 그러니까 내 두 번째 피난처인 상상 속으로 파고들었다. SF와 판타지 속으로. 특히 SF에 대한 사랑은 우리 가족의 피에 흘렀다. 두 장르 모두 초자연적 공포와 더불어 우리 가족에게 무척 인기가 있었다.

　　오드리 고모의 책장에는 매혹적인 동시에 공포스러운 몸부림치는 괴물이 그려진 기묘한 표지의 책들이 잔뜩 꽂혀 있었다. 'J.R.R. 톨킨'이라니? '반지의 제왕'은 대체 또 뭐란 말인가? 모든 것이 내게 금지된 세상처럼 느껴졌다. 사춘기 직전에 용기를 긁어모아 이모에게서 책을 빌렸다. 왜 이런 책들을 빌리는 데 그만한 용기가 필요해야 했단 말인가? (오드리 고모는 조금 더 어린이가 읽을 법한 《호빗》을 추천해줄 만큼 감각이 좋았다.) 나는 몇 주 동안 가운데땅을 오갔다. 누렇게 변색된 책장에서 풍겨오는 냄새는 샤이어, 외로운 산, 로슬로리엔의 황금 숲, 위험한 원정과 장엄한 모험으로 가득했다.

　　나는 아서왕 신화와 레이 브래드버리의 훌륭한 단편들을 비롯해 여러 이야기에 완전히 빠져들었다. 스티븐 킹의 《살렘스 롯》을 읽는 중에는 겁에 질렸다. 신화는 문화와 그 가치관, 세상을 바라보는 사람의 관점에 기반한(역사적이고 형이상학적이고 비유적인 방법으로 수백 년에 걸쳐 인간의 생활에 통찰을 선사한다) 환상적이면서도 장편소설에 가까운 전통이라는 독특한 매력이 있었다. 그 시절 나는 이런 부분들을 분명하게 짚어내지 못했다. 초등학생 시절 내 뇌는 당시 라디오에서 반복적으로 나오던 〈아메리칸 파이〉 가사조차 소화하지 못했다. 하지만 내가 지구 전 지역의 이야기를, 그러니까 이야기의 모든 부분을 듣고 싶어 한다는 사실은 알았다. 그리고 나의 이런 갈망은 여전하다.

　　자기만의 이야기를 만들라는 흔하디흔한 초등학교 과제가 주어졌을 때 나는 젊은 여신이 사는 구름 속 성 이야기에 열정적으로 몰입했다. 왕자들이 여신에게 구혼하며 호의를 얻기 위해 숫양으로 변신해서 "쾅!" 하는 큰 소리를 내며 머리를 맞대고 싸웠다. 여신은 깜짝 놀라 창밖을 내다보며 눈물을 흘렸다. 그동안 여신의 아버지는 그들을 떼어놓기 위해 탑 위에서 창을 던졌고 그렇게 천둥번개가 탄생했다.

머릿속에서 하나의 세계를 탄생시키는 일은 질식할 것처럼 한계까지 다다른 나의 비밀에서 적어도 아주 잠깐은 벗어날 수 있게 해줬다. 음울하고 변화무쌍한 아르카디아의 아홉 번째 군주로서, 나는 잃어버린 영원한 대륙의 일곱 번째 군주에게 대접을 받았다. 이 판타지 세계 안에서 실제 삶에서 허락되지 않을 로맨스도 꿈꿨다. 별을 따라 이동하는 유목민(혼돈의 변형 유전자 때문에 종종 끔찍한 모습으로 변했다) 사이에는 무조건적으로 따라야 하는 공동체가 있었고 그곳의 규범은 어길 수 없었다. 그럼에도 그 누구도 이상한 사람으로 간주되지 않았고 모든 이의 다양성이 인정받았다. 나는 침실에서 이런 인류와 세계를 세세하게 구현하면서 펜과 종이만 가지고도 몇 시간을 보냈다.

책을 읽거나 상상하는 것에 실패했을 때는 영화가 구원의 손길을 건넸다. 누나와 나는 학창시절 내내 화제작이었던 경이로운 초능력 드라마 〈다크 섀도우〉를 보기 위해 학교가 끝나자마자 매일 집으로 달려갔다. 우리는 부모님 침대 발치에 걸터앉아 화면에 시선을 고정한 채 오레오 쿠키와 초콜릿 우유를 먹으며 극심한 고통에 시달리는 뱀파이어 바나바스 콜린스의 모험을 비롯해 모든 유치한 장면들을 꼭꼭 씹어 삼켰다.

그러나 우리 가족에게 〈스타트렉〉이 끼친 영향에 비하면 〈다크 섀도우〉의 중요성은 미미했다. 커크 선장과 스팍이 이 행성에서 저 행성으로 옮겨다니는 오리지널 시리즈는 부모님이 우리를 양육하며 가르친 모든 것(인종 평등, 평화적 협동, 더 나은 인간성에 대한 약속)이 충족된 미래를 속삭였다. 시의적절한 메시지가 끝내주는 몇 가지 이야기로 묶인 것도 나쁘지 않았다. 산성 물질을 뱉으며 난동을 부리던 암석 괴물이 사실은 양육 문제를 지닌 싱글맘이었다니. 정말 놀랍지 않은가?

당연한 소리지만 게이 정체성을 막 인지하기 시작한 내 자아는 커크의 셔츠가 찢길 때마다 환호했고, 엔터프라이즈호 선원들이 그리스 신 아폴로를 만날 때면 캐럴린 팔라마스 중위처럼 황홀해했다. 호르몬의 측면에서 내게 〈스타트렉〉의 스팍은 누구보다도 큰 비중을 차지했다. 놀라운 과학 지식과 과학 발전을 위한 헌신을 겸비한 스팍은 똑똑한 괴짜 소년이 꿈꿀 수 있는 모든 것을 구현한 인물이었다. 나는 스팍의 벌칸* 두뇌 훈련을 동경했다. 나 또한 감정을 신뢰하지 않았고 행동의 근거로 삼지 않았다. 감정은 그저 사람들이 난폭하고 불완전해지며 절망에 사로잡히도록 만들고 멍청한 짓을 하도록 유도하는 요소인 것 같았다. 나의 초등학교 동창 알렉스는 똑똑하지만 감정적 문제가 있었다. 약간의 도발에도 폭발하듯이 화를 냈다. 오랫동안 뚱한 모습을 고수해온 아버지와 그런 아버지에게 감정적으로 대응하곤 했던 어머니, 그 밖의 모든 것이 내게 감정에 대한 경고 신호를 보내고 있었다. 어린 시절 나는 겉으로 표출되는 '게이스러움'을 모두 억압하는 중이었기에 엄격한 감정 조절은 중요한 생존 방식이 됐다. 성가신 인간의 감정을 모두 걸어잠근 채 스타플릿에서 살아가는 스팍은 내게 앞으로 나아가는 방법을 알려줬다. 스팍을 우상화한 나는 거울 앞에

---

* 〈스타트렉〉에 등장하는 외계 종족으로, 논리와 이성을
   중시한다.

서서 손가락으로 이마 한쪽을 누르고 다른 쪽을 위아래로 움직이면서 스팍처럼 거만하게 눈썹을 들어올릴 수 있는 방법을 찾기 위해 몇 시간이고 연습하기도 했다.

영화관의 크기가 크면 클수록 더 안정감이 있었다. 나는 수백만 명을 몰입하게 만드는 도피처인 영화관(몇 시간 동안 다른 사람의 삶을 살면서 암울한 자신의 삶에 대해서는 잊을 수 있었다)을 자주 찾았고, 덕분에 '도피처를 자주 찾는 사람들' 클럽의 플래티넘 등급 멤버가 됐다. 팝콘 한 통을 사서 무릎에 놓고 어두운 공간에 스스로를 밀어 넣으면, 가짜 버터 향을 맡기만 해도 시각을 자극하는 이야기가 펼쳐질 것만 같았다. 영화가 좋은지 그렇지 않은지는 그리 중요하지 않았다(사실 최악인 영화가 더 좋기도 했다! 〈외계로부터의 9호 계획〉 본 사람?). 의식이 변화하고, 가물거리는 불빛이 들려주는 이야기에 녹아들면서, 다른 시공간으로 이동하는 동안 자기의심을 옆으로 치워둘 수 있으면 충분했다.

내가 기억하는 나의 첫 영화는 웨스트버리 자동차 극장에서 본 〈바바렐라〉였다. 부모님은 그저 SF 영화라고만 생각하고 누나와 여섯 살배기 나를 극장에 데려갔다. 젊고 관능적인 제인 폰다가 출연한 이 1968년작 유머 감각 넘치는 영화에 성적인 블랙코미디와 노골적인 장면이 수도 없이 등장한다는 사실을 모르는 채로 행복하게 영화관으로 향했던 것이다. 그리고 이 사실을 알아차렸을 때는 이미 너무 늦었다. 야한 장면이 나올 때면 부모님은 우리에게 자동차 뒤편을 보고 있으라고 이야기했다.

"꼭 그래야 해요? 알겠어요."

우리는 불평했지만 그 말을 따랐다. 부모님은 다른 사실을 눈치 채지 못한 채 행복하게 영화를 관람했다. 영화관의 스크린은 유리창에 너무나도 잘 비쳤다! 우리는 제인 폰다의 무중력 스트립쇼와 격렬하게 오르가슴을 느끼는 신체를 모두 보았다.

내가 이 영화를 다시 본 건 어느 토요일 한밤중 하버드 스퀘어 영화관에서였다. 그리고 나는 충격을 받았다. 외설적이어서가 아니라, 내가 실질적으로 기억하는 이 영화의 장면들과 몇 가지 명대사, 모든 성적인 요소들이 내 머릿속에서 표백된 상태였다. 같은 영화였지만 완전히 새로운 영화를 보는 것 같았다.

SF 영화는 찾기 힘들었다. 지금으로선 상상하기 힘들지만 1970년대만 하더라도 SF 장르는 대부분 냉대를 받았다. 1950년대에는 바보 같은 B급 영화라는 혹평을 너무나도 많이 받았다. 〈혹성탈출〉(속편은 덜 매력적이었다)과 〈2001 스페이스 오디세이〉(대부분의 관객이 스토리를 이해할 수 없었다) 같은 보물도 있었지만, 당시 할리우드는 국가에 대한 환멸과 워터게이트, 베트남전에서 발생한 감정의 잔해를 간접적으로라도 다루는 불편하고 비관적인 이야기를 소비하고 있었다. 영화 산업에 매우 드문 SF의 귀한 자양분을 찾으며, 나는 〈스타트렉〉 재방송과 〈우주대모험 1999〉(달이 지구 궤도에서 폭발했다! 그 이후에 펼쳐지는 모험!), PBS에서 방영했던 〈제국의 종말〉 같은 오래된 텔레비전 프로그램으로 근근이 버티고 있었다.

그리고 〈스타워즈〉가 모든 것을 바꿔놓았다.

SF에 미친 우리 가족은 (당연한 말이지만) 금요일에 다 같이 그 영화를 보러 갔다. 개봉한 지 사흘째 되는 날이었다. 부모님 두 분 모두 일을 하셨기에 그보다 빨리 영화를 볼 순 없었다. 젊은 조지 루카스 감독의 스페이스 오페라를 향한 사람들의 관심은 꽤나 컸기에 우리가 표를 사기도 전인 저녁 9시 반에 이미 표는 매진됐다.

우리는 새벽까지 줄을 서서 기다렸다. 기대감으로 몹시 초조했지만, 곧 어떤 일이 일어나게 될지는 전혀 알지 못했다. 우리는 영화관에서 '포스가 함께하길May the Force be with you'이라는 문구가 새겨진 배지를 건네받고 그 의미 없는 메시지에 코웃음을 쳤다.

몇 시간을 기다린 끝에 우리는 좌석에 앉았다. 무릎에 팝콘통을 놓는 사이 영화관 불은 어두워졌고 나는 눈을 크게 뜨고 귀를 쫑긋 세웠다. 존 윌리엄스의 장엄한 음악이 흘러나오며 첫 팡파르를 맞이했다. 내가 사랑했던 〈제국의 종말〉 시리즈에서 그랬던 것처럼 서문이 스크린에 오르자 심장이 뛰기 시작했다. 이 영화는 나를 완전히 사로잡았다.

갑작스레 우주선 하나가 화면에서 벗어나 머리 위로 지나갔다. 한 척, 그리고 또 한 척이 계속해서 움직이더니 어마어마한 규모의 우주선이 이동했다. 입을 다물지 못하는 관람객이 가득했다. 지금껏 이런 건 본 적이 없었다.

1977년 늦여름, 나는 〈스타워즈〉를 아홉 번이나 봤다. 조지 루카스가 내 인생을 구원했다는 건 과장이 아니다. 열네 살이 됐을 때 나는 희망이 없다고 느끼기 시작했다. 그리고 내 끔찍한 비밀을 무덤까지 가져가야겠다고 생각했다. 나는 저녁이면 집에 틀어박혀 나만의 장소에서 혼자 무릎에 커다란 조각칼을 두고 앉아 삶을 끝낼 용기가 생기기를 기다렸다. 그리고 루카스는 자신도 모르게 현실도피자에게 구명 밧줄을 내려주었다. 신화적인 스토리텔링, 환상적인 모험, SF의 대한 내 열정에 딱 맞는 이야기였다. 아주 오래전 머나먼 우주에서, 나는 행복했다.

하지만 영화관에서 평생을 살 수는 없었다. 당시 나는 이성애자라는 '평범함'을 얻기 위해 필사적으로 노력했다. 어느 날 부모님을 앉혀두고 이상한 부탁을 하기도 했다.

"저 정신과 상담을 받아야 할 것 같아요."

내가 불쑥 말을 꺼내자 부모님은 당혹스러운 표정으로 나를 바라보았다. 부모님에게는 너무 갑작스러운 얘기였기 때문이다.

"정신과 상담은 왜 받고 싶은 거야?"

엄마가 물었다.

그 순간 나는 몽정 때문에 혼란스러운 동시에 내가 무슨 생각을 했는지를 밝혀야 하는 상황을 눈앞에 두고 있던 바로 그 순간과 같은 상황에 놓여 있었다. 두 경우 모두 머릿속 계산의 결과는 동일했다.

"그냥 정신과 상담을 받고 싶어요."

나는 더 설명하지 않고 내 의견을 고수했다.

중산층도 못 되는 수준이었던 우리 가족에게 정신과 상담 비용을 충당하는 것이 쉬운 일이 아니었을 텐데도 부모님이 나를 더 추궁하지 않았다는 건 정말 감사한 일이다. 상담사는 최선을 다했지만, 상담이 진행되는 동안 나는 상담을 받고 싶어한 이유를 절대 말하지 않았다. 형언하기 어려운 것을 입 밖으로 꺼냈을 때 나에게 닥칠 위험이 너무나도 크게 느껴졌다. 상담사는 내게 사람들의 그림을 그리게 하고 내가 사람 손과 발을 그리지 않았다는 이유로 '무기력함이 느껴진다'는 결론을 내렸지만, 실제로는 세세한 부분을 그리는 것이 예술적으로 너무 까다로웠을 뿐이다. 하지만 그를 탓할 수는 없다. 내가 어떤 정보도 주지 않았으니까.

그렇기에 내 비밀은 한 번도 밝혀진 적이 없었다. 중학교와 고등학교에 다니는 동안 나는 밝힐 것이 아무것도 없다고 되뇌었다. 비밀스럽게 숨겨놓은 게이 포르노도 없었고, 남자를 부드럽게 만지거나 격렬하게 키스하고 싶다는 생각은 상상조차 할 수 없을 만큼 위험한 것이었다. 성소수자로 정체화하는 것이 내 삶을 망가뜨릴 거라는 경고를 들을 필요도 없었다. 1970년대 롱아일랜드에서 '입에 담기도 민망한 사람들'을 향한 비난, 라커룸에서 들리는 비밀스러운 잡담, 여성스러운 남자아이를 겨냥한 경멸적인 말 속에 담긴 메시지는 분명했다. 내게 동성애가 무엇인지 설명할 때 경멸하는 듯한 부모님의 목소리는 그 후로도 몇 년 동안 내 귀를 떠나지 않았다.

오직 누나만이 게이 세계를 암시하는 고등부 연극에 빠져 있던 나에게 무슨 일이 벌어지고 있는지 알아차린 듯했다. 어느 날 오후 누나는 갑자기 내게 이런 질문을 했다.

"나한테 하고 싶은 말 없어?"

너무도 당황한 나머지 나는 우리 집 강아지 스팽키로 누나를 밀치고(나는 꽤나 인간적이지 않은 방패로 스팽키를 사용했다) 산책을 시키러 집 밖으로 뛰쳐나갔다.

사춘기를 지나며 끌림은 커져만 갔다. 돌팔이 정신과 치료법에 매달리며 스스로를 속이는 방식은 더 이상 통하지 않았다. 남자들이 혼자 위로하는 방식을 제외하고는……. 나에게 이런 끌림은 굉장히 일찍, 너무 자주 일어났다. 나는 항상 마음속에 분명한 남성적 이미지를 떠올리고 있었다(《서부를 향해 달려라》의 로버트 콘래드, 〈만딩고〉에서 나체로 등장한 켄 노턴과 페리 킹, 마이크 헨리 혹은 타잔 역을 맡은 거의 모든 사람들. 1980년 패러디 영화인 〈에어플레인〉에서 변태 파일럿은 어린 남자아이에게 조종석으로 오라고 말했다. "조이, 검투사를 주제로 한 영화 좋아하니?" 내 대답은 확실했다. "그럼요! 당연하죠!").

이런 끌림은 그저 행동으로만 옮길 수 없는 것도 아니었다. 내가 남자를 좋아한다는 사실을 인정하는 것은 수치스럽기도 했다. 나는 다른 남자애들이 여자애를 바라보는 것처럼 남자애를 바라볼 엄두도 내지 못했다(이상하게 들릴 수도 있지만 탐조 덕분에 탈출구를 찾을 수 있었다. 주변시야가 고도로 발달해 야외에서 새를 발견하거나 몰래 공간을 살펴볼 때 유용했다). 다른 남자애들과 이런 경험을 공유하며 말로 배출해낼 수도 없었다.

역설적이게도 고등학교에서는 나와 뜻이 비슷한 괴짜 친구들을 만날 수 있었다. 인종적으로 다양한 이 친구들은 내가 그랬던 것처럼 사람들이 〈스타워즈〉와 〈스타트렉〉을 혼동하는 걸 짜증나 했다. 하지만 친구들과 가까워질수록 그들이 내 비밀을 알게 됐을 때 나를 거부할 거라는 확신은 우정 뒤에 조용히 자리하고 있었다.

그 즈음 나는 내 인생 어딘가에 방치되어 있던 슈퍼히어로 만화를 재발견했다. 집 근처 세븐일레븐에 들어서니 정문 옆 회전 거치대에 꽂힌 코믹스들이 화려한 색깔, 역동적인 묘사, 기묘한 여정을 기대하게 만드는 담대한 제목으로 내 멱살을 잡아끌었다. 〈언캐니 엑스맨〉 129권의 표지에 있는 '헬파이어 기사로부터 우리를 구하소서!'라는 문구가 눈에 띄었다. 어린 시절, 나는 유전적인 운명의 장난으로 초인적인 힘을 지닌 탓에 괴롭힘을 당하는 십대 이야기가 담긴 〈엑스맨〉을 읽었다. 하지만 〈언캐니 엑스맨〉은 내가 예전에 읽었던 엑스맨과 달랐다. 흘러넘치는 탐스러운 백금발의 머리칼과는 어울리지 않는 흑인 여성이 손에서 번개를 쏜다고? 나는 그 장면을 찾기 위해 만화책을 펼쳤고 완전히 빠져들었다.

당시 국가의 인종적, 종교적 편견에 대한 은유로 다소 대담하게 구상됐던 〈엑스맨〉은 이제 성소수자의 경험을 훨씬 더 가까이에서 그려내게 됐다. 코믹스의 독특한 슈퍼히어로 배경 구성(다른 사람들과 다르게 태어난 사람들이 청소년기에 무시무시한 비밀을 발견하고 그 능력으로 자신을 싫어하는 세상을 구하기 위해 노력한다)은 마치 내가 쓴 것 같았다. 그건 내가 의지할 수 있는 이야기였다.

나는 행복하게 마리오, 필, 울리, 크리스와 SF나 판타지뿐만 아니라 만화에 대한 사랑도 공유했다. 영화와 함께 나는 한 걸음 더 나아갔다. 크리스는 자신의 포스트 아포칼립스 SF 쿵푸 서사를 슈퍼 8 필름으로 찍기로 했다. 자연스럽게 우리들은 영화 스태프로 고용됐다.

고등학교 생활은 새로운 길을 찾을 수 있게 도와줬을 뿐 아니라 새를 잘 볼 수 있는 새로운 장소도 발견하게 해줬다. 중학교는 집과 길 하나를 두고 마주보고 있었지만 고등학교에 가려면 20분 정도 걸어 농장과 마을의 급수탑이 서 있는 식림지를 지나야 했다. 철새들이 찾아오는 시기에 나무가 어떻게 활기를 띠는지 알아차리자 그 20분은 2시간으로 늘어났다.

이 숲은 내 정신을 완전히 앗아갔다. 점점 커지며 "채-티, 채-티, 채-티, 채-티!" 하고 울려퍼지는 소리를 처음 들었을 때, 나는 이 소리를 낸 명금류를 찾으러 한 시간을 보냈다. 덤불 아래를 들여다보기 위해 배를 깔고 눕기도 했다. 그리고 머리 위에 주황색 줄무늬가 있고 올리브색 등과 줄무늬 배를 가진 귀여운 눈망울의 새를 발견했다. 그 후로 가마새Ovenbird의 노래를 잊은 적이 없다(물론 그렇다고 깊은 숲속 번식지에서 노랫소리를 들었을 때 쉽게 찾을 수 있게 된 건 아니었다). 나는 작은 숲속에서 집요하게 추적해 다른 솔새들의 노래도 익혔다. 귀여운 마스크를 뒤집어 쓴 강도처럼 생긴 모습으로 "위치타-위치타"하고 우는 노란목솔새Common Yellowthroat와 꿈을 꾸는 듯한 잊기 힘든 목소리로 "트리, 트리, 머머링 트리"하고 우는 검은목녹색솔새Black-throated Green Warbler를 난생 처음 목격했다. 검은색 턱받이 위에 빛나는 금빛 얼굴을 가진 한 쌍의 수컷을 목격한 후에 나는 그들을 미친 듯 뒤쫓게 되었다. 이 놀라운 발견은 나의 고독과 맞물려 나를 흥분시켰다. 숲의 비밀이 나에게만 그 모습을 드러내는 것 같았다.

> ### 🐦 탐조 팁
>
> 다른 사람과 혹은 혼자서 탐조를 하다 보면 탐조 기술도 향상될 것이다. 열정적인 동료가 전해주는 도움이 되는 조언과 지식의 조합, 홀로 발견한 새로운 사실의 잊을 수 없는 인상은 당신의 탐조력을 기하급수적으로 향상시킬 것이다.

비슷하게 나는 20대에 홀로 탐조를 하며 흥미로운 사실을 배우거나, 십대 시절처럼 갑자기 창의적인 생각이 떠오르기도 했다. 이른 여름의 어느 날 허드슨 밸리를 거닐다가 덤불에서 유리멧새Indigo Bunting가 날아오르게 만든 적이 있었다. 참새 크기의 유리멧새는 미국 동부 절반 전역에 걸쳐 번식한다. 그리고 운이 좋게도 내가 사는 지역에서는 숲과 경계를 이루는 넓은 지역만 찾으면 그곳에서 유리멧새를 만날 수 있다. 유리멧새는 내 시야에 잘 보이는 근처 참나무 가지에 내려앉았다. 회색빛이 가득한 푸른 깃의 유리멧새는 털갈이를 하는 종은 아니지만, 오전 한나절의 태양을 받아 전반적으로 전형적인 푸른색을 띠고 있었다. 몸통은 전청색, 머리는 바다색보다 깊은 푸른색이었다(대부분의 새의 깃털에는 파란색이 없다는 것을 기억하자. 새의 천연색은 깃털의 구조에서 유래하며, 깃털의 구조는 우리 눈에 파란색으로 보이도록 빛을 반사시킨다. 그렇기에 빛이 별로 없거나 구름이 잔뜩 낀 날이면 파랑어치Bluebird 같은 파란 새들은 모두 회색으로 보인다).

하지만 풍부한 색조는 내 관심을 끄는 중요한 요소가 아니었다. 유리멧새는 자신이 앉아 있는 가지를 부리로 계속 쪼는 특이한 행동을 했다. 딱따구리처럼 수직으로 망치질하듯 위아래로 움직이는 게 아니라, 좌우로 움직였다. 나는 유리멧새가 부리로 무언가를 털어내 어떻게든 깨끗하게 만들려 한다고 생각했다. 그리고 이런 모습은 일곱 가지 탐조의 기쁨 중 하나를 일깨웠다.

탐조의 세 번째 즐거움

과학적 발견의 기쁨

나는 멧새가 근처에 둥지를 틀었다는 사실을 깨달았다. 겨우 한 발자국 떨어진 거리였다. 내가 둥지 근처로 지나가자 멧새는 갑작스레 날아올랐다. 내가 자기 가족을 위협했다고 생각해 화가 난 것 같았다. 하지만 자그마한 새가 공격하기에 나는 너무 거대했다. 그래서 멧새는 자신이 앉아 있는 나뭇가지의 거스러미를 부리로 두드리는 것으로 만족해야 했다. 사실 멧새는 나를 때리고 싶었을 것이다. 나는 새들이 화를 다른 방향으로 푼다는 사실을 들은 적 있었지만 그 모습을 실제로 목격한 건 처음이었다. 이 멧새는 자신의 감정을 배출할 배출구가 필요했고 나뭇가지는 그 분노를 온몸으로 받아내고 있었다.

같은 방식으로, 라뮈스Ramus 박사가 탄생했다.

라뮈스 박사는 좌절감으로 만들어진 캐릭터다. 돌이켜 생각해보면 당연하다. 고등학교는 서서히 나를 옥죄고 있었고 나는 숨이 막힌 채로 삶의 끝에 다다라 있었다. 내 고통을 어떤 농담으로 만들어버리면서 창조력은 나를 다시 한 번 구원했다. 당연한 말이지만 그 당시에는 무슨 일이 벌어지고 있는지 몰랐다. 비록 어둡고 뒤틀린 복합적인 유머였지만 내게 이건 그저 악의 없는 장난이었다. 빈센트 프라이스가 출연한 과장되고 섬뜩한 영화인 〈복수의 화신 닥터 파이브스〉에 영감을 받아, 나는 복수를 위해 나만의 분신을 만들었다. 기원을 알 수 없는 사악한 존재로, 모욕적인 인종적 비유와 왕년에 자주 들었던 동요를 가지고 노는 캐릭터였다. 완전히 뒤집어 생각하며(그래서 R을 뒤집어 Яamus라는 이름을 사용했다) 심술궂게 분노를 풀어놓을 수 있는 존재가 필요했다.

저기 앉은 토끼를 보라

장거리 행진을 하는 길 한 가운데에

머지않아 토끼는 꿈쩍하지 않을 것이다

토끼는 발 아래에 밟힐 것이다

소아마비 구제 모금 운동은 사람의 목숨을 구한다

하지만 **토끼자리**의 삶은 곧 박탈당할 것이다

부츠와 신발과 운동화는 그 자리를 즈려밟는다

아주 끔찍하게 토끼의 목숨을 앗아갔다

머리에서 혈액과 뇌가 새어나온다

토끼의 털은 붉게 물들어간다

라뮈스 박사가 환희에 차서 춤추는 모습을 보라

죽은 토끼의 시체 위에서

‘라뮈스 시’의 특징은 엄격한 관찰자 시점에서 자신의 뮤즈를 바라본다는 것이었다. 라뮈스는 자신의 손을 더럽히지 않았다. 그 시절 나는 라뮈스 시를 수도 없이 써내려갔다. 점심시간이나 수업이 끝난 후 공책 귀퉁이에 한가로이 글을 끄적였다. 라뮈스 시는 유치한 방법으로 웃음을 주었고 내 잠재의식이 암울한 경험으로 점철됐다는 사실을 은연중에 표출했다. 나의 또 다른 자아가 이 주제로 논문을 써 박사 학위를 취득할 때까지. 당신이 누구든, 무고하든 친절하든 순수하든(**특히** 당신이 무고하고 친절하고 순수한 사람이라면) 이 세상은 그저 재미를 위해 당신이 ‘고통 받으며 단명하게’ 만들 것이다. 모든 것이 잘못되었고, 당신은 웃는 것 말고 할 수 있는 게 없다.

그래서 나는 겉으로는 웃었다. 하지만 속으로는 무너지고 있었다. 당장이라도 폭발할 것 같은 졸업 시기가 다가오자 결국 나는 누군가에게 커밍아웃하기로 결심했다. 컴퓨터과학 시간(이제는 컴퓨터 세계에서 삼엽충 정도의 위치를 지닌 BASIC 프로그래밍 언어를 배우는 수업이었다)에 나는 친구 데브에게 쪽지를 건넸다. 그러나 몇 주 동안 쪽지를 주고받으면서도 나는 진실을 털어놓을 수 없었다. 데브는 내가 게이거나 암에 걸렸다고 결론지었다(정말? 어떻게 알아들은 거야?).

이 일은 내게 커다란 발전이었다. 그러니까 내가 암에 걸린 게 아니라고 인정하는 일 말이다! 데브는 걱정할 필요가 없었다. 중학교 때부터 신뢰를 쌓아왔고 내가 알게 될 사람 중 가장 훌륭한 인물 중 하나였다. 데브는 가톨릭 신자였다. 그리고 나는 자라면서 내 삶 전체를 가톨릭 신자들 사이(우리 할머니도 포함이다)에서 보냈다. 가톨릭교회의 지도자들은 독단적이었지만, 평범한 신자들은 사람들에게 관심이 많고 스스로 결정을 내리며 타인에게 친절했다. 하지만 데브보다 좋은 사람은 없었다. 데브와 함께라면 내 고백은 안전했다.

데브는 짧은 학창시절 동안 알게 된 내 유일한 친구로 남았다. 내가 몇 년 동안 조심스럽게 유지해 온 방어선에 작은 균열이 생겼고 그곳으로 충분한 햇볕이 들어왔기에 나는 더 나은 삶으로 향하는 길을 찾을 수 있었다.

더 나은 삶을 위한 또 다른 신호가 찾아왔다. 하버드대학교에 합격한 것이다. 나는 아주 얇은 편지봉투를 불안한 마음으로 열었다. 불합격 통보가 들어 있을까 봐 두려웠다. 그리고 합격 결과를 받아들고 이게 꿈은 아닐까 의심했다. 캠퍼스를 방문했던 고등학교 2학년 때부터 눈독을 들이고 있던 대학이라 나는 전율했다. 하버드가 빠른 결정을 내린 덕에 내가 등 떠밀려 다른 여러 대학교에 지원하고 답변을 기다리느라 조바심을 내지 않아도 됐다. 나는 하늘로 날아오를 것 같은 기분으로 오랜 시간을 보냈기에 가족들의 반응도 제대로 신경 쓰지 못했다. 하지만 내가 사랑하는 할머니와 (현재는 이혼하셨지만) 부모님 모두 누구보다도 자랑스러워했다는 건 알고 있다. 오랜 기간 동안 좋은 성과를 내왔고 예상했던 결과였더라도, 흑인 중산층 가족에게는 엄청난 성취였다.

마침내 입학 전 환영 패키지를 받았을 때 나는 중앙 동아리와 공식 활동 리스트를 샅샅이 살펴보았다. 그리고 하버드 탐조 클럽과 남몰래 기대감을 품었던 게이 연합 동아리에 가입할 수 있다는 사실을 알게 됐다. 그곳에서 나와 비슷한 사람을 만날 가능성이 있었다. 희망이 있었다. 나는 하버드에서 게이로서 잘 살아낼 것이다. 사랑을 찾을 것이다.

고등학교를 졸업하고 크리스는 SF와 쿵푸를 결합한 이야기를 영화로 만들기 시작했고 우리 괴짜 패거리가 동원됐다. 내가 맡은 아주 사소하고 대사 없는 역할('방사능 불량배 3'으로 표현하면 가장 적절할 것이다)은 까다로운 스턴트를 선보여야 했다. 곧 무너질 듯한 버려진 건물의 피난용 사다리에 매달려 있다가 2.4미터 높이에서 주연 배우(크리스의 친구 밥이 맡았다) 뒤로 떨어져 가짜 납 파이프를 휘둘러야 했다. 나는 운동신경이 전혀 없었지만 그 장면을 흠 잡을 데 없이 해냈다. 촬영에 들어간 바로 그 순간 뒤에서 운전을 하고 있던 자동차만 빼면 모든 게 완벽했다. 포스트 아포칼립스에는 혼다가 없었다. 우리는 그 장면을 다시 찍어야 했다. 나는 불길한 예감을 느끼며 못 쓰게 된 피난용 사다리를 올려다보았다.

예술을 위해 그리고 친구들 앞에서 체면을 차리기 위해 나는 두 번째로 기어올라갔다. 내가 걱정했던 것처럼 사다리가 무너지진 않았기에 나는 배역에 충실하게 다시 매달렸다. 밥이 내 아래로 지나갔다. 방사능 불량배 3에게 뛰어내려서 파이프를 휘두르라는 큐 사인이 떨어졌다. 나를 설득하는 목소리들이 들렸다. 조금만 망설여도 너무 늦어버릴 것이고 장면은 엉망이 될 것이다. 나는 준비가 되지 않았지만(내 몸은 여전히 살짝 흔들리고 있었다) 이 장면을 다시 찍고 싶지도 않았다. 그래서 나는 그대로 하강했다.

나는 발뒤꿈치로 착지했고 그대로 뒤로 고꾸라졌다. 그리고 넘어지면서 오른팔로 땅을 짚었다.

우지직!

납득할 수 없는 수준의 고통은 아니었다. 하지만 생전 처음 보는 Z 모양으로 팔뚝이 접혀 있었다.

나는 충격을 받았다. 크리스, 필, 마리오, 밥도 충격을 받았다. 현장에 출동한 경찰도 충격을 받았다. 팔을 절단해야 할지도 모른다고 되뇌는 동안 일이 우스꽝스러운 방향으로 흘러갔다. 심각한 부상을 표현하기 위한 선혈이 낭자한 포스트 아포칼립스 분장 때문에 오해를 한 경찰은 도로에 앉아 팔을 끌어안고 있던 나를 제외한 모든 사람에게 달려갔다.

일요일에 골프장에서 응급실로 소환당한 정형외과 의사는 다정하게 팔을 잡아당겨 뼈의 위치를 다시 잡았고 골프채를 휘두르듯 비틀었다. 나는 남은 여름 동안 깁스를 차고 있어야 했다. 친구들은 나를 세심하게 배려했고, 오른손잡이였던 내가 깁스를 찬 채로 어떻게 성욕을 다스릴지 궁금해했다. 십대 남자애들이란.

"그냥 왼손으로 바꾸면 되지."

나는 어깨를 한 번 으쓱하고 답했다. 밝힐 수 없는 쾌락을 즐기는 동안 내 머릿속에 드는 생각의 본질을 밝히지는 않았다. 벽장의 삶이란.

그로부터 얼마 지나지 않아 나는 경찰과 또 다시 마주하게 됐다. 끔찍한 결과로 끝날 수도 있었던 일이었다. 이 일 또한 내 괴짜 친구들과 함께 있었을 때 생긴 사건이다.

여름은 끝나가고 있었고 하버드에서 학기를 시작하기 위해 곧 보스턴으로 떠나야 했기에 나는 친구들과 함께 대규모 SF 컨벤션인 월드콘에 참가하기 위해 짧은 여행을 떠났다. 〈스페이스 1999〉 해적판 VHS 테이프부터 마블 코믹스의 〈테일즈 투 어스토니시〉 과월호까지 모든 것을 판매하는 수많은 판매대 가운데 나는 성배를 찾아냈다. 내 용돈으로 간신히 구매할 수 있을 정도의 가격인, 실물 크기의 견고한 중세시대 검을 판매하는 남자가 눈에 들어왔다. 아서왕 전설과 톨킨의 팬인 나는 황홀했다. 그리고 몇 년에 걸쳐 수집하는 여러 검 중 첫 번째가 될 이 검은 버스에 올라 나와 함께 뉴욕으로 향했다. 집으로 향하는 동안에는 검을 머리 위 짐칸에 두었다. 가방에 들어가기엔 크기가 너무 컸기 때문이다.

집으로 가기 위해 맨해튼의 포트 오소리티 버스 터미널에서 롱아일랜드 레일로드로 갈아타야 했기에 나와 친구들은 42번가 역에서 잠깐 지하철을 탔다.

"야, 만약에 누가 우리를 털려고 하면 그 칼 나한테 넘겨. 내가 해치울게."

지하철을 기다리던 플랫폼에서 필이 말했다. 도시 안에서 중범죄가 계속 벌어지고 있던 시절이었다.

"말도 안 되는 소리 하지 마. 내가 해치울 거야."

내가 대꾸했고 필은 코웃음을 쳤다.

"깁스를 하고 어떻게?"

"아, 그래? 잘 봐!"

나는 다친 오른팔로 천으로 만든 검집에서 검을 꺼냈다. 그리고 옛날 영웅처럼 검을 하늘 높이 들었다. 그러자 약간 기분이 좋아졌다.

나는 필과 다른 친구들의 입을 모두 다물게 만들었다. 내 솜씨를 보여주면서 깁스를 하든 말든 별 상관없다고 허세를 부렸다. 하지만 어쩌면 친구들은 내 뒤에 있는 누군가 때문에 아무 말도 할 수 없게 된 것일지도 모른다.

"그거 내려놔!"

나는 고개를 돌려 제복을 입은 두 경찰이 조심스레 다가오는 모습을 발견했다. 백인 경찰 둘이 쭈그리고 앉아 권총집에 손을 가져다댔다. 나는 침을 꿀꺽 삼키고 천천히 검을 플랫폼에 내려놓기 위해 무릎을 꿇었다. 나 같은 범생이에게 이런 경찰과의 대치는 정신을 차리기 힘든 일이었다. 나는 1.5초 만에 의기양양했던 상태에서 공개적인 굴욕으로 추락했다. 일이 정리되는 데는 그리 오래 걸리지 않았다.

"얘야, 어디서 왔니?"

경찰 하나가 물었다.

"롱아일랜드요."

마치 그 사실이 모든 걸 설명해줄 거라는 듯이 내가 소심하게 답했다. 그리고 뉴욕 경찰 둘에게는 그런 듯 보였다.

그걸로 끝이었다. 나는 새로 산 검을 벽에 걸어보기도 전에 압수당할 거라고 확신했다. 하지만 경찰은 내게 집에 갈 때까지 검을 검집에 넣어두라고 말하고는 보내줬다. 털끝 하나도 건드리지 않고.

그때조차도 나는 내가 또 다른 통계 숫자 중 하나가 될 뻔했다는 사실을 모르고 있었다. 나는 경찰 손에 목숨을 잃은 또 한 명의 젊은 흑인이 될 수도 있었다. 이런 헤드라인이 나왔을 것이다. "하버드 입학 전날, 흑인 우등생이 백인 경찰에 의해 사망했다." 그 대신 나는 40년 후까지 살아남아 헤드라인을 만들 수 있게 됐다. 그리고 미래에도 이 날을 떠올릴 것이다.

대학은 내게 완전히 새로운 경험을 선사했다. 하지만 하버드에 입학했을 때 남부연합기가 반겨주는 모습은 십대 흑인으로서 조금 버거웠다.

룸메이트 마이크는 침실 벽면에 남부연합기를 걸어두었다. 다섯 명씩 무작위로 같은 기숙사를 쓰도록 배정됐고, 우리는 우연히 방을 같이 쓰게 되었다. 마이크는 친절한 사람 같았다. 미니애폴리스(그의 티셔츠에는 '〈겨울왕국〉이 선택한 땅'이라고 적혀 있었다) 출신의 건장한 유대인으로 평생을 동부에서 살았지만 평이한 발음을 고수했다. 사실 나중에 알고 보니 하버드 학생으로서 그리고 룸메이트로서 기대할 수 있는 모든 것을 갖춘 사람이었다. 친절하고 매력적이고 두뇌 회전이 빠르며 사려 깊었다.

하지만 저 깃발은…….

대체 저 깃발은 어디서 난 걸까? 가족들이 남부에서 이주해 왔다거나 백인우월주의 세상을 갈망하던 것도 아니었다. 세상에, 마이크는 유대인이었다. 하지만 그때는 1980년 가을이었고 흑인 커뮤니티 바깥에서는 그 깃발의 의미(진홍색 들판에 새겨 넣은 노예제와 억압의 선혈)가 제대로 자리 잡지 못했다. 실제로 인기 있는 텔레비전 드라마인 〈해저드 마을의 듀크 가족〉은 매주 황금 시간대에 미국의 수백만 가구에 이 깃발이 순수하게 남부를 상징할 뿐이라는 이미지를 불어넣고 있었다. 악동 같은 보와 루크가 좋은 시간을 보내고 있네. 그들이 커스텀한 자동차가 반항적인 젊음의 상징으로 뒤덮여 있는 것 좀 봐! 누가 여기에 딴지를 걸 수 있을까?

그렇기에 나는 큰 소리를 내지 않았다. 방으로 돌아와 벽에 걸린 깃발을 지나칠 때마다 그걸 속으로만 노려보며 으르렁거릴 뿐이었다. 나는 일주일을 그렇게 견뎠다.

"마이크. 저 깃발 내려줬으면 좋겠어."

하지만 결국 나는 말을 꺼냈다.

"뭐? 왜?"

"저 깃발, 흑인들에게 모욕적이야."

"에이, 왜 그래."

"마이크, 내가 만약 방에 나치 깃발을 건다고 생각해 봐."

마이크는 머릿속으로 연결고리를 찾는 듯했다.

"깃발 바로 내릴게."

그렇게 캠브리지와 메사추세츠 사이의 또 다른 전쟁은 남부 연합의 처참한 패배로 빠르게 끝났다.

마이크는 나 때문에 예상치 못한 경험을 또 한 번 했다고 했다. 바로 비틀즈의 〈화이트 앨범〉이었다. 나는 비틀즈의 곡에서 동질감을 느꼈는데, 더블 LP(1980년에도 레코드판이 있었다)를 들었을 때는 정말로 새로웠다. 그중 한 곡이 특히 심금을 울렸다.

검은 새가 캄캄한 밤에 노래를 불러요
부러진 날개로 날아보려 하죠
평생 동안
날아오를 이 순간만을 기다렸어요……

폴 매카트니는 부드러운 코드 진행으로 노래했다. 주위를 환기시키려는 듯 부드러운 멜로디를 들려주면서. 노래는 표면적으로는 새에 대한 이야기였다. 나는 그 미지의 새가 붉은어깨검정새가 아니라 대륙검은지빠귀라는 것은 몰랐다. 한밤중에 세레나데를 부르는 대륙검은지빠귀의 목소리는 몇 년이 지나 베를린의 게이 커뮤니티가 운영하는 바에서 숙소로 돌아가던 길에서 처음 듣게 됐다. 그리고 매카트니가 흑인 시민권 투쟁의 결정적인 순간에 그 노래를 흑인 여성(영국 속어로 '새'는 예쁜 여자를 뜻한다)에게 바치기 위해 만들었다는 사실도 그때는 몰랐다. 이 사실은 '검은 새'에 대한 내 감상을 더 깊게 만들었지만, 그 당시에는 아직이었다.

통찰력이 있었던 나는 이 노래를 소중히 여겼다. 나는 다른 모든 신입생처럼 인생 2막이 시작하길 간절히 바라면서 희망을 가득 안고 대학에 입학했다. 내게 그런 욕망은 중요했다. 겉으로 보기에는 활기가 넘쳤지만 내면의 무언가가 망가져 있다는 사실을 알고 있었다. 삶을 지속할 수 없게 만드는 어두운 무언가가 내 안에 차곡차곡 쌓여왔다.

내가 여기서 벗어날 수 있는 방법은 아직 발견하지 못했지만, 하버드의 환경은 고등학교 때와는 완전히 달랐다. 태어나 처음으로 몇 달 동안 집을 떠나 갑자기 독립해서 살아야 하는 일은 말할 것도 없었다. 나는 이 상황을 즐겼고 내가 환경의 변화만으로 자연스럽게 감옥에서 나올 수 있을 거라고 생각했지만 틀렸다. 어떤 경우에서는 내 상황이 더 불안정해졌다. 이제부터는 잘 모르는 네 명의 남성과 24시간을 보내야 했기 때문이다.

무작위로 한 방에 모인 신입생 조합은 소수민족 혹은 미국의 지리학적 내용을 담은 베네통 광고 같았다. 뉴욕 교외에서 온 흑인인 나, 미니애폴리스에서 온 유대인 마이크, 로스앤젤레스에서 온 라틴 혼혈의 스티브 T, 콜로라도에서 온 진지한 퀘이커교도 켄, 시카고 교외에서 온 또 다른 백인 스티브 P. 스티브 P는 늘 자기만의 세계가 있었지만 나머지 넷은 서로 다른 점만큼이나 비슷한 점이 많다는 사실을 금방 발견했다.

스티브 T는 내게 데드 케네디스, 윌 오브 부두, 그밖의 1980년대 LA 펑크와 얼터너티브 락 장르를 뒤흔든 밴드들을 소개해줬다. 켄이 자신의 퀘이커교도 가족들을 소개하며 사용하는

'자네Thee'와 '당신Thy'이라는 단어는 놀라울 만큼 시대착오적이었지만 왠지 모르게 그의 부드러운 기질과 어울렸다. 나는 〈엑스맨〉을 전파했다(오늘날 크리스 클레어몬트와 존 번의 크리에이티브 팀이 만든 대표적인 스토리라인이 된 〈다크 피닉스〉 시리즈와 〈데이즈 오브 퓨처 패스트〉가 있던 시대에 이는 별로 어렵지 않았다). 그리고 모든 '덕후'가 그렇듯 나는 〈엑스맨〉을 힘든 일을 이겨낼 때마다 읽었다. 기숙사 방은 나카자와 케이지의 강렬한《내가 봤어요: 히로시마 원자폭탄 생존자의 이야기》부터 영국의《워리어》문집, 당시에는 아직 잘 알려지지 않았던 만화가인 앨런 무어(후에《왓치맨》으로 만화의 신이 됐다)의 강렬하고 이상한 연재작인《브이 포 벤데타》까지 다양한 작품으로 가득했다(서브플롯 속 예상치 못하게 사건을 해결한 동성애자의 이야기는 나를 눈물 흘리게 했다. 오늘날에도 보기 드문 스토리이며, 이런 전개를 선택한 만화는 거의 유일하다. 스포일러는 하지 않겠다). 종국에는 룸메이트들이 나만큼 간절하게 금요일을 기다리는 지경까지 이르렀다. 매주 금요일은 '밀리언 이어 피크닉'에 신작이 도착하는 날이었다. 나무로 만든 책꽂이가 빽빽하게 들어선 이곳은 놀라움으로 가득했고, 여전히 하버드 광장의 제일가는 만화책 상점으로 남아 있다.

　　비록 마이크가 나로 추정되는 코골이에 투덜거렸지만(지금까지도 나는 마이크의 음성 녹음이 조작됐다고 생각한다) 나와 마이크는 빠르게 친해졌다. 남부연합기는 오래전에 사라졌다(수십 년이 지나 나는 마이크가 그 깃발을 갖게 된 이유를 들었다. 여름 토론 캠프에서 어떤 사람이 마이크에게 준 선물이었고, 마이크는 그냥 멋진 기념품으로 생각했다고 한다). 그 대신 우리 침실에는 예기치 못한 죽음을 맞이한 아이들에 관한 이야기인 에드워드 고리의《펑 하고 산산조각 난 꼬마들》포스터가 걸렸다(내가 가장 좋아하는 부분은 여기다. "'N'은 따분함 때문에 죽은 네빌을 위한 것이란다."). 이 책은 라뷔스식 유머와 완벽하게 맞아떨어졌다. 마이크는 상황에 잘 들어맞는 직설적이고 일상적인 유머를 구사했다. 그는 과제를 할 때도 명석했다. 나는 고질적으로 일을 미루는 성향이 있어서 보고서 마감 전날 밤부터 과제를 시작하기 위해 내 저렴한 수동 로열 타자기를 마지못해 뚱땅거리곤 했다. 이렇게 다른데도 롱아일랜드 출신 흑인 소년과 미네소타 출신 유대인 소년은 공통점이 있었다. 우리는 너무 똑똑한 탓에 사회적으로 소외감을 느꼈던 역사를 공유했다. 나는 최근에서야 마이크가 대학에서 첫 주를 보내고 집으로 편지를 쓰면서 "나와 완전히 똑같은 사람을 찾았다"고 했다는 걸 그의 형한테서 들었다.

글쎄, 마이크와 **완전히** 똑같지는 않았다.

캠퍼스에 도착했을 때부터 계획한 대로, 나는 남몰래 게이 연합 동아리 모임에 참석했다. 그곳에서 나는 두려움으로 가득 찬 토끼처럼 보였을 것이다. 동아리 회원들의 눈치를 살피면서도 동아리 밖의 사람이 내가 여기 있다는 사실을 알아차릴까 봐 안절부절했으니까. 동아리에서 일어났던 일은 하나도 기억이 나지 않는다. 기분이 매우 들뜨는 동시에 겁이 나기만 했다. 그렇다고 매주 동아리에 가는 것을 멈출 만큼 공포스러운 건 아니었다. 나는 모임에 참가할 때면 사랑을 얻기 위해 나비를 유혹하듯 은은한 꽃향기가 나는 애프터쉐이브를 사용했다. 나는 캘빈클라인 광고에서 긁어모은 자료 이상의 매력 매커니즘을 잘 이해하지 못했다. 동아리의 절반 정도는 나처럼 겁이 많았다. 그곳에서 의미 있는 관계를 만든 건 손에 꼽을 정도다. 그리고 그중 누구와도 연애로 이어지지 않았다.

그래도 중요한 건 가면을 벗을 수 있는 공간이 있다는 것이었다. 이건 전례 없는 일이었다. 그리고 그 순간만큼은 모든 것을 가진 듯했다.

하지만 그 방을 나서면 그렇지 않았다. 첫 학기 중반에 나는 게이 연합 동아리 회원들을 찾기 위해 내 룸메이트와 학생식당에 흩어져 있는 신입생들 사이를 느릿느릿 걸어갔다(그때 우리는 서로 무척 친해져서 거의 모든 끼니를 함께했다). 연합 동아리에서 이런 노력을 하는지는 몰랐다. 한 식탁에 단체석 표지판이 놓여 있었고 동아리 회원들은 눈에 띄기 위해 모여 있었다. 몇 주 동안 모임에 참석하면서 동아리 회원들은 서로를 인지하고 있었다. 그곳에 앉거나 친근하게 인사를 건네지 않고 지나쳐버린 건 순전히 겁이 났기 때문이었다. 동아리 회원들을 배신했다는 죄책감보다 더 강했던 건 내가 아웃팅을 당하지 않을까 하는 순수한 두려움이었다.

벌칸식 감정 조절이 효과를 발휘했고, 나는 조금이라도 발걸음을 머뭇거리거나 동아리 회원들이 앉아 있는 쪽으로 고개를 돌리지 않고 옆을 지나쳤다. 누구도 내 이름을 부르지 않았다. 회원들은 내가 벽장에서 나오기를 망설이고 있다는 것을 알고 있었다. 다들 그런 경험을 했으니까. 동아리 회원들과 떨어진 곳에 자리를 잡자 긴장이 풀렸다. 어쩌면 이렇게 살아남을 수 있다고 생각했을 때, 마이크가 무심코 정곡을 찌르는 말을 던졌다.

"크리스, 네가 저기 앉지 않아서 정말 다행이야!"

마이크는 나를 빤히 쳐다보며 말했다. 그리고 자기가 뱉은 말도 안 되는 생각에 깔깔 웃었다.

"나도."

나는 얼굴에 웃음기를 지우지 않은 채로 똑같이 웃어보였다. 이런 연습을 수년 동안 해왔다. 전혀 괜찮지 않고 바로 그 순간 내 마음이 무너지고 있었어도 겉으로는 티가 나지 않았을 것이다. 간신히 미소를 짓고 있는 입꼬리도 어색하지 않았을 것이다.

내가 산 채로 묻힌 묘지의 풀은 더 이상 푸르지 않았다. 동아리 속에서 한 줄기 빛을 보기도 했지만 나는 대학에서도 도망쳐야 했다. 그 순간은 내가 신경 쓰는 사람이나 나를 신경 쓰는 사람과 함께 있으면 내가 갇혀 있던 공간으로 돌아갈 뿐이라는 사실을 일깨워줬다. 마이크는 자기도 모르는 사이 내 무덤 위 푸르른 잔디밭에 피크닉 돗자리를 펼치고 근사한 점심을 먹었다. 그 아래에서 내가 지르는 비명은 듣지 못한 채.

마침 핼러윈 시즌이었고 나는 투박한 로열 타자기 앞에 앉았다. 일어서려는 순간 완벽한 라뷔스 시가 떠올랐다. 당시 정점을 찍었던 슬래셔 무비들을 떠올려보자. 〈13일의 금요일〉, 〈프롬 나이트〉, 〈지옥의 모텔〉, 〈공포의 수학 열차〉 등등("시그마 파이의 아이들아. 이중 몇 명은 살아남을 것이고, 몇 명은 죽을 것이다."). 그리고 타이피스트가 아니었던 나는 두 손가락을 가능한 빠른 속도로 움직여 글자들을 쏟아냈다.

좋은 시간을 보내며 당신은 모든 것을 목격했다
앞뒤 재지 않는 섹스부터 걷잡을 수 없이 벌어지는 범죄까지
이제 이리 와서 보라
당신의 입에서 노래가 흘러나오게 만들 것이다
숭고한 기쁨과 행복으로

그래, 모두 학교에 있지
금발, 운동광, 범생이, 멍청이

당신을 울게 만들 불신의 사랑
하지만 이제 모두 죽어가는 것을 지켜볼 거야

이 시는 우리 모두가 어떻게 서로를 만났는지에 대해 과장된 묘사로 쓰였다. 알아두어야 할 점은, 이 시가 교내 총기 난사가 빈번하게 일어나는 오늘날보다 훨씬 옛날에 쓰였다는 것이다. 지금 이런 내용을 쓴다면 학교에서 제명당하고 정신건강 전문가에게 의무적으로 심리치료를 받아야 할지도 모른다. 분명히 말하지만 내게 실제로 살인을 하려는 의도는 없었다. 내가 스스로(흉내지빠귀를 포획하려다 과속하는 차에 깔린 '범생이')를 저주받은 사람에 포함시켰기 때문에 이 사실은 분명하다. 당시 나는 모기조차 잡지 못했다. 그저 피부에 앉지 못하게 쫓아버리는 정도였다. 살생을 하는 건 죄를 짓는 것이라고 생각했기 때문이다. 모든 라뷔스 시가 그랬듯이 운율은 진부한 반전을 즐기는 나를 포함해 몇몇 사람들을 기쁘게 만들기 위한 것이었다.

라뷔스 시의 결론과 비슷했지만 반전은 없던 현실은 암울해 보였다. 캠브리지의 겨울은 춥고 따분했고, 예견했던 대로 나는 불안정했다. 계절성우울증(줄여서 'SAD'라고 쓴다)이라는 단어가 아직 만들어지지도 않은 때였지만, 나는 계절성우울증에 걸렸다는 것도, 내가 어떤 증상을 지니고 있는지도 모르진 않았다. 뉴욕 토박이로서 나는 겨울을 싫어했다. 캠브리지의 겨울은 길었다. 더욱 끔찍하게도 1학기 기말고사에서 저조한 성적이 예상되자 우울감은 가중됐다.

나는 공부를 할 때 만성적으로 게을렀지만 그런 대로 잘 해내고 있었다. 하지만 기말고사 직전이 되자 이조차도 확신할 수 없게 됐다. 내게 가장 큰 위안이던 탐조를 멈출 수밖에 없었으니까. 나는 한겨울에 나가는 탐조가 그닥 생산적이지 않다는 사실을 알게 됐다. 특히 내가 좋아하는 명금류를 잘 볼 수 없었다. 게다가 추위를 많이 타는 나는 날씨를 견딜 수 없었다. 탐조 동아리는 연중 새가 가장 많을 때 활발했다. 의회 토론이나 WHRB 라디오에서 전하는 뉴스 같은 다른 것들은 주의를 분산시키기에 충분치 않았다.

결정적인 것은 내년 룸메이트 결정 데드라인이었다. 2학년 때 어디서, 누구와 살지를 결정하는 지원서 제출이 얼마 남지 않았었다. 우리 룸메이트 다섯 명은 계속 함께 살고 싶었고 어떤 2학년 기숙사가 최선의 선택일지에 대해 토론했다. 그리고 나는 더 이상 이렇게는 살 수 없다는 걸 깨달았다. 나의 근본적인 정체성을 지키기 위해 나는 24시간을 함께하는 사랑하는 친구들로부터 거리를 두어야 했다. 또 다시 한 해를 그렇게 보낸다면 무너져버릴 것 같았다.

어디서 그런 용기가 났는지는 모르겠다. 1981년에 동성애는 간신히 '입 밖으로 꺼내면 안 되는 것'에서 '다루기 어려운 기분 나쁜 화제' 카테고리로 빠져나왔다. 나는 열아홉 살에 불과했고 그리 현명하지도 않았다. 누구와도 섹스하지 않았고 심지어 남자와 키스한 적도 없었다. 하지만 그럼에도 어느 겨울 밤, 나는 룸메이트를 한 명씩 불러 커밍아웃을 했다.

마이크는 가장 마지막 순서였다. 처음 진실을 말했을 때 마이크는 우리가 늘 서로에게 하는 또 다른 장난이라 생각해 웃었다.

하지만 그건 장난이 아니었다.

마이크는 웃음을 멈추고 나를 바라봤다.

"진심이야?"

"응."

외줄 위에 불안하게 서있는 것만 같았다. 마이크는 또 한 번 멈칫하더니 몇 분 동안 내 말을 곱씹었다. 증거들을 연결하기보다는 내가 말하지 않은 부분까지 생각하는 듯했다. 내가 게이라는 사실이 그에게는 아무런 상관이 없는 걸까?

마이크는 어깨를 으쓱했다.

"멋지네."

이번에는 분쟁이 없었다. 친구들이 여전히 내 편임을 확인하는 단순한 과정뿐이었다.

마이크는 내가 그에게 가장 마지막으로 얘기했다는 것에만 가볍게 짜증을 냈다. 나는 우리가 침실을 함께 쓰는 사이고 그날 식당에서 그런 이야기를 했다는 걸 생각하면 그리 놀랄 일도 아니지 않냐며 반박했고, 마이크는 움찔하며 사과했다(마이크는 지금까지도 이 말을 꺼내면 움찔한다). 누구나 할 법한 질문들이 이어졌다. "누구랑 자보지도 않고 어떻게 그렇게 확신할 수 있어?"는 아마 내가 가장 많이 들어본 질문일 것이다. 그리고 모든 게이들은 이렇게 답할 것이다. 당신이 섹스해보지 않고도 이성애자라는 것을 확신하는 것과 같은 방식으로요.

갈팡질팡하며, 미국 전역의 서로 다른 배경에서 자란 청년 다섯 명에게 또 다른 다양성의 장이 열렸다. 말 그대로 다양성의 장이었다. 다음 번 게이 연합 동아리가 신입생 맞이 학생식당 테이블을 차지하고 있을 때 나는 그들과 함께 앉았고 룸메이트들은 나를 지지해줬다. 마이크와 스티브 T는 심지어 내가 처음으로 게이 바, 그러니까 '서포터즈'라는 지저분한 보스턴의 싸구려 술집에

갈 때 함께 가주기도 했다. 그곳에서 마이크는 추파를 받기도 했지만 정중하게 거절했다. 우리 다섯은 남은 대학 기간 동안 쭉 룸메이트로 남았다. 그리고 친구들에게 커밍아웃한 후로 나는 다시는 라뷔스 시를 짓지 않았다.

졸업이 한 달 정도 남았을 때, 하버드가 나를 쫓아내기 전 완성하기로 한 최종 목표가 있었다. 첫 매사추세츠 탐조 여행에서 내 자취를 되짚어보는 것이었다. 내가 대학 신입생이었을 때인 4년 전부터를.

케임브리지에 갔을 때 마운트 오번 공동묘지로 탐조를 꼭 가보라는 이야기를 들었다. 탐조를 하지 않는 사람들에게는 어리둥절할 말이다. 끝없이 솟아나는 녹색 나뭇잎 덕에 공동묘지는 꽤 자주 훌륭한 탐조 장소라는 평을 받았다. 대략 0.7제곱킬로미터에 펼쳐진 마운트 오번 공동묘지의 곳곳에는 보스턴의 엘리트에게 딱 맞는 노후의 안식처(그리고 수백만 마리의 철새를 위한 완벽한 쉼터)인 구불구불한 언덕, 일렁이는 웅덩이, 무성한 나무와 덤불이 숨어 있다. 크리스천사이언스*의 어머니인 메리 베이커 에디를 기념하는 전통적인 기념비와 함께 적갈색가슴솔새Bay-breasted Warbler를 발견하게 될지도 모른다. 흔히 목격할 수 있는 집참새House Sparrow 같은 갈색이지만 그보다 훨씬 우아한 색깔을 띠고 있다. 고즈넉한 경내에서 이런 눈에 띄는 여행자를 발견할지도 모른다는 가능성 덕에 보스턴 지역 탐조 지도에는 마운트 오번 공동묘지가 표시

---

*   1866년에 창시된 종교 단체로 물질은 한낱 환상일 뿐이며 심령만이 유일한 실재라는 내용을 담고 있다.

돼 있다. 당시 운 좋은 몇몇 학생은 정문 열쇠를 갖고 있었기에 공동묘지가 공식적으로 문을 열기 전 동틀 무렵부터 탐조를 시작할 수 있었다. 나는 지난 4년 동안 늦은 봄 수많은 아침을 마운트 오번 공동묘지에서 보내며 흥미로운 발견을 했다. 동시에 솔새를 찾는 실력이 향상됐고 마침내 뉴잉글랜드의 날씨가 풀렸다는 사실에 기뻐했다.

하지만 마운트 오번 공동묘지에서 처음으로 시도했던 탐조는 재앙이었다. 나는 전날 학교 컴퓨터 랩실(초기 퍼스널 컴퓨터가 학생들의 책상에 오르기까지는 아직 2~3년 정도 더 있어야 했다)에 있었다. 대학 생활에 익숙해지기 위해 컴퓨터 랩실에서 노닥거리는 일은 입학 첫 주를 마무리하기 좋은 방법처럼 보였다. 하지만 새롭게 얻은 자유는 나를 더 힘들게 했다. 늦은 시간에 콘센트를 뽑는 엄마가 없었기에 나는 밤새도록 게임을 했다. 젊은 데다 의지가 충만했던 나는 수면 부족은 문제가 아니라고 결론지었다. 바로 그때 나는 마운트 오번 공동묘지를 방문하기로 결심했다.

들었던 대로 나는 하버드 광장에서 마운트 오번 공동묘지로 향했다. 바람이 불기 시작하더니 구름이 몰려와 해가 뜨는 모습은 거의 볼 수 없었다. 9월이었지만 바람이 거세고 추워 마치 11월 같았다. 나는 옷을 제대로 갖춰 입지 못했다. 눈을 게슴츠레하게 뜨고 거의 의식이 없는 상태로 뼛속까지 시린 감각을 느끼며 느릿느릿 걸었다. 걸음은 끝이 나지 않을 것 같았다.

되돌아가려던 순간 나는 묘비가 있는, 내 목적지처럼 보이는 곳에 도착했다. 내가 생각했던 것보다 덜 인상적이었다. 그곳은 케임브리지 공동묘지였다. 자랑스러운 마운트 오번 공동묘지와 매우 가까운 곳으로, 원예와는 거리가 멀었다. 마운트 오번 공동묘지는 에덴에, 케임브리지 공동묘지는 미국의 전형적인 소도시에 있었다. 사후에도 계급이 지속된다는 것은 피라미드만큼이나 오래된 사실이다. 그 사실이 오래됐다고 불만이 없는 건 아니다.

하지만 그 순간에는 내가 잘못된 공동묘지에 도착했다는 사실을 몰랐다. 그래서 나는 으슥한 곳에서 탐조를 하려 했다. 금방이라도 비를 뿌릴 듯한 폭풍우, 먹이가 별로 없는 서식지, 제 기능을 하지 못하는 정신력 때문에 나는 새를 거의 보지 못했다. 부드럽고 높은 음으로 열렬하게 우는 애기여새Cedar Waxwing 몇 마리, 아침 하늘만큼 회색빛을 띄는 댕기박새Tufted Titmouse 외에는 그리 많지 않았다.

언덕 위에 있던 새를 제외하면.

멀리서 본 그 새는 의자 실루엣 같아 보였다. 그 실루엣은 홀로 서서 곧 번개를 쏟아낼 것처럼 요동치는 하늘을 받아냈다. 나는 저렇게 튼튼하게 생긴 의자가 공동묘지 한가운데에서 뭘 하고 있는지 이해할 수 없었다. 그러나 수면이 부족한 내 몸은 의자에 앉기를 간절히 원했다. 그 의자는 내게 손짓하는 것처럼 보였다. 흥미가 생긴 나는 그 물체를 자세히 살펴보기 위해 다가갔다.

깜깜한 하늘조차 물체를 숨길 수 없을 만큼 가까이 다가서자 나는 눈을 깜빡이고 몸서리칠 수밖에 없었다. 그건 의자가 아니라 의자처럼 생긴 묘비였다. 그 묘비에는 날짜 없이 'C. 쿠퍼'라고 적혀 있었다.

나는 기숙사 방까지 달려갈 뻔 했다. 그 〈환상특급〉 같은 순간은 4년 동안 나를 괴롭혔다. 다음번에 마운트 오번 공동묘지를 제대로 찾아갔을 때 나는 목숨을 위협받은 것처럼 공동묘지를 피했다. 그날 수면 부족으로 환각이 일어났다고 믿었다. 어떻게 이게 현실일 수 있단 말인가?

하지만 4년이 지나 이곳에 돌아와 묘비를 노려보면서, 나는 여기 서 있었다. 그건 진짜였다. 좋아, 어쩌면 내가 기억하는 것보다 덜 드라마틱한 상황일지도 모른다. 봄이었고 낮이 길었기에 그 영향력은 덜했다.

이제 그 묘비는 나를 위협하지 못했다. 나는 그 무덤을 더 이상 떠올리지 않았다. 나는 한 발 나아갔다가 등을 돌리고 묘비로부터 영원히 멀어졌다. 두 번 다시는 돌아가지 않았다. 나는 여전히 회복이 필요한 블랙버드였지만, 회복은 이미 시작되었다. 졸업식이 다가오고 있었고, 이전의 모든 삶을 공동묘지에 남겨두고 나는 집으로 향했다.

4장

다른 방식으로 보기

긴꼬리검은찌르레기사촌Grackle은 내가 사랑하기 힘든 미국 블랙버드였다. 먼저, 긴꼬리검은찌르레기사촌은 어디서나 목격할 수 있기에 대부분의 탐조인들이 선호하는 특성과 반대되기 때문이다. 발견하기 힘든 새일수록 탐조인은 더 탐을 낸다. 긴꼬리검은찌르레기사촌은 시끄럽고 공포영화에서 튀어나온 것 같은 귀에 거슬리는 소리를 낸다. 인간의 기준에서 보면 성격이 나빠 보일 수도 있다. 이 새는 가끔 다른 명금류를 사냥하기도 한다. 그리고 다른 새의 둥지에서 알과 새끼를 잡아먹는다고도 알려져 있다. 그리고 이들의 새까만 날개와 창백한 눈은 (다시 한 번 말하지만 인간의 기준에서) 차갑고 비정해 보이기도 한다. 심지어 이름마저 영어권 사람들의 귀에는 흉하게 들린다. 경음으로 이루어진 거친 조합은 새라기보다 누군가가 목을 가다듬는 소리나 복잡한 건물 건설 현장을 떠오르게 한다.

인간의 모든 선입견을 떨쳐버리는 건 청춘의 천진함에 맡기자.

탐조를 처음 접해보는 4학년 학생들을 이끌고 센트럴파크의 북부 숲을 통과하는 동안 나는 그리 운이 좋지 않았다. 이 시점에 나는 중년으로 접어들었고 몇 년간 시간이 빌 때마다 자원봉사로 뉴욕시의 공립학교에서 새를 주제로 수업을 진행했다. 커트너가 어린 내게 선사했던 경험을 돌려주는 나만의 방법이었다. 게다가 탐조 덕에 나는 젊음을 유지할 수 있었다.

여름철새가 이동하는 시기였기에 나는 깜짝 놀랄 만한 광경으로 학생들을 크게 감동시키고 싶었다. 새빨간 색에 젊은이의 기억을 담은 수컷 풍금새, 혹은 손이 닿을 듯 가까운 거리에서 날아다니며 꼬리를 까딱이고 아이들에게 자신의 색깔을 공손하게 뽐내는 아메리칸딱새American Redstart 같은 멋진 새들의 모습을 보여주고 싶었다. 하지만 숲에서 30분을 보낸 후 이런 황홀한 장면 중 그 어느 것도 볼 수 없다는 사실만이 분명해졌다. 바람이 별로였든 운이 좋지 않았든 그냥 그런 날이 아니었을 뿐이다. 심지어 개체수가 많은 토착종 중 하나로 사람들을 실망시킨 적 없는 안전자산인 홍관조조차 보지 못했다. 오늘은 날이 아니었다.

아무런 소득 없이 돌아갈 탐조 산책 진행자는 조용히 자포자기하기 시작했다. 열 살배기의 관심을 그렇게 오래 잡아둘 수는 없었다(식물, 흥미로운 공원 역사, 새에 대한 신기한 정보에 대해 이야기를 나눠보자).

"저 새는 뭐예요?"

그때 다윈이 질문했다. 다윈은 도시 아이답게 순수한 표정을 숨기지 않았다. 대부분의 학생들처럼 다윈은 다른 지역(에콰도르)에서 왔지만 하나부터 열까지 뉴요커스러웠다. 그래서 다윈의 때 묻지 않은 관심은 흥미로웠다. 나는 다윈이 가리키는 새를 알고 있었다.

"아, 저건 큰검은찌르레기Common Grackle야."

나는 듣자마자 이름을 얘기했다. 큰검은찌르레기가 얼마나 흔한지를 강조하듯 말이다.

"예뻐요."

다윈은 경건함을 담아 조용히 말했다. 다윈을 포함한 학생들은 그 새에 관심을 보였다.

정말?

당황스러웠다. 큰검은찌르레기를 정성들여 관찰한 건 수년 동안 이번이 처음이었다. 전체적으로 깃털은 어두운 색이었지만 보는 각도에 따라 달라지는 무지개색 광택이 돌았다. 맹렬한 노란 눈이 눈에 띄었고, 뚜렷한 V 형태와 꼬리 아래로 선명한 주름이 인상적인 커다랗고 근사한 꼬리를 지녔다. 나는 큰검은찌르레기를 비뚤어진 시선이 아니라 새로운 시선으로 보고 있었다. 대부분의 새를 처음 목격하는 어린아이의 시선으로.

그리고 아이들이 옳았다. 그 검은 새는 정말 놀라웠다.

수년 전 내가 어린 시절에 또 다른 검은 새를 발견했던 것과 같다. 누군가가 아름답다는 사실을 인지하기 위해서는 가끔 관점을 바꾸기만 하면 된다.

나는 부에노스아이레스에 여덟 시간도 채 머물지 않았다. 하지만 그때 만났던 두 남자가 무엇에 관심이 있었는지 알고 있다.

그곳은 바닥난 운을 시험해볼 수 있는 시험대였다. 아르헨티나 수도의 싸구려 호텔방을 잡고 나는 '남아메리카의 파리'를 경험하기 위해 돌아다니고 있었다. 그날 나는 부에노스아이레스의 중심지에 가겠다는 계획을 제외하고는 아무런 계획 없이 그곳에 도착했다. 마이포 호텔의 가격은 매우 저렴했지만 중심부에 위치해 있었기에 몇 주 동안 완벽한 숙소가 되어주었다. 대학을 갓 졸업한 나는 라틴아메리카를 횡단하는 여정을 시작했다. 이야기꾼의 문학적인 시선으로 진행된 여유로운 일정과 그보다 더 여유로운 계획과 함께. 수많은 대학 졸업생처럼 나도 대학 졸업 후 진로에 대해 감을 잡지 못했고, 내 인생에 무슨 일이 벌어질지 실마리조차 알지 못했다.

나는 취미에 소명의식을 갖지 않았던 고등학교 때로 돌아가기로 결심했다. 탐조의 즐거움이 사라질 위험을 피하기 위해서. 고등학교와 대학교에서 성공적인 토론자(보통 변호사라는 직업을 갖기에 좋은 지표다)였음에도 나는 신입생 시절 변호사가 내 천직이 아니라고 빠르게 결론지었다. 변호사를 현대의 '기사단'으로 인식하며 정의가 승리하도록 언쟁을 벌이는 일이라는 생각은 다소 낭만적이라는 사실을 알고 있었다. 1980년대 초, 대학을 다니며 내 마음에는 변호사가 되기에는 극복할 수 없는 사회적 장벽이 쌓였다. 흑인으로서 나는 어쩌면(어쩌면!) 더 나은 직업을 갖기 위해 노력했을지도 모른다. 하지만 흑인이자 커밍아웃한 동성애자로서도 그럴 수 있었을까? 어쩐지 나는 기득권과 그리 잘 지내지 못할 것이라는 생각이 들었다.

나는 미래에 대한 중대한 갈림길을 대면하는 대신 여행을 떠남으로써 문제를 회피했다.

하버드의 다양한 기부금 중에는 졸업생을 위한 여행 장학금도 있었다. 그들의 상상력을 사로잡은 문제나 주제를 광범위하게 탐험하는 데 시간을 보낼 수 있도록 돕는 장학금이었다. 나는 정치학을 전공했지만(나는 전형적인 '예비 법조인' 절차를 밟았고, 정치에 관심이 있었으며, 더 매력적인 선택지도 딱히 없었다) 나를 사로잡은 것은 라틴

아메리카의 문학(마술적 리얼리즘)이었다. 나는 이 수업을 2학년 때 한 번 들었지만 호르헤 루이스 보르헤스, 후안 룰포, 가브리엘 가르시아 마르케스 같은 작가들의 목소리는 나를 완전히 사로잡았다. 그도 그럴 것이 나 같은 사람은 환상적인 스토리텔링에 매료되기 때문이다. 라틴아메리카에는 진실을 더 잘 보여주기 위해 환상과 현실주의를 엮어 이야기를 만드는 전통이 있었다. 나는 강렬한 표현의 모순을 낳은 나라의 문화를 경험하고 싶었다. 놀랍게도 하버드는 이를 허락했다.

나는 짧게 가족여행으로 다녀왔던 멕시코시티보다 더 멀리 여행한 적이 없었다. 사실상 난생 처음으로 해외로 향한 것이었다. 멕시코부터 시작해 아르헨티나로 건너가기 전 베네수엘라에 들른 후 브라질을 거쳐 볼리비아, 페루 동부에 짧게 머무르는 몇 달 간의 여정이었다. 이 여행에서 가장 끔찍했던 일은 지구상에서 가장 다양한 새가 서식하는 몇몇 국가에서 벌어졌다. 아마도 내 인생에서 이때보다 새를 적게 본 적은 없었을 것이다.

예산에도 문제가 있었지만(나는 허리띠를 졸라매며 여행을 했고 외딴 곳의 탐조 스팟은 쉽게 접근할 수도 없었다) 더 심했던 것은 정보 부족이었다. 1984년에는 클릭 몇 번으로 찾을 수 있는 탐조 정보를 정리해둔 사이트, e버드(오늘날 누구나 탐조하기 좋은 장소를 찾을 수 있도록 탐조 기록을 아카이빙해둔 웹 사이트), 〈스타트렉〉에서조차 생각해내지 못한 스마트폰에 즉시 다운받을 수 있는 조류도감 앱도 없었다. 그 당시에 아마존은 진짜 아마존뿐이었고(지금처럼 망가지지 않은 열대우림이 존재했지만 안타깝게도 나는 가보지 못했다) 당일배송으로 조류도감을 주문할 수도 없었다. 사실, 모든 지역에 서식하는 새를 담은 조류도감은 존재하지 않는다. 만약 존재한다 하더라도 지역 서점에서 찾아보기는 어려울 것이다. 여러 방면에서 나는 적절한 준비 없이 일을 시작했다.

> **🐦 탐조 팁**
>
> 어디를 여행하든 사전에 탐조를 위한 공부를 하자. 조금만 공부하면 다양한 새를 만날 수 있는 장소에 도착할 수 있다. 좋은 조류도감으로 그 지역에서 볼 수 있는 종들을 미리 숙지해두자. 조금만 준비를 하더라도 현장에서 훨씬 더 효과적일 것이다. 여유가 있다면 자격을 갖춘 현지 가이드를 고용해도 좋지만, 혼자서 새를 찾는 특별한 스릴을 즐기는 것도 재미있다. 무엇보다도 쌍안경을 챙기는 걸 잊지 말자!

부에노스아이레스에서의 첫날밤을 일찍부터 포기하는 대신 나는 동이 트자마자 탐조를 하러 갔다. 집에서 멀리 떨어져 있을 뿐 아니라 처음 보는 별이 머리 위에 떠 있는 곳, 늦은 밤 잘 모르는 도시의 텅 빈 도로에 혼자 덩그러니 있었다. 그러다가 두 남자가 내 뒤를 바짝 따라온다는 사실을 알아차렸다.

이들에게서 얻을 수 있던 정보는 옷차림이 많은 것을 말해준다는 것이었다. 남쪽의 여름 바람은 열기를 식히는 데 그다지 도움이 안 되긴 하지만, 날이 얼마나 더운지와 관계없이 보수적인 성 관념을 지닌 라틴계 남자(리우데자네이루의 남자는 제외하고*)가 짧은 반바지와 탱크탑을 입고 나가는 건 큰 도전일 것이었다. 그리고 이들은 은밀하게 행동하는 데 재주가 없었다. 돌이켜보면 내가 의식하지 못하는 사이에 누군가를 유혹했을지도 모른다. 남자 둘

---

* 리우데자네이루는 따뜻한 날씨와 해변 문화로 노출이 심한 패션으로 유명하다.

은 내 앞으로 달려나가다 상점 쇼윈도 앞에서 멈춰 서서 무언가를 보는 척하는 걸 반복했을 뿐 아니라(내가 알아차렸는지 확인하기 위해 나를 곁눈질하기도 했다) 내게 쪽지도 건넸다. 나는 부끄러움을 이겨내고 인사를 했다.

그 후에 일어난 일은 성적인 것이 아니었다. 부에노스아이레스 게이들의 문화를 빠르게 이해할 수 있는 친절한 대화였다. 그리고 처음으로(마지막은 아니었다) 나는 소수자다움이 어떻게 그 자체로 열쇠가 될 수 있는지를 경험했다. 낯선 사람들 사이에서 문화 전반을 연결하는 유대관계를 구축하는 동안, 게이로서의 정체성 덕에 나는 그곳 사람들에게 쉽게 다가갈 수 있었다. 그렇지 않았다면 수많은 외국인 하나로만 남아 있었겠지만 내겐 낯선 사회에 출입할 수 있는 자격증이 발급됐던 것이다. 성소수자를 포용하는 분위기가 훨씬 덜했고 많은 정보를 알려주는 게이 관광 블로그가 전무하던 시절 나는 그들에게 비밀스럽게 악수를 청했고 한 배를 타게 됐다.

24시간이 지나 나는 서로에 대해 아무것도 모르는 사람들과 '콘트라마노'라는 이름의 멋진 게이클럽에서 동이 틀 때까지 춤을 추게 됐다. 아르헨티나 사람들은 사탕 가게에 온 어린애들 같았다. 수년 동안 지속됐던 군사 독재와 수천 명의 반체제 인사가 사라졌고, 내가 도착했을 무렵은 진정한 민주주의가 다시 찾아온 시기였다. 자유의 기쁨이 공기에서 분명히 느껴졌다(억압돼 있던 성소수자들 사이에서는 더더욱). 새로운 친구들은 내게 아르헨티나에서의 삶을 내부인의 시각에서 바라볼 수 있게 해줬다. 지속적인 역행에 대한 절망이 느껴졌지만 동시에 자극적이고 새로운 자유도 느껴졌다. 그리고 그들은 내게도 엄청난 관심을 주었다.

관심의 증거는 점점 쌓여갔지만 나는 헷갈렸다. 그날 밤 두 남자의 유산소 운동 말고도 나는 콘트라마노에서 빈번한 추파를 받았다. 심지어 가끔은 누군가가 복잡한 거리 한가운데 멈춰 서서 내가 지나가는 것을 빤히 쳐다봤다. 슈퍼스타라도 본 것처럼! 스물한 살이었던 내가 꽤 괜찮아 보이기도 했지만 그게 전부는 아니었다.

그렇게 일주일이 지나고 나는 콘트라마노에서 랜들과 마주쳤다. 랜들은 거울 속의 내 모습을 제외하면 부에노스아이레스에서 본 첫 흑인이었다. 뽀르떼뇨스Porteños, 즉 현지인들도 알다시피 부에노스아이레스에는 백인이 압도적으로 많았다. 근처의 볼리비아나 페루와 달리 유럽 정착민들이 아르헨티나 토착민들을 인구학적 그리고 문화적으로 학살했고, 노예의 후손이었던 몇 안 되는 흑인 인구는 19세기를 휩쓸었던 황열병이 급속도로 확산되면서 완전히 줄었다. 부에노스아이레스의 수많은 백인 거주민들은 더 안전한 지역으로 이주했지만 흑인들은 전염병에 시달리는 도시의 중심에 남겨졌다. 이런 일은 한 세기 이상이 흘러 코로나가 확산되던 미국의 도시에서도 반복됐다. 결과적으로 오늘날 아르헨티나 사람들의 조상은 대부분 이탈리아와 스페인 혼혈이다. 일부는 웨일스와 나치 치하에서 탈출한 유럽인이었다.

랜들은 미국의 프로 농구선수였다. 해외에서 열리는 2부 리그에 참여했다가 시즌 오프 기간이 우연히 남반구의 여름과 맞물렸고 그는 아름다운 여자친구와 부에노스아이레스에서 몇 달 동안 자유롭게 보내기로 결심했다. 그리고 당시 조금이라도 놀 줄 아는 뽀르떼냐*라면 누구나 알고 있는 사실이었지만 콘트라마노 같은 신설 게이클럽은 동성애자와 이성애자 모두를 위한 장소였다. 랜들과 여자친구는 구석에 있는 소파에 안락하게 자리를 잡고 있었다. 서로를 바라보던 랜들과 나는 무언가 말을 해야겠다는 생각이 들었다.

"여기서는 절대 성급하게 굴지 마세요. 남자든 여자든 기회가 엄청 많다는 사실을 곧 알게 될 거예요."

랜들은 내게 경고했다.

"이제 조금씩 알 것 같아요. 사람들이 달라붙는 걸 막기 위해 끈끈이라도 달아놔야 하나 생각 중이었어요."

"그렇죠. 여기 사람들은 흑인한테 더 많은 관심을 보이니까요."

그러니까, 나는 여기에 왔다. 내가 '흑인임에도 불구하고'가 아니라 '흑인이라는 **이유만으로**' 나를 원하는 백인이 가득한 부에노스아이레스에. 이 사실을 받아들이기 어려워하는 내 모습을 보고 나는 미국에서의 성장 배경이 내게 어떤 영향을 미쳤는지 깨달았다. 나는 일생 동안 흑인으로서 백인보다 쓸모가 덜하다는 소리를 들어왔다. 그리고 무의식중에 이를 거리낌 없이 받아들였다.

부모님으로부터 그런 메시지를 받은 건 아니었다. 자신들이 겪은 어려움과 완전히 다른 방식으로 나와 누나를 양육한 부모님은 흑인으로서의 정체성을 자랑스러워해야 한다고 가르쳤다. 부모님은 우리가 흑인의 역사를 알아야 한다고 생각했고, 학문적인 부분뿐만 아니라 우리가 일생을 바치기로 결정한 것이라면 그게 무엇이든 잘 해내기를 기대했다. 나는 우등반에서 내 주변에 있는

---

* 스페인어로 항구를 뜻하는 'Puerto'에서 유래한 말로
부에노스아이레스 주민들을 지칭한다.

다른 백인보다 열등하다고 느낀 적이 없었다.

하지만 어린 시절의 발달 과정에 중요한 영향을 미친 미국 사회(1960년대 후반과 1970년대)는 완전히 다른 메시지를 보내고 있었다. 그랬다. '블랙 파워Black power'와 '검은 것은 아름답다Black is beautiful'가 울려퍼지는 시대였지만 이런 메시지가 의도적으로 구축된 이유가 있었다. 대중에게 새로운 상품을 판매하기 위해 슬로건이 필요한 것과 비슷한 이유였다. 당시뿐만 아니라 지금도 미국의 대중문화는 '하얀 것'을 열망하는 욕구가 정상이라고 못 박는다. 그리고 검은 것은, 음…… 만약 당신이 이런 문제와 씨름해야 한다면 힘내길 바란다!

그 시기에 우리에겐 케리 워싱턴이 연기한 〈스캔들〉의 올리비아 포프 혹은 스파이 영화 〈테넷〉의 주인공(저주 받은 흑인이 아닌 주인공이자 이야기의 중심을 맡은 흑인) 같은 캐릭터가 없었다. 〈굿 타임스〉와 〈더 제퍼슨〉 같은 시트콤, 〈미스 제인 피트먼의 자서전〉과 〈루츠〉 같은 유명한 텔레비전 프로그램, 그리고 〈사운더〉부터 〈폭시 브라운〉까지 다양한 영화에서 흑인 캐릭터들은 흑인의 경험을 보여주는 데만 집중돼 있었다. 우리는 완전히 다른 무대에서 스포트라이트를 받고 있었다. 그리고 흑인으로서 우리는 주인공에게 도움을 주는 인물로는 딱 들어맞지만 절대 앞에서 모두를 이끌지는 못한다는 '니그로 사이드킥 신드롬Negro sidekick syndrome'이 유행하고 있었다(우리는 멋진 이웃이자 경찰의 가까운 단짝, 도움이 되는 가장 친한 친구 역을 맡았다). 이 암시는 역대 미국 대통령의 피부색, 기념비가 세워진 사람들, 기념일로 지정된 사람들, 화폐에 얼굴이 새겨진 사람들을 통해 분명해졌다. 잡지 선반에서 내게 미소를 짓는 사람들, 상류 인사들, 욕망의 주체는 늘 백인이었다. 메시지는 전달되었다.

이런 편견과 관련 없어 보이는 내가 사랑하는 괴짜 문화도 주된 전파자 중 하나였다. 마블 코믹스에서 〈캡틴 아메리카와 팔콘〉 시리즈보다 더 큰 목소리로 니그로 사이드킥 신드롬을 외친 건 없었다. 흑인인 데다가 새와 관련됐기에 정확히 나를 위해 만들어진 캐릭터였는데도 나는 팔콘을 싫어했다. 그에게서 느껴지는 토크니즘*과 별 쓸모없는 보조적인 역할 때문이었다. 캡틴 아메리카가 이끄는 그룹, '세계 최강 영웅'인 어벤저스는 아리아 형제들의 모임처럼 보였다. 금발과 푸른 눈을 지닌 스티브 로저스(캡틴 아메리카), 토르, 행크 핌(앤트맨), 클린트 바튼(호크아이), 피에트로 막시모프(퀵실버), 그리고 불쌍한 토니 스타크(아이언맨)까지. 모두 백인이었다.

1970년대에 리부트해 더욱 유명해진 〈언캐니 엑스맨〉은 다양한 국가의 슈퍼히어로를 등장시켰다고 자랑했다. 모든 만화를 통틀어 내가 가장 좋아하는 캐릭터인 스톰을 포함해서 말이다. 살아있는 돌연변이 중 가장 강력한 이 아프리카 여성은 천둥과 파괴적인 허리케인을 비록해 원하는 날씨를 다 만들어낼 수 있었고, 팀의 기둥이자 선善의 대변자다. 스톰의 결혼 전 이름인 '오로로'는 스톰의 모국어인 가상의 아프리카 언어로 '아름다움'을 의미한다. 검은 피부의 흑인 여성인 스톰은 돌연변이로 직모의 백금발과 파란 눈을 가지고 있다. 흑인 여성은 백인의 속성을 지녔을 때만 아름답다는 창작자의 편견으로 탄생한 설정이다. 이 특정한 병리

---

* 　사회적 소수 집단의 일부만 대표로 뽑아 구색을 갖추는 정책 혹은 관행.

학을 받아들인 수백만 명의 흑인 여성들이 가능한 곧게 만들기 위해 화학적으로 **편** 긴 머리칼만 봐도 알 수 있다. 조상에 유럽계가 많은 흑인 여성의 머릿결이 백인 자신들과 비슷하다는 뜻으로 사용하는 '좋은 머릿결'이라는 표현이 많은 걸 말해준다.

그리고 오리지널 〈스타트렉〉이 있었다. 인종에 대한 편견이 과거의 잔해가 되어버린 인류의 유토피아적 미래를 바라보는 진보적 관점으로 어린 시절 내가 자부심을 갖게 했던 프로그램. 〈스타트렉〉은 흑인 여성의 특성을 가진 함교 장교 우후라 중위 역의 니셸 니콜스와 더불어 여기저기 흩어져 있는 특별 출연자와 스타플릿 대표 책임자부터 갤럭시의 걸출한 엔지니어 역할까지 흑인들을 여러 역할로 그려냈다. 미국 텔레비전 쇼 최초로 서로 다른 인종이 키스하는 모습을 내보내기도 했다.

하지만 엔터프라이즈 우주선을 타고 겪는 모든 여정에서 사실상 사람처럼 생긴 외계인이 마주하는 사람은 거의 백인이다. 마치 은하계 전체가 코카서스산에서 온 사람들이 모여 사는 것처럼. 〈스타트렉〉만큼 주목을 받은 프로그램에서도 불완전하게 깔려 있는 가정에서 벗어나지 못했다. 백인이 디폴트라는 설정 말이다. 이 가정은 천천히 사라지고는 있지만 여전히 오늘날까지 우리를 지배하고 있다. 똑똑하고 좋은 교육을 받았으며 인종적으로 흑인임을 인지하고 있었던 내가 외계인이 화이트워싱을 당했다는 것을 깨닫기까지 수십 년이 걸렸다는 점이 놀랍지 않은가? 이게 바로 편견이 스며드는 방식이다.

하지만 미국에서 태어난 우리 주변에 이 편견이 내포된 메시지가 얼마나 쏟아지는지를 고려하면 그리 놀랍지 않다. 뛰어난 탐조인이 되는 기술 중 하나(어쩌면 가장 중요한 기술)는 패턴 인식이다.

어느 정도 수준에 도달하면 인지하지조차 못할 것이다. 언뜻 들리는 소리를 낚아채거나, 살짝 보이는 색 혹은 행동을 눈치채면 무의식중에 지난 경험을 통해 그 새가 어떤 새인지 알아차린다. 탐조인들은 이를 '겉보기 특징Jizz(새에 대한 전반적인 인상)'이라 부르는데, 몇 년간의 경험이 쌓이면 생각을 거치지 않고도 새의 이름을 떠올릴 수 있다. 이건 내게 큰 재난이었다. 탐조를 하며 매우 소중했던 바로 그 기술은 내가 미국 문화의 썩어문드러진 인종차별적이고 부정적인 감정에 동화되도록 만들었다. 의식적으로는 동의하지 않았지만 무의식은 그 패턴을 알아차렸다. 그리고 진짜 내 생각으로 받아들일 의도가 없었음에도 이를 받아들였다.

부에노스아이레스에서 이 비밀이 밝혀지고 세상이 뒤집혔다. 마치 남반구로 뒤집힌 것처럼. 갑자기 방향감각을 잃기도 했지만 동시에 짜릿하기도 했다. 이 새로운 지위는 나의 흑인이라는 정체성에 대한 집착과 연결돼 있었지만, 만약 랜들이 긴장을 풀고 이를 즐겼다면 나라고 그러지 못할 이유가 없다고 생각했다. 배스킨라빈스의 이달의 맛이 되는 건 엉클 샘*의 원치 않은 의붓자식이 되는 것보다 훨씬 나았다. 곧 왕자를 만나게 될 무도회의 최고 미인 신데렐라가 된 것이다!

잘생기고 오만한데다 탄탄한 몸을 지닌 알레한드로는 매주 주말마다 콘트라마노를 제 집 드나들 듯 방문했고 일면식이 있는 사람 모두에게 인사했지만, 지난 두 주 토요일 동안 피워댔던 담배 연기 너머 녹갈색 눈은 내게 고정돼 있었다. 마침내 우리는 댄스 플로어에서 만났다. 나는 정기적으로 콘트라마노를 방문했다.

---

*   미국의 마스코트 같은 캐릭터로, 미국 정부를 상징한다.

음악이 마음에 들었기에 그곳으로 향하는 발걸음을 멈출 수 없었다.

"어디서 왔어요?"

알레한드로는 음악 소리를 뚫고 목소리가 들릴 만큼 가까이 다가와 스페인어로 질문했다. 우리는 서로를 온전히 느낄 만큼 나란히 있게 됐다.

"미국 뉴욕Nueva York이요."

나는 질문에 대한 답을 얼버무리며 답했다. 뉴욕이라는 이름을 대는 게 롱아일랜드에 대해 설명하는 것보다 간단했다.

"'뉴욕'이라고 말하는 사람은 없어요."

알레한드로는 웃음을 머금은 채로 답했다. 내가 어깨를 으쓱하고 마주 미소를 짓자 그는 장난스럽게 나를 살짝 주먹으로 쳤다.

"부에노스아이레스에 온 걸 환영해요."

그가 매력적인 인물인 건 금세 분명해졌다. 연상인 데다가 (30살이었다!) 흠 잡을 데 없는 영어 실력과 아르헨티나 상류층의 오만함이 엿보였다. 나는 그때까지 내게 이렇게 많은 관심을 쏟은 사람을 만난 적이 없었다. 나는 그에게 완전히 반해버렸다.

원래는 부에노스아이레스에서 3주 정도 머무르려고 했던 계획이 3개월로 바뀌었다. 알레한드로는 증권 인수업자라는 직업이 허락하는 한 최대한으로 나와 시간을 보냈다. 알레한드로는 돈이 많았고 나는 허리띠를 졸라매면서 여행을 하고 있었기에 그는 끝내주는 레스토랑이나 상류층을 위한 쇼에서 계산을 해줬다. 우리는 도시의 넓은 대로나 숨겨진 쇼핑센터를 돌아다니기도 했다. 그리고 가끔은 가지를 뻗어가는 고무나무 옆 공원에 그냥 앉아 있거나 이야기를 하다 결국 잠자리에 드는 걸로 끝났다. 알레한드로는 내가 했던 '뉴욕'이란 말을 주기적으로 놀렸다. 내가 당황한 건 이런 놀림 때문이 아니었다. 알레한드로가 나를 원한다는 걸 숨기지 못했기 때문이다. 그건 한 번도 느껴본 적이 없는 감정이었다. 우리는 서로에게 빠져들었다.

나는 오해하지 않았고 그건 알레한드로도 마찬가지였다. 내가 떠나는 시간을 최대한 미룬다고 하더라도 우리의 관계에는 유통기한이 있었다. 나는 부에노스아이레스를 떠나야 했고 내 삶을 다시 시작하기 위해 미국으로 돌아가야 했다. 그리고 이 관계는 불륜이었다. 가족의 재산과 돌봄에 의존하는 알레한드로는 일명 '셔터맨'이었고, 그의 배우자는 호화로운 생활을 지원하는 나이 많고 부유한 아르헨티나 귀족이었다. 이들에게는 이들만의 방식이 존재했다. 알레한드로는 기차역이 보이는 큰 아파트를 갖고 있었다. 이 아파트에서 알레한드로는 하룻밤만 보내는 대신 연인과 꾸준한 만남을 갖기를 원했다. 어쨌든 그때는 1980년대 중반이었다.

"에이즈에 걸릴까 봐 무서워."

알레한드로는 내게 여러 번 고백했다. 우리의 관계에서 벗어나려는 나를 설득하려는 건지 아니면 이 시대 모든 게이들의 불안을 대변하는 건지 혹은 둘 다인지 알 수 없었다. 알레한드로와의 관계는 난감하기도 했다. 그는 오만하고 능수능란했으며 시간이 나지 않을 때에도 내게 시간을 요구했다(인정하건대 나는 시간이 많았다. 보르헤스의 도시를 탐험하며 나만의 환상적인 서사시를 쓰는 것 말고는 할 일이 없었으니까. 구세계에 와본 적이 없었기에 나는 유럽풍 도시의 우아함에 완전히 매료됐다).

하지만 알레한드로의 거만함은 불안정한 삶의 위태로움을 외면하기 위한 방어기제였다. 그는 동성애자라는 이유만으로 사람을 짓밟을 수 있는 계급과 문화에 속해 있는 게이 남자였다. 그에게 주어진 모든 편안함과 자유에도 불구하고 알레한드로는 자신의 운명의 주인이 아니었다. 그는 마치 아르헨티나 같았다. 여러 나라 사이에 갇혀 열망하던 서양 세계에 속하지도, 고군분투하는 라틴아메리카 동포를 무시하지도 못한다는 면에서 말이다. 나는 알레한드로가 자신이 얼마나 취약한 상태인지 잘 모른다고 생각했다. 적어도 나 같은 외부자의 시선에서는 그랬다. 그 사실이 그가 답이 없게 굴 때조차 나를 상냥하게 만들었다. 아파트 창밖으로 기차가 들어오고 나가는 것을 보며 우리는 팔짱을 끼고 누워 시간을 보냈다. 나는 키스를 하며 그를 안심시켰다. 비록 그 맛은 재떨이 같았지만.

1985년, 남쪽의 여름이 끝날 무렵 나는 알레한드로에게 작별을 고했다. 그리고 약 1년이 지난 후 그가 뉴욕에 일주일 가량 머물렀을 때 재회할 수 있었다. 알레한드로는 여전히 알레한드로였다. 그는 비앙카 재거나 리처드 기어 같은 사람들과 어울리며 가벼운 관계를 맺었고 나는 그를 따라가는 게 그리 싫지만은 않았다. 그 후 우리는 다시 연락이 끊겼다.

그 다음 해에 처음으로 라틴아메리카에 체류하며 겪은 나의 경험은 〈메타미토스의 노래〉라는 독창적인 신화를 담은 작품을 낳았다. 내 서류 캐비닛 바닥 어딘가에는 여행을 시작할 때 멕시코시티의 저렴한 방에서 메모했던 종이 쪼가리가 여전히 남아 있다. 여기에 나는 오늘날 세계가 지닐 만한 모습의 윤곽과 살아 숨쉬는 새로운 신화에 대한 아이디어를 끄적였다. 이는 나를 둘러싼 장소들의 깊은 문화적 뿌리에 영감을 받아 몇 가지 상징을 연결한 것에 불과하다. 트럭 뒤에 탄 채로 나흘 동안 볼리비아 안데스 산맥을 가로지르며 독특한 구름을 내려다보다가 내가 어떤 이야기를 쓰고 싶은지 깨달을 수 있었다. 저녁잠을 자기 위해 브라질 늪 가장자리에 있는 나무를 까맣게 물들이는 제비 무리를 보며 내가 포착하고 싶었던 생명체의 규모를 엿보았다. 제대로 된 열정을 페이지에 담기 전에 생소한 도시에서 한 쌍의 적녹색 눈에 비친 완전히 새로운 내 모습을 찾아야 했다. 이런 웅장한 규모가 아니라면 대체 무엇이 신화란 말인가?

　　나는 부에노스아이레스로 세 번 더 돌아갔다. 탐조를 하며 즐기기 위해, 나에 대해 일깨워준 도시를 다시 찾기 위해. 나는 적절한 조류도감으로 무장하고 코스타네라 수르 자연보호구역을 탐험하고 부리가 둥글납작한 코스코로바고니Coscoroba Swan, 생김새와 소리가 외계 생명체 같은 관머리스크리머Southern Screamer(흥분해서 소리 지르는 앨라배마 사람의 목소리와 헷갈리지 말자), 수많은 오리들을 찾았다. 하지만 알레한드로는 만날 수 없었다. 부에노스아이레스에 갈 때마다 나는 알레한드로의 거취를 파악하려 했다. 처음 두 번은 실패했지만 세 번째 방문했을 때 우연히 아르헨티나의 좁은 사회로 이주한 미국인 게이를 만나게 됐고 알레한드로가 죽었다는 소식을 들었다. 사망 원인은 그가 두려워했던 에이즈가 아니라 폐암이었다. 그 시기에 나는 암에 걸린 가족을 둔 덕에 그 죽음이 어떤 의미인지 알고 있었다. 나는 알레한드로가 죽는 순간에 곁에 있지 않아 다행이라고 생각했다. 알레한드로는 변하지 않았다. 가능성으로 들뜬 도시에서 적갈색 눈을 지닌 남자는 예전에 우리가 그랬던 것처럼 밤새 춤을 추며 도시를 누볐다.

5장

센트럴파크에서
만난 친구들

이 일은 에콰도르, 코스타리카, 바하마에서 낮이 약간 길어지고 호르몬 수치가 출렁이며 시작된다. 열대우림의 곤충으로 몇 달 동안 배를 채워 기분이 좋아진 깃털 달린 작은 생명체는 더 이상 견딜 수 없다는 것을 알아차린다. 이 작은 새들은 가만히 있지 못한다. 그리고 〈스타트렉〉의 〈폰 파〉 에피소드에 등장하는 스팍처럼 주체할 수 없는 힘으로 집으로 돌아가 짝짓기를 하고 생을 마감한다. 어느 날 밤, 바람이 적당할 때 이들은 열대우림에 만족하지 않고 하늘을 가로지르는 수천 킬로미터의 위험한 여정에 착수한다. 어디에서 출발하든 바람은 이들 중 일부를 북아메리카의 동부 해안으로 데려다주고 물과 은신처, 먹이가 풍부한 직사각형 녹지(휴식을 취하고 재충전할 수 있도록 도와주는 콘크리트 바다 속 오아시스)로 손짓해 대도시의 불빛 위로 날아가게 할 것이다. 이들은 센트럴파크에서 기다리는 열정적인 수백만 명의 눈과 귀가 있다는 사실을 알지도 못하고 신경 쓰지도 않은 채로 센트럴파크로 쏟아질 것이다.

그 일은 2월 어느 날부터 시작된다. 겨울을 인내하고 마주하게 될 것을 고대하던 어떤 열정적인 팬이 잠에서 깨어나면서부터.

실제로 볼 수 있는 종이든 상상으로만 꿈꿔왔던 종이든 새를 보기를 바라며 꿈을 꾸는 사람의 잠재의식에는 불이 켜진다. 어쩌면 꾸준히 새에 집착하는 익숙한 얼굴들과 함께 새의 뒤를 쫓을지도 모르고, 그 과정에서 새가 극적인 순간을 보여줄지도 모른다. 어쨌든 늘 꿈의 중심에는 새가 있을 것이다. 그는 새를 마주하며 희미해져가는 기억과 신선하고 즐거운 확실함으로 깨어난다. 바로 철새가 곧 여기에 올 것이라는 사실이다.

나는 알람도 없이 새벽 4시 20분에 번쩍 눈을 뜨고 10분 만에 나갈 준비를 마쳤다. 다행이었던 것은 내 신체가 새로운 스케줄에 적응하고 있으며 약간의 여유 시간도 있다는 점이었다. 정신이 혼미하거나 커피가 필요하지도 않았다(나는 커피를 마시지 않았고 문밖으로 나서는 일은 충분히 긴박하고 자극적이었다). 1989년 5월이었다. 나는 잠들기 직전에 일기예보를 확인했고 빠르게 뉴스만 송출하는 라디오 방송을 참고해 상황을 판단했다. 남서풍이 불고 있었다. 이론적으로 여름철새가 대서양을 지나는 비행길과 해안가를 따라 이동해 그들을 기다리는 우리의 품으로 오게 만드는 이상적인 상황이다. 그렇기에 빠르게 움직여야 했다.

모든 것은 준비됐다. 지난 밤 잠들기 직전(비록 나중에 10시 30분이 최선이라고 판단해 시간을 바꾸었지만 전날 계획은 정신이 나갈 정도로 이른 시간인 9시였다) 샤워를 했고 일기예보를 보고 내일 입을 옷을 꺼내두었으며 아침으로 냉장고에 있는 것을 섞어 단백질 셰이크를 만들어두었다. 평범한 상황이라면 단백질 셰이크는 헬스 이후를 위해 비축해둬야 했다. 게이들의 전형적인 과잉 보상 때문에 나는 웨이트 트레이닝에 대한 강박이 컸고 적절한 시간에 섭취한 단백질 셰이크는 장점을 극대화할 수 있었다. 하지만 여름철새가 가장 많이 이동하는 몇 주 동안 헬스는 더 거대한 집착에 희생됐고, 가장 적절한 시간은 바로 지금이었다. 나는 급히 달려 나가기 전에 셰이크를 벌컥벌컥 들이켰다. 그리고 달려 나가며 반나절 지난 베이글을 먹어치웠다.

아침 식사는 중요하지 않았다. 지하철을 놓치면 정교하게 짜둔 스케줄이 미끄러져 다음 지하철을 기다리느라 귀중한 시간을 30분씩이나 허비할 수 있었다. 빠른 걸음으로 인도에 들어섰다. 날씨는 상쾌했지만 하늘은 여전히 어두웠고 맨해튼 거리에는 아무도 없는 흔치 않은 순간이 펼쳐졌다. 나는 내 상태를 되돌아보았다. 열쇠 챙겼고, 쌍안경 챙겼고, 나중에 먹을 음식도 챙겼다(프로틴 바와 베이글 나머지 반쪽. 나는 공복상태로 탐조를 하지 않는다). 셋 중 하나를 까먹은 적도 있었는데 특히 계절이 무르익을수록 그리고 내 오랜 수면 부족이 뇌의 신뢰도를 망가뜨릴수록 심해졌다. 이런 상태는 문제가 있다.

정말 그랬다. 스스로를 방치한 것은 큰 타격을 주었다. 내 머리칼은 점점 더 덥수룩해졌고 면도는 며칠 동안 못한 데다 꾸준히 운동을 하지 못해 몸이 망가진 상태였다. 눈 아래 다크서클은 다행히도 검은 피부 덕분에 눈에 덜 띄었다. 옷은 한 달 동안 빨래를 하지 못해 남은 것만 입었다. 이런 시기에 한가한 사람은 없다. 그렇기에 나는 낡고 해진 옷을 입고 진흙투성이 스니커즈를 신었다. 이 패션이 나와 어울리는지는 생각하지 않았다. 쌍안경을 들 수 있을 정도로 팔을 자유롭게 움직일 수 있고 야외에 장시간 노출돼도 괜찮은 동시에 사무실에서도 입을 수 있는 옷을 선택했다.

오전 5시에 지하철을 탈 때면 누구도 당신이 어떤 옷을 입고 있는지 상관하지 않는다. 나는 전철을 놓치지 않으려 했고(작지만 그 날의 첫 성공이었다) 그 시간에 예상한 것보다 훨씬 사람이 많다는 사실을 알아차렸다. 그래도 반복적이고 무한히 계속되는 것 같은 역에서 역 사이를 이동하는 순간은 덜컹거리는 소리, 주기적으로 열리고 닫히는 문에서 나는 소리를 제외하면 조용했다. 승객들은 전부 서로를 보지 않으려 했다. 마치 그 시간에 신성한 무언가를 지키기라도 하는 듯한 관례였다. 다들 피곤하기 때문이겠지만, 무언의 합의로 유지되는 위로의 침묵 속에서 우리는 사적인 세계와 생각에 머물러 있었다. 그들은 대부분 나처럼 갈색 혹은 검은색 피부를 지녔고 기묘한 교대 시간에 휩쓸려가는 육체노동자와 간호사, 유니폼을 입은 재가 요양보호사들이었다. 잘 보이지도 알려지지도 않은 이들의 노력 덕에 잠들지 않는 도시는 문제없이 돌아간다. 만약 탐조를 위해 이른 시간에 일어나지 않았다면 나도 이들을 보지 못했을 것이다.

미국 대부분의 지역에서 그렇듯 나는 오전 9시부터 오후 5시까지 일하는 세계에서 살고 있었다(철새가 이동하는 동안은 탐조를 시작하는 시간이 9시 30분에서… 10시…… 10시 30분으로 미뤄졌지만 말이다). 남아메리카에서 돌아온 후 나는 몇 달 동안 임시직으로 일하며 롱아일랜드에 있는 엄마 집에서 머물다가 대학 동기의 꼬임에 넘어가 맨해튼의 잡지사에 말단 직원으로 취직했다. 수많은 젊은이들과 화려하지도 제대로 자리 잡지도 못한 영화 수출 출판물을 만들었다(당시 서른 살이었던 책임 편집자 후안 아로즈는 그때의 내게 꽤나 나이가 많게 느껴졌다). 앤디 워홀이 죽은 지 얼마 지나지 않아 〈인터뷰〉에서 내 업무는 검수로 바뀌었다. 그리고 직장 내 예의범절이라는 개념을 새로운 수준으로 끌어올린 스타트업 〈베니티 페어〉가 동경하던 〈페임〉으로 자리를 옮겼다. (머리 위로 쓰레기통이 날아다니는 동안 책임 편집자와 편집장은 일상이라는 듯이 서로에게 소리를 질러댔다. "엿 먹어!") 잡지사의 급여가 충분치 않아 나는 대학(그러니까, 예일대학교)을 막 졸업한 신입들과 함께 퀸즈의 이스트리버 건너편에 방을 구하려 했고 결과적으로 맨해튼 다운타운에서 비용을 부담할 수 있는 마지노선인 이스트빌리지 끄트머리에서 두 친구(다행히도 한 명은 하버드 동창이었다)와 함께 살게 됐다.

　　20대를 뉴욕에서 보낸다는 말은 운용할 수 있는 돈이 매우 부족하다는 것을 의미한다. 임금의 절반을 다 허물어져가는 거주용 벽장을 빌리는데 쓰니까. 그럼에도 나보다 먼저 뉴욕에서 생활했던 다른 젊은이들처럼 나는 동틀 때까지 춤출 방법을 찾고 있었다. 토요일 밤에는 눈요기를 하게 해줄 울끈불끈한 근육질 남성이 바 위에서 빙글빙글 도는 휑뎅그렁한 록시에서, 화요일 밤에는 개조된 옛 이스트빌리지 영화관에서 복고 노래에 맞춰 182센티미터의 드랙퀸이 춤을 추는 락앤롤 패그 바에서 보냈고 수요일이면 일을 하면서 스스로를 속이려 애썼다. 그리고 돌아오는 토요일 밤에 날씨가 다시 따뜻해지고 욕구가 차오르면, 이글과 그 옆에 있는 게이바인 스파이크 사이 웨스트사이드 하이웨이를 따라 길에 줄지어 선 가죽 리바이스 옷을 입은 부치*들의 탐색하는 시선으로 집중 공격을 당하기도 했다.

　　록시, 월드, 이글 그리고 스파이크는 6월까지 계속 열려 있었지만 나는 4월 중순에 불쑥 멈췄다. 뉴욕에 거주하는 다른 20대와 달리 나는 탐조인이었다. 내겐 맨해튼에서 탐조할 장소가 필요했다. 그리고 나는 정말 탐조와 어울리지 않는 장소를 찾았다. 바로

---

* 　여성 동성애자 중 남성적인 외관의 사람을 일컫는 말.

센트럴파크였다. 제한적인 종류의 새(예를 들자면 집참새, 솜털딱따구리 Downy Woodpecker, 우는비둘기Mourning Dove, 북부홍관조Northern Cardinal) 를 관찰할 수 있는 센트럴파크는 봄과 가을에 철새를 끌어들이는 덫, 그러니까 사람만큼이나 하늘을 지나가는 여행객들을 모이게 만드는 장소가 되었다. 그리고 가을과 달리 봄이면 수컷들이 아름 다운 번식깃을 뽐내기에(꾸준함만큼은 자신 있었다) 약 6주 정도 지속 되는 센트럴파크의 여름철새 이주는 내게 신성한 라마단 기간이 됐다. 일, 운동, 클럽, 먹기, 잠자기, 친구 만나기, 연애 등등은 후 순위가 됐다.

나는 68번가와 렉싱턴애비뉴에 있는 지하철역에 등장했다. 퀴퀴한 지하의 공기는 상쾌한 바람이 불면서 쓸려갔다. 타이밍이 딱 맞으면 센트럴파크까지 몇 블록만 지나면 된다. 해가 뜬 지 몇 분 되지 않았기에 하늘은 점점 밝아지고 있었다. 나는 오늘 볼 수 있을 새들을 떠올리면서 희망을 품지 않으려 했다. 하지만 보고 싶은 새가 있었다. 이 시기에 보고 싶었던 새 중 하나는 당시 봄까 지도 만나지 못했던 블랙번솔새Blackburnian Warbler였다.

물론 이전에 수도 없이 새를 봤었다. 하지만 매년 우리 앞에 나타나는 새로운 새들의 이름을 보면 봄이 될 때마다 이 마음이 반복됐다. 탐조를 하는 네 번째 즐거움이다.

탐조를 하는 네 번째 즐거움

수집의 즐거움

어떤 사람들은 우표를, 또 어떤 사람은 동전을 모은다. 탐조인들 은 물리적으로 새를 수집하지 않는다(하늘에 대고 엽총을 쏘지 않으면 인정을 해주지 않았던 옛날 박물학자 때는 달랐지만). 우리는 새를 본 경험을 수집한다. 모든 탐조인들은 자신만의 리스트를 갖고 있다. 그게 (한 사람이 일생 동안 관찰한) 인생 리스트든, (오늘 하루 동안 본) 하루 리스트든, (특정한 구역에서 관찰할 수 있는) 카운티나 주 리스트든, (집 앞마당에서 볼 수 있는) 마당 리스트든. 어떤 사람들에게 리스트는 무엇보다도 중요하다. 안타깝게도 이들은 새를 알아가려고 하거나 그 과정에 감사하지 않는다. 리스트에서 지우고 나면 다음 차례를 찾아나설 뿐이다. 그밖에도 재미있는 리스트는 더 있다. 화장실 창문에서 볼 수 있는 새들, 텔레비전에서 광고가 나오는 동안 배경음악으로 들리는 새들, 주간 고속도로를 달리면서 볼 수 있는 새들(교통 안전이라는 중요한 이유 때문에 추천하진 않는다) 등등.

나의 두 가지 리스트는 이스트코스트에 여름철새가 가장 많이 찾아오는 시기에 작성됐다. 첫 번째 리스트의 경우, 구체적인 세부 사항은 연도별로 다르지만 철새의 이동은 놀라울 정도로 한결같았다. 푸른머리비레오Blue-headed Vireo는 가장 먼저 돌아오는 새 중 하나로 뉴욕에 4월 중순쯤 도착한다. 비레오 중 가장 늦게 도착하는 건 붉은눈비레오Red-eyed Vireo로 5월 중순부터 무리지어 빠르게 나타나기 시작한다. 아카디아딱새Acadian Flycatcher는 5월 말에서 6월 초면 쇼를 끝마친다. 이 행렬에는 침범할 수 없으며 존중할 만한 순서가 있기에 날짜를 기준으로 삼을 수 있다. 그리고 훨씬 더 흥분되는 깜짝 선물(어긋난 시기에 찾아오는 철새 혹은 공원에서 볼 수 있으리라고 기대하지 못한 새)이 존재한다.

두 번째 리스트는 솔새류에 대한 것이다. 활동적이고 아주 작은(참새보다도 작은) 솔새는 동부에서 가장 환영받는 철새다. 탐조인들은 특히 봄에 더 열광하는데, 이 시기에 수컷이 온몸을 눈에 띄는 색깔로 치장하고 나뭇가지마다 이동하며 독특한 노래를 힘차게 부르기 때문이다. 솔새는 몸집이 작으며 쉬지 않고 움직이기에 평범한 사람들은 봄에 공원의 녹지를 지나치며 이 작은 아름다움이 근처에서 나뭇잎 사이를 빠르게 오가며 벌레를 포식한다는 사실을 인지조차 하지 못한다.

하지만 우리 탐조인들은 솔새의 존재를 눈치챌 뿐만 아니라 이런 장면에 정신을 놓는다. 우리가 볼 수 있는 솔새의 시간이 아주 찰나이기에 더 그렇다. 그 누구도 솔새가 센트럴파크에 보금자리를 틀 줄 몰랐을 것이다. 사실, 어느 지역이든 열댓 종 정도는 여름 내내 한 장소에 머문다. 하지만 동부의 우아한 종인 다양한 솔새(대략 35종 정도)는 나그네새로만 목격된다(서부에서 볼 수 있는 종은 더 제한적이다). 발견한 종의 숫자를 평가하는 비공식적인 '솔새 지표'를 활용해(하루에 솔새 20여 종을 기록하면 정말 많이 기록한 것이다!) 철새의 움직임을 예측하기도 하고, 모든 종을 수집하려는 태도를 고집하며 계절 내내 탐조를 하기도 한다. 하늘은 탐조인과 그들이 놓친 마지막 솔새 사이에 있는 불쌍한 영혼을 돕는다!

올해 봄까지 나는 아직 하루에 솔새 20종도 관찰하지 못했다. 다양한 종과 우연히 마주치기 위해서는 철새가 원활하게 도착해야 한다. 밤새 부는 남서풍은 철새의 이동을 성공적으로 도울 수 있다. 내가 공원에 들어서자 가까이에서 새소리가 들렸다. 집참새의 짹짹거리는 소리나 흔하게 볼 수 있는 울새의 플루트 연주 같은 셋잇단음표 소리가 아니라, 철새마다 뚜렷하게 들리는 특징적인 소리였다. 공원 가장자리에서 이런 소리를 듣는 건 새가 가득한 아침이 올 것을 알리는 신호다. 하지만 그 순간에는 그리 움직임이 많지 않았다. 혼자 있던 가마새(이름은 다르지만 솔새 종류 중 하나다)의 "티쳐"하는 울음소리가 점점 커지다 몇몇 지피식물 아래에서 큰 소리로 터져나왔다. 하지만 앞으로 일어날 일을 예측하는 데 결정적인 정보는 아니었다.

나는 지하철 출구에서 공원으로 빠르게 달음박질하다가 속도를 늦췄다. 야외로 나가는 순간은 중요했다. 나는 매일 아침 새를 보는 방법을 다시 배웠다. 일상에서 사용하는 시선이 아니라 특정한 종류의 작은 움직임에 적절히 대응하는 시선을 익혀야 했다. 빠르게 튀어나가는 새의 움직임과 바람결에 흔들리는 나뭇잎이나 짜증나는 다람쥐의 익살스러운 움직임을 착각하지 않도록 말이다("포유류들!" 나는 화가 나서 씩씩거리고 바닥에 침을 뱉었다. 마치 나는 더 나은 존재인 것처럼). 만약 이 인식 모드가 너무 늦게 시작된다면 엄청난 새들을 놓칠지도 모른다.

그래서 나는 걸음을 늦추고 소리를 들은 첫 철새를 실제로 눈으로 보기까지 여유로운 시간을 가졌다. 가마새가 키 작은 덤불 아래에서 나와 작은 닭처럼 땅을 돌아다니기 시작했다. 그날 처음으로 목격한 새였다. 이제 나는 준비가 되었다.

반사된 햇빛이 도시 경관을 가로지르며 공원의 남쪽과 서쪽을 따라 내리쬐고, 발밑 무성한 이파리가 햇볕이 드는 순간을 기다리는 동안 첨탑을 반짝이게 만들었다. 이런 아침의 빛깔은 정말 인상적이다. 동쪽 하늘에서부터 장미색이 진하게 번져갔다. 우리 중 일부만이 알고 있는 센트럴파크의 영광이 내 앞에서 펼쳐지고 있었다. 이 순간을 아는 사람은 거의 없었다. 정오쯤 되면 센트럴파크는 단체 관광객, 피크닉을 나온 사람들, 롤러브레이드를 타는 사람들, 잡상인들, 길거리 음악가들, 수학여행을 나온 초등학생 무리, 그밖에 떠올릴 수 있는 모든 사람들의 활동으로 가득해진다. 하지만 이른 아침에는 크게 넷으로 분류할 수 있다. 탐조인, 러닝하는 사람, 사이클 타는 사람, 반려견을 산책시키는 사람이다. 동이 틀 때면 이조차도 목격하기 어렵다. 나는 공원에서 이 시간을 꽤나 즐겼다. 스스로를 귀족이나 부유층이라 생각하고 공원의 모든 언덕을 자신의 것이라 속이며, 적어도 30분 정도는 고독을 즐겼다.

"크리스, 좋은 아침."

로저 파스키예는 나 홀로 즐기는 이 30분을 방해해도 거슬리지 않는 몇 안 되는 사람 중 하나다. 키는 그리 크지 않지만 평판은 좋은 로저는 수십 년 동안 탐조를 했다. 그 사실을 알아차리기는 쉽지 않았다. 혈기왕성한 신체와 주름 없는 얼굴은 나이를 가늠하기 힘들게 했다. 로저는 주름진 카키색 옷과 까다로운 백인 남성이 입을 법한 단추 달린 옥스퍼드 셔츠를 입는 사람이었다. 박식하고 고등교육을 받은 그는 공원 밖에서는 도시 엘리트 계층에 스며들어 나 같은 사람과는 영영 마주칠 일이 없었을지도 모른다. 공원 안에서 그는 몇몇 탐조인들과만 대화를 나누는 '속물'이었다. 대개는 방어기제 때문이었다. 내가 만난 탐조인 중 가장 뛰어난 사람 중 하나였던 로저는 신참들이 혼자서도 쉽게 해결할 수 있는 기본적인 질문이나 공원에서의 탐조 경험을 망가뜨릴 수 있는 간청에 시달리곤 했다. 로저의 무관심은 센트럴파크 탐조인들의 '마스터 요다'를 보호하기 위한 방어막이었다(내가 로저를 처음 이 별명으로 불렀을 때 그는 어리둥절했다. "그거 네가 좋아하는 J. R. R. 톨킨인가 뭣인가 하는 거니?").

나는 로저가 어떻게 처음부터 나와 가치 있는 대화를 나누려 했는지 이유는 잘 모른다. 어쩌면 보기 드문 흑인 탐조인에게 호기심이 생겼을 수도 있다. 로저만큼 이른 시간부터 공원에 오려는 내 노력 덕분에 우리가 동틀 무렵부터 돌아다니는 몇 안 되는 사람이었기 때문일지도 모른다. 어쩌면 신원 확인에 있어 실책을 범하지 않는 조심성 많은 탐조인(어쩌면 로저에게는 가장 큰 자격 요건일지도 모른다)이라는 내 평판 덕일지도 모른다. 일반적으로 센트럴파크에서의 탐조는 평판이 전부다. 청솔새Cerulean Warbler 혹은 흔하게 볼 수 없는 광경을 목격했다고 했을 때 즉각적으로 떠오르는 질문은 "어디서?" "들은 지 얼마나 됐어?" 그리고 "누가 봤다고 했는데?"다. 그 누구도 노란목휘파람새Yellow-throated Warbler를 몇 시간 동안 뒤쫓았지만 알고 보니 노란목솔새Yellowthroat Warbler(이름이 비슷한 다른 솔새다)인 일을 겪고 싶지 않을 것이다.

> ### 🐦 탐조 팁
>
> 새의 이름을 확신하기 전 검증을 통해 초보적 실수를 피하자. 어두운 조명부터 희망적인 생각까지, 모든 것은 당신을 속일 수 있다. 발견을 확신하는 순간 캐나다솔새Canada Warbler가 인기 많은 켄터키솔새Kentucky Warbler로, 혹은 노란목솔새 암컷이 보기 드문 아메리카솔새Mourning Warbler로 둔갑하는 것을 명심하면 당신의 평판도 지킬 수 있다! 그리고 실수하더라도 너무 자책하지 말자. 우리 모두 실수를 하기 마련이다. 로저 파스키예 같은 전문가도 말이다.

나에게 말을 건 이후 로저는 내가 그런대로 대화하기 좋은 상대라는 걸 알아차린 듯했다. 여러 번 마주치면서 대화가 이어졌다. 그리고 로저는 로저였다. 대화하던 중 내가 하버드를 나왔다는 말이 나오자 나는 곧 로저의 바운더리 안에 들게 됐다. 나는 운이 좋게도 그와 함께하며 새, 탐조, 센트럴파크에 대해 더 많이 배우게 됐다. 나는 마스터 요다로부터 즉흥적으로 제다이 훈련을 받은 열정적인 루크 스카이워커였다. 광선검을 쌍안경으로 바꾸기만 하면 된다. 내가 광선검 비유를 들면 로저는 이해하지 못한 채로 짜증을 내면서 눈을 흘길 것이다. 그 모습이 눈에 선하다.

"딸기밭에서 자주받침꽃 향기 맡았어?"

로저가 내게 물었다.

"네, 당연하죠."

나는 로저의 장난을 단칼에 잘라내기 위해 건조한 목소리로 슬쩍 비켜났다. 로저는 미소를 지었다. 그는 내가 새는 잘 알지만 식물에는 젬병이라는 사실을 알고 있었다. 로저는 관심 가는 새의 이름을 부르더니 말했다.

"느릅나무에 앉았어"

로저는 내가 정확한 위치를 알려달라고 그를 바라볼 때까지 기다렸다. 내가 나무를 구분하는 법을 배우기를 의도한 듯했다. 덕분에 내게 새로운 세상이 열렸다. 황금솔새Yellow Warbler는 버드나무에 둥지를 트는 것을 좋아한다. 애기여새Cedar Waxwing는 미국향나무에 열리는 열매를 좋아한다. 생명체들의 상호 연결은 더욱 예리한 시각을 갖게 만들었다. 로저와 내가 까칠한 말을 주고받는 건 우리가 정감 어린 농담을 하는 방식이었다.

우리는 조금 더 빠르게 움직였다. 로저의 탐조 스타일은 가능한 이른 시간에 여러 지역을 급습하고 주변에 어떤 소리가 들리는지 귀를 기울이는 것이었다. 산책하면서 탐조하길 좋아하는 내게 이 방식은 약간 거슬렸지만, 그날은 로저의 리스트에 이름을 올리기 위해 새 소리를 들으며 그의 탐조 스타일에 맞췄다. 로저와의 관계는 그럴 만한 가치가 있었다. 그는 늘 흥미로운 이야깃거리를 가져왔다. 이번 주제는 그가 최근 읽고 있는 1960년대 걸그룹에 대한 책이었다. 우리는 마샤 리브스 앤 반델라스의 〈히트 웨이브〉와 〈댄싱 인 더 스트리트〉의 우열을 가리는 토론에 불을 붙였다. 이 토론은 다른 노래가 끼어들 때까지 계속됐다.

"방금 들었어?"

나는 귀를 쫑긋 세운 채로 로저에게 물었다.

"아메리카소나무솔새Pine Warbler요?"

로저가 주저 없이 흥분을 드러내며 말했다.

"말도 안 돼. 아메리카소나무솔새를 보기에는 시기가 너무 늦었는데."

소나무는 3월 말이나 4월 초에 명금류를 포함해 솔새가 가장 먼저 도착하는 곳이다. 암컷보다 수컷이 먼저 도착해 번식하기에 최적의 장소를 두고 싸운다(암컷은 나중에 도착해 안정적인 부동산을 갖고 있는지를 기준으로 수컷을 선택한다. 어퍼이스트의 몇몇 야심가와 공유하는 전술이다). 암컷 아메리카소나무솔새는 5월 말이 되면 숫자가 줄어들었고 수컷의 노래(솔새의 경우 노래를 부르는 건 대개 전적으로 수컷의 몫이다)는 드물었다.

한 가지 음정으로 지저귀는 소리가 나를 비롯한 다른 사람들을 영원히 혼동하게 만드는 요소임에도 불구하고, 로저는 망설이지 않았다. 아메리카소나무솔새, 벌레잡이아메리카솔새Worm-eating Warbler, 오렌지무늬휘파람새Orange-crowned Warbler, 아메리카신대륙멧새Chipping Sparrow, 습지신대륙멧새Swamp Sparrow, 검은눈방울새Dark-eyed Junco 모두 한 가지 음정으로 지저귄다. 그리고 모두 봄철 센트럴파크에서 발견할 수 있다. 표면적으로 이 새들은 모두 같은 소리를 낸다. 각각의 종이 부르는 노래에는 지역과 개체에 따라 달라지는 요소가 있다. 이들을 소리만으로 확신을 갖고 구별하는 건 쉽지 않다.

하지만 로저는 그저 공원의 제일가는 탐조인이 아니었다. 로저는 새를 발견하고 특정한 상황에서 내는 소리에 주로 의존하는 귀가 뛰어난 탐조인이다. 많은 탐조인이 이 기술을 공유한다. 노스이스트의 녹지 한가운데에서 눈을 가리고 소리만 듣고도 어떤 새가 있는지 답할 수 있다. 이렇게 말하면 초인적인 능력이 있는 것처럼 들리지만, 누구나 이런 능력을 지니고 있다. 익숙한 팝 가수의 신곡을 듣거나 친척이나 가까운 친구의 목소리가 전화기를 타고 들려오면 우리는 그 목소리의 주인을 알아차린다. 우리의 잠재의식을 알려주는 열댓 가지 다른 신호가 있고, 그 종류는 서로의 인사를 위해 선택한 단어부터 목소리의 음 높낮이와 특성까지 다양하다. 로저와 나처럼 소리로 새를 찾는 탐조인에게 새들은 오랜 친구이기에 이 새들의 목소리는 듣자마자 알아차릴 수 있다. 그리고 이 능력은 항상 작동한다. 당신이 어디에 있든 무엇을 하든 귀는 계속해서 대기 중을 떠다니는 정보를 당신에게 전해준다. 그 정보는 화면 아래를 지나가는 뉴스 배너처럼 뇌 밑바닥을 지나가고 있을 것이다. 무신경하게 다양한 새들의 울음소리를 다방면으로 사용하는 영화는 영화관에서 분노하며 팔걸이를 두드리는 탐조인과 그와 함께 영화를 보는 비탐조인 모두에게 시련이 될 수 있다(레오나르도 디카프리오와 자이먼 혼수의 영화인 〈블러드 다이아몬드〉에 나오는 새소리는 손톱으로 칠판을 긁는 것 같은 경험을 선사한다. 이 영화는 전쟁으로 황폐해진 아프리카를 횡단하며 참혹한 여행을 하는 주인공을 그려냈다. 끊임없이 배경음악으로 깔리는, 누가 들어도 북아메리카 새의 소리는 영화 내용과 전혀 일치하지 않는다). 덕분에 나와 로저의 대화는 우리가 듣는 소리를 그대로 뱉어내며 평범한 문장에 '콩새류Grosbeak' 혹은 '박새류 Pewee' 같은 단어가 들어가는 이상한 혼합물이 됐다. 마치 조류학의 투렛 증후군처럼.

용의선상에 오른 새가 다시 한 번 소리를 냈다.

"소나무에서 나는 소리치고는 꽤나 아름답네. 하지만 그럴 리가 없는데"

내가 말했다.

"시작 부분과 끝 부분을 들어봐. 아메리카신대륙멧새와 벌레잡이아메리카솔새는 저렇게 울지 않아"

로저가 강조했다. 나는 다시 한 번 사라져가는 소리를 들었을 뿐 아니라 나무 깊은 곳에서 탁 트인 곳으로 날아오는 새를 목격했다. 아니나 다를까 윗부분은 녹색이고 아랫부분은 사랑스러운 노란색인 아메리카소나무솔새였다. 그날 이후로 아메리카소나무솔새의 노래와 다른 지저귀는 새의 노래를 두 번 다시는 헷갈리지 않을 것이다. 내가 로저로부터 배운 것은 그 외에도 많다.

"그런데 스트로베리필즈에서 두건솔새Hooded Warbler 봤어?"

로저가 덧붙였다. 중요한 정보는 가장 나중에 드러나는 법이다. 우리는 매년 봄 센트럴파크에서 두건솔새를 목격했지만 두건솔새는 흔하지 않은 종으로 남아 있는데, 뉴욕이 아슬아슬하게 두건솔새의 활동반경에 걸쳐 있기 때문이다. 두건솔새는 이목을 끄는 새다. 전체적으로 밝은 노란색이지만 수컷은 노란색 얼굴을 완전히 감싸는 두건을 뒤집어쓴 것처럼 머리 꼭대기부터 까만색이 시작돼 목을 한 바퀴 두른다. 두건솔새는 꼬리 끝에 하얀색 점이 있다는 것을 보여주려는 듯 반복해서 꼬리를 움직인다. 그리고 나무 꼭대기에 달라붙어 탐조인의 척추를 고문하는 다른 솔새와 달리 눈높이 아래 바닥을 돌아다닌다(가끔씩 통증을 동반한다는 '솔새 목통증'은 탐조인의 직업병이다). 두건솔새는 눈에 띄는 색과 독특한 행동을 가진 새였다. 로저는 이 중 그 어떤 것도 보지 못했지만 소리를 듣는 것만으로 충분했다.

그쯤에서 우리는 헤어졌다. 로저는 벨베데레 성까지 걸었다. 공원 중심에 있는 바보 같은 성의 이름에서 알 수 있듯이 장엄한 전망을 감상할 수 있었다. 나는 보기 힘든 새를 찾기 위해 길을 되짚어가면서 내가 부주의하게 지나치지 않았다고, 혹은 내가 지나갈 때 그 새가 소리를 내지 않았다고 확신했다. 로저는 그날 하루 선행을 베풀었다. 그가 공원에 있는 모든 탐조인들에게 말을 거는 건 아니었지만, 나는 그렇게 한다는 걸 알고 중요한 정보를 퍼뜨려주었다. 이건 작은 커뮤니티의 장점 중 하나였다. 센트럴파크에서 우리는 볼 수 있는 새들을 모두 공유하며 입에서 입으로 각자 잘 보이는 방향을 가리켰다(당시는 휴대폰이 광범위하게 보급되기 전이었기에 우리는 트위터로 소통하거나 메시지를 보냈다). 나는 모든 탐조 그룹이 이렇진 않다는 이야기를 들었다. 내가 여기 소속돼 있다는 사실이 기뻤다.

비록 발걸음에서 약간의 다급함이 느껴졌지만, 나는 원래 내가 탐조하던 리듬으로 돌아갔다. 두건솔새를 볼 수 있는 기회가 아슬아슬한 상태였기 때문이다. 블랙번솔새는 여전히 그날 나의 중요한 목표였지만 두건솔새를 볼 수 있다면 그쪽을 선택해야겠다고 생각했다. 내가 이전에 한 번도 보지 못했기 때문도, 이번 계절에 한 번도 보지 못했기 때문도 아니었다. 수집의 기쁨에 있어 내 개인적인 선호도는 빅 데이 리스트(한 번 외출했을 때 볼 수 있는 종을 가능한 많이 기록한 리스트)에 꽂혀 있었고 두건솔새를 여기에 추가

하는 건 쉽지 않았다. 가끔 내 빅 데이 리스트는 한 종류에 집중적으로 작성되기도 했다. 예를 들어 만약 내가 탐조 시작부터 멧새를 봤다면 그날 아침은 공원을 뜨기 전까지 예상할 수 있는 멧새 종류를 다 보기로 결심하는 식이다. 이런 방식이 약간 강박적이라는 생각이 든다면, 맞다. 리스트를 만드는 건 분명히 강박적인 길로 탐조인을 이끈다.

하지만 대부분의 탐조인들은 근본적인 이유로 리스트에 이름을 더 추가하고 싶은 욕구를 억누른다. 스트로베리필즈에 다가가면서 나는 두건솔새를 목격해 리스트에 추가하는 것뿐만 아니라 자세히 관찰하는 것도 염두에 두었다. 이런 매력적인 새를 보게 된다면 당연히 가능한 오래 보고 싶지 않겠는가? 탐조인이 리스트를 채우는 데 집착하더라도, 탐조의 첫 번째 즐거움(새의 아름다움)은 여전히 우리가 탐조를 하는 가장 중요한 이유다.

나는 나무를 비롯한 다양한 식물이 배열된 긴 녹지의 탁 트인 지역에 도착하기 위해 언덕을 올랐다. 내가 알고 있는 바로는 딸기를 전혀 찾아볼 수 없는(나는 아직 식물에 대해 알아가는 중이었다) 스트로베리필즈를 향해서. 센트럴파크에 있는 이 장소의 이름은 비틀즈의 노래인 〈딸기밭이여 영원하라Strawberry fields forever〉에서 따온 것이다. 이 곡을 쓴 존 레논에게 바치기 위해서였다. 9년 전 존 레논의 피살 사건은 여전히 그가 생을 마감한 다코타 건물의 그늘에 생생한 기억으로 남아 있지만, 보수적인 레이건 대통령 그리고 부시 대통령과 함께한 '자유로운' 뉴욕에서는 존 레논의 시대가 죽은 것처럼 보였다.

하지만 이런 우울한 생각이 새로운 새를 볼 것 같다는 조짐이 보이는 아침을 이길 순 없었다. 탐조의 좋은 점 중 하나는 내면의 독백을 끌어내고 더 큰 세계를 볼 수 있도록 만들어준다는 것이다. 탐조는 내가 비밀스러운 사람으로 살 수 있도록 도와줬고 이 점은 지금까지도 유효하다. 내가 찾아낼 두건솔새가 있었고 나는 낮은 가지를 샅샅이 살피고 귀를 기울이며 집중력을 쏟아 부었다.

그 순간 나는 숨길 수 없는 폭발적인 휘파람 소리, "위타-위타-위티오!" 하는 소리를 들었고 그 소리를 따라 울타리 안의 그늘지고 관목이 가득한 녹지로 들어갔다. 한껏 부푼 기대에는 다급함과 새가 사라지지 않을까 하는 약간의 공포가 섞여 있었다.

하지만 이번에는 아니었다.

두건솔새는 내 바로 앞 쓰러진 통나무에 앉아 먹이를 찾는 동안 자랑하듯 꼬리를 까딱거렸다. 두건솔새의 노란색은 식물의 군락 속에서 빛났고, 머리 부분의 검은색과 노란색의 대비는 정말 놀라웠다. 나는 머리까지 연장된 이 무늬가 노란색 대신 갈색이었으면 후드 밖으로 머리를 꺼낸 것 같았을 것이며 그랬다면 두건솔새는 뉴욕에서 불시검문을 받았을 거라고 농담하곤 했다. 하지만 법률 집행의 실패까지 생각할 겨를은 없었다. 이 작고 독특한 생명체 앞에서 나는 홀로 그 놀라운 광경을 조용히 지켜보았다. 경이로움에 휩싸여 어느 정도는 겁을 주지 않기 위해서, 어느 정도는 존중하는 마음으로.

두건솔새는 조금 더 멀리 날아갔고 그 후에는 덤불 속으로 사라져버렸다.

두건솔새를 만났다는 기쁨으로 기분이 좋았던 나는 조금 더 다양한 종을 보고 싶었다. 탐조인들은 욕심이 많다. 나는 램블로 향했다. 램블은 센트럴파크의 삼림지대로, 길이 꼬불꼬불하게 나 있어 숲속에서 길을 잃어도 갈림길이 나올 때마다 방향을 바꿔가며 계속 걸을 수 있다. 일단 램블에 들어오면 맨해튼의 고층 빌딩들이 눈앞에서 사라진다. 그리고 지구에서 가장 도시화된 도시의 심장에서 헤매고 있다는 사실을 잊을 수 있다.

　　매일 아침 우연히 발견하는 누군가가 사용한 콘돔은 내게 무언가를 상기시켰다. 램블은 오래전부터 게이들의 만남의 장소로 유명했다. 에이즈에 대한 공포가 높아지고 목숨을 잃은 게이들이 늘어나며 그 장소의 화력도 죽었지만, 어떤 면에서는 곧 닥칠 것 같은 종말이 이들의 무모한 방종을 이끌어내기도 했다. 나는 아니었다. 게이들의 기준에서 내숭을 떠는 듯한 내향성, 꾸준한 자존감 문제, 벌칸처럼 폭주하는 성욕에 제동을 걸기 위해 애쓰는 이성적 행동 때문이었다. 나에게 안전한 섹스란 없었다. 지금까지 HIV 음성인 것은 약간의 운이 따랐기 때문이다. 하지만 테스트 결과지를 받기 전까지 내 무릎에서 자라던 것이 카포시 육종 병변*이라고 생각해 곧 다가올 죽음을 받아들이느라 몇 개월을 소모하기도 했다. 충분히 마음의 준비가 됐다고 느끼고 의사를 찾아갔을 때 그저 사마귀일 뿐이라는 말을 들었다(이전까지 그런 걸 본 적이 없었기에 정확히 뭔지 알 수 없었다). 조용한 공포는 잘생긴 얼굴과 아름다운 몸매를 지닌 남성과 하룻밤을 보내고 일주일이 지난 후부터 나를 괴롭히기 시작했다. 그 남자가 남기고 간 질병 때문에 나는 그의 얼굴을 기억조차 못했다. 〈뉴스위크〉는 에이즈에 패배한 사람들의 사진과 짧은 프로필을 소개한 특별호를 출간했다. 나는 그 모든 페이지를 샅샅이 살펴봤다. 에이즈에 걸린 사람들의 삶을 상상하고, 내게 어울리는 문장은 무엇일까 궁금해하면서. 내가 어떤

---

*　면역 체계가 약화된 사람에게 주로 발생하는 암의 한 종류.

단어에 꽂혔는지 기억은 안 나지만 다음 페이지로 넘기자 정확히 나를 겨냥한 듯한 말이 흑인 남성의 얼굴과 함께 인쇄돼 있었다. 내 룸메이트는 그날 밤 불도 켜지 않은 채 부엌에 서 있는 나를 발견했다. 나는 어둠 속에서 저녁 설거지를 시작했다. 그리고 한 시간 동안 내 손은 같은 접시를 반복해서 씻고 있었다. 내 정신은 여전히 그 얼굴들 사이에 멈춰 있었다.

에이즈 격변이 일어났지만 램블에서의 정신 나간 짓은 계속됐다. 급격한 속도는 아니더라도 부끄럽지 않은 수준은 아니었다. 에이즈 위기는 의도치 않게 게이들의 삶을 주류의 흐름에 오르게 만들었다. 우리는 대중의 시선에 온전한 사람으로 비춰지고 공원에서의 은밀한 밀회와 관련 없는 게이가 될 가능성이 열려 있었다. 하지만 꼭두새벽에 벌어지는 몇몇 야외 밀회가 동이 틀 때까지 지속되면 탐조인들은 가끔 콘돔의 여파 이상을 마주치기도 했다(이후 소셜미디어와 만남 어플이 탄생하며 동성애자들이 램블에서 만나지 않을 뿐만 아니라 수많은 바도 문을 닫게 됐다). 램블을 성적인 만남의 장소로 만든 바로 그 이유(하층 식생의 커다란 이파리)는 철새를 끌어들이고 야생동물 서식지가 된 이유이기도 했다. 그러므로 램블에는 수상쩍고 눈부시게 아름다운 대비가 존재했다. 내가 탐조를 하지 않는 게이 친구들에게 램블에 탐조를 하러 간다고 할 때면 그들은 수상하다는 눈빛을 보냈다. 하지만 내게 유일한 이유는 탐조뿐이었다. 적어도 내가 살고 있는 도시에서 그런 짓을 하지는 않았다.

단 한 번만 제외하고는. 몸이 좋은 한 남성이 도발적인 눈빛을 보내며 내가 보고 있는 새에 호기심을 표했다. 당연한 말이지만 나는 새에 대한 관심에 응할 의무가 있었다. 그래서 그가 새를 더 잘 볼 수 있도록 내 쌍안경을 빌려주었다. 사용법을 알려주기 위해서는 (순수하게 과학의 이름에 맹세컨대) 그 남성 뒤에 바짝 붙어야 했다. 나는 내 손을 그의 손 위에 얹어 올바른 방향을 보도록 도와주었다…….

그 순간 두 영감탱이가 끼어들었다.

"마티! 잭! 로저 파스키예가 두건솔새를 찾았어."

나는 허밍 톰스톤(그 지역을 지나가는 전기로 진동하는 거대한 직사각형 물체, '콘솔리데이티드 에디슨 전력변압기' 때문에 탐조인들이 붙인 이름이다)의 길을 가로지르며 인사했다. 램블을 느긋하게 거니는 두 명(분명히 말하지만 플라토닉이다!)이 눈에 들어오자 나는 내 게이 추억에서 빠져나왔다.

마티 소머는 내가 처음 만난 센트럴파크 탐조인이었다. '센트럴파크 탐조인'이라는 말은 마티를 담기엔 너무 한정적이다. 그는 센트럴파크와 브루클린의 프로스펙트 공원 모두 빈번하게 다녔으니까. 마티가 내게 말을 걸었을 때 나는 그 어떤 공원도 자주 다니지 않았을 뿐만 아니라 탐조 활동도 자주 하지 않았다. 그날도 나는 유니언스퀘어 지하철역에서 사무실로 향하는 지하철을 기다리고 있었다. 그때 무시하는 편이 나을 것 같은, 정신이 나간 듯한 사람이 느릿느릿 내게 걸어왔다. 당시 인기 있었던 일그러진 얼굴의 양배추 인형처럼 두툼하고 울퉁불퉁한 몸집의 그는 내 쪽으로 걸어와 몸을 웅크렸다. 그가 입을 열자 억센 브루클린 노동자 계급 말씨가 튀어나왔다.

"어이, 너 센트럴파크에서 새 보고 있었지. 응?"

예상치 못한 말이었다. 그는 여전히 약간 수상쩍었지만 내가 정한 표준-뉴욕-정신 나간 사람-회피 경계 기준을 넘어 버렸다. 나는 막 센트럴파크에서 탐조를 시작한 상태였다. 그곳에서 아무도 마주치지 못했는데 이 이상한 친구는 센트럴파크에서 훨씬 떨어진 곳에서 나를 알아봤던 것이다. 마티는 자기소개를 했고 그 후에 나를 다른 센트럴파크 탐조인들과 공원 자체(허밍 톰스톤, 머거스 우즈, 에보디아 등등 탐조인들이 탐조 장소를 언급할 때마다 등장하는 랜드마크의 이름)도 소개시켜줬다. 그리고 한 발 더 나아가 그는 내게 붉은머리딱따구리Red-headed Woodpecker가 적어도 일주일은 머무를 것이라 귀띔했다. 나는 '로커스트 그로브'가 어딘지조차 몰랐지만, 붉은머리딱따구리가 간절하게 보고 싶었다. 이 소식은 구명보트였다. 마티는 자신의 탐조 루틴대로 로커스트 그로브까지 걸어가며 나와 함께 새를 찾으러 갔다.

이 글을 읽는 지금 많은 사람이 아마 이런 생각을 하고 있을 것이다.

"붉은머리딱따구리 본 적 있어! 예쁘게 생겼던데!"

아니, 틀렸다. 당신이 본 건 붉은머리딱따구리 사촌인 붉은배오색딱따구리Red-bellied Woodpecker다. 붉은배오색딱따구리는 훨씬 흔하게 목격할 수 있으며 주의를 기울이지 않으면 붉은머리딱따구리와 혼동하기 쉽다. 붉은배오색딱따구리도 머리에 붉은 점이 있으며 등 전체에 커다란 줄무늬가 있다. 배 부분은 대부분 크림색인데, 이 특이한 이름은 새가 의식을 잃고 땅에 등을 대고 쓰러져 있을 때 다리 근처 크림색 사이에서 붉은 깃털 몇 개를 볼 수 있다는 점에서 비롯했다.

처음으로 붉은머리딱따구리를 찾는 과정에서 나는 감명을 받았다. 그 새의 머리는 완전히 붉은색이었는데, 어떤 예술가도 아직 잡아내지 못한 빛나는 진홍색이었다. 날개의 거대한 하얀색 부분을 제외하면 단단한 등 부분은 마치 누군가가 일부분을 지우

개로 말끔히 지워낸 것 같았다. 나무 기둥에서 다른 나무 기둥으로 이동하는 모습을 보면 흰색과 어두운 색이 번갈아 등장하는 무늬보다 진홍색이 더 눈에 띈다. 나는 어렸을 때 붉은머리딱따구리 프라모델을 만들고 주의 깊게 색칠해본 적이 있었기에 이 새에 대해 잘 안다고 생각했다. 하지만 새를 목격한 바로 그 순간 나는 아무것도 모른다는 사실을 깨달았다. 마티에게 감사할 일이다.

각각 완전히 다른 방식이었지만, 나는 로저에게만큼이나 마티에게서도 많은 걸 배웠다. 북부물지빠귀Northern Waterthrush와 루이지아나물지빠귀Louisiana Waterthrush의 차이가 무엇인지 묻는 질문에 봉착했을 때 내 눈에는 두 지빠귀가 거의 똑같아 보였다. 마티는 행동에 집중하라고 조언했다. 두 지빠귀 모두 물가 가장자리를 걸어다닐 때 꼬리를 까딱이며 진흙과 낙엽더미 속에서 먹이를 찾지만, 여기에 차이가 있었다.

"북부물지빠귀는 빠른 속도로 꼬리를 완전히 들었다가 내리면서 까딱이지. 그런데 루이지아나물지빠귀는 남부 여자 같은 면이 있어. 약간 뽐내듯 걸어다니지. 걸을 때 엉덩이 전체가 움직이거든."

마티는 누구도 흉내 낼 수 없는 말씨로 설명했다. 그리고는 판토마임을 하듯 직접 움직임을 보여주었다. 그는 미소를 지으며 뭉뚝한 엉덩이를 앞뒤로 씰룩였다. 그런 여성을 떠올리며 약간 들떠 눈이 빛나고 있었다. 그렇게 나는 눈에 이 모습을 새겼고 그 후로 둘을 헷갈리는 일은 없었다.

나는 새의 위치와 지식을 공유하고 쌍안경을 목에 건 사람이라면 누구든 환영하는 센트럴파크의 수많은 탐조인들에게 널리 퍼져 있는 탐조 정신을 키우는 데 마티의 공로가 컸다는 걸 이야기하고 싶다. 마티는 내게도 친절하게 인사를 건넸다. 우리 탐조인들은 진심으로 다가오는 사람, 오랫동안 보고 싶었던 새를 보여준 사람을 주시하며 그가 대가를 바라고 한 행동이 아닐지라도 보답하고 싶어 한다.

그렇기에 나는 스트로베리필드에 두건솔새를 보러 갈 때 로저와 마티와 동행했다. 비록 두 사람 모두 젊지 않았지만 마티의 질질 끄는 걸음걸이가 감당할 수 있을 만큼 활기차게 출발했다.

램블은 이제 내 동반자가 됐다. 비록 하루에 솔새를 20마리 이상 볼 수 없었지만 덕분에 다양한 것을 경험할 수 있었다. 아침 햇살도 그중 하나였다. 나무 사이로 햇살이 쏟아지면 대성당 안으로 쏟아지는 빛보다 더 오래된 장엄함이 숲을 가득 채웠다. 꼬불꼬불한 길은 정확히 의도한 바를 일궈냈다. 갈림길마다 새로운 수수께끼를 기대하며 끝도 없이 걷는 듯한 느낌이 들게 했던 것이다. 램블에서 아침을 맞으면 맨해튼의 심장이 일시적으로 끔찍한 나의 죄를 사해주는 것 같았다. 밀려드는 군중과 교통의 소음은 한숨 돌릴 수 있고 새소리가 들리는 공간으로 대체됐다.

저 먼 어딘가에서 큰뿔솔딱새Great Crested Flycatcher의 귀를 찌르는 듯한 "브릿! 브릿! 브릿!" 소리와 큰 휘파람소리가 들려왔다. 나는 캐스킬의 작은 언덕에 있는 친구의 집에서 탐조를 하며 이 소리를 익히 들었다. 그 순간 뉴욕이 아니라 북쪽으로 160킬로미터 떨어진 숲에 있는 것 같았다. 검은목푸른솔새Black-throated Blue Warbler의 목이 쉰 듯 삐걱거리는 소리가 내 관심을 끌었다. 눈길을 끄는 독특하면서도 맵시 있는 모습(행커치프를 단 턱시도를 입은 듯한 모습)은 사랑스러웠다. 나는 그 새가 자신의 이름의 이니셜로 우는 모습을 상상할 수 있었다. "비-티-비!"

> ### 🐦 탐조 팁
> 새소리를 익히는 가장 좋은 방법은 녹음된 소리를 듣는 것이
> 아니다. 이런 방법으로는 상당히 높은 확률로 소리를 헷갈리게
> 될 뿐이다. 더 좋은 방법은 이렇다. 누군지 알 수 없는 소리를
> 들었을 때 그 소리의 주인을 찾아보자! 얼마나 오래 걸리든
> 멈추지 말자. 새의 외형뿐만 아니라 부리를 벌리고 목이 떨리고
> 소리의 힘에 따라 꼬리가 떨리는 걸 보게 될 때까지. 그렇지
> 않다면 같은 나무에 있었던 다른 명금류로 착각할지도 모른다.
> 이 방식에는 두 가지 장점이 있다. 첫째, 실제로 새를 보기 전에
> 소리를 끝도 없이 듣게 될 것이며, 반복은 기억을 유지하는
> 데 도움이 된다. 둘째, 추상적인 녹음본을 듣는 것이 아니라
> 현장에서 소리를 듣는 경험을 하면, 그 과정을 통해 어떤 새가
> 어떤 소리를 내는지 더 잘 기억할 수 있다.

이미 알고 있는 지식에 살을 붙이며 머릿속 소리의 도서관이 커지면 새로운 소리를 더 쉽게 익히게 될 것이다(예를 들어 미국지빠귀처럼 흔한 새의 노래를 배우는 건 목이 쉰 미국지빠귀 같은 소리를 내는 화려한 풍금새의 소리를 익힐 때 중요하다). 그리고 머지않아 당신은 소리의 여러 특징에 집중해 여러 종의 노래를 구분하게 될 것이다. 리듬, 박자, 반복되는 음, 가장 중요한 소리의 특징들(휘파람 소리, 걸걸한 소리, 활기 넘치는 소리 등등).

소리를 기억하는 데 도움이 될 편법도 사용하자. 예를 들어 검은목푸른솔새는 이름의 이니셜대로 "비-티-비!" 하고 운다. 다른 기억법도 도움이 될 수 있다.

"스윗, 스윗, 스윗, 리틀 빗 스윗!" —황금솔새

"아임 싱잉, 아임 싱잉, 아임 싱잉, 댓츠 잇!" —와블링비레

오Warbling Vireo

"칙스! 아이 돈 띵크 댓츠 리얼리 포 미." —게이가 소개하는

캐나다솔새가 폭발적으로 뱉어내는 소리 연상법. 정확하진 않지만 아마도 떠오르게 될 것이다.

독특하고 새파란 작은 새인 유리멧새의 소리는 치어리더가 부르는 반복되는 문구("치어! 치어! 헤이! 헤이! 예이! 예이! 라! 라! 고! 고!")로 귀에 꽂힌다.

그리고 탐조인 팀 부시가 전해준 재미있는 정보가 있다. 하루는 내가 초원솔새Prairie Warbler 노랫소리의 특징을 정리하는 데 어려움을 겪고 있었다. 그는 초원솔새의 소리가 사다리를 오르는 것처럼 소리가 커진다며(신명나는 "도레미파솔라시도") 힌트를 줬다.

"마치 1950년대 창작물에 등장하는 UFO가 이륙할 때 나는 소리 같아."

정말 딱 맞는 말이었다.

평범한 사람의 기준으로는 상대적으로 이른 시간이었지만 탐조인들에게는 이미 램블을 거닐 준비를 시작했어야 할 만큼 늦은 시간이었다. 마침 때맞춰 나는 사라 엘리엇을 따라 근처의 어제일리어 호수로 달렸다. 그녀의 위태로운 모습은 오렌지색 머리 덕에 몇 미터 떨어진 곳에서도 한 눈에 알아볼 수 있었다. 사라는 어제 나무에 묶어두었던 리본을 수거하는 동안 잠시 탐조를 멈췄다. 사라는 독특하게도 가방에 리본을 가지고 다니며 쏙독새Night-jar(새 같지 않게 독특하게 생겼으며 곤충을 주식으로 하고 낮 동안은 완벽한 위장을 한 채 나뭇가지에서 잠을 자는 야행성 새)를 발견하면 그 새가 머물러 있는 나무를 다른 사람들도 찾을 수 있도록 표시해두었다. 어제 발견한 아메리카쏙독새Common Nighthawk는 같은 나무에서 또 잠을 청하지 않았기에 사라는 다른 사람들이 헛걸음하지 않도록 규칙에 따라 리본을 풀었다.

사라는 나를 발견하고 표정이 밝아졌다. 내게만 보여주는 특별한 태도라고 생각하고 싶었지만, 그녀가 원래 그런 사람이라는 것을 잘 알고 있었다. 점잖은 동시에 현실적인(이 두 가지 특성은 그녀가 발행하는 자연에 대한 뉴스레터에서 완벽하게 드러났다) 사라는 아주 어린 나이부터 탐조를 한 듯했다. 예의를 중시하던 시절 함께 점심을 먹던 여성들이 모자에 깃털을 다는 데 혈안이 된 사람들의 손에 대백로가 멸종되는 것을 막기 위해 손수 나섰을 때, 그 노력은 오듀본 협회의 탄생으로 이어졌다. 사라는 함께 탐조하는 사람들에게 새를 설명하는 것만큼 공원에 서식하는 식물을 설명하는 데 시간을 투자했다. 그녀는 자연에 대한 것이라면 뭐든 진심이었다. 자신의 머리색만 제외하면.

나는 사라가 사람들을 저편으로 인도하는 동안 두건솔새에 대한 이야기를 하다 그녀의 눈이 두꺼운 안경 렌즈 뒤에서 커지는 모습을 목격했다. 사라는 내 어깨 너머에 있는 무언가를 발견했다. 안타깝게도 새는 아니었다. 아침에 공원을 돌아다니던 여러 무리 중 반려견을 산책시키는 사람이었다. 공원에서는 항상 반려견에게 목줄을 채워야 했지만 그 사람의 래브라도 리트리버는 나무 아래를 아무런 통제 없이 뛰어다니고 있었다.

"아이고, 반려견은 목줄을 꼭 매야 하는데."

당연한 말이지만 사라는 리트리버의 쾌활한 움직임으로 밟힐 위험이 있는 붉은미나리아재비뿐만 아니라 두건솔새, 북부물지빠귀, 그밖에 땅을 돌아다니거나 지표 근처에서 생활하는 새가 날아오르게 되는 것을 걱정하고 있었다. 사라는 내게 그리 크지 않은 목소리로 말했다. 소리를 지르는 건 그녀의 온화한 스타일과 맞지 않았다. 반려견 산책을 시키는 사람은 그 말을 들은 것 같았지만 반려견의 움직임을 막지 않은 채로 사라에게 가운뎃손가락을 들어 보였다. 이런 일이 벌어진 게 처음도 마지막도 아니었다. 사라는 이런 행동에 대응하기에는 너무 우아한 사람이었다. 부끄럽고 안타까웠지만 나는 아무 말도 하지 않았다.

주인의 손을 벗어난 리트리버의 움직임으로 나를 포함해 사라가 이끄는 그룹은 홍해처럼 갈라졌다. 사라의 평정심이 다시 존재감을 드러냈다. 내게 필요했던 30분의 고독한 시간은 지난 지 오래였고 나는 로저, 사라, 마티, 잭이 알려줬던 공원에서의 즐거움(나만큼이나 깃털 달린 생명체에게 환장하는 탐조인들과 놀러다니는 일)을 누렸다. 그리고 익숙한 인물이 다가왔다.

"여기에는 새가 없어요."

나는 프랑스어로 말했다. 내가 초등학교 때 익혔던 프랑스어를 전부 짜낸 것이었다.

"그렇지 않아요!"

클로드가 대답했다. 이건 우리만의 인사였다. 클로드의 프랑스어가 유창한 걸 알고서 나는 만날 때마다 이런 인사를 건넸는데, 그 근방에 새가 그리 많지 않았기 때문이다.

"로저 로저가 스트로베리필즈에서 두건솔새를 발견했다는 소문을 들었어."

그리 놀라운 일은 아니었지만, 나는 램블 핫라인이 제 기능을 하며 한 바퀴를 도는 모습에 행복해졌다.

"몇 년 전 일이 기억나. 대왕참나무 늪지대에서 두건솔새의 아름다운 모습을 목격했거든……."

클로드는 오랫동안 공원에서 탐조를 했지만 나이가 들어도 그 마음은 꺾이지 않았다. 그는 다양한 이야기를 품고 있었지만 어떤 면에서는 대부분의 탐조인들과 비슷했다. 우리는 기억을 특정한 위치, 특히 인상적인 장면과 연결짓는다. 마치 기억이 그 순간, 그 장소에 각인되고 수년이 지난 후에도 그곳에서 공명한다는 듯이. 클로드는 마치 어제 일처럼 예전에 봤던 새를 떠올렸다.

무언가 우리의 대화 사이에 끼어들었다. 울새의 노래와 정비 트럭의 덜컹거리는 소리가 내 귀에 들려왔고 뇌리에 남았다. 나는 또 한 번 소리가 들려올 거라는 확신을 갖고 기다렸다.

"블랙번솔새!"

그날의 목표물이 우리 머리 위 참나무 가지 어딘가에서 노래하고 있었다. 클로드의 눈은 나만큼이나 반짝였다. 올 봄도 블랙번솔새의 코빼기도 못 봤다고 했으니 말이다. 나이가 든다는 것은 청력이 나빠져 블랙번솔새의 얇고 믿을 수 없을 만큼 높은 소리의 노래를 들을 수 없다는 것을 의미한다. 하지만 클로드는 내 귀를 믿었다. 그리고 나는 정체를 드러내는 마지막 음을, 마치 목이 졸린 것처럼 급박하고 훨씬 더 높은 음으로 변하는 것을 들었다. 여기 블랙번솔새가 있었고 이제 발견하기만 하면 됐다.

"제기랄!"

감격스러운 블랙번솔새의 소리가 내 귀에 반복해 쏟아지면서도 그 모습은 코빼기도 보이지 않자 나는 불쑥 짜증이 났다. 클로드와 나는 꽃에 있는 벌레를 잡아먹는 다른 솔새들을 하나씩 살펴보며 나무를 꼼꼼히 살폈다. 검색 결과에서 원치 않는 내용을 제거하기 위해 태그를 다는 것처럼 새들의 위치를 하나씩 확인했다.

"세 시 방향에 목련솔새Magnolia Warbler."

"여섯 시 방향에 뭐 있어요! 아, 노란엉덩이솔새Yellow-rump Warbler네요."

방향을 쉽게 표현하기 위해 우리는 나무를 위에서 내려다본 시계라고 가정했다. 그렇다고 다른 솔새가 가치가 없다는 건 아니다. 단지 블랙번솔새가 아닐 뿐이었다. 블랙번솔새는 나무 꼭대기에 자리 잡는 경향이 있다. 솔새 때문에 목 빠진다는 말은 진짜다.

우리 목이 거의 빠지려 할 때 클로드가 언뜻 무언가를 목격했다. 클로드는 내게 정확한 위치를 확인하라고 말했고…… 그 순간 블랙번솔새가 모습을 드러냈다.

'붉은 목'이라는 표현으로 블랙번솔새를 설명할 수 있지만 그런 설명은 블랙번솔새가 지닌 마법 같은 부분을 모두 놓치는 것이다. 우리를 가장 행복했던 장소로 회귀하게 하는 생명체의 존재를 어떻게 설명할 것인가?

내게 그 역할을 할 수 있는 건 신화뿐이었다. 그렇기에 나는 신화를 만들어냈다. 전형적이지 않은 블랙번솔새와의 독특한 만남은 팔을 뻗으면 잡힐 듯한 거리인 눈높이의 나뭇가지에서 7분도 안 되는 짧은 시간 동안 일어났다. 블랙번솔새는 등 쪽으로 고개를 돌려 큰 소리로 노래했다. 내가 거기 있는 걸 신경조차 쓰지 않는 것처럼. 나는 그 자리에서 꼼짝할 수 없었다. 그리고 노래가 끝났을 때 나는 그 장면을 이보다 더 잘 표현할 수 없었다.

지구를 건너온 놀라운 생명체들을 들여다보며 하루를 보내고 나자 태양은 서쪽으로 이동해 모든 걸 주황색으로 물들이고 기쁨의 눈물을 훔치게 하는 지평선 너머로 가라앉았다. 불타는 듯한 눈물은 하늘에서 떨어져 호수를 타오르게 만들었다. 그리고 작은 새한 마리가 불가사의한 불타는 호수를 보기 위해 빠른 속도로 날아 진이 빠진 상태로 호수변에 내려앉았다. 새는 탈진했다가 회복하면서 불타는 액체를 보고 이렇게 생각했다.

"이런 선물을 못 본 척할 수 없지."

그리고 용감한 새는 물을 마셨다.

타오르는 액체를 목에 들이부은 것 같은 순간, 이제 새는 석양의 색으로 빛났다. 그리고 블랙번솔새가 노래를 부를 때 마지막 음은 하늘로 올라갈 만큼 날카로웠다. 생명으로 가득한 세계에 태양이 선사하는 즐거움은, 블랙번솔새를 보고 이 새의 노래를 듣는 모든 사람에게 알려졌다.

만약 당신이 무언가를 주의 깊게 들여다본 적이 있다면 이 말을 이해할 것이다. 이것이 **진짜** 블랙번솔새의 정체다.

클로드와 나는 오랫동안 블랙번솔새의 모습을 즐겼다. 얼마 지나지 않아 블랙번솔새는 우리의 시선이 따라갈 수 없는 곳으로 사라져버렸다. 나는 나중에 이 새와 장소에 대한 정보를 딕 게르손과 메리 부르카르드(나만큼 블랙번솔새에 애정을 지닌 두 친구)에게 얘기해야겠다고 마음에 깊이 새겼다.

클로드와 나는 계속 얼마간 함께 탐조를 했다. 그리고 센트럴파크에서 즉흥적으로 만난 몇몇 사람들과 지각의 마지노선을 넘기 전에 허둥지둥 시계를 확인하고 출근하러 달려나갔다. 완전히 만족할 정도는 아니었지만 그 시기에는 블랙번솔새를 많이 관찰했다. 그리고 나는 매해 봄이면 지구에 있는 작고 신성한 녹지인 센트럴파크에서 새로운 놀라움을 목격하게 될 것이다.

몇 년 동안 주기적으로 센트럴파크를 찾아오는 사람들에 대해 더 많은 정보를 알 수 있었다. 나중에 밝혀지길 클로드는 유대인 가족들이 나치의 통치하에서 벗어나기 위해 피레네 산맥을 넘어 강제로 떠나오기 전까지 어린 시절을 프랑스에서 보냈기에 프랑스어를 잘 하는 것이었다. 로저는 뛰어난 작가였다. 이런 개인적 특징은 서서히 모습을 드러냈다. 공원에서 우리는 새에만 집중했기 때문이다. 그 사람이 국가에서 가장 부유한 사람(이를테면 골드만삭스의 CEO)이라거나 노숙자 여성이라는 사실은 중요하지 않았다(이 여성은 공원에서 시간을 보내며 쌍안경을 들고 주변을 뛰어다니는 사람들을 발견하고 궁금증이 커졌다. 그녀가 새에 관심을 보이자 누군가가 오래된 쌍안경을 선물해줬고 그녀도 우리 중 하나가 됐다). 나는 무엇이 중요한지 알고 있었기에 이런 것들을 훨씬 나중에 알게 되었다. 그들은 나만큼이나 새에 미쳐 있었다. 그리고 그 무리 안으로 들어가기 위해 필요한 건 열정뿐이었다.

등장인물은 바뀔 것이다. 탐조라는 취미는 노년층에 치우친 경향이 있고 시간은 우리에게 큰 영향을 미친 소중한 사람을 앗아가곤 한다. 메리 부르카르드, 딕 게르손, 사라 엘리엇 그리고 마티 소머 모두 세상을 떴다. 우리 탐조인들은 마티로부터 기대를 훌쩍 뛰어넘는 수집 리스트를 얻었기에 우리는 마티의 이름으로 램블의 벤치에 값비싼 공식 센트럴파크 명패를 달았다. '뛰어난 탐조인이자 친구, 멘토, 좋은 사람인 마티 소머를 추모하며.'

하지만 로저와 나는 이른 아침부터 농담을 꾸준히 주고받고, 이제 90대에 접어든 클로드는 경사면이 조금 불안하더라도 허리를 꾸부정하게 구부리지 않고 램블을 돌아다닌다. 그리고 새로 나타난 탐조 단체 사람들은 자전거를 타고 공원을 통과한다. 탐조를 지속할 만큼 운이 좋고 똑똑하다면 앞으로 수십 년 동안 탐조에 빠져 있을, 날카로운 눈매를 지녔고 두뇌 회전이 빠른 젊은이들이었다.

나는 팬데믹을 지나면서도 매일 아침 보물찾기를 하는 듯했던 날들처럼 여름철새 이동 경로를 기억했다. 그리고 그 사이 짧은 기간 동안 또 다른 행복한 공간을 찾았다. 센트럴파크는 늘 그랬듯 탐조인들을 만족시킬 것이다.

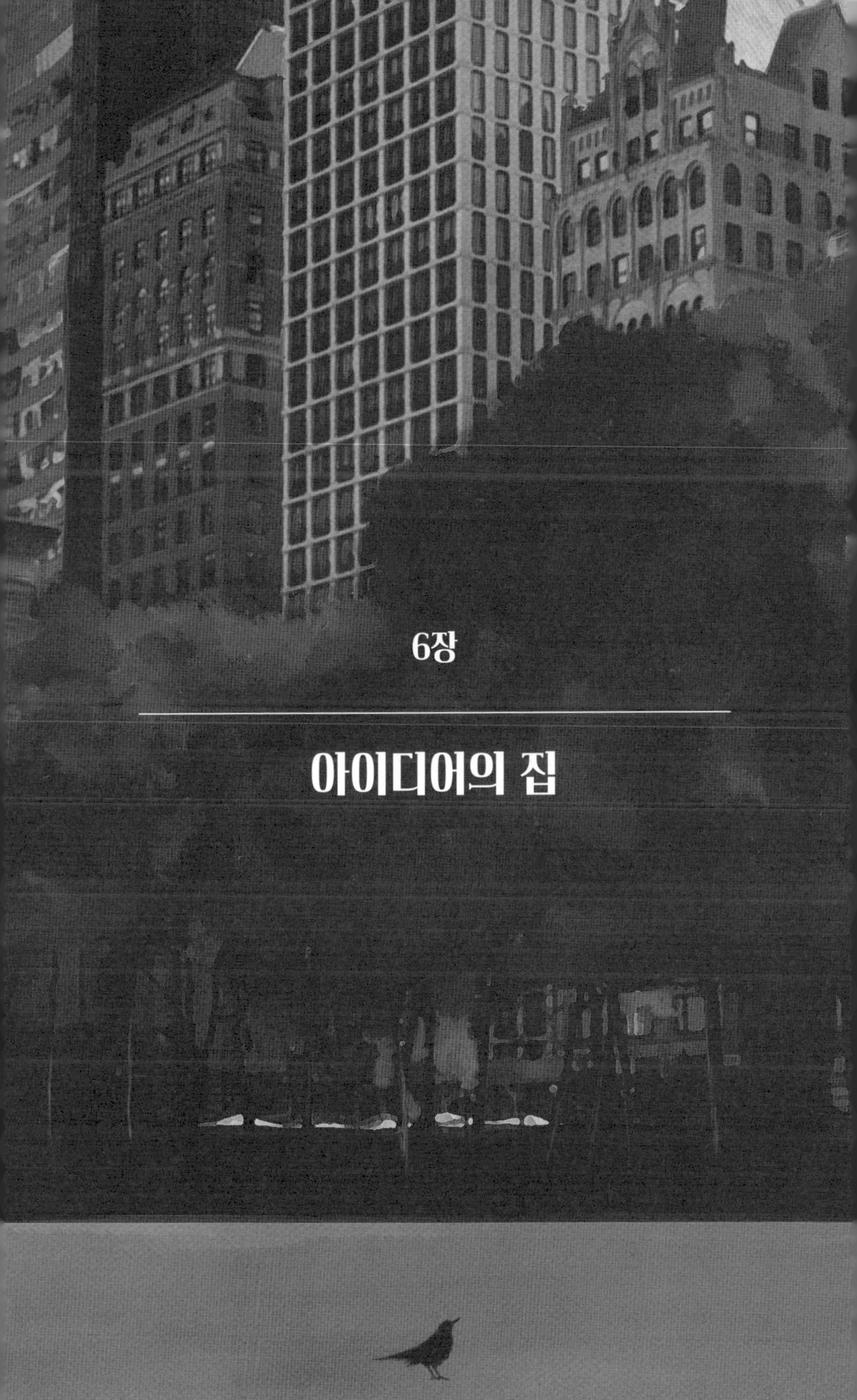

아이디어의 집

"기억해. 우리는 자유의 거품 속에 살고 있어. 뉴욕에서 괜찮다고 해서 다른 곳에서도 괜찮은 건 아니야."

상대적으로 어린 나이지만 마블 코믹스의 우두머리인 테리 스튜어트는 강압적으로 말하며 불편함을 드러냈다. 긴급 회의보다 즐겁고 왁자지껄한 회의에 더 익숙한, 온갖 잡다한 일을 도맡아하는 편집 스태프들이 모두 소집돼 평소에 일하는 사무실보다 한층 위인 신성한 회의실을 가득 메우고 있었다. 마블의 대표적인 주인공을 기념하는 거미줄 무늬가 새겨진 거대하고 웅장한 이중문 뒤, 회의실에서 가장 화려한 공간에 모였지만 우리의 숫자에 비하면 그 방은 작게 느껴졌다. 방에 공기가 부족한 것 같았다. 하지만 이것이 스튜어트가 불편해하는 이유는 아니었다. 스튜어트가 칙령을 발표하는 대상은 나 말고도 한 명이 더 있었는데, 그래서 스튜어트가 해야 할 말은 이상해졌다. 엄청난 홍보 참사뿐만 아니라 마블 코믹스에서 일하는 공식적인 동성애자에 대한 이야기였기 때문이다.

그 누구도 내 상사와 내가 곤경에 빠져 있다고 대놓고 말하지 않았다. 그럴 필요가 없었으니까. 그럼에도 나는 눈부신 빛 속에서 몸을 꿈틀거렸고 그 방에 있던 순간은 더할 나위 없이 행복했다. 스튜어트가 그 다음 했던 말은 다른 동료들 앞에서 내게 직접 말하는 것이나 다름없었다.

"이런 일이 또 일어날 수는 없어."

여기서 '이런 일'이란 내 상사가 맡고 있는 매달 출간되는 코믹스 시리즈인 〈알파 플라이트〉 106호를 말한다. 이 만화책은 알파 플라이트라는 2류 캐나다 슈퍼히어로 팀(캐나다인이 읽고 있다면 심심한 사과를 전한다)의 모험을 연대순으로 기록한 내용을 담았다. 106호는 한 가지 사소한 사실을 제외하면 특별할 것 없이 잊혔을 것이다. 이 호는 마블 영웅이 커밍아웃한 첫 번째 사례였다. 그리고 1992년 당시 마블에는 하늘이 무너지는 일이었다.

주류 코믹스 시장에서 '영웅'은 여성도, 남성도, 흰 피부, 검은 피부, 갈색 피부, 심지어 초록색 피부여도, 어떤 국적을 지녀도, 어떤 민족이어도, 어마어마한 억만장자여도, 길거리를 배회하던 소년이어도, 시각장애인이어도, 휠체어를 타도, 믿을 수 없을 만큼 키가 작아도, 믿을 수 없을 만큼 거대해도, 심지어 다른 행성에서 온 생명체라도 될 수 있었다. 하지만 '영웅'이 될 수 없는 존재가 딱 하나 있었다. 바로 성소수자였다.

회의가 끝나고 나는 의기소침해진 채로 회의실을 나섰다. 처음으로 나는 내가 사랑하던 마블과 갈등을 겪었다. 내 정체성 때문이었다. 이 기분은 아마도 하루는 지속될 것이다. 어린 시절부터 지어냈던 상상의 세계가 증명하듯, 나는 내가 누구인지 나의 세계가 어떠한지에 대해 있는 그대로 이야기할 수 없었다.

또 일어날 수는 없다고? 나는 이제 막 시작했는데.

그렇기에 나는 이 일을 은밀하게 할 수밖에 없었다. 그런 면에서 나는 오랜 역사의 일부였다.

이런 일은 이름을 바꾸는 것부터 시작됐다. 어떤 이들은 유대인 정체성을 가리기 위해 또 다른 자아를 만들어냈다. 걷잡을 수 없이 커지는 반유대주의 시기에 창의적인 천재들은 출판계의 변두리로 밀려났다. 1930년대(심지어 오늘날까지도) 사람들에게 만화 산업은 진지하게 대하기엔 너무 가벼워 보였다.

하지만 이런 천재들의 펜 끝에서 세계의 모습이 그 형태를 잡아갔다. 세상의 부정을 바로잡기 위해 자신의 정체성을 숨기는 캐릭터로 세계를 가득 채우면서. 그들은 유럽에서 온 이민자 부모님과 조부모님, 뉴욕에 온 유대인들이 박해받은 역사를 바탕으로 어린아이를 지키기 위해 싸우는 미국인이라는 이미지를 마음껏 그려냈다. 캡틴 아메리카(히미 시몬이었던 조 사이먼과, 제이콥 커츠버그였던 잭 커비가 만들어냈다*)는 〈타임리 코믹스〉에서 여러 장에 걸쳐 나치와 정면으로 싸웠다. 그동안 건너편의 라이벌 출판사에서는 슈퍼맨(조 슈스터와 제리 시겔이 만들었다)과 배트맨(칸이었던 밥 케인과, 밀턴 핑거였던 빌 핑거가 만들었다)이 범죄 현장에서 싸웠다. 별것 아닌 것 같았던 사업이 하나의 산업이 되었다.

얼마 지나지 않아 〈타임리 코믹스〉는 이름을 바꿨고 스탠 리(원래 이름은 리버였다)는 잭 커비와 손을 잡아 〈헐크〉, 〈판타스틱 4〉, 〈블랙팬서〉, 〈엑스맨〉을, 그리고 얼마 안 되는 비유대인 스티브 딧

* 20세기 초중반 유대인 이민자들 사이에서 유대인의 이름을 미국식으로 바꾸는 관행이 있었다.

코와 함께 〈스파이더맨〉을 만들었다. 코믹스의 실버 에이지*에 영웅들은 각기 약점, 문제, 평범한 사람들이 할 법한 고민을 하고 있었다. 이러한 접근은 엄청난 인기를 끌었다. 그리고 마블 코믹스라는 거대한 조직이 탄생했다.

이상적이고 강력한 힘을 보여주는 이 조직 형태는 수십 년 동안 지속될 것이다. 위업, 분쟁의 표출, 사회의 관심은 수많은 이야기꾼에 의해 시간순으로 기록될 것이다. 역사의 뒤안길로 사라졌지만 자신이 믿는 신의 이야기를 각색해 그 전설에 살을 덧붙이고 재해석한 고대 이야기꾼들처럼, 슈퍼히어로 장르를 만들면서 이 유대인들은 어둠 속에서 신화를 만들어내며 목숨을 건졌다(토르 같은 코믹북 캐릭터의 경우 신화에서 직접적으로 영감을 받았다). 신화가 위축된 서양 문화에서 슈퍼히어로 코믹스는 신화를 만드는 최후의 보루가 됐다. 거의 남아 있지 않아 그 누구도 알아차리지 못했던 신화에 대한 갈망은 결과적으로 마블을 블록버스터라는 성층권까지 날려보냈다(그 위대한 〈스타워즈〉도 비슷한 궤적을 그리며 날아갔다). 하지만 더 중요한 것은 마블이 나를 포함한 수백만 명의 상상 속에 가치관과 우상을 심어주었다는 점이다.

내 친구의 삶에 결혼이라는 폭탄이 폭발했을 때, 우리는 20대 중반이었고 나는 그해 여름에만 결혼식을 연달아 네 번이나 가야 한다는 사실을 깨달았다. 잡지 출판사의 월급으로 선물을 준비해야 하는 벅찬 상황이었지만 사랑하는 이들을 위해 주머니를

---

* 미국 만화의 1950년대 중반부터 1970년대 초반까지의 시기를 일컫는다.

탈탈 털었다. 하객들이 접수처에서 서로 인사를 나누는 동안 나는 같은 말을 반복하고 있었다.

"저는 〈페임〉에서 원고 검수 일을 하고 있어요. 하지만 사실 진짜 하고 싶은 일은 만화를 만드는 일이예요."

그리고 이런 말을 들으면 백이면 백 이렇게 답했다.

"어, 그래. 아직 입사한 지 얼마 안 됐지? 얼마나 고민해봤어?" (신입생 기숙사 복도에 내가 룸메이트를 비롯한 수많은 기숙사생에게 보여줬던 은유 가득한 슈퍼히어로 어드벤처 시리즈가 힌트가 됐을 수도 있다.)

뉴욕에 있을 때 운동 메이트 하나가 나를 구제해준 적이 있었다. 켈리 코비스는 마블에서 최초로 커밍아웃한 게이 에디터라는 타이틀을 달고 있을 뿐만 아니라 지구상에서 가장 착한 사람이기도 했다. 그러니 우리가 헬스장에서 바벨을 통해 연을 맺게 된 일도 당연한 수순이었을 것이다. 하루는 거의 게이 전용이 되어버린 헬스장에서 땀을 흘리고 있었는데 코비스는 내게 언제 일을 시작했는지 묻고는 나중에 면접을 보러 오라고 제안했다.

나는 자신감으로 무장하고 387 파크 애비뉴 사우스의 대리석 로비로 당당히 걸어 들어갔다. 하지만 엘리베이터가 내 목적지까지 한 층 한 층 올라갈 때마다 자신감은 떨어졌다. 그렇다. 나는 코비스와 연이 있었고, 하버드 졸업생이 그렇게 많이 지원하진 않았을 것이다(적어도 창작 부문에서는). 하지만 나는 오히려 그게 문제가 되진 않을까 걱정되기 시작했다. 지원한 분야에 비해 내가 너무 고학력으로 비춰지지 않을까 싶었다. 이런 걱정은 사전 면접에서 초조함으로 드러났고 마블 코믹스 사무실을 처음으로 구경하면서 생겨난 긴장감과 함께 눈덩이처럼 불어났다. 마블 코믹스라니! 어린 시절부터 꿈꿔왔던 일이었다. 내가 약속의 땅을 목도했는데 입국이 거부된다면 어쩌지?

복도를 지나며 나는 엄청난 공간에 스케치를 하는 책상이 줄지어 늘어서 있는 모습을 보았다. 마법 같은 일이 일어난다는 그 유명한 마블 불펜이었다. 여기에는 데생을 하는 사람, 잉크로 외곽선을 따는 사람, 대사를 수기로 작성하는 사람, 채색하는 사람 열댓 명으로 이루어진 스태프(모두 미술학교를 막 졸업한 이십대로 보였다)가 더 나은 일을 꿈꾸며 빠르게 수정을 하거나 작업물의 막바지 작업을 하고 있었다. 그때는 한 명도 알지 못했지만 나는 무심한 듯한 그들의 기운에 끌렸다. 하이탑 운동화를 신은 번치(태어날 때 이름은 스티브 번치였다)의 건장한 뒤태에 반바지가 꽉 낀 모습이 보였다. 아프로 헤어스타일은 그만의 규칙으로 정돈돼 있었다. 그리고 틈만 나면 라즈(태어날 때 이름은 에드 라제라리였다)나 뮤르(태어날 때 이름은 에드 뮬러였다)와 농담을 주고받았다. 야외 수영장에 검은색 티셔츠를 입고 들어간 듯한 스틱(태어날 때 이름은 케빈 틴슬리였다)은 폰드 스컴(태어날 때 이름은 그 누구도, 심지어 본인도 기억하지 못했다)과 수다를 떨었다. 스컴의 무표정한 얼굴은 엄청난 숱을 자랑하는 검은 머리칼이 감싸고 있었다. 떠들썩한 분위기 속에서 이들은 갤럭투스* 아래의 놀라운 세계를 어루만지거나 거미줄을 타고 질주하는 스파이더맨 뒤로 펼쳐지는 위태로운 뉴욕의 관점을 비틀고 있었고, 그곳에서 넥타이는 찾아볼 수 없었다.

나는 탁 트인 사무실을 지나 복도로 향했다. 복도에는 커다란 포스터(실제로 등장하는 내 영웅들의 경이로운 그림)가 가득했는데 하나하나 볼 때마다 흥분됐다. 하지만 이들의 눈빛에는 경멸이 서렸

---

*   마블 세계관에 등장하는 빌런 캐릭터.

고 마치 나를 내려다보며 이렇게 말하는 것 같았다.

"너는 별 쓸모가 없어."

면접관을 마주한 나는 일반적인 마블 사무실의 잡동사니들을 찬찬히 살폈다. 원본 그림을 보관하는 파일이 산더미처럼 쌓여 있었다. 차가운 금속 파일은 마블이 내면에 지니고 있는 억제되지 않은 상상력이나 활기와는 거리가 멀어 보였다. 침이 나올 정도로 탐나는 굿즈들에는 액션 피규어부터 토르의 망치나 캡틴아메리카의 방패 같은 상징적인 모형 무기가 있었다. 그밖에도 생생한 캐릭터로 색색이 수놓인 만화책과 여러 포스터가 사방에 있었다. 내가 알고 있던 마블의 업무 현장과 크게 다르지 않았다.

나에게 이 공간은 마약 소굴 같았다.

마블의 한 부분을 담당하고 있는 정규직 편집자인 붓다(태어났을 때 이름은 밥 부디안스키였다)는 내 이력서를 보고, 나를 한번 보고, 다시 내 이력서를 바라보았다. 보조 편집자 자리는 사회 초년생 수준이었고 내가 잡지 교열로 벌고 있는 소박한 봉급에서 3분의 1이 줄어든 금액이기도 했다. 이 독특한 보조 편집자 일은 인쇄·구입 코믹스 부서에 속해 있었다. 다른 말로 표현하자면 마블의 가장자리였지만, 나는 신경 쓰지 않았다. 그게 시작이니까.

"글쎄, 이 직무를 맡기엔 경력이 너무 화려한데."

붓다가 빙그레 웃으며 말했다. 건조하고 간결하게 말하는 붓다로서는 큰 반응이었다.

"보조 편집자의 업무는 대부분 복사예요."

"저도 알아요. 코비스가 저에게 소개시켜줬죠. 그런 일도 괜찮습니다."

내 눈에 큰 열망이 보일 거라고 생각했다. 부디안스키는 나를 안쓰럽게 바라봤다. 얼마 지나지 않아 나는 입사 제안을 받았다.

입사를 결정하기 전 유일한 망설임은 마블과 잘 맞지 않을 경우 앞으로 다시는 잡지사에 발을 들이지 못하게 될 것이라는 점이었다. 유통과 화제성의 영역에서 나는 잡지의 먹이사슬 속에서 경력을 쌓아가고 있었다(물론 〈페임〉은 먹이 사슬을 두고 싸우는 쪽에 가까웠지만). 1990년만 해도 출판계에서 마블은 그리 유명하지 않았다.

고민은 그리 길지 않았다. 나는 2주 후 '아이디어의 집The house of ideas'*에서 일을 시작했다.

그 결정에 가족의 영향은 없었다. 엄마도 아빠도(이 시기에는 이미 이혼한 지 꽤 된 시점이었다) 내게 직접적으로 어떤 말을 하지 않았다. 하지만 나중에 듣기로는 하버드 졸업생의 가족으로서 이런 운명을 기대하지 않았다고 한다. 그렇다면 의사나 변호사를 상상했을까? 그렇다. 특히 후자는 우리 할머니가 원하는 바였다. 가이아나가 영국령일 때 태어나 어린 시절을 보낸 외할머니는 조지타운의 부유한 흑인 치과의사의 딸로, 긴 머리와 밝은 피부를 지녔다. 할머니는 귀족 같은 성향을 가지고 있었고 가족의 사회적 위치(비록 우리 집은 그 정도가 아니었고, 할머니 스스로도 평생에 걸쳐 사회적 역할이라 여겨지는 것에 맞서왔지만)를 분명히 알고 있었다. 유일한 손자이자 가장 예뻐한 자식으로서 나는 성적표와 토론 대회에서 모두 엄청난 성과를 냈다(억압된 게이 에너지를 다른 방향으로 풀어내야 했기에 좋은 성과를 낼 수밖에 없었다). 내가 법조인 직업을 갖는 건 자연스러워 보였다.

---

*   마블의 비공식 애칭.

그래서 잠시 동안 나도 그렇게 생각했다. 하버드 입학 면접에서 일생동안 무엇을 하고 싶냐는 질문을 들었을 때 나는 변호사 일을 가장 하고 싶고, 은퇴 후에는 조류학을 배우고 싶다고 단호하게 답했다. 면접관은 깜짝 놀랐다. 장담하건데 흥미로워하는 쪽에 가까웠을 것이다. 이후 변호사에 대한 내 이상주의적 관념은 입학한 해 몇 달 동안 꼼꼼히 그 직업을 탐구하는 과정에서 무너졌다. 게다가 나의 성소수자 정체성을 막 받아들이고 있었기에 1980년 당시 성공적인 뉴욕 변호사의 커리어(웨스트체스터 교외의 집에서 아내와 함께 살며 아이는 두셋 정도 낳는 것)와 나의 삶은 맞지 않았다. 그런 일은 일어날 수 없었다.

그렇기에 법률을 다루는 일은 후순위로 밀려났다. 반면 이야기를 만드는 재능은 내가 타고난 것이었다. 잡지사에서 코믹스 회사로 이직할 수 있게 됐을 때 나는 하늘을 둥둥 떠다니는 것 같았다. 내게 마블 입사는 꿈이 실현되는 일이었다. 하지만 대부분의 사람(특히 미국에서의 어려움을 이겨내는 희망을 하버드 졸업생에게 걸었던 흑인 가족)에게 마블이라는 선택지는 경로를 이탈한 것처럼 보였다.

그즈음 할머니와 공연을 본 적이 있다. 막이 오르기 전 관객석에서 친지들을 만났다. 쿠라스 집안은 나처럼 롱아일랜드 출신이었고 그들의 딸과 나는 고등학교를 다니기 시작했을 때부터 알고 지냈다. 이들은 내가 대학에 입학했을 때도 같이 자랑스러워했다.

"요즘은 무슨 일 하니?"

쿠라스 씨가 물었다.

"마블 코믹스에서 일하고 있어요!"

내 열정은 당황스러움으로 입이 떡 벌어진 표정과 부딪혔다.

마치 유리창을 보지 못한 솔새처럼.

"그래도 여전히 똑똑하긴 해!"

할머니는 자리를 찾으러 느릿느릿 걸음을 옮기면서 불쑥 내뱉었다.

만약 마블에서 가장 보잘 것 없는 직책이 있다면 그건 퇴고 편집자일 것이다. 이 나라의 수백만 명(대부분 남성)의 상상력은 마블에서 기인했고 이 중 일부는 나처럼 마블에서 일하기를 원했다. 대부분의 사람들은 예술적 재능이 부족해 불운한 결말을 맞았다. 하지만 매주 요청하지 않은 수많은 작업물 샘플이 사무실로 오는 걸 막을 수는 없었다. 퇴고 편집자는 이 작업물을 추려 공손하고 통상적인 문구를 활용한 거절 편지를 보내야 한다. 그리고 인쇄·구입 코믹스 부서의 신입 보조 편집자가 대부분 그렇듯 나도 이 업무를 할당받았다.

암울한 작업이었다. 다른 사람의 진심어린 희망을 산산조각 내는 일이었으니까. 그들에게서 내 모습이 보였다. 나는 편지 마지막 부분에 힘을 북돋아주는 말로 충격을 완화하려 했다. 열망으로 가득한 사람에게 아주 작은 희망이라도 내비치고 싶었다. 하지만 꿈을 박살내는 역할을 담당하면서 그 역할에서 빠져나올 수 없게 됐다. 심지어 나는 (실제로 사용한 적은 없었지만) 답장 편지에 쓰려고 슈퍼빌런 스타일의 로고 도장까지 만들었다.

그렇다고 그 일에 재미있는 부분이 없는 건 아니었다. 그 후 몇 년간 나는 이런저런 이유로 기준에서 완전히 어긋난 샘플을 보관했다. 기록으로서 보관할 가치가 있었기 때문이다. 자신을 사업 아이템으로 포장하면 더 끝내줄 것이라 생각한 세 명의 예술가가 있었다. 그들은 자신들의 합작 컨소시엄의 이름을 '크리에이티비티 Ltd'로 지었다. 그릇된 길을 선택한 어떤 사람은 작가이자 예술가인 프랭크 밀러의 획기적인 이야기와 작화가 합쳐진 작품인 〈데어데블〉의 모든 페이지 구석구석에 주석을 달며 문제를 제기했다. 볼펜으로 진하게 그려놓은 소용돌이는 마치 만화를 그릴 줄 안다는 것을 증명하려는 듯 보였다(만화 마니아들이 보기에는 그림을 그릴 줄 안다는 걸 증명하기 위해 〈모나리자〉에 낙서를 하는 것과 같았다. 내 직속 상사이자 동료였던 롭 토카와 나는 경악했다). 표지 아트를 포함해 원래 있던 슈퍼히어로 작품의 샘플 호를 직접 쓰고 완성된 형태로 인쇄까지 하는 수고를 아끼지 않았던 한 사람을 특별히 언급하고 싶다. 교외의 한 고등학교에서 놀라운 힘을 지닌 십대 주인공과 친구들이 마을의 외진 곳에 있는 험악한 표정의 불량배에게 위협을 받는다는 내용이었다. 불량배는 흑인이었고, 히어로와 친구들을 비롯해 다른 모든 등장인물은 백인이었다. 나는 거절 편지를 쓰면서 내 얼굴이 담긴 폴라로이드를 동봉하고 싶은 마음이 굴뚝같았지만 참았다.

전화 업무는 특히 더 까다로웠다. 어떤 사람은 전화로 느릿느릿 이렇게 말했다.

"저는 텍사스 애빌린에 있는 신발 가게에서 일해요. 제 그림을 손님에게 보여주면 이렇게 말하죠. '당신 마블 코믹스에서 일해야 하는 거 아니야?' 그러니까 저 마블 코믹스에서 일할 수 있는 거 맞죠?"

"어, 일단 선생님의 샘플 작업물을 봐야 할 것 같습니다."

내가 설명을 시작했지만 그는 이미 다른 생각에 사로잡혀 있었다.

"그런데 어떻게 한 페이지에 작은 그림을 다 몰아넣을 수 있죠?"

이번에는 대답하기까지 시간이 좀 걸렸다.

"……패널 말씀하시는 거예요?"

"아! 네, 패널이요. 일부러 정신 사납게 만들려고 하는 건가요?"

이게 대체 무슨 소리지?

"아니요, 선생님. 확실히 말씀드릴 수 있습니다. 정신 사납게 만들려는 게 아니라……"

"왜냐하면 빈센트 반 고흐처럼 역사에 한 획을 그은 예술가들은 일부러 정신 사납게 만들려고 했거든요."

이쯤 되자 토카는 흥미롭다는 듯 나를 바라봤다. 나는 웃음을 참느라 숨이 넘어갈 것처럼 새파랗게 질리고 있었다. 나는 애빌린에 사는 알 번디의 전화를 스피커폰으로 바꿨다.

"그건 시퀀스 아트라고 해요. 그 방법을 쓰면 이야기를 효과적으로 전달할 수 있거든요."

"이 작은 그림을 모두 한 페이지에 욱여넣으니까, 분명히 말하건대 **혐오스러워요**."

더 이상 듣고 있기 힘들었다. 토카와 내가 비명을 질렀기에 휴대폰 마이크를 끌 수밖에 없었다. 전화를 건 사람은 이 독특한 표현을 두 번이나 더 반복했다. 그는 정말 진지해 보였다. 만약 우리를 괴롭혀 재미를 얻으려는 거라면 상황은 이미 기울어져 있었다.

이런 일화도 회사 내부에서 우리 책상 위에 쌓아두는 모호한 아이디어 앞에서는 무색했다. '커스텀 코믹스'는 모든 만화 출판사의 내놓은 자식이었다. 마블의 중심에서 진행되는 이야기에 비하면 커스텀 코믹스는 외부 콘티와의 하룻밤 불장난이라 할 수 있다. 이는 보통 좋아하는 슈퍼히어로를 만나고 싶어 하는 누군가(보통 '숭고한' 목적을 지닌 재단)가 비용을 지불해 탄생한다. 그리고 늘 가혹한 메시지를 내놓았다. 스파이더맨과 아스마몬스터*의 싸움을 상상해보자("정말 아슬아슬하군요! 빌리의 흡입기가 아니었다면 여러분의 친절한 이웃인 스파이더맨은 아스마몬스터의 발에 곤죽이 됐을지도 몰라요! 여러분의 흡입기는 준비가 됐나요?" 끝).

그렇기에 마블 대표 짐 골턴이 토카와 내게 커스텀 코믹스를 제작하라는 지시를 직접 내렸을 때 얼마나 놀랐는지 모른다. 카멜 담배의 마스코트로 조 카멜이라는 캐릭터를 만들라는 것이었다. 뭐라고? 미국의 새싹들에게 암을 유발하는 니코틴 습관을 홍보하라고?

우리는 이미 완성된 조 카멜의 스케치를 건네받았다. 카멜은 멋지고 부드러운 매력을 가지고 있었고 무한한 모험을 즐기며 여기저기 여행을 다니는 제임스 본드 같은 이미지를 지니고 있었다. 카멜은 한 손으로 스포츠카를 운전하면서 다른 사람들과 함께 적을 뒤쫓았다. 준비된 상태로 비키니 차림의 젊은 여성들과 지중해 요트에서 나른하게 휴식을 취했다. 그리고 그의 단봉낙타의 입술에는 늘 담배가 걸쳐져 있었다.

완전히 경악한 우리는 마블이 하려는 홍보 사업 중 최악이라는 사실을 지적하려 했다. 하지만 위에서 내려오는 지시였기에 골

---

* 마블 코믹스 캐릭터 중 하나로 천식Asthma을 옮기는 캡틴 아메리카의 적이다.

턴을 제외하면 항의할 곳도 없었다. 그리고 골턴은 우리를 외면했다. 운 좋게도 골턴은 곧 사라졌고 카멜은 종이 속을 벗어나지 못했다(이후 훨씬 말 붙이기 쉬운 테리 스튜어트가 그 자리를 차지했다).

뉴욕 양키즈의 2루수가 내 쪽으로 날아오는 커브볼에 확실한 태도를 취하기를 강요할 때도 나는 여전히 퇴고 편집자였다(사실 그때 나는 마블에 입사한 지 일주일 정도밖에 안 됐다).

나는 나무를 베는 토목 기술과 전동 공구를 다루는 일만큼(내가 새 모이통을 만들었다는 걸 떠올려보자) 프로 스포츠를 잘 알고 있었다. 과거 동료였던 〈페임〉의 레즈비언 팩트체커는 (고정관념을 증명하듯) 양키즈 팬이었다. 그녀 덕에 나는 당시 2루수였던 스티브 삭스를 잘 알게 됐다. 정확히 말하자면, 삭스가 끝내주게 멋졌기 때문이다. 얇은 세로줄무늬가 있는 유니폼을 입은 모습은 최고였다. 내가 마블로 이적하기 위해 〈페임〉을 떠났을 때 그녀는 이직 선물로 내게 경기를 하는 삭스의 모습이 담긴 20×25 센티미터 크기의 사진을 선물해줬다.

마블에 도착했을 때 내 책상은 빈 벽을 마주보고 있었다. 나는 삭스의 사진을 사무실에서 눈요기하기 위한 개인적인 장식품의 라인업에 포함시켰다. 그리고 이 사진이 폴 벡턴의 관심을 사로잡았다. 180센티미터에 달하는 벡턴은 건장한 풍채를 자랑했고, 불뚝한 배만큼이나 태평스러운 성품을 지니고 있었다. 벡턴은 마블의 채색 담당자 중 하나였는데 CMYK 색상의 비율을 완전히 이해하고 있어 4도 인쇄를 사용해 그림의 음영도 만들 수 있었다. 벡턴이 토카의 사무실에 색상 마크업 몇 장을 전해주러 왔었는데, 우리 둘 다 흑인이었던 탓에 얼굴을 보자마자 유대가 생겼다. 오랫동안 양키즈 팬이었던 벡턴은 그가 갖고 싶어 했던 스티브 삭스

의 사진을 발견했고 이 동지애가 계속 유지될 수 있을 거라 기대
했다.

토카는 우리를 소개시켜줬다. 그리고 벽에 걸린 사진을 본 순
간 벡턴은 눈을 반짝였다.

"오, 양키즈 팬이시군요!"

그 점에 대해서는 사실대로 말해야 할 것 같았다.

"아, 그렇진 않아요."

"네? 그럼 그냥 스티브 삭스를 좋아하는 게이라는 말씀이
세요?"

벡턴이 농담조로 말했다. 1990년, 만화 세계를 지배하던 이
성애자의 사고방식으로는 웃지 않을 수 없는 발상이었다. 나는 미
소를 지으며 아무런 감정을 담지 않고 어깨를 으쓱했다.

"네."

그러자 텔레비전 속 인물들이 할 말이 사라지면 보이던 행동
을 볼 수 있었다. 벡턴은 입을 떡 벌리고 무언가 말을 하려고 움직
였지만 아무 말도 하지 못했다.

"어, 그…… 그렇군요."

벡턴은 어떻게 마무리해야 할지 모르는 채 빠르게 상황에서
빠져나오기 위해 마침내 말을 끝맺었다. 자신의 세계를 재정비하
기까지는 시간이 꽤 걸릴 테지만(특히 건장한 흑인 남성이 당당하게 게이
임을 밝히는 것이 벡턴에게는 완전히 새로운 경험이었을 것이다) 그런대로 괜
찮을 것이다.

반면 나는 보조 편집자로서 게이임을 밝혔음에도 복음주의
기독교 만화를 작업해야 했다는 점에서 괜찮지 않았다. 새로운 독
자와 수입원을 찾고 있던 마블은 기독교 출판계의 큰손이었던 토

마스 넬슨과 계약을 맺었다. 그 결과 탄생한 것이 믿음을 강화하는 초능력을 지닌 독실한 십대의 이야기를 담은 〈일루미네이터〉였다("천국으로부터 강림한 핵무기처럼!" 나는 여전히 토카가 어떻게 이 슬로건을 인쇄 단계까지 지켜냈는지 모르겠다).

"데팔코 씨, 무슨 생각이에요?"

나와 토카가 갑자기 부서를 이동해야 한다는 이야기를 들은 직후였던 어느 날 아침, 나는 복도에서 마블의 편집장 톰 데팔코에게 쏘아붙이듯 물었다.

"그러니까 다른 사람도 아니고 **저보고** 성경에 대한 만화를 만들라고 하시는 건가요?"

늘 꿍꿍이가 있어 보이는 목소리를 지닌 통통한 남성인 데팔코가 어깨를 으쓱했다.

"편안한 곳을 벗어나 일을 해볼 필요가 있어. 그래야 캐릭터가 만들어지거든."

우리는 성심성의껏 임했다. 그렇다고 충분한 건 아니었다. 첫 호가 발간된 후 편집 및 창작팀에 있던 우리는 내슈빌에서 날아온 토마스 넬슨의 불만을 달래기 위해 거미줄이 그려진 유리 뒤로 소환됐다. 우리는 무척 격식을 차린 몇 명과 함께 회의실 테이블에 마주보고 앉았다. 믿음직스러운 어른의 모습을 애매하게 따라한, 채 30살도 되지 않은 개성이 뚜렷한 마블 친구들이었다.

우리는 어쩌다 길을 잃었을까? 〈일루미네이터〉는 종교적인 부분을 충분히 담아내지 못했다. 우리는 이를 두고 매우 고심했다. 클라이언트가 지시한 대로 모든 등장인물은 기도하고, 악마와 싸우고, 또 기도를 해야 했기 때문이다. 하지만 기도하는 모습을 묘사하는 건 실패로 돌아갔다. 우리가 토마스 넬슨의 대변인에게 무엇을 원하는지 정확히 해달라고 요청했을 때 이들은 한 목소리로 이렇게 말했다.

"두 손바닥이 서로 닿아야 하고, 머리는 45도로 숙여야 합니다."

말을 꺼낸 사람조차 그 사실에 수긍하지 않는 것 같았다. 마블 친구들도 고개를 끄덕이고 미소를 지으면서도 불신에 가득 차 서로를 흘깃거렸다. 독실함을 각도기로 측정할 수 있는 것일까?

〈일루미네이터〉는 불완전한 상태로 진행됐지만 다행히 마블의 커스텀 코믹스라는 막다른 골목에 내가 발을 담근 기간도 짧았다. 퇴고 편집자 일은 회전문 같았고, 전임자들처럼 나도 다른 사무실의 보조 편집자 자리가 생겼을 때 첫 번째 출구에서 탈출했다.

마블 사무실은 영지와도 같았다. 보조 편집자의 도움을 받은 편집자는 캐릭터의 안정성과 이 캐릭터가 모습을 드러낼 다양한 이야기를 조절한다(그렇게 헐크 사무실, 스파이더맨 사무실 등이 존재한다). 편집자는 주로 다양한 만화책 시리즈를 위해 편집자를 고용하는 크리에이티브 팀(작가와 그림작가)을 통해 캐릭터가 완전해질 수 있도록 방향성을 구축(어쩌면 완전히 새로운 영역으로 인도)한다. 그리고 편집자는 외부에서 일하는 프리랜서(앞서 언급한 작가와 그림작가)를 조정하는 중추 신경 역할을 한다. 채찍을 휘두르며 팀을 이끌어 잡지가 제 시간에 출간될 수 있도록 하는 건 편집자의 몫이다. 편집자에게 책의 마감을 맞추지 못하는 것보다 더 큰 실패는 없다. 그가 맡은 잡지 매출을 감소시키는 것보다 최악의 경우는 없다는 건 의심할 여지가 없다.

내가 '그'라고 말한 이유는 1990년대 초 마블에서 열댓 명 정도의 편집자와 비슷한 숫자의 보조 편집자, 그리고 소수의 편집장은 대부분 남성으로만 이루어져 있었기 때문이다. 심지어 나를 제외하면 모두 백인 남성이었다. 불펜은 여성의 비율이 더 높았고 인턴은 흑인을 포함한 유색 인종의 비율이 높았다. 이 사실은 마블의 독자층을 잘 반영하고 있었다. 하지만 편집자들은 대부분 백인 남성이었다.

내가 마블에 도착했을 때 남자들이 만든 규칙을 벗어나 있던 건 마리 재빈스와 바비 체이스뿐이었다. 마리는 심도 있는 세계 여행자가 되고 싶어 했는데, 결국 만화 산업의 기둥인 DC 코믹스의 편집장까지 맡았다. 바비(태어날 때 이름은 바바라였다)는 질서정연했고 특히 책 마감을 한 번도 어긴 적 없다는, 편집자로서 말도 안 되는 명성을 지니고 있었다. 바비는 허드슨 밸리의 유서 깊은 양키 가문 출신이었다. 종교에 있어서는 개인적이고, 사회적 문제에 대해서는 거리낌 없이 자유롭고, 약간 귀족적이라는 뜻이다. 나는 앞의 두 가지 특징에는 적응했고 세 번째 특징은 하버드 출신인 덕에 익숙했다. 하지만 가장 중요한 건 우리 둘 다 똑똑했다는 점이다. 바비 아래의 보조 편집자 자리가 나서 면접을 본 적이 있었는데, 우리는 금세 잘 맞았다.

엄밀히 따지자면 이직이었지만 덕분에 나는 마블의 중심에 합류할 수 있었다. 바비는 거물 작가 피터 다비드의 호평 속에서 마블의 대표 캐릭터 중 하나인 헐크(격노하는 거대한 초록색 괴물)와 불타는 해골이자 지옥의 천사 바이커인 고스트 라이더의 통제권을 쥐고 있었다. 작가 하워드 매키와 함께 캐릭터의 이미지를 재구성하면서 고스트 라이더는 불분명한 이미지에서 불타는 아이템(말장난이다)으로 바뀌었다. 게다가 〈지·아이·조〉 공식 액션 피규어

홍보 만화도 바비의 관리 아래 있었기에 나는 (만화작가의 성배인 '침묵의 문제'를 잘 소화하는 몇 안 되는) 전설적인 래리 하마와 함께 일했다. 이야기를 글자 하나도 없는 페이지로, 즉 오로지 시각적으로만 전달할 수 있는 능력을 가진 작가였다.

매일 매일이 크리스마스였다. 페덱스 택배를 열어 피터 다비드의 플롯을 그려낸 최신호 연필 스케치를 꺼내면 독자들이 다음에 무엇이 나올지 기대하며 비명을 지를 것이라는 걸 알 수 있었다. 몬트리올로 여행을 가서 〈고스트 라이더〉 25편 인쇄를 지휘하고 책 속에서 놀라운 무언가가 튀어나오도록 만들었다. 전직 편집자였던 하워드가 깜짝 방문을 했는데, 〈고스트 라이더〉의 임무를 빌미로 집에 돌아와 바비 무리와 어울리곤 했다.

"하워드 씨!"

내가 명랑하게 말을 걸자 그는 의아한 표정을 지었다.

"잠깐, 저한테 말씀하신 건가요? 저는 그냥 브루클린 출신일 뿐인데요? 저는 (눈에 띄게 긴 침묵) 하아아아버어어어드를 나오지 않았는데요."

나는 눈알을 굴렸다. 그리고 오후 내내 바비 보조 편집자의 학력에 대한 끝없는 농담, 드레이크의 데빌 도그의 생분해성 유통기한에 대한 우스꽝스러운 토론, 오래된 텔레비전 시리즈 〈모드 스쿼드〉에 나오는 것처럼 멋진 포즈를 취하고 있는 우리 셋의 사진에 대해 실없는 소리를 했다. 우리가 그 과정에서 즐거움을 느끼지 못할 이유는 없었다.

내가 바비와 일하기 시작한 지 얼마 지나지 않아 사무실에 몇몇 부진한 타이틀이 재배정됐고 우리는 〈알파 플라이트〉를 받았다. 마블 사무실마다 누리고 있는 막대한 독립성은 바비가 일반적인 코믹스 덕후가 아니라는(그러니까, 남성이 아니라는) 사실과 결부되어 그 다음 일어날 일에 많은 영향을 미쳤다.

바비는 짐 캐리의 얼굴과 신체만큼 유연한 상냥한 만화 덕후인, 당시 막 이름을 알리기 시작한 스콧 로브델에게 연락을 취해 매달 잡지에 실릴 원고를 제안했다. 이건 로브델의 젊은 나이에 첫 커다란 경력이 됐다. 그의 다른 글처럼 〈알파 플라이트〉의 플롯에 대한 제안은 반은 멋지고 반은 수상쩍었다. 로브델이 좋은 편집자와 만난다면 정말 빛날 수 있을 듯했고, 그 역할을 바비가 할 수 있을 것 같았다. 우리는 마블의 좀비들이 자주 출몰하는 근처 음식점에 점심을 먹으러 갔다. 새 작업으로 맺어진 관계를 축하하고 보잘 것 없는 만화에서 좋은 스토리라인을 끄집어내기 위해서.

"그리고 저는 노스스타가 커밍아웃했으면 좋겠어요."

로브델이 덧붙였다. 바비가 어느 건물 지하에서 사지마비가 된 채 수녀들에 의해 숨겨진 불안정한 슈퍼히어로이자 노스스타의 여동생인 오로라에 대한 아이디어를 접은 지 얼마 안 된 시점이었다. 묻어두었던 비밀에 대해 이야기해보자!

"동의해요. 때가 됐어요."

바비가 말했고 나는 고개를 힘차게 끄덕였다.

사실, 이건 오래전에 결론났다. 〈알파 플라이트〉가 처음 출간됐을 때 나는 대학생이었는데, 초반 몇 권만 읽고도 내 게이더*가 노스스타를 향해 반응하고 있었다. 엄청난 속도광에다 올림픽 스키 챔피언인 노스스타는 수많은 여성에게 인기가 있었지만 스키 팀 리더에 의하면 노스스타는 '누구에게도 진심으로 관심 있어 보

---

* '게이'와 '레이더'의 합성어로, 게이끼리 서로 알아보는 능력.

이지 않았으며 스키에만 집중했다'. 하지만 관심을 기울이는 사람들에게 증거는 분명했다. 〈알파 플라이트〉 작가인 존 번은 처음부터 노스스타를 게이라고 생각했다. 빌 맨틀로가 책을 넘겨받았을 때는 에이즈가 세상을 뒤흔들고 있었고 맨틀로는 노스스타의 대사에 미세한 기침소리를 섞어 넣었다. 다행히 편집자는 마블의 유일한 게이 캐릭터가 HIV에 희생되게 두지 않았다. 맨틀로는 홧김에 베일에 싸여 있던 노스스타의 부모 중 하나가 사실 엘프(!)였고, 노스스타의 질병은 필멸할 수밖에 없는 인간과 엘프의 혼혈로 인해 생리학적으로 일치하지 않는 특성 때문이라는 설정을 추가했다. 맨틀로는 노스스타를 자신과 같은 사람들(!) 사이에서 건강하게 살아갈 수 있도록 엘프의 나라로 보냈다.

여기에 게이가 한 명도 있으면 안 돼.

다음 작가는 노스스타를 속이기 위해 엘프의 기원에 대해 거짓말을 했다는 말도 안 되는 전개로 이야기를 뒤엎어버렸고, 펑! 노스스타는 다시 돌아왔다. 고통스러운 역사가 지나고 독자에게 아량을 베푸는 것처럼 노스스타는 평범한 나이 든 게이로 그려졌다.

만약 바비가 전형적인 코믹스 덕후거나 성소수자에 부정적인 팬보이였다면 노스스타 같은 공개적인 게이 슈퍼히어로의 등장에 긴장하거나 역겨워하거나 지레 겁을 먹었을 것이다. 하지만 바비는 멋진 외모에 상식적인 양키 가치관을 지닌 현대 여성이었고 도움이 되는 게이 남동생도 있었다(게이 보조 편집자는 말할 필요도 없다). 이 흐름은 납득할 만했다. 당시 마블 편집자들이 만드는 캐릭터의 허용 범위가 넓어지던 추세였다. 바비가 여기에 동참했다고 해도 즉각적으로 반대할 사람은 없었을 것이다. 로브델은 허가를 받았고 주사위는 던져졌다.

돌이켜 생각해보면 우리는 그렇게 순진하게 생각하지 말았어야 했다.

"이게 맞아요? 〈알파 플라이트〉 106호에서 노스스타가 게이로 나오는데요?"

전화를 건 사람은 매달 전달되는 팸플릿(코믹스 서점에서 주문 수량을 판단하는 데 참고하는 것으로 그 호에 대한 설명이 적혀 있다)을 본 것 같았다. 나는 이 사건을 정리한 후 바비에게 갔다.

"〈알파 플라이트〉 106호에 대한 첫 피드백을 받았는데요, 우리가 해야 할 일이 있나요?"

지금까지는 우리의 작품에 문제를 제기하는 전화를 받은 적이 없었다. 나는 정식 절차가 있을 거라고 생각했다.

"언론사 질문을 받으면 우리는 팸 뤼터에게 전달하기만 하면 돼."

바비가 답했다. 그래서 나는 마블의 홍보 책임자인 팸 뤼터의 사무실이 있는 아래층으로 빠르게 내려갔다. 팸 뤼터는 훌륭한 동료였지만 내 전언으로 인해 한 주가 엉망이 될 예정이었다.

나는 열려 있는 사무실 문을 두드렸다. 그리고 팸을 바라보고 미소를 지었다. 우리는 서로 소통할 기회가 별로 없었기에 이런 반응은 괜찮아 보였다. 그녀는 보통 캡틴 마블의 죽음이 주류 언론의 관심을 끌도록 만들거나 판매량이 증가했을 때 사업 측면에서 언급이 늘어나도록 만드는 데 주력했다.

"팸, 안녕하세요! 지금 막 〈알파 플라이트〉 106호의 첫 피드백이 들어왔다고 알려주려던 참이었어요."

"〈알파 플라이트〉106호에 무슨 일이 있나요?"

"노스스타가 커밍아웃을 했어요."

나는 그녀의 얼굴에서 핏기가 사라지는 걸 목격했다.

"지금 당장 〈알파 플라이트〉106호 내용을 확인해야겠어요."

팸은 빠르게 누군가에게 전화를 걸며 겨우 말을 꺼냈다.

팸에게 복사본을 가져다주기 위해 자리로 돌아왔을 때 내 휴대폰은 이미 울리고 있었다.

"지금 당장 일곱 부가 더 필요해요!"

팸은 다른 전화를 받기 위해 전화를 끊기 직전에 외쳤다. 그리고 복사기에서 복사본 여덟 부를 뽑아왔을 때 내 휴대폰은 다시 한 번 울리고 있었다.

"일곱 부 더 필요해요."

심지어 회사 고위층에 있는 누군가가 출판을 중단하려 한다는 소리를 들었다. 하지만 이미 너무 늦었다. 다행히 벌써 언론홍보부로 전해진 뒤였다.

뭐랄까, 남성의 맨살이 노출되거나 신체적 접촉을 암시하거나 심지어 같은 성별끼리의 담백한 키스였다면 이렇게 문제가 되지 않았을 것이다. 그렇다고 그게 그가 게이임을 선언하는 것은 아니기 때문이다. 하지만 당시 플롯에는 에이즈라는 맥락에서 이미 노스스타가 동성애자라는 사실이 드러났고, 그의 이야기를 에이즈로 고통 받으며 부모에게서 버려졌지만 그가 지켜낸 신생아의 시선을 통해 그려냈다. 혼란에 빠진 악당이 등장하고 육탄전이 잇따랐으며 주먹이 오가는 와중에 노스스타는 두 단어를 뱉었다.

"나는 게이다!"

그게 전부였다.

우리의 라이벌 DC 코믹스는 게이 슈퍼히어로를 최소 두 명은 소개했고, 그 일은 언론에 폭풍우를 몰아치게 만들기 충분했다. 하지만 이건 달랐다. 노스스타는 이 시리즈의 주인공이었다(비록 한 캐릭터가 메인이라기보다는 여러 등장인물이 함께 어우러지는 이야기였지만). 그리고 여기는 미국에서 판매부수가 가장 높은 만화 출판사였다. 여기는 마블이었다.

얼간이 같은 움직임 속에서 어쨌든 상황은 계속됐기에 마블은 관심을 이용하기보다는 언론과의 소통을 금지시켰다. 팸 뤼터는 바비와 나에게 모든 문의사항을 자신에게 넘기라고 지시했는데 사실상 우리를 입막음한 것이나 다름없었다. 직원보다는 프리랜서에 가까운 로브델에게 이래라저래라 하기 어려웠지만 로브델은 마블에서 미래를 꿈꾸려면 잠자코 있어야 한다는 사실을 알고 있었다. 심지어 팸조차 언론 앞에서 허락된 말은 '노코멘트'뿐이었다. 〈알파 플라이트〉106호는 만화 산업이 거의 얻지 못하는 주류의 스포트라이트를 끌어냈다. 이런 스포트라이트를 얻기 위해서는 기꺼이 첫 결과물을 바쳐야 했지만 마블은 그 과정을 건너뛰었다.

비록 이야기에 흠이 있었지만 1쇄는 일주일 만에 매진됐고 곧 2쇄에 들어갔다.

그렇다고 특정 집단의 반발이 줄어든 건 아니었다. 팬으로부터 온 메일로 확인한 반응은 확연하게 둘로 갈렸다. 텍사스의 한 코믹스 서점 주인은 잔뜩 화가 나 우리를 책망하는 글을 썼다. 그는 이제 〈알파 플라이트〉를 성인 코너에서 갈색 포장지로 감싸야만 팔 수 있다고 으름장을 놨다. 어떤 여성은 노스스타에 크게 이입해 캐나다 국기를 두른 채 돌멩이를 맞는 꿈을 꿨다는 메일을 남겼다. 그 후에 열린 긴급 편집자 회의에서 테리 스튜어트는 회사 측에 좋지 못한 결과를 상세히 열거했다. 마즈와 M&M 캔디의 공급업자 같은 몇몇 광고주들은 광고를 내렸다. 뉴욕의 대교구도 우리에게 불리한 성명을 발표할 뻔했지만 다행히 그러진 않았다. 마블이 10년 전에 〈교황 요한 바오르 II〉를 출간했기 때문이었다.

부정적인 반응 뒤에 숨은 동성애에 대한 편견은 바비도, 로브델도, 나도 생각하지 못했던 점 때문에 합법적인 것으로 위장됐다. 1990년대를 지배했던(그리고 지독하게도 오늘날 다시 나타나고 있는) 두 가지 잘못된 생각이 적개심을 키웠다. 첫째, 동성애자는 아이들에게 유해하다. 둘째, 만화는 완전히 아이들을 위한 매체다. 첫 번째는 나처럼 게이인 청소년, 게이 부모와 친척, 에이즈의 시대에 계속해서 등장하는 게이 뉴스거리가 있는 이상 말도 안 되는 이야기였다. 게이가 존재한다는 사실만으로도 그것을 더 이상 터부시할 수 없었다. 그리고 게이는 성적인 맥락으로만 언급된다는 생각도 완전히 틀렸다. 성적인 부분이 없는 〈알파 플라이트〉106호 같은 이야기로 완벽하게 반박할 수 있다(게다가 성적 지향과 관계없이 만약 외설적인 수위가 일정 기준을 넘어선다면 당시 마블과 DC의 모든 책을 검토하던 1950년대 유물인 만화검열위원회의 심의를 통과할 수 없었다). 두 번째는 특히 미국에서의 관점이었는데, 유럽과 일본에서는 성인도 만화를 읽었다. 심지어 미국에서도 아이들만 만화를 읽는다는 생각은 수백만 성인 코믹스 팬들로 거짓임이 드러났다.

하지만 1992년, 이 두 가지 생각은 만화에 게이가 등장하면 안 된다는 결론을 이끌어냈다. 그렇기에 테리 스튜어트는 게이임을 밝힌 직원 둘, 켈리 코비스와 내 얼굴을 보고 이를 분명히 하기 위해 긴급 회의에 출석해야 했다. 나는 코믹스 산업을 시작한 유대인들이 느꼈을 감정을 경험했다. 새 이름 뒤에 정체성을 숨기고 크리스마스 특별편을 찍어내며 유대인 슈퍼히어로가 눈에 띄지 않도록 만들면서 느꼈을 감정을.

그건 마치 존재하지 말라는 말을 들은 것 같았다.

그래도 이렇게 얘기할 수 있다. 마블의 체계 덕분에 바비, 로브델 그리고 나는 〈알파 플라이트〉를 다뤘다는 이유로 경력에 흠집이 나진 않았다. 사실, 로브델은 프랜차이즈 만화의 대표적 작품인 〈엑스맨〉으로 오랫동안 유명세를 얻었다. 로브델은 〈알파 플라이트〉의 영향으로 그 임시직을 다시 차지했다. 바비와 나는 둘 다 승진했다.

그리고 마블은 〈알파 플라이트〉 106호의 엄청난 매출을 이용하려 했다. 게이는 안 된다는, 절대 안 된다는 칙령은 여전히 유효했다. 회사는 노스스타의 커밍아웃을 되돌릴 순 없었다. 하지만 이들은 이후 〈알파 플라이트〉에서 노스스타의 성적 지향을 더 언급하거나 드러내지 않음으로써 그 후의 울림을 묵살할 수 있었다. 사실상 캐릭터를 다시 벽장 속으로 집어넣은 셈이다. 내 오랜 상사인 롭 토카는 노스스타의 게이 특성이 언급되지 않는 4부작 시리즈를 제작해야 했다. 제정신이 박힌 사람이라면 누구나 알 수 있듯이 팬들은 이를 말도 안 되는 일이라며 거부했다. 불쌍한 토카만 남아 완전한 실패작을 이끌어야 했다.

마블과 나의 로맨스가 그렇게 오랫동안 파탄을 목전에 둔 상태에 머무르진 않았다. 예상치 못한 사건의 전환으로 나는 내가 쓴 첫 만화책 시리즈(《다크홀드》라는 공포 만화)에 정착했고 또 한 번 날아갈 듯 기뻤다.

이건 처음부터 내 전략이었다. 마블에서 사랑받는 사람으로 살면서(수십 킬로미터를 날아 마침내 완벽한 해안가에 자리를 잡은 이주 물떼새처럼 나는 나만의 천연 서식지를 발견했다) 나는 남은 생애 동안 다른 사람의 작업물을 복사하기만 하고 싶진 않았다. 보조 편집자의 일은 목적을 위한 수단이었다. 글쓰기야말로 내 야망이었다.

이 시대에 작가가 될 수 있는 가장 확실한 방법은 편집자 과정을 거치는 것이다. 〈고스트 라이더〉의 작가 하워드 매키와 〈지·아이·조〉의 작가 래리 하마 모두 프리랜서 작가 경력을 쌓기 전에 편집자 생활을 했다. 어쩌면 당연하다. 미술 파트에서는 새로운 인재를 찾는 전문가가 그림 한 장만 보고 그 사람이 만화를 그릴 능력이 있는지 바로 알아볼 수 있는 반면, 원고 샘플은 서로 비슷했기에 빠르고 쉽게 평가할 수 있는 방법이 없었다. 시놉시스 전체를 읽어봐야 했다. 그리고 다 읽는다고 하더라도 몇 페이지에 걸쳐 작가가 성공적으로 이야기를 끌어낼 수 있는지, 캐릭터를 드러내는 네 가지 조건에 맞는 대사를 구축하는지, 너무 구구절절 설명하지 않고 메시지를 전달하는지, 자신의 권리를 충분히 즐기는지, 적절한 톤을 조성하면서도 캐릭터를 움직이는지 등 모든 것을 파악하는 건 불가능에 가깝다. 따라서 새로운 작가들은 개인적인 관계를 통해, 혹은 짧은 작품으로 자신을 증명해야 할 필요가 있다. 보조 편집자들이 주로 맡았던 이야기들, 앤솔로지 만화에 나오는 이야기나 연간 간행물의 메인 피처 백업 같은 단편 작품을 통해 실적을 쌓아 자신을 알려야 했다. 뉴욕에서 생활하면서 필요한 비용이 있으니 추가적인 프리랜서 일은 우리의 식단을 피자 같은 기본적인 음식에서 한층 더 나아지도록 도왔다.

보조 편집자들은 '보조 편집자 학교'에서 코믹스 스토리텔링의 모범 사례를 배웠다. 마블에서 가장 중요하고 사랑받은 작가 겸 편집자인 스탠 리, 그루(태어날 때 이름은 마크 그룬월드였다)가 주최하는 매주 한 시간의 미팅이었다. 그루는 편집주간으로, 나는 마블의 직원으로 꽤나 오랫동안 있었다. 마블의 마크 그룬월드는 센트럴파크 탐조 모임의 마티 소머와도 같았다. 그룬월드는 마블을 지배하는 기풍을 확립했고 함께 그 상황에 던져진 우리 모두는 광인으로 변해 그 장소를 고향이라 부르게 됐다(2006년, 그룬월드는 '마블 왕국의 수호성인'으로 공표되었다). 무미건조한 재치, 포니테일과 콧수염으로 상쇄되는 헤어라인, 동요하지 않는 포커페이스(정교할수록 좋다)의 그룬월드는 장난과 수년 동안 시놉시스를 쓴 〈캡틴 아메리카〉, 〈쓰리 스투지스〉(뭐, 완벽한 사람은 없으니까) 그리고 슈퍼히어로 장르를 좋아했다. 그룬월드는 마블의 신입사원이 장르를 제대로 파악하고 있는지 확인하는 것을 자신의 임무로 삼았고 하버드 정규 과정처럼 철저하고 잘 설계된 순차적인 예술을 통해 스토리텔링 마스터 과정을 구축했다. 나는 여름철새가 이동하는 기간 중이어도 보조 편집자 학교가 시작되는 화요일 9시 30분이면 공원에서 사무실로 뛰어들어오곤 했다. 그 시간은 정말 가치 있었다. 그루는 우리가 더 나은 편집자와 작가가 될 수 있도록 지식을 전수해주었다.

나는 작가가 되는 전형적인 편집자 루트를 타고 있었다. 하지만 이 과정에 속도를 낼 수 있는 뭔가 커다란 발판이 필요했다. 거부할 수 없는 아이디어를 내지 않는 한 회사는 경험이 부족한 내게 정규 월간지 타이틀을 주지 않을 것이다. 마블 유니버스의 배경을 조사하던 나는 〈드라큘라의 무덤〉 같은 좋은 선례에도 불구하고 마블의 타이틀 목록에 오랫동안 공포 장르가 없었다는 걸 알아차렸다. 마블의 최고 흑마법서는 마블 버전 러브크래프트의 〈네크로노미콘〉처럼 1970년대에 게리 콘웨이 작가가 생각해냈다. '다크홀드'라는 이름을 가지고 있고 '죄악의 책'이라 불리우는 이것은 세계관 속에 수천 년 동안 존재했다. 하지만 다크홀드의 오랜 잃어버린 페이지(책 나머지 부분과 분리된 부분)가 세상에 악을 퍼뜨리도록 부추기기 위해 부주의한 사람의 손에 들어간다면 어떨까? 광기를 막기 위해 평범한 사람이 가질 수 있는 세 가지 용기는 무엇일까?

나는 여러 날에 걸쳐 야근을 했고 개인적인 시간에는 제안서 초안을 만들며 보냈다. 사무실에 있던 왕Wang 컴퓨터 두 대 중 하나를 사용할 수 있었다. 당시 퍼스널 컴퓨터는 그렇게 많이 보급되지 않았다. 평소에 떠들썩하던 사무실이 텅 비고 조용해지면 시간이 흐르는 것조차 눈치채지 못했다. 나는 공포를 기반으로 하면서도 마블 유니버스의 다른 작품과 완전히 잘 들어맞는 스토리텔링에 빠져 있었다(심지어 나는 아주 독특한 반전도 만들었다). 내가 딱 맞는 이야기를 만들어낸다면 편집자는 이를 낚아챌 것이다.

곧 밝혀졌지만 그때 어떤 편집자가 초자연적인 슈퍼히어로 세계의 확장판을 계획하고 있었다. 그리고 그 편집자는 내 상사였다.

평소보다 아주 살짝 더 배타적인 방식이긴 했다. 1990년대 마블에서 편집자는 종종 다른 편집자가 만드는 책의 저자로 프리랜서 일을 맡기도 했다. 그렇게 프리랜서와 직원 사이의 관계망이 유지된다. 내 작품은 그런 부분에서 예외적이었다. 우리는 같은 사무실에 있었으니까! 하지만 내가 바랐듯 제안서는 거부할 수 없을 만큼 강력했고 바비는 서로 연결된 여러 타이틀을 출간하기 위해 다시 소생시킨 〈고스트 라이더〉의 성공을 이용하려 했기에 〈다크홀드〉도 그 라인에 포함시켰다.

돌이켜 생각해보면 이는 장단점이 있었다. 1990년대 초에 〈미드나이트 선즈〉 라인이 탄생했을 때 〈다크홀드〉는 주력 타이틀이었던 〈고스트 라이더〉와 함께 창립 멤버로 데뷔했다. 이는 첫 몇몇 부수의 판매가 크게 상승했다는 것을 의미한다. 여기에는 불만이 없었다! 하지만 초자연적인 요소를 가미하기는 했지만 기존의 슈퍼히어로 대서사였던 다른 네 작품에 진정한 호러(슈퍼히어로가 없는) 이야기를 접목시키면서 〈다크홀드〉는 미운 오리 새끼로 전락했다. 가끔씩 드러나던 작가의 경험 미숙도 별 도움이 안 됐다.

어릴 적부터 내 상상력을 사로잡았던 책을 쓰기 위해서는 연결된 세계의 구전 설화와 전설을 더해야 했다. 그보다 더 큰 기쁨은 내 머릿속에서 만들어낸 무언가가 전문적으로 형성되는 것을 보는 경험에서 비롯됐다. 〈미드나이트 선즈〉의 모든 작가들이 맨해튼 호텔 스위트룸 혹은 롱아일랜드에 있는 목사의 주택에 모여 하루 종일 브레인스토밍에 돌입했을 때였다. 기괴한 것부터 성스러운 것까지 초자연적 내용을 담은 서브플롯에 대한 의견을 주고받으면서 양질이면서도 다양한 결과를 끌어내야 했다. 방 안의 순수한 에너지는 늘 놀라웠다.

나는 내가 아는 것을 써내려갔다. 〈다크홀드〉의 주요한 세 명의 히어로는 내 주변을 반영했다. 흑인 여성일 뿐만 아니라(만화 주인공으로는 드문 캐릭터다) 나이가 많은 인물(노쇠한 것과는 거리가 멀지만 "꼭 변호사가 돼야 한단다"고 말하는 나의 할머니를 기반으로 했다), 건장한 백인 남성(캐나다인으로 설정했다), 이탈리아 출신 젊은 레즈…… 아,

가장 친한 여성 친구와 함께 사는 활기찬 여성 학술가. 내가 직접 하고 싶은 말을 가장 유사하게 언급한 순간은 다른 캐릭터가 그녀에게 무례하게 굴면서 이렇게 말할 때였다.

"그러니까 네가 부……."

그러면 그녀는 멱살을 잡고, 이렇게 소리친다.

"칫!"

하지만 독자들에게 서로의 행복을 위해 희생하는 두 여성의 이야기는 로맨틱한 관계로 보였을 것이다. 확답할 수는 없지만, 빅토리아 몬테시는 마블의 첫 레즈비언 주인공이 됐다.

〈다크홀드〉는 16권까지 연재됐고, 두 가지 이야기가 눈에 띄었다. 마블 역사가 고스란히 담긴 비극적인 이야기로 그루의 전례 없는 찬사를 받은 12권과, 계간지 〈미드나이트 선즈 언리미티드〉 2권에 실린 〈다크홀드〉 속 '스킨' 에피소드. 로스앤젤레스에서 로드니 킹 사건(백인 남성이 무고한 흑인 남성을 잔혹하게 두들겨 패는 모습이 카메라에 담긴 사건이다)의 판결이 내려진 직후였기에 나는 내 분노를 책에 쏟아냈다. '흑인의 생명도 소중하다Black Lives Matter' 운동이 일어나기도 전에 그 내용을 담은 것 같은 〈환상특급〉은 원래 고용됐던 레터러*가 대본을 보고 그 단어를 쓰길 거부했을 만큼 선동적었기에 새로운 레터러를 고용해야 했다. 수면 아래에 숨어 있던 진실을 내 나름대로 비틀어 표현한 것이었다.

나는 편집장으로 승진했다. 여전히 바비 아래에서 일을 하면서 나도 주도적으로 책을 담당해야 했다는 뜻이다. 내가 처음 〈잠

---

* 만화의 대사를 직접 손으로 쓰는 직업으로, 말풍선 작가라고도 부른다.

시 동안) 맡은 책은 〈퍼니셔〉였다. 과도하게 마초적인 터프가이였던 〈퍼니셔〉의 살인마는 폭도들이 일으킨 전쟁으로 집중 공격을 받고 가족들이 총살당한 후로 자신이 범죄자라고 생각하는 사람들을 살해하기 시작했다. 마블이 이런 캐릭터를 슈퍼히어로로 떠받들고 자칭 판사이자 배심원이자 사형 집행인의 역할을 수행한다는 사실이 내 진보적 가치관과 일치하지 않았기에 나는 늘 불만이 있었다.

"데팔코 씨, 진심이에요?"

나는 또 다시 톰 데팔코를 향해 울부짖었다. 나는 내가 너무 개인적인 만화를 만들어서 데팔코가 난처해한다고 생각했다.

"〈퍼니셔〉에 지원을 끊는 벌을 내리시겠다고요?"

데팔코는 어깨를 으쓱했다.

"그래. 그러면 완전히 다른 아이디어가 떠오를 거야."

그래서 나는 책을 쓰기 위해 존 오스트랜더를 고용했다. 오스트랜더가 DC 코믹스에서 〈스펙터〉를 제작할 때도 지원이 끊긴 적이 있다는 점을 높게 샀다. 오스트랜더는 제 시간에 맞춰 〈퍼니셔〉로 전기의자를 보냈고 반폭도 운동가가 폭도들 사이에 등장했다.

하지만 가장 흥미로운 미스매치는 바비가 나에게 〈마블 수영복 특별판〉을 편집하라고 전달했을 때였다. 매년 발간하는 독립 특별판인 〈마블 수영복 특별판〉은 정확히 그 이름 같은 내용이었다. 〈스포츠 일러스트레이티드〉 수영복판의 복제품으로, 말하자면 마블의 슈퍼히어로들이 청소년 남자아이들에게 자극을 선사하고 성인에 한 발자국 가까워지는 발육을 돕기 위해 몸매를 자랑하는 수단이다. 그리고 이것이 게이인 내 손에 들어왔다.

나는 나처럼 〈마블 수영복 특별판〉을 홍보하는 데 별 관심이 없었던 바비에게 솔직히 말했다. 만약 내가 이 책을 작업한다면 내 스타일대로 하려고 한다고. 블랙위도우가 끈 팬티만 걸치고 페이지를 가득 채우는 동안 캡틴 아메리카는 저 멀리 뒤에서 유행이 지난 통 넓은 반바지를 입고 서 있는 대신, 마블 유니버스에 등장하는 모든 남성과 여성이 똑같이 50대 50의 비율로 몸매를 과시하게 하겠다고. 이는 나와, 짐작건대 나 같은 독자들의 욕망을 더 잘 아우를 뿐만 아니라 마블이 성차별적이라는 혐의를 벗게 해줄 것이다. 기회 균등의 구체화인 셈이다.

게이 남성만큼 대상화를 잘 하는 사람이 없다는 사실이 밝혀졌다. 나는 엄청난 코믹스 작가 몇 명을 한데 모으고 이들에게 찾을 수 있는 가장 자극적인 그림에서 실마리를 얻으라고 지시했다. 캘빈클라인 속옷 광고, 허브 리츠와 브루스 웨버 사진의 입술을 확대하고 조명을 비춰 신체 부위를 드라마틱하게 조명한 사진. 이런 식으로 나는 연달아 두 호에서 작가들을 자유롭게 풀어두었다.

나는 독자들이 스스로 무엇에 자극을 받는지 잘 알지 못한다고 생각했다. 코믹스 작가인 워런 엘리스는 자신의 뉴스레터에서 이렇게 썼다.

"마블의 연간 발행물은 여러분이 볼 수 있는 것 중 가장 게이스러운 것입니다. 북반구 전반에 심어져 있던 게이더가 갑자기 열렬하게 반응하죠. 전방 6미터에서 이 책과 마주친 사람이라면 유전적으로 3퍼센트 더 게이스러워졌을 것입니다. 정말 흥미로워요. 마블이 걸어온 행보와는 달랐지만 잘 해냈어요."

그리고 이유가 뭐든 간에 나의 두 번째 책이 마블이 출간한 마지막 〈마블 수영복 특별판〉이 됐다.

그 위협은 처음에는 교활하기 그지없었지만 나중에는 마블의 전지전능한 히어로들을 거의 무너뜨릴 뻔했다. 미국 기업의 가장 어둡고 짙은 향기를 풍기는 곳에서 역대 가장 위험한 슈퍼 악당인 로널드 페렐만이 탄생했다.

내가 마블에 입사한 지 얼마 안 됐을 때 향수 회사의 거물이 마블을 인수했다(이유는 아무도 모른다). 그리고 얼마 지나지 않아 회사를 상장했고 주가는 폭등했다. 하지만 행성 전체를 먹어치우는 정도는 돼야 달랠 수 있는 배고픔을 호소하며 세상을 집어삼키려는 갤럭투스처럼, 페렐만은 만족하지 못했다. 그 결과 작지만 유서 깊었던 코믹스 회사의 경영 철학이 하루아침에 장기적인 건전성보다 단기적인 주가에 초점을 맞추게 됐다. 이런 경향은 특히 늘 소소한 이윤과 등락이 심한 만화 출판 산업에서 더 문제가 되었다. 다량 판매를 강제하려는 페렐만의 움직임으로 〈엑스맨〉과 〈스파이더맨〉 같은 프랜차이즈를 더 많이 출간하고 의미 없는 크로스오버(한 이야기에서 시작해 다른 것으로 건너뛰어 단지 이야기를 잘 이해하기 위해서 원래대로라면 독자가 구매하지도 않았을 타이틀을 구매하게 만드는 스토리라인)와 끝없는 묘기(은박지로 만든 특별판!)가 점철돼 작업물의 품질로 부담을 주면서도 아이디어는 얄팍하고 잘못 구상된 타이틀이 쏟아졌다. 이런 흐름은 독자들을 소외시켰고, 그 어느 때보다 깊은 침체기가 닥쳤다.

첫 번째 해고의 물결은 활기차던 사무실을 무덤으로 만들었다. '인원 감축'을 겪는 많은 사무실이 그렇듯 우리는 가족들이 불확실한 미래를 마주하며 터벅터벅 걸어나가는 걸 지켜봐야 했다. 마블에서의 암묵적인 약속이 깨지는 느낌이었다. 마블에 뼈를 묻었던 잭 아벨과 전설적이고 훌륭한 플로 스타인버그는 계속해서

교정 업무를 맡으며 우리에게 소속감을 주려고 했다. 스탠 리의 비서로서 스타인버그는 처음부터 자리를 지켰고 아벨은 뇌졸중이 오른손에 영향을 미칠 때까지 오랫동안 글을 썼다. 그건 이런 뜻으로 보였다. '여러분에게 그렇게 많은 돈을 드릴 순 없지만, 여러분은 여러분의 일을 사랑할 것이고, 연필을 잡는 한 계속해서 그럴 것입니다.' 냉정하게 말하자면, 그렇지 않았다.

몇 달 후, 다음 해고의 물결이 찾아오자 내겐 더 이상 환상이 남지 않았다. 휴대폰 벨소리가 울리고 내가 밥 해러스(그 당시 쇼를 이끌어가던 〈엑스맨〉 편집자)의 사무실에 불려갔을 때 나는 그게 무슨 의미인지 알아차렸다. 해러스는 자신이 해야 하는 일을 별로 하고 싶지 않은 듯 보였다. 나뿐만 아니라 다른 수많은 사람에게도. 이게 개인적인 처사가 아니라는 걸 알고 있었다. 해고당하는 건 한 번도 겪어보지 못한 경험이었지만 어떤 이유인지 나는 어느 정도 해탈했다. 어쩌면 나는 당장 뭘 해야 할지는 모르지만 모든 게 잘 해결될 거라고 스스로를 설득하고 태연하려 최선을 다해 노력한 걸지도 모른다.

1996년 초에 나는 사무실 책상을 정리하고 집으로 향했다. 거미줄이 쳐진 유리문이 내게 한 번 더 열릴 예정이었더라도. 그리고 그해 여름 마크 그룬월드가 43세의 나이에 심장마비로 사망하는 경악스러운 일이 일어났다. 우리가 알던 마블은 그룬월드와 함께 사망한 듯했다. 그해 12월, 회사의 재산이 계속해서 사라지며 주식도 곤두박질쳤고 마블은 채무이행조정신청에 들어갔다.

마블과 코믹스 산업 전체가 회복하는 데 수십 년이 걸릴 듯했다. 마블이 영화의 성공을 이룩해 한때 괴짜들의 전유물이었던 것을 이야기에 굶주린 대중에게 선사한 것은 훨씬 나중의 일이었다.

현재 마블 시네마틱 유니버스 영화로 얻은 이윤은 모든 라이벌 프랜차이즈의 수익을 넘어섰다. 심지어 〈스타워즈〉도(슬프게도 이 모든 스토리텔링의 핵심에 있는 만화출판부는 그 수혜를 거의 보지 못했다. 법적 주짓수를 통해 등장인물의 소유권은 영화가 성공하기도 전인 1990년대에 다른 회사로 넘어갔다. 지적재산권 창출과 가장 관련이 없는 사람들의 손에 돈이 가장 많이 쥐어진 것은 의심할 여지가 없다).

노스스타는 어떻게 됐냐고? 노스스타는 마블 유니버스에서 사랑과 정의를 위해 싸우며 성소수자임을 밝힌 최초이자 유일한 슈퍼히어로가 됐다. 노스스타는 〈엑스맨〉에 등장했고 2012년 6월에 출간된 〈놀라운 엑스맨〉 51권에서 흑인 남자친구와 결혼했다. 주류 코믹스에서 그려진 첫 동성 결혼이었다. 그 호의 표지에는 신랑들이 제단에서 열정적으로 키스를 나누는 모습이 담겼다. 마블은 이번에는 홍보 부서의 입에 재갈을 물리지 않았을 뿐만 아니라 우피 골드버그의 인기 있는 낮 시간대 토크쇼 〈더 뷰〉에서 앞으로 다가올 결혼을 독점 발표하기까지 했다.

어딘가에서 팸 뤼터가 울고 있었다.

7장

새로운 궤도에 오르다

나는 살면서 그렇게 많은 계단을 본 적이 없었다. 마치 누군가가 밤하늘을 지표 가까이로 끌고 와 손에 닿지 않는 작고 먼 별빛을 눈앞으로 데려온 것 같았다. 별 세 개가 박힌 벨트를 찬 오리온이 내가 아는 유일한 별자리였다. 남반구의 별들은 내가 익숙하게 보던 별들이 아니었지만 그건 문제가 되지 않는다. 나는 말 그대로 별에 매혹됐다.

반바지와 티셔츠를 입으니 따뜻하면서도 건조한 산들바람을 느낄 수 있었다. 건조한 바람은 놀라울 만큼 정신을 또렷하게 만들었다. 게다가 빛 공해도 없었다. 울루루 카타추타Uluru Kata Tjuta 국립공원은 뜬금없는 장소(말 그대로 지리학적으로 호주 대륙의 정 가운데면서 사람이 거의 없는 오지)에 있었고, 근처에는 어두운 밤을 없애버릴 정도의 인공 불빛이 가득한 도시가 없었다. 나는 하늘을 바라보고 왜 그렇게 많은 문화권에서 별을 보고 운명을 써내려가고 머리 위 별자리로 이야기를 상상했는지 이해할 수 있었다. 눈을 뗄 수가 없었다.

아마도 그래서 길을 잃은 듯했다. 엉뚱한 생각에 사로잡혀 배회하느라 내가 어디로 향하고 있는지에 관심을 기울이지 못했다. 아스팔트 위에서 길을 잃었기에 뒤로 돌아갈 수는 있었다. 어쩌면 교차로 같은 걸 놓쳤을지도 모른다. 하지만 이미 멀리 왔기에 한 가지 길밖에 남지 않았다. 손전등의 쓸쓸한 불빛이 몇 미터 앞을 비추면 사방은 어둠으로 뒤덮인 메마른 땅이었다. 방향을 찾기 위해 스마트폰을 사용할 수도 없었다. 신호가 약할 뿐만 아니라, 애초에 스마트폰이 없었기 때문이다. 스마트폰이 세상에 등장하기 전이었다. 1996년, 휴대폰은 두꺼운 수화기로 호주인들 사이에서 유행하던 색다른 물건("내 한도폰으로 전화해주세요"라는 말을 하면서도 그 말뜻을 영원히 알아차리지 못할지도 모른다)이었지만 다른 지역에선 찾아볼 수 없었다. 그러니까 어떤 방법이든 도움이 될 수 없었다는 뜻이다. 내가 아는 한 몇 킬로미터 안에는 사람이 살지 않았고 나는 혼자 여행을 하고 있었기에 내가 어디 있는지 아는 사람은 아무도 없었다.

나는 완전히 길을 잃었고 약간의 공포에 휩싸였다. 그건 호주로 여행을 떠났을 때 내 삶 전반을 아우르고 있는 기분이었다.

나는 빈털터리지만 행복해
나는 보잘 것 없지만 친절해
나는 키가 작지만 건강해
나는 낙관적이지만 현실적이야
나는 제정신이지만 압박감을 느꼈어
나는 길을 잃었지만 희망이 있지, 자기야
결국에는 모든 것이
좋아질 거야, 좋아, 좋아, 좋아질 거야

　　만약 내가 스스로 가사를 썼다 해도 헤드폰 속 음악보다 더 적절할 수 없었을 것이다. 대학 시절의 오랜 룸메이트인 켄과 베이 에리어에서 하룻밤을 보내며 뉴욕에서 시작한 여행을 중단한 후 나는 시드니로 향하는 20시간 비행에 올랐다. 기내에서 들을 수 있는 음악을 찾아보던 중 나는 상대적으로 최근에 발매됐지만 한 번도 들어보지 못했던 앨라니스 모리셋의 노래인 〈핸드 인 마이 포켓〉에서 멈췄다. 나는 이코노미석에 자리를 잡고 편안한 자세를 찾으려 했다. 긴 여정 동안 다리를 뻗을 공간이 부족했는데, 앞으로 내 삶이 겪을 불분명한 여정을 암시하는 것 같았다.

　　마블에서 해고됐던 1996년 2월, 나는 내가 굉장히 드문 상황에 처해 있다는 사실을 알아차렸다. 퇴직금 덕분에 얼마간 시간과 돈 모두 풍족해졌다는 것이었다.

　　"호주로 갈 거야!"

　　마블이 준 돈이 얼마나 지속될 지 알 수 없었기에 나는 친구와 가족들에게 약간은 무모하게 공표했다. 멀리 떠나는 여행이라 적어도 1~2주 이상은 가야 한다는 사실을 고려하면 호주보다 더 나은 장소는 없었다. 완전히 새로운 탐조 지역을 탐험할 수 있을 뿐 아니라 빠르게 이동하면 전설적인 국제 퍼레이드인 시드니 마르디 그라Mardi Gras*에 딱 맞춰 도착할 수 있었다. 새와 남자라는 조합은 내가 꿈꾸던 일이 끝나고 직업적으로 방황하고 있다는 현실에서 벗어날 수 있게 해줬다. 음울한 겨울을 뒤로 하고 부에노스아이레스에서 사랑하게 된 남반구 여름의 따스함과 태양을 찾

＊　　스톤월 항쟁을 기념하기 위해 1978년 시작된, 세계에서 가장 유명한 퀴어 퍼레이드 중 하나.

아 떠난다는 사실도 내 암울한 전망을 잊을 수 있게 했다.

라틴아메리카를 여행하면서 나는 여행광이 됐다. 나는 이 기질을 이혼 후 지구상에서 갈 수 있는 곳(하와이, 이집트, 중국 등)을 모두 다녀온 할머니에게서 물려받았다고 생각한다. 할머니가 흑인 여성이라는 사실(비록 '백인으로 착각'할 수도 있는 사람이었지만)이 할머니의 의지를 꺾을 수는 없었다. 한편 이전까지 나는 J. R. R. 톨킨의 이야기에 등장하는 빌보 배긴스 같은 사람이었다. 멀리까지 여행을 나가본 적도 없고, 애초에 여행에 별 관심이 없는 집돌이였으니까. 빌보가 고향을 떠나 긴 여정을 떠난 것처럼 오랫동안 모험을 떠나길 갈망한 후 향한 라틴아메리카로의 여행은 할머니로부터 받은 여행 유전자를 발현시켰다. 그 후 나는 항상 다음 여행지를 꿈꿨다.

독특한 새와 포유류가 가득한 머나먼 호주는 1순위 여행지로 떠올랐다. 짧은 시간 동안 호주는 내게 부족했던 삶의 목표를 제공했다. 나는 행복해지기 위해(혹은 월급을 벌기 위해) 내가 세상에서 무엇을 찾고 있었는지 알 수 없었지만, 지금으로선 이 섬 대륙이 내게 선사하는 것에 만족하기로 했다. 그렇기에 나는 젊은이가 지닌 영원한 모순을 내 귀에 속삭이는 앨라니스와 함께 태평양을 횡단하는 비행기에 몸을 실었다. 그 모든 일에도 불구하고 그녀의 노래는 내게 괜찮을 거라고, 정말 괜찮을 거라고 말해주었고 나는 그 말을 믿으려 노력했다.

시드니는 생경한 도시였다. 빛이 일렁이는 해안에서 보는 거대한 바람에 나부끼는 오페라하우스는 물론 절경이었지만 이 생경함은 건축물 때문도, 대다수가 백인인 사람들(미국에서 이미 충분히 겪었다) 때문도 아니었다. 시드니가 생경하게 느껴졌던 건 소리 때문이었다. 한 번도 들어본 적 없는 새들의 노래가 미국인인 내 귀에는 기이하고 초자연적으로 들렸다. 〈쥬라기 공원〉에 등장해야 할 것 같은 독특한 호주 새인 호주까마귀Currawong의 소리는 머나먼 행성에 있는 것 같은 기분이 들게 했다. 이 새의 독특한 합창은 길에서 황홀경에 빠지게 만들었다. 내 잠재의식이 특정한 시공간 속에서 은은하게 깔리는 새들의 소리에 얼마나 영향을 받는지 강하게 느낄 수 있었다.

나는 이 생소한 소리를 내는 생명체가 무엇인지 너무도 알고 싶었다. 호주에 발을 딛었던 바로 그 순간부터 내게 새는 최우선 순위였다. 낚시를 하지 않는 물총새(쿠카부라)Kookaburra, 분류상 까치에 해당하진 않지만 까치라는 이름을 지닌 새, 두 가지 기술을 지닌 푸른요정굴뚝새Superb Fairy Wren, 재미있는 이름을 지닌 수많은 앵무새들(갈라코카투Galah, 장미앵무Rosella, 코렐라Corella 등등)까지. 반려앵무로 유명한 사랑앵무Budgerigar('벗지Budgie'라고도 불린다)와 왕관앵무Cockatiel 모두 호주에서 자생하는 새다. 하지만 호주의 크고 눈에 띄는 앵무새 중 내게 가장 인상적인 종은 유황앵무였다. 전체적으로 하얗지만 눈에 띄는 노란색 머리 장식을 지닌 이 앵무는 유치한 탐정 드라마인 〈베레타〉에서 로버트 블레이크와 공동 주연을 맡으며 1970년대에 국제적 스타덤에 올랐다. 하지만 이런 유명세는 유황앵무에게 악영향을 끼쳤다. 반려동물로 인기를 얻으며 그들에게는 비극적인 운명이 닥쳤고 밀렵꾼들은 이 이국적인 새를 야생에서 잡아 밀거래하기 시작했다. 고작 텔레비전이 만들어낸 유행에 따라 우리의 이웃 생명체들을 엉망으로 만들었던 건 인류의 죄로 남겨두자.

유황앵무와 만난다는 목표를 세웠지만 그들을 착취하고 싶지는 않았다. 나는 새를 사냥하지 않았다. 새의 본질에 반하는 그런 방식은 틀렸다고 생각했다. 안락의자에 앉은 우리의 눈을 즐겁게 하기 위해 무한한 공간을 누비도록 태어난 하늘의 주인을 평생 새장 안에 살게 만들거나 날개를 자르는 일이 과연 좋은 것일까? 어쩌면 순간의 만족을 위해 피카소의 눈을 뽑거나 피아니스트의 손을 잘라내는 일과 같을지도 모른다. 무심한 잔인함은 냉담함과 맞먹는다. 나를 탐조인이라 소개하면 사람들은 반려동물로 키우고 싶어 하는 새 이름을 쏟아냈고, 그럴 때마다 나는 주춤하지 않으려 노력해야 했다.

호주박물관의 조류학자와 간단한 대화를 나눈 후 나는 시드니에서 앵무를 볼 수 있는 곳을 알 수 있었다.

"센테니얼 공원에 가면 만날 수 있어요."

조류학자의 목소리는 당황스러움과 흥미로움 사이 어딘가에 위치해 있었다. 그래서 나는 센테니얼 파크랜드로 향하는 트레킹과 앞으로 닥칠 고된 수색에 대비해 채비를 단단히 갖췄다. 라틴아메리카에서 앵무를 봤던 경험을 통해 나는 앵무가 이파리 속에 자리를 잡으면 정말로 발견하기 어려울 수 있다는 걸 알았다. 앵무는 명금류처럼 주변을 돌아다니지 않기에 완전히 흰색이어도 발견하기 어려웠다. 이것은 탐조의 다섯 번째 즐거움이다.

탐조의 다섯 번째 즐거움

유혈 없는 사냥의 기쁨

아메리카솔새를 예로 들어보자. 미국 동부에서 아메리카솔새는 봄에 가장 마지막으로 이동하는 솔새다. 이들은 절대 무리로 움직이지 않는다. 바닥에서 주로 생활하기에 빽빽한 덤불 사이에 숨는 습관을 가지게 되었다. 아메리카솔새를 찾기 위해서는 인내심, 행운, 채굴된 지식을 필요로 한다. 눈에 보이지 않는 수컷의 존재를 알리는 완전한 비브라토("체리-체리-체리-초리")의 목이 쉰 듯한 우렁찬 노랫소리를 알아채려면. 아메리카솔새와 비슷하게 덤불이 빽빽한 숲 바닥에서 생활하는 노란목솔새를 만날 때마다 달려들지 않으려면 먼저 인식의 기술이 필요하다. 센트럴파크에서 5월 말이 되면 아메리카솔새는 가장 찾고 싶은 새가 되기에 당신은 덤불이 웃자란 장소를 반복해서 찾아가 몇 시간이고 기다리며 희망을 품게 될 것이다…….

그리고 그런 고집은 성공한다. 당신은 노랫소리를 듣고 새가 모습을 드러낼 때까지 기다리다, 잊을 수 없는 순간을 마음에 각인할 수 있다(혹은 이후에 카메라와 망원렌즈로 사진을 찍어 인스타그램에 업로드할 수 있다). 새에게 총을 겨눌 필요는 없다.

아무것도 보지 못하고 실패할 수도 있겠지만, 굴하지 않고 다른 날에 다시 시도해볼 수 있다. 사실 아메리카솔새는 연중 일주일은 무조건 램블에서 보내며 계속해서 우드칩이 깔린 탁 트인 길에서 자신의 모습을 과시하는데, 그 시기에 자주 사냥을 당한다. 그때 탐조인들의 기쁨과 놀라움은 실망과 뒤섞인다.

센테니얼 파크랜드에 들어설 때 낯선 나무(나는 식물에 대해서는 잘 몰랐지만 그 이상한 형태의 나무가 내가 알던 나무가 아니라는 건 알아차렸다)를 보고 나는 매년 센트럴파크에서 열리는 아메리카솔새 사냥대회를 떠올렸다. 내게 유황앵무를 찾을 수 있는 기회가 또 생길지 확신할 수 없었다. 시간이 얼마나 들든 주변을 샅샅이 뒤져야 했다.

공원에 들어선 지 5분도 지나지 않아 하얀색 점보 제트기 같은 비행체가 갑작스레 하늘에서 꽥꽥거리기 시작했다. 나는 유황앵무가 그렇게 클 거라고는 예상하지 못했다. 앵무는 몇 미터 떨어진 잔디밭 위에 내려앉아 무언가를 먹기 시작했다. 얼마 지나지 않아 다른 하얀색 점보 제트기가 근처 나무에서 시끄러운 소리를 내며 바닥으로 빠르게 곤두박질쳐 잔디밭 맞은편에 있는 쓰레기통 가장자리로 날아들었다. 나는 이 상징적인 새를 처음으로 보게 돼 흥분했다. 이건 일곱 번째 즐거움인 '유니콘 효과'의 전형적인 예시다. 하지만 사냥은 해당되지 않는다!

이렇게 쉽게 목격할 수 있었던 건 운이 좋았던 것일 수도 있지만, 호주박물관 조류학자의 어리둥절한 표정을 생각하면 그렇지 않다는 걸 알 수 있었다. 나는 마침내 그 미소를 이해했다. 적어도 센테니얼 파크랜드에서 유황앵무를 찾는 건 맨해튼에서 비둘기를 찾는 것과 비슷했다. 성가신 존재로 변한 흐름은 대략 비슷했다. 시드니 사람들은 앵무에 **너무** 익숙해져서 전혀 신경쓰지 않았다. 관광객들은 이 정보를 모를 뿐이었다.

시드니는 계속 내 예상을 뒤엎었다. 나는 영어를 쓰는 대도시 한가운데에서 길거리에서 오색앵무를 마주할 수 있다는 사실이 이상하게 느껴졌다. 낯선 사람들이 해안가를 걸어다녔다. 날이 어둑어둑해질 때쯤 은갈매기Silver Gull가 시드니 하버를 가로질러 날아가는 모습을 구경했다. 그때 무언가 내 시선을 끌었다. 특이하게 비행하는 어두운 색의 무언가가 내 쪽으로 다가왔다.

시드니 한복판에 등장한 것은 갈매기보다 큰 박쥐였다(사실은 더 컸다).

나는 일생 동안 자연의 불가사의를 즐겼지만 시내 위를 날아가는 거대한 박쥐 앞에서는 머뭇거리게 됐다! 몸서리치듯 외면하며 나는 다른 종류의 야생을 즐겨야겠다고 마음먹었다.

시드니 마르디 그라에 대해 들은 적은 있었지만 그리 흥미롭지 않을 거라고 생각했다. 나는 매년 뉴욕의 장대한 퀴어 퍼레이드를 시작부터 끝까지 목격했다. 그리고 대부분의 주말을 록시에서 밤새도록 춤추면서 보냈다(탐조를 위해 청력 손실을 막으려 늘 귀마개를 끼고 있었다). 록시는 토요일 밤이면 어디로 눈길을 돌려도 남성의 맨살이 보이는 동굴 같은 클럽이었다. 시드니는 만이 있어서 어떤 면에서는 샌프란시스코를 떠오르게 만드는 괜찮은 도시였다. 하지만 뉴욕의 퀴어 퍼레이드와 비교할 수 있을까?

조화로운 움직임과 맞춰 입은 옷이 그 답이었다.

티셔츠를 입고 미국 방방곡곡에서 온 사람들처럼 오합지졸이 모인 듯한 느낌이 아니었다. 시드니 마르디 그라는 완전히 다른 차원의 행진이었다. 공연에 참여하는 사람들은 몇 주 동안 에어로빅 연습을 할 수 있는 체육관과 댄스 스튜디오에서 훈련을 받아 올바른 동작을 취할 수 있도록 했다. 마침내 행진의 중심부를 통과해 옥스퍼드 스트리트를 뽐내듯 걸을 기회를 얻었을 때 단단한 몸을 지닌 호주 사람들은 춤과 잘 어울리는 맨살을 드러내는 옷을 입고 걸었다. 마을을 밝히는 저녁 퍼레이드에서 백 개 이상의 꽃수레와 수천 명의 댄서들이 시드니의 모든 사람들의 눈앞에서 퍼포먼스를 쏟아내고 있었다. 어쩌면 스팽글을 단 드랙퀸과 거의 아무것도 걸치지 않은 잘생긴 청년을 응원하기 위해 다들 모여든 것 같기도 했다. 지친 뉴요커에게는 이 정도도 굉장했지만, 그 뒤에 따라오는 것과 비교하면 아무것도 아니었다.

그날 밤 나는 센테니얼 파크랜드로 돌아갔다. 퍼레이드 애프터 파티에서 다른 게임을 찾아다녔다. 티켓은 비쌌고 보통 몇 달 전에 매진되지만, 나는 운이 좋게 티켓을 구할 수 있었다. 크리켓을 포함한 여러 스포츠를 위한 큰 운동장과 하늘 높은 줄 모르고 높이 솟아 있는 전시 공간이 있는 시드니 쇼그라운드 건물에 들어서자 무엇을 볼 수 있을지 궁금해졌다.

건물은 뉴욕의 록시가 **세 개**나 들어갈 만큼 거대했고 앨라이 친구들과 함께 온 전 세계의 성소수자로 가득했다. 불빛이 고동치고 동요했으며 관중들이 팝송에 맞춰 같은 동작을 하고 있을 때, 갑자기 사방이 어두워지고 모두가 멈췄다.

"도로 가장자리의 어두워지는 신호를 보면 이렇게 외쳐주세요— 사랑의 오두막까지 15마일!"

B-52's*의 목소리가 스피커를 통해 히트곡의 시작 부분을 노래했다. B-52's를 연상시키는 의상을 입은 두 사람이 부속 건물 앞 무대에 올라 립싱크를 하는 모습이 보였다. 음악이 시작된 지 얼마 안 된 순간, 무대 아래에서는 불가능해 보일 정도로 유연한 반나체의 남성 대여섯 명이 튀어나와 립싱크 듀오와 함께 안무를 하기 전 놀라운 포즈를 취했다. 잠시 후 이 남성들만큼 유연한 반나체의 여성 대여섯 명이 나타나 같은 행동을 했다. 그리고 가운데에서 춤을 추고 있는 열정적이고 화려한 퀴어들을 둘러싸고 몸 좋은 남성들과 다리가 늘씬한 여자들이 나타나 무대를 가득 채웠다. 라스베이거스 같은 공연이 클라이맥스에 달하자 무대에서 폭죽이 터져 모든 사람들에게 반짝이는 빛을 쏟아냈다. 관중들이 찬

* 1976년 결성된 미국의 뉴웨이브 밴드.

성의 함성을 질렀다. 나는 활짝 웃으며 내 옆에 있던 낯선 사람에게 고개를 돌렸다.

"정말 멋지네요!"

"당연하지, 친구. 여기는 매 시간마다 다른 공연이 펼쳐져. 다른 두 건물에서 진행되는 공연과는 또 다른 거지."

"다른 두 건물이요?!"

내 눈이 커졌다.

1980년대에 전성기를 누리던 뉴욕의 클럽을 호화롭게 부활시킨 것 같았다. 드랙퀸 여러 명이 공중그네를 타고 우리 머리 위를 날아다녔다. 건물 사이를 오갈 때 누구도 나를 방해하지 않았다. 약 2만 명의 사람들과 왁자지껄하게 놀다 보니 순수한 현기증이 일었다. 1992년 영화 〈댄싱 히어로〉에 등장했던 진부한 〈러브 이즈 인 디 에어〉 리믹스가 홀에 울려 퍼졌고 나는 '동성애자 팔 흔들기 증후군'에 고통 받으며 다른 사람들처럼 머리 위로 손을 흔들었다.

몇 시간이 지났다. 플래시라이트가 가득한 환상의 게이 세계에서 유일하게 시간의 흐름을 알려주는 건 배고픔을 알려주는 배꼽시계뿐이었다. 하지만 나는 내 옆을 맴도는 자극적으로 짧은 반바지만 걸친(호주에 '너무 짧은 반바지' 같은 건 없다) 근육질의 엷은 갈색 머리 남성에 대한 열망이 훨씬 더 걱정스러웠다. 골반의 움직임이 하나로 합쳐지고 눈을 마주할 수 있을 만큼 가까워졌을 때는 우리 둘 사이에 중력의 힘이 작용하는 듯했다.

"이름이 뭐예요?"

"아르노요. 저는 여기 시드니에 살아요."

이 말을 듣자 내가 선택만 한다면 빙빙 도는 우리의 움직임이 댄스플로어 밖에서 계속될 것이라는 사실이 분명하게 느껴졌다.

"원래 고향은 어디예요?"

호주인의 억양이 아니었다. 모음과 자음이 내 귀에 처음 들어보는 지식을 속삭여주듯 흘러들어왔다. 종종 숲속을 산책하다가 영문도 모른 채 '여기 검은목녹색솔새가 있을 것 같아'라고 생각하면 잠시 후 그 새를 발견하는 일이 벌어지곤 했다. 곰곰이 생각해보니 내가 무의식 속에서 이전에 반복적으로 들었던 잔잔한 검은목녹색솔새의 울음소리를 떠올렸다는 사실을 깨달았다. 이 남성의 억양 속 무언가가 신호를 보내고 있었다. 이런 일은 내 무의식이 모호한 풍경 속에서 특정한 새의 목소리를 구분해내고, 나머지 뇌가 정말 중요한 사실을 알리려 노력할 때 일어나고는 했다.

"남아프리카요."

평범한 백인 남아프리카인이 아니라, 강렬한 발음이 인상적인 순수한 아프리카너*였다. 아파르트헤이트**가 몇 년 전에 끝났기에 공포의 기억은 여전히 생생했다. 아파르트헤이트의 종말까지 몇 년 동안 나는 은행을 바꾸는 노력도 불사했다. 남아프리카공화국에서의 사업을 철수한 금융기관에만 돈을 투자했다. 그리고 여기 댄스플로어에서 내가 싸우던 적과 전희를 즐기고 있을 뿐만 아니라 그가 금단의 열매였다는 사실이 밝혀지며 상황은 더 불타올랐다. 그의 머릿속에서 섹스를 하기 위해 어떤 계산이 진행됐는지는 신만이 알 것이다. 몇 초 간 나는 내 계산기를 두드려야 했

* 남아프리카공화국에서 아프리칸스어를 제1언어로 쓰는 백인. 보통은 네덜란드계가 많다.
** 남아프리카공화국에서 자행되었던 극단적인 인종차별 정책.

다. 원칙대로 물러서서 다른 상대를 찾아 나서거나 마음을 먹고 뛰어들어야 했다.

내 발은 계속 움직이고 있었고 그에게서 멀어지는 방향은 아니었다.

우리는 다음 날 새벽 함께 건물을 나왔다. 성소수자를 혐오하는 장황한 글을 나눠주는 검소하게 차려입은 열성적인 기독교인들이 우리를 반겼다. 마치 우리가 잘못을 깨닫고 회개할 것이라는 희망을 품은 듯 보였다. 누가 봐도 이들에게도 마르디 그라는 연례행사가 된 듯했다. 나는 그저 눈알을 굴렸지만 아르노는 매우 화가 났다. 그는 날카로운 말과 함께 자신을 계몽시키려는 사람이 내미는 전단지를 밀어냈다. 아르노는 가족이 자신에게 가한 공격을 참아왔다고 말했다. 나는 이것이 아르노가 남아프리카를 떠나온 큰 이유가 됐을 거라고 짐작했다. 누군가를 탄압하며 만들어진 사회는 다른 사람을 향한 탄압도 멈추지 못한다.

돌이켜보면 나는 아프리카너와 하룻밤을 보냈다는 사실을 부끄러워하지도 자랑스러워하지도 않았다. 나는 흑인을 향한 잘못된 관습으로 범죄를 저지른 사람과 가까워진 것이 아니었다. 나는 그저 아르노라는 사람과 있을 뿐이었다. 나처럼 자신이 테이난 환경을 어떻게 할 수 없는 사람이자, 조상의 유산으로부터 자유를 얻었지만 여전히 얽혀 있는 사람. 나와 하룻밤을 보내기 위해 도망쳐 나왔다는 사실을 제외하면 어느 쪽에 얼마나 해당되는지는 알 수 없었다. 우리는 우리가 원하는 대로 행동하지 못하도록 세상이 만들어낸 이유와 맞서 싸우며 유대를 느끼는 젊은 두 남성이었다. 하지만 우리가 함께 누워 있을 때 아르노의 눈을 바라보면서 이 말을 참을 수 없기는 했다.

"당신네들 민족은 우리 민족을 오랫동안 욕보였어. 난 되갚아줄 방법을 찾아냈지."

호주에서 만난 다른 인연은 훨씬 더 놀랍고 충격적이었다. 아르노와 만난 지 며칠이 지나고 떠들썩한 축제로 인한 수면부족에서 회복한 후 나는 옥스퍼드 스트리트의 바에서 로버트를 만났다. 그리고 거의 그 즉시 로버트의 집으로 향했다(잠깐, 그렇다고 난잡하게 놀았다는 얘기는 아니다!). 잘생긴 얼굴 위로 내려온 짧고 어두운 머리칼과 다부진 몸매는 호주 사람들에게서 쉽게 찾아볼 수 있는 특성이었다. 놀 만큼 논 후 로버트는 상냥하게 나를 초대해 하룻밤을 보내고자 했다.

다음 날 아르노는 커피를 내리며 텔레비전을 켜고 〈굿모닝 오스트레일리아〉라는 아침 프로그램에 채널을 고정했다. 새로 선출된 국회의원인 폴린 핸슨에 대한 이야기가 나오고 있었다. 핸슨은 인종차별적 분노를 소방호스처럼 쉴 새 없이 내뱉는 인물로 악명 높았다. 안타깝게도 로버트도 그랬다.

"아보Abo!"

로버트는 이 단어를 호주 선주민인 에보리진을 가리키기 위해 사용했다. 호주식 영어로 흑인에게 '니거'라고 부르는 것과 동일한 말이었다.

"아보는 혜택만 취하고 호주를 위해 기여하는 건 하나도 없죠. 그리고 일본인들도 호주 땅을 그만 샀으면 좋겠어요. **여긴 황인종의 나라가 아니거든요! 황인종의 나라가 아니예요!**"

로버트는 고개를 끄덕이며 핸슨의 말을 그대로 반복했다.

나는 입을 떡 벌린 채로 로버트를 바라보았다. 내가 이런 사람이랑 하룻밤을 보냈다고? 내 몸이 더러워진 기분이었다.

정확한 무슨 말을 했는지는 기억나지 않지만 나의 로버트를 향한 비난은 빠르고 강렬했으며 그의 에보리진과 아시아인을 향한 뿌리 깊은 인종차별주의를 난도질했다. 아마 로버트는 내가 자신의 말에 동의할 것이라 생각했던 것 같다. 그는 눈을 꿈뻑이기만 했다. 어쩌면 충격을 받은 것 같기도 했다.

"나한테 이런 말을 한 사람은 없었어!"

"그래, 짜잔! 네가 집에 흑인을 데려왔잖니?"

나는 로버트의 집을 나서며 소리쳤다.

이 일화는 로버트가 이런 발언을 할 때 가면을 쓰지 않고도 지금까지 잘 살아왔다는 걸 보여준다. 로버트만큼 대놓고 표현하지는 않더라도, 이런 태도는 호주에서 흔하게 발견할 수 있었다. 폴린 핸슨이 선거에서 이기고 35년이 지난 후에도 호주 정치권에서 영향력을 발휘하는 데는 이유가 있다. 미국인으로서 타국을 가득 채운 인종적 선입견에 돌을 던지기는 어려웠다. 하지만 그렇다고 안 보이는 척 묵인할 수도 없었다. 내가 호주에 있는 동안 흑인에 대한 인종차별은 한 번도 경험하지 못했다. 그곳에서 아프리카인들의 후손은 거의 찾아볼 수 없었다. 호주에 해안 무역으로 아프리카인들을 데려와 노예로 삼은 역사는 없으니까. 그러나 호주의 역사 속에도 수많은 잔인한 행위들이 점철돼 있으며 대부분은 최초의 호주인인 에보리진에 관한 것이었다. 호주에서 머무는 짧은 시간 동안 그 아픈 과거의 전문가가 된 건 아니었지만 가벼운 대화를 귀동냥함으로써 현재 상황을 파악할 수 있었다. 길거리 골목을 거니는 나태한 에보리진 젊은이 혹은 술에 취한 노인에 대한 이야기가 들렸다. 호주에서 에보리진이 겪는 어려움과 불이익은 미국에서 흑인과 미국 선주민들이 겪는 어려움을 합쳐놓은 듯했다. 지구상에서 이보다 더 억압받는 위치도 없는 듯했다.

그리고 아시아인들의 억울함은 내가 아르헨티나에서 알아차린 무언가와 평행선을 달리고 있었다. 아르헨티나에서 흑인은 매우 희귀했으며 아프리카인의 후손으로 사는 일은 불리하게 작용하지 않았다. 하지만 미국과 이스라엘 다음으로 유대인의 인구가 세 번째로 많은 나라로서 유대인을 향한 적의는 희미하지만 은근했다. 아르헨티나 해안으로 피신한 나치 때문일 수도 있지만, 좀 더 보편적으로 통용되는 더 나은 설명이 있다. 사람들은 자기 주변에 있는 사람에게 적대감을 드러내는 경향이 있다. 인류는 한심하기에 자신과 다른 집단에 속한 사람들을 타자로 취급하면서 악당에게서 친근감을 느낀다. 확실히 흑인으로서 나는 미국에서 완전히 '다른' 삶을 살아왔다. 나를 향하던 비난이 새로운 환경에서 다른 사람에게로 향하는 것을 보니 본능적으로 그렇게 느꼈다.

인간의 마음에는 근본적인 결함이 있는 것 같다. 이 말이 틀렸다는 것을 보여주는 역사를 지닌 지구상의 장소를 떠올리기 어렵다. 그렇다고 극단적인 예시(나치 독일, 보스니아, 르완다 등등)에 집착하면 안 된다. 왜냐하면 이런 예들이 죄책감에 면죄부를 쥐어주기도 하기 때문이다.

아르헨티나에서, 서서히 퍼지는 위협적인 존재는 유대인이다. 호주에서는 아시아인이다. 미국에서는 전통적으로 백인들이 흑인을 짐처럼 여겼지만 호주에서 흑인은 그저 아프리카계 미국인일 뿐이었다. 나는 몇 년 후 베를린에서 거주하는 동안 이들 사이에서 살아가는 터키 후손을 업신여기는 분위기를 눈치챌 수 있었다. 어디를 가든 그곳에는 또 다른 '니거'가 있는 것 같았다.

나는 며칠 동안 시드니를 여행할 준비를 했다. 국내선(시기적절하게 대륙을 돌아다닐 수 있는 유일한 방법)을 타기 위해 콴타스항공 항공권을 구매했고, 그레이트 배리어 리프로 가는 관문인 케언스(호주식 영어로 '캔Cans'을 발음한 것이다)에 몸을 실었다. 인류의 어리석음을 경험하며 나는 다시 자연을 갈망했고 대단한 경이로움 중 하나라고 들었던 것을 찾아 나섰다.

"어제 여기 없었다니 안타깝네요. 날씨가 정말 좋았거든요!"

케언스 공항의 택시 운전사가 도심으로 향하며 말했다. 뒷자리에서 나는 회색 구름으로 가득한 하늘을 곁눈질했다. 전면 유리에 빗방울이 떨어지기 시작했다.

"괜찮아요. 보슬비Little drizzle일 뿐인데요."

나는 호주인이 자주 사용하던 표현을 인용하며 대답했다.

그리고 이 단어로 나는 잘 알지 못하는 호주 하늘의 신을 화나게 한 게 틀림없었다. 마지막 자음이 내 입을 떠나기 무섭게 구름은 **나흘 동안** 쉬지 않고 홍수를 쏟아내며 상상할 수 있는 모든 물방울을 내놓았다. 이 지역은 40년 동안 끔찍한 홍수를 겪었다. 홍수로 다리가 쓸려내려갔고 외딴 곳에 있던 사람들은 안전을 위해 항공기로 이동해야 했다. 얼마나 엄청났냐면, 바다로 향하는 흙탕물 때문에 그레이트 배리어 리프가 보이질 않았다(평생토록 후회되는 건 화려한 그레이트 배리어 리프의 산호가 그때 이후로 지구온난화 때문에 절반이 사라졌다는 것이다).

네 번째 날 나는 스펀지처럼 뼛속까지 젖어 후줄근해진 채로 콴타스항공 사무실로 터덜터덜 걸어들어갔다.

"옷을 말릴 수 있는 곳 좀 알려주세요. 어디든 괜찮으니까. 정말 어디든 상관없어요!"

　　나는 얼마 후 호주의 북부 해안가에 위치한 다윈으로 돌아갔다. 다윈은 호주의 가장 뜨거운 지역 중 하나지만 기본적으로 강이든 호수든 바다든 수영은 금지돼 있다. 바다악어를 어디서든 만날 수 있기 때문이다. 이 악어들은 바닷가뿐만 아니라 민물에서도 모습을 드러낸다. 완전히 다 자란 수컷의 몸길이가 6미터에 달하는 지구상에서 가장 큰 파충류로서 우리를 한 입 거리로 생각할 것이다. 이 괴물의 위풍당당한 모습을 보기 위해 유람선을 타면 몇 미터 높이의 기다란 막대 끝에 생고기 조각을 달아두는 모습을 볼 수 있다. 얼마 지나지 않아 비늘로 뒤덮인 거대 생명체가 수면 위로 뛰어 올라 간식에 달려든다. 여기서 우리는 교훈을 하나 얻을 수 있다. 이런 곳에서 헤엄을 친다면 먹이사슬을 통해 고깃덩어리가 될 수 있다.

　　그렇다고 케언스에 대한 기억에 비가 내리는 날씨만 남은 건 아니었다. 나는 울루루Uluru를 보기 위해 다윈을 떠나 호주에서 가장 건조한 지역, 아웃백의 레드 센터로 향했다. 사막 평야 위를 날아오르면 보이는 300킬로미터가 넘는 높이의 거대한 녹색 사암은(영국 이민자들이 에어즈 록Ayers Rock이라고 이름 붙였다)은 지구상에서 가장 거대한 거석이었다. 주변 환경에 따라 에어즈 록의 구성이 달라졌고 여러 이언Eon*에 걸친 침식으로 커다란 돌덩이가 모습을 드러냈는데, 홀로 선 평평한 산에 가까웠다. 어쩌면 시드니 오페라하우스를 제외하고 호주의 가장 두드러진 랜드마크로 에보리진의 정신적 지주인 울루루를 꼽을 수 있을 것이다. 울루루에서 무언가를 경험하지 못했다면 나도 여기까지 오지 못했을지도 모

***

* 　지질 시대를 구분하는 가장 큰 단위로 누대라고도 한다.

른다. 날씨가 적당한 날 일몰의 순간 울루루의 불타는 듯한 붉은 색을 보지 못했다면.

내가 악몽 같은 밤하늘을 보게 될 줄도, 하늘에 온 정신을 빼앗겨 텅 빈 사막에서 길을 잃을 줄도 몰랐다. 그 누구도 내가 어디 있는지 모르는 상태에서 소통은 의미 없었다. 나는 인종과 인류에 대한 나만의 가설에 답을 얻으려 한 것도 아니었다.

길을 잃는 것은 평소의 내 모습과는 거리가 먼 일이었다. 나는 내 힘으로 새를 찾기 위해 캘리포니아부터 코스타리카까지 수십 곳의 생소한 야생을 배회했다. 그리고 그 과정에서 생긴 랜드마크를 기록하는 습관과 견고한 방향 감각으로 늘 다시 돌아갈 길을 찾을 수 있었다. 그레이트 배리어 리프가 나를 저버렸던 며칠 전만 하더라도 나는 주변의 열대우림을 탐험하기 위해 폭우가 내리던 중 잠시 쉬어가려 케언스에서 여정을 시작했다. 안개가 짙은 아침에 나무 틈새로 시드니에서 처음으로 황금모자과일박쥐 세 마리를 목격했는데, 마치 익룡이 하늘을 활공하는 것처럼 안개를 가르며 날개를 휘적였다. 안개가 내려앉았고 경외심이 나를 짓눌렀지만 그래도 나는 돌아가는 길을 찾을 수 있었다.

하지만 이번엔 달랐다. 밤이었기도 했고, 주변의 오지 수십 킬로미터가 비어 있기 때문이기도 했다. 마음을 진정시키기 위해 나는 사람의 흔적과 마주할 때까지 길을 따라 걷는 것(더 이상 내가 어디로 향하고 있는지조차 확신할 수 없었다)이 유일한 방법이라 판단했다. 먼 곳에 있는 문앞의 램프와 안에서 흘러나오는 빛에 싸인 트레일러(거주용이라기보다는 알 수 없는 사무실 같아 보였다)를 발견했을 때 그것이 나를 구원해줄 유일한 동아줄이라는 사실을 알아차렸다.

트레일러 안의 불빛이 꺼지고 한 백인 여성이 밖으로 나와 문을 걸어 잠그자 안도감은 빠르게 사그라졌다. 구원받을 수 있는 기회가 그녀의 픽업트럭 안으로, 그리고 더 멀리 사라지려 했기에 지금 당장 행동을 옮기거나 완전히 길을 잃은 채로 남겨져야 했다. 이 장면은 백인 여성이 꾸는 끔찍한 악몽의 한 장면 같았다. 도시에서 수 킬로미터 떨어진 곳으로 밤에 혼자 더듬더듬 열쇠를 찾아야 하는 위험 속에서, 갑자기 일면식 없는 사람이 어둠 속에서 튀어나와 다가오고 있는 상황이라니. 그것도 몸집이 큰 흑인 남성이! 이 불쾌한 할리우드 대본에서 한 가지 빠진 건 내가 후드를 뒤집어쓰고 주머니에 손을 넣고 있지는 않았다는 것이다. 그리고 이게 백인 여성의 끔찍한 악몽이라면 그 사실 자체가 나의 악몽이기도 했다. 미국에서 "목숨을 위협받았다"는 말은 아무런 무기를 갖고 있지 않던 무고한 흑인을 해치고 도주한 백인 백이면 백이 반복하는 소리였기 때문이다. 백인은 자신이 지닌 '감옥에서 꺼내줘 Get Out of Jail Free'* 카드를 완전히 제멋대로 사용했다. 야생의 경계에 있는 오지에서, 이 여성이 토트백에 권총을 챙기는 모습을 상상하지 않을 수 없었다. 나는 이 상황이 끔찍한 방향으로 흘러갈 거라고 확신했다.

하지만 내겐 선택권이 없었다. 나는 가능한 한 사람 좋은 모습을 하고 앞으로 생길 문제에 대비했다.

"잠시만요, 제가 완전히 길을 잃었어요."

나는 그녀가 내 모습을 볼 수 있도록 대문 전등 앞에 서서 내가 낼 수 있는 가장 온순하고 위협적이지 않은 목소리로 말했다.

---

* 모노폴리라는 보드게임 속 카드 중 하나로, 비용을 지불하지 않고 감옥에서 나올 수 있다.

"마을로 돌아가는 길을 알려주실 수 있을까요?"

그녀는 잠시 멈칫했다. 다른 누군가가 여기에 있다는 사실에 놀란 듯 보였다. 어쩌면 마을로 향하는 방향을 생각하는 중일지도 몰랐다. 어쩌면 도망칠 궁리를 하는지도. 어느 쪽이든 간에 시간이 멈춘 것만 같았다.

"사거리가 나올 때까지 길을 따라 걷다가 오른쪽으로 꺾은 다음…… 그냥 내 트럭에 타렴. 데려다 줄게!"

잠깐, 뭐라고요?

"아…… 감사합니다."

이어지는 전개는 내 예상과 완전히 달랐다. 이 분은 내가 흑인이라는 사실은 알고 있는 거겠지?

중년의 금발 머리인 레베카는 내가 조수석에 오르는 동안 자신을 소개했다. 나는 그녀 때문에, 그리고 나 때문에 긴장했다. 만약 내가 제정신이 아니라면 어떡하지? 만약 그녀가 제정신이 아니라면 어떡하지? 지하실에서 수갑을 찬 채로 오스트레일리아 버전 〈미저리〉에 등장하는 아웃백 캐시 베이츠에게 감금당하는 건 아닐까? 미국 사회에서 살아남은 아프리카계 미국인의 직감은 알지도 못하는 백인 여성의 차에 타면 안 된다고 경고하고 있었다.

"어디서 왔어요?"

"뉴욕이요."

"어쩌다 여기까지 왔어요?"

나는 별에 온통 정신을 빼앗긴 나머지 어디로 향하는지 몰랐다고 설명했다. 하지만 곧 레베카가 호주에 어떻게 왔는지를 물었다는 사실을 깨달았다. 레베카는 내가 별 이야기를 하자 눈을 반짝반짝 빛냈다.

"우리 남편이 저 언덕 위에 있는 천문대를 운영해요! 곧 집에 올 거예요. 우리 집으로 가요. 딸아이 얼굴도 보고요. 남편이 집에 올 때까지 차 한 잔 하고 다과 좀 먹고 있어요!"

잠깐, 네?

나는 사람에 대한 직감이 매우 뛰어나다고 자부했다. 하지만 레베카의 집에서 보낸 하룻밤은 내 생각과 완전히 달랐다. 어쨌든 나는 그녀의 집으로 향했다. 레베카의 집은 어떤 교외에 갖다놔도 잘 어울릴 것처럼 평범하고 관리가 잘 된 모습이었다. 그 집에서 나는 16살 난 레베카의 딸과 다과를 즐겼다. 잠시 후, 큰 키에 세월의 풍파를 맞은 모습을 한 남자가 수상한 흑인 남성과 다과를 즐기는 아내와 딸을 찾으며 집으로 들어왔다. 그리고 다시 한 번 나는 앞으로 생길 문제에 대비했다.

"방금 관측소 문을 닫았지만, 뭐 어떻습니까? 오늘은 뭐가 보이나 한번 보죠."

존은 자신을 소개한 후 손이 으스러질 듯 악수를 했다.

차를 타고 얼마나 갔을까, 사진으로만 봤던 성운과 구상성단이 내 눈앞에서 살아 숨 쉬는 모습을 볼 수 있었다. 이 관측소에는 삼각대로 남쪽 하늘을 관측하는 아마추어 천문학자를 위한 최첨단 망원경이 몇 개 있었다. 관측하기 가장 좋은 울루루의 날씨에도 이런 망원경으로 천체는 우주의 작은 얼룩으로만 보였다. 성운, 먼지, 우주가 만들어낸 빛을 거의 분간할 수 없었다. 하지만 당시에는 처음으로 우주의 위엄을 목격한 것이었기에 망원경을 통해 본 천체는 내 예상을 깨부순 사람의 너그러움만큼이나 정말 놀라웠다. 다른 고민의 역사 속에서 살던 사람들이 내 집을 옮겨주고 별을 보여준 것 같았다.

가끔은 길을 잃는 것도 좋은 것 같다.

다음 날 나는 존의 추천으로 울루루로 향하는 그의 여정에 동행했다. 원래 나는 화려한 의복을 입은 세 명의 게이 히어로가 나오는 대표적인 게이 영화인 〈프리실라〉에 경의를 표하기 위해 암벽을 등반하기로 계획했다(배우 테렌스 스탬프가 완전히 몰입한 트렌스젠더 캐릭터인 베르나데트는 "암벽 위 드레스를 입은 수탉"이라는 말로 계획을 설명했다). 하지만 그때 나는 존에게서 그 지역을 관리하는 에보리진이 관광객들에게 울루루를 등반하지 말 것을 부탁한다는 사실을 들었다. 에보리진에게 신성시되는 장소를 무시하는 행위라 여겨지기 때문이었다. 마치 지프라인을 타고 바티칸 교황청을 통과하는 일과 비슷할 것이다(2019년에 울루루 암벽 등반은 공식적으로 완전히 금지됐다). 여름 사막의 열기 때문에 움직일 수 없어지기 전에, 나는 이른 아침 두세 시간 동안 울루루 주위를 맴도는 존이 이끄는 베이스 투어를 선택했다.

이건 내 최고의 선택 중 하나가 됐다. 나는 거석이 에보리진의 정신적 지주라는 사실을 알고는 있었지만 투어를 하기 전까지 그 영성이 암벽에 새겨져 있다는 사실은 이해하지 못했다. 사람의 손으로 적은 문자나 그림을 통해서가 아니라 암석의 자연스러운 특성으로 기록됐다는 점도. 암석의 모든 돌출부와 깊게 패인 틈, 낙석과 깎여나간 절벽의 단면은 호주의 오래된 미신들과 연결돼 있었다. 전설 속 도마뱀이 남긴 흔적, 거대한 두 존재가 충돌해 엄청난 충격을 받은 장소 등등. 대성당 창문의 스테인글라스 속 그림처럼 울루루는 이를 본능적으로 해독할 수 있는 사람들에게 호주의 역사를 들려줬다. 이건 신성한 신화의 이미지 그 이상이었다. 신화는 암석 속에 살아 있으며, 영성은 대지 그 자체에 필수불가결한 존재다.

　나는 나의 영성을 고찰하며 울루루로 발걸음을 옮겼다. 정형화된 종교 없이 자랐던 나는 수많은 성소수자 친구들이 자신의 성 정체성이 믿음과 종교적 권위와 충돌할 때 꿋꿋하게 견뎌내며 오랫동안 고통 받는 모습을 보면서 종교가 꼭 필요한 것일지 고민했다. 어릴 적 나는 무신론자와 불가지론자 사이를 오갔고 어느 쪽도 완전히 이해하거나 나에게 맞는다고 생각하지 못했다. 내 정신은 여름의 산들바람과 풀잎에 상주했으며 탐조는 나를 풍요롭게 만드는 자연과 연결되는 중요한 렌즈였다. 자연과의 깊은 연결은 다양한 종교의 정신적 경험 일부기도 하지만 자연을 기반으로 하는 토속신앙의 특징이기도 하다. 신화를 사랑하는 마음, 창의적인 상상력, 은유적 사고를 하는 내 성향 덕에 쉽게 토속신앙의 길(짚고 넘어가야겠지만 이는 셀 수 없이 많다!)을 찾을 수 있었다. 이제 나는 자조적으로 스스로를 '나무를 끌어안는 토속신앙 신자'라고 부르지만, 당시 나는 그런 낙인을 거부했다. 이미 나는 흑인, 게이, 탐조인이었기에 더 이상 이상한 사람이 되고 싶지 않았다.

　울루루에서 나는 호주 선주민들에게서 그동안 고민해왔지만 수용하기를 망설였던 몇 가지 신학적 아이디어를 재고할 수 있는 영감을 얻었다. 이 땅에서 살아 숨 쉬는 신화를 발견할 수 있다는 사실은 지구를 어디에나 존재하는 여신으로 바라보는 이교도적 개념을 떠오르게 만들었다. 일상적인 면이 제거된 정신적 영역 속 신이 아니라, 바로 여기 지금 실존하는 꼭 필요한 발굽과 뼈 그리고 석재로서의 신. 나는 내 머릿속에 서로 상반돼 보이는 여러 개념을 점점 통합시켰다. 지구와 달과 별을 시적으로 의인화할 수는 있지만 살아 숨 쉬는 지구처럼 모든 곳에 존재하는 신을 완전히 이해하거나 제한적인 인간의 언어로 담을 수 없다는 것을 받아들여야 했다. 지구를 '그녀'라 부르며 머리에 꽃을 꽂고 하늘하늘한 드레스를 입은 (보통은 백인이다) 솝털 같은 뉴에이지적 관점의 여성으로 묘사하는 건 일부 사람들에게는 유용한 클리셰일지도 모르지만 대체로 절망적일 만큼 부족했다. 이건 우주를 이해하기 위해 공감대를 형성하고 감당할 수 있도록 꾸며낸 헛소리였다. 하지만 어쨌든 이게 종교의 전부가 아니던가?

'어디에나 있는 여신'의 한 가지 큰 장점은 우리가 신의 얼굴을 마주하고 그녀를 만날 수 있다는 것이다. 나는 울루루에서 그 여신을 알아가기 위한 탐험을 시작해야겠다고 생각했다. 그리고 이건 네 번 더 여정을 떠나고도 다시 돌아오게 될 이교도의 성지 순례의 서막이 됐다.

공기가 달아오르기 시작하고 투어가 마무리되면서 나는 깨달음을 얻었다. 사막의 메마른 평야 너머 울루루의 가장자리 근처에서 나는 담황조롱이Falcon가 먹이를 찾으며 공중을 맴돌고 있는 모습을 발견했다. 굉장히 멀리 있어 작은 형체로밖에 보이지 않았지만 나는 담황조롱이가 투명한 하늘에 걸려 있는 모습을 보았다. 끝이 뾰족하고 우아하게 휘어진 날개는 푸른 하늘에 보이지 않는 글을 새겼다.

"지구가 내게 말을 건네고 있다. 무슨 말을 하는지 알 수 없지만 귀를 기울여야 한다는 것을 알고 있다."

나는 갑작스럽게 깨달았다. 어쩌면 단지 열기에서 영감을 받은 것일지도 모른다. 계시를 받고자 호주에 온 것은 아니었지만 나만의 상상이든 아니든 앞길이 불분명한 순간에 내게 주어진 것이 있었다. 나는 그 깨달음과 함께 집으로 돌아가 미국에서 더 깊이 귀를 기울였다.

"크리스, 안녕!"

"바비! 오랜만이다!"

나는 그 목소리를 단번에 알아들을 수 있었다.

"호주는 어땠어?"

2주 가량 자리를 비웠기에 나는 바비에게 외설스러운 부분은 제외하고 핵심적인 부분만 들려줬다. 그렇다고 바비가 행간을 읽지 못했다는 것은 아니다. 나는 바비에게 많은 부분을 숨기지 않았다. 하지만 바비가 나를 부른 이유는 내가 여행을 하는 동안 배운 내용을 듣기 위해서가 아니었다.

"몇 가지 뉴스가 있어. 마블이 파라마운트에게서 스타트렉 시리즈 네 개를 코믹스로 만들 수 있는 허가를 얻었어. 그리고 내가 이 시리즈 편집을 맡았어. 혹시 주변에 이 제안에 흥미가 있을 만한 작가 알고 있어?"

나는 전화를 타고 흘러들어오는 킥킥대는 소리를 들었다.

지금 앵무새한테 날개가 있냐고 묻는 건가?

바비가 전해준 건 네 가지 타이틀이었다. 그중 두 개는 당시 텔레비전에서 방영하던 시리즈인 〈딥 스페이스 나인〉과 〈보이저〉였다(작가의 표현이 제한될 게 분명해 별 관심이 가지 않았다). 다른 하나는 엔터프라이즈호에 커크 함장이 오르기 이전 모험 이야기가 담긴 〈얼리 보이저〉, 또 다른 하나는 〈스타플릿 아카데미〉였다.

"〈스타플릿 아카데미〉!"

나는 주저하지도 않고 대답했다. 타이틀을 듣는 것만으로도 어떻게 이야기를 진행시킬지 대략적인 개요를 떠올릴 수 있었다. 어쩔 수가 없었다. 나는 〈스타플릿 아카데미〉를 배경으로 만들어진 넥스트 제너레이션 에피소드 〈첫 임무〉에서 생도 편대를 바로 떠올릴 수 있을 만큼 스타트렉 이야기에 통달한 사람이었다. 그리고 이걸 바탕으로 다섯 명으로 팀을 꾸려 클리셰, 다양한 생명체, 반역 스파이를 추가했다. 그리고 캐릭터 묘사와 타임라인을 더했다. 스토리 아크*를 전달하고 모험에 몰입시키기 위해 12개 타이틀의 간략한 줄거리를 요약해두었다. 그리고 이건 수정을 거치지 않고 파라마운트의 승인을 받은 네 개의 만화 중 하나가 됐다.

마블의 울타리 안으로 다시 돌아갔을 뿐만 아니라, 언제나 늘 원했던 일을 시작했다. 하워드 매키와 래리 하마 같은 프리랜서 작가로 근무하게 된 것이다. 그리고 나는 〈스타트렉〉 코믹스 작가가 됐다.

내 인생에 있어서 직업적으로 가장 행복한 기간이 시작됐다. 모든 것이 준비됐다. 나는 다시 한 번 바비와 일하게 됐다. 바비는 이 프로젝트를 위해 완벽한 아트 팀인 펜슬러 크리스 리노드와 채색가 앤디 래닝을 고용했다(일정을 맞추기 위해 주기적으로 존 로일과 톰 웨그진이 팀에 들어왔기에 우리는 출간 일정을 놓치지 않을 수 있었다. 바비는 역시 바비였다). 크리스 리노드는 미친 듯한 재능을 지녔을 뿐만 아니라 나만큼이나 〈스타트렉〉에 대해 잘 알고 있었다. 가끔 우리는 마치 마음이 하나로 섞여 있는 것 같았다. 가끔 내가 생각한 것을 시나리오에 명시하지 않은 채 보내면 아트워크에 그 부분까지 완성

---

*   스토리라인에서 개별 에피소드나 사건을 연결하는 중요한
     서사 구조.

되어 돌아오곤 했다. 그가 소탈한 인간미를 지녔고 함께 일하는데 기쁨을 주는 사람이었다는 건 말할 필요도 없다.

우리는 멋진 이야기를 만들고 있었다. 〈스타플릿 아카데미〉와 〈얼리 보이저〉는 마블의 〈스타트렉〉 코믹스 중에서 가장 성공적이었다고 여겨진다. 나는 〈다크홀드〉에서 저지른 실수로부터 교훈을 얻었다. 이번에는 첫 호부터 구성의 반전이 되는 수수께끼를 숨기는 대신 서스펜스를 지속시켰다. 가장 만족스러웠던 때는 내가 의도적으로 스스로를 궁지에 몰아넣고 그 안에서 이야기를 끌어내는 창의적인 방법을 생각해낼 때였다. 아니, 사실 거짓말이다. 크리스 리노드의 연필이 캐릭터에게 생명을 불어넣는 과정을 보는 것이 훨씬 더 즐거웠다. 우리가 여러 타임라인에 걸친 이야기를 통해 클링온Klingon*을 소개했을 때 리노드는 두 페이지에 걸쳐 타임라인을 넘나드는 숨 막히는 이야기의 클라이맥스를 만들어냈다. 나는 클링온 외에 〈스타트렉〉의 다른 '장난감', 특히 눈에 띄는 파란색 피부와 하얀 머리카락을 자랑하며 안테나를 단 안도리언의 모습을 그대로 가져와 오리지널 시리즈 이후로 소홀히 여겨왔던 요소들을 가지고 놀았다(몇 년 후 〈스타트렉: 엔터프라이즈〉가 스크린에 등장해 안도리안을 다방면으로 사용했지만, 우리가 먼저였다).

심지어 날씨도 우리의 노력과 발 맞춰나갔다. 이 책을 작업하던 첫 여름은 유난히 편안했다. 뉴욕이 일 년 내내 낮은 습도를 유지했고 최고기온은 26도 이하를 맴돌았기에, 여름 내내 나는 노트북을 들고 공원의 벤치에 앉아 〈스타트렉〉 이야기를 써내려갔고 그에 합당한 대가를 받았다. 가끔 나는 잠시 멈춰서서 내 인생

---

* 스타트렉에 등장하는 호전적인 외계인 종족.

이 얼마나 잘 흘러가고 있는지를 느꼈다.

〈스타트렉〉 역사에서는 〈스타플릿 아카데미〉 두 호가 눈에 띈다. 클링온을 다시 활용한 18호에서 나는 멋진 아이디어를 냈다. 〈스타트렉〉은 인공어가 쓰이는 두 개의 우주 중 하나다(다른 하나는 요정어를 쓰는 톨킨의 가운데땅이다). 그러니 책 한 권을 완전히 클링온어로만 출간해보자! 이게 가능하려면 이야기가 완전히 순수하게 시각적으로만 전달돼야 했다. 침묵의 만화를 만드는 첫 시도가 될 것이다(안타깝게도 엄밀하게 시각적 스토리텔링을 그 수준까지 끌어올리진 못했지만 이런 시도는 즐거웠다). 나 혼자서는 클링온어로 이루어진 토막 대화를 해석할 능력이 없었지만(이 책을 만드는 과정에서 나는 '젊은 처자'를 의미하는 클링온 단어를 발명했다) 클링온어학원에 입학했다! 클링온어학원은 실재한다. 성경부터 셰익스피어의 희곡까지 모든 것을 클링온어로 번역하는 클링온어학원은 우리의 작은 프로젝트에 "mangHom qaD"**라는 말을 전했다! 〈스타플릿 아카데미〉 18호는 똑똑한 영업 작전이기도 했다. 우리는 같은 호를 두 번 판매해야 했다. 2주 후 영어판이 발매될 때 우리가 해야 할 것은 클링온어 말풍선을 모두 영어로 뜯어고치는 것이었다. 완전히 클링언어로만 이루어진 만화를 출판한 건 처음이었다(10년이 지난 후 〈스타트렉〉 라이선스를 가지고 있는 만화 출판사 IDW는 최초로 클링온어로만 이루어진 판본을 출간했다며 팡파레를 울릴 것이다. 그렇지만 우리가 먼저였다).

나는 〈스타트렉〉의 첫 게이 캐릭터를 등장시켰다. 바로 조연인 요시 미시마였다. 〈스타트렉〉에 출연한 게이 배우인 조지 타케

**   〈스타트렉〉 18호에서 등장하는 문장으로 '오늘은 좋은
     날'이라는 뜻이며, 상대를 응원할 때 사용한다.

이를 위해 만들었는데, 이름은 일본 게이 작가인 미시마 유키오에서 따왔다. 내 원래 의도는 주인공 중 하나가 커밍아웃하는 것이었지만(요시의 연인이 됐을 것이다) 파라마운트는 만화에서 그 정도의 파격을 원하지 않았다. 하지만 파라마운트에게 최종결정권이 있었기에 게이 캐릭터를 제외하라는 마블의 지시는 적용되지 않았다. 요시는 자기 자신이 될 수 있었다. 나는 마침내 인류의 유토피아적 미래에 성소수자들을 포함시킬 수 있게 돼 기뻤다(다행히 최근 영화의 리부트에서 조지 타케이를 등장시켰다. 게이 캐릭터인 술루는 최신 〈스타트렉〉 시리즈인 〈스타트렉: 디스커버리〉와 〈스타트렉: 피카드〉에서 지속적으로 등장한다. 하지만 이 또한 우리가 먼저였다).

〈스타플릿 아카데미〉를 작업하면서 모든 것이 장밋빛이었던 것은 아니었다. 요시 에피소드가 알려주듯이 파라마운트의 승인은 내게 골칫거리기도 했다. 하지만 라이선스 코믹스*의 라이선스 업체로서 파라마운트는 좋은 파트너였으며 한계를 뛰어넘어 아무도 가지 않은 길을 과감하게 도전할 수 있도록 기대 이상으로 도와주었다.

파라마운트와의 협업이 좋았던 이유는 파라마운트의 담당자인 대런이 커밍아웃한 게이기 때문이었을지도 모른다. 담당자를 포함한 파라마운트 관계자가 마블 동료들과 미팅을 하기 위해 며칠 동안 뉴욕에서 머무를 때, 대런을 도시로 데리고 가는 건 내 몫이 됐다.

"스트립 클럽에 가보고 싶어요!"

* 영화, 텔레비전 쇼, 비디오 게임 등 여러 미디어로 생산되는 만화책 혹은 그래픽 노블.

대런은 시골에서 자란 게이 소년이 드디어 대도시에 도착해 신이 난 것처럼 약간 남부의 비음이 섞인 억양을 토해냈다.

화요일 밤이었기에 선택지가 그다지 많지 않았다. 우리는 첼시 6번가의 평범한 게이바인 킹에 도착했다. 그날 밤 우연히 킹에서 아마추어 스트립 콘테스트가 열린 탓에 스트리퍼들이 있었다. 대런과 나는 서로 다른 스트리퍼에게 팁을 주고 열정적으로 응원했다. 화요일 밤이면 바의 사람들은 힘없이 배회하기만 했기에 무대 위의 열정을 높이 평가할 수밖에 없었다. 그러는 사이 대런과 나는 거나하게 취했다.

"아마추어 스트립 콘테스트에 참가하셔야 할 것 같은데요."

대런은 서너 번이나 내 대답을 재촉했다.

"말도 안 돼요."

나는 반복해서 대답했다. 나는 운동광으로서 몸매를 유지하려 애썼지만 속옷만 입고 공공장소를 행진하는 건 내 성격에 맞지 않았다.

"아니, 왜요?"

"싫어요."

"제발요."

"저희 스트립 콘테스트에 등록하는 걸 잊지 마세요. 상금이 200달러나 된답니다!"

사회자가 마이크로 공지하는 소리가 들렸다.

"뭐, 그렇다면⋯⋯."

뭐라고 해야 할까? 나는 취했고 우리 프리랜서들은 늘 배를 굶주린다.

그 말을 들은 대런이 〈스타플릿 아카데미〉 캐릭터 중 하나(파라마운트가 게이로 만들지 못한 캐릭터 중 하나다)의 이름으로 내 이름을 기입했다. 마감 직전에 이름을 올리면서 내 순서는 마지막이 됐고 내 바로 앞 순서의 남성은 스테로이드로 몸을 잔뜩 키운 사람이었다.

"저는 이 사람들과 경쟁할 수 없어요."

"무대로 올라가세요!"

대런은 나를 무대로 밀어넣었다.

나는 할 일을 했다. 내가 가진 몸을 선보이고 속옷만 제외하고 옷을 벗기 시작했다. 그리고 우리가 이미 스트리퍼들에게 관심을 아끼지 않았기에 그들은 내게 열렬한 환호를 보냈다. 결국 내가 승리했다.

"다음번에 뉴욕에서 영화를 찍게 되면 꼭 출연해주세요."

콘테스트 심사위원이자 포르노 기획자인 치 치 라루(하비 피어스타인보다 두 옥타브 낮은 목소리를 지닌 드랙퀸이다)가 속삭였다.

"영광입니다, 라루. 하지만 그건 좀 힘들 것 같아요."

"글쎄요, 마음이 바뀔 수도 있겠죠."

라루는 내게 명함을 건넸다.

200달러 덕에 나는 싸구려 헬스장을 한 해 더 연장할 수 있었다. 나는 대런에게 경고했다.

"아무한테도 말하지 마세요. 절대로. 아시겠죠?"

"맹세할게요."

대런은 취기가 허락하는 한 엄숙하게 말했다.

다음 날 나는 숙취와 함께 패닉에 빠진 채로 일어났다. 늦잠을 잔 탓에 파라마운트 팀과 처음으로 하는 중요한 미팅에 늦을 게 분명해졌다. 나는 마블 사무실로 달려갔고 거미줄로 꾸며진 회의실의 유리문으로 달려가 모든 사람들(바비, 대런, 파라마운트 직원들)이 이미 자리에 앉아있는 것을 목격했다. 모두가 나를 바라보는 동안 나는 더듬더듬 사과하기 시작했다.

그리고 동시에 사람들은 달러를 꺼내 내게 쥐어주었다.

배꼽 빠질 만큼 웃긴 동시에 억울했다. 처음에는 대런을 죽이고 싶었지만 만약 그런다면 향후 〈스타플릿 아카데미〉의 승인 절차에 나쁜 영향을 미칠 터였다. 그래도 마블이 여전히 살아 있는 모습을 보는 건 좋았다.

사실 누군가가 장미덤불을 베기 전까지, 〈스타플릿 아카데미〉의 모든 상황은 꽤나 장밋빛이었다. 〈스타트렉〉 라이선스 갱신을 위해 협상할 때 마블과 파라마운트는 타협하지 못했다. 마블의 〈스타트렉〉을 향한 지원은 갑자기 끊겼고 〈스타플릿 아카데미〉는 19호를 마지막으로 별안간 끝났다.

얼마 지나지 않아 익명의 십대 하나가 우리의 작업을 찬양하는 편지를 보냈다. 우리가 만든 아마존의 거친 안도리언 캐릭터를 향한 열정을 표출했고, 요시가 게이라는 사실에 진심으로 감동한 듯했다. 어른이 된 그녀, 막달레나 비사지오는 성공적인 작가가 되어 다양한 것을 그려내면서 트랜스여성으로서 보이지 않는 장벽을 부수고 있다. 〈스타플릿 아카데미〉는 그녀가 영향 받은 작품 중 하나로 꼽힌다. 이보다 더 나를 자랑스럽게 만드는 건 없다.

우리가 〈스타트렉〉 세계관이 더 넓어지는 데 영향을 줬다고 말할 수는 없다. 코믹스에서 공식적으로 받아들여지는 설정에는 어떤 일도 일어나지 않았으며 텔레비전 시리즈와 영화는 코믹스를 무시하고 제 갈 길을 갔다. 하지만 우리가 만든 이야기에 즉각적으로 반박하지 않았다는 점에서 나는 이걸 승리라고 생각한다. 우리가 스타트렉 세계관에 우리 이야기를 잘 구축해서 녹여냈다는 작은 지표다. 사실, 만화 속 우리의 움직임 중 일부는 이후 시리즈에서 비슷하게 반복됐다. 그리고 〈스타플릿 아카데미〉의 캐릭터 하나는 다른 작가의 작업물에서 생명을 이어갔다. 공식 설정이 아닌 〈스타트렉〉 소설에 등장하는 야생 안도리언도(어쩌면 가장 좋은 증거일지도 모른다).

하지만 〈스타트렉〉 이야기를 만드는 데 투입된 우리의 노력이 차지하는 위상과 상관없이, 나는 우리의 스토리텔링이 (비사지오에게 그랬던 것처럼) 독자들에게 깊은 인상을 남겼다고 생각했다. 스타트렉 세계관에 퀴어를 소개하는 것부터 대다수가 여성으로 구성된 출연진, 그 당시까지 모두 백인이었던 스타트렉 세계관에 추가된 흑인까지(우리는 오리지널 〈스타트렉〉 시리즈에 등장하는 외계인을 계속해서 리버스 화이트워싱했다) 우리는 더 나은, 더 폭넓은 인간성, 그러니까 우리의 다른 이웃을 모두 포함해 최종 형태로 진화한 인간성이라는 진 로든버리의 관점에 부응하기 위해 최선을 다했다.

시리즈의 연재 작가인 크리스 리노드는 몇 년 후 할리우드에 다시 등장해 애니메이션 작업을 했다. 결국 리노드는 〈슈퍼배드〉의 공동 연출을 맡았고 전 세계 어린이들에게 사랑받는 노란색 캔디 모양 캐릭터인 '미니언'들을 세상에 내놓았다. 가라, 리노드!

에덴동산에서 다시 한 번 쫓겨나면서 나는 마블에서 일시적으로 해고됐을 때 맹세했던 서약으로 돌아왔다. 내가 사랑하는 일을 하면서, 그만큼 사랑하는 무언가를 찾기 전까지는 다른 정규직을 갖는 걸 상상할 수 없었다. 그래서 잡지보다 보수가 좋은 제약 분야에서 원고를 검수하는 프리랜서 일을 하며 생계를 유지했다. 그동안 펜슬러 존 데니스와 함께 박봉에도 최선을 다해준 다른 여러 아티스트들의 도움을 받아 〈퀴어 네이션〉이라는 자체 온라인 코믹스 시리즈를 시작했다. 인터넷은 인쇄 비용 없이도 어리거나 외딴 곳에 살고 있거나 커밍아웃하지 않아 매장에서 만화책을 구매하지 못하는 성소수자 친구들의 집까지 만화가 가닿을 수 있게 해줬고 이 아이디어는 결국 대규모 퀴어 만화 유통을 가능하게 했다.

그리고 나는 독자뿐만 아니라 스토리 자체에 대해서도 큰 스케일을 염두에 두고 있었다. 우익 미치광이가 미국의 대통령 직함을 탈취한 순간 탄생한 퀴어 국가에 대한 과장되면서 장난스러운 풍자와 드라마를 담은 이야기였다(현실에서는 절대로 일어나지 않을 일이다). 모든 것은 수상한 혜성이 지구를 스치면서 일어났다. 혜성의 꼬리에서 떨어져 나온 잔해는 전 세계에 동성애라는 슈퍼 파워를 일으키는 독특한 람다선을 함유하고 있는 '게이 먼지'를 지표면에 뿌렸다.

우리는 2년 동안 이야기를 연재했다. 매주 몇 페이지에 걸쳐 폭력적인 악동인 루시퍼의 모험을 따라가며 강력한 조연들을 구현했다. 손가락 한 번 튕기는 걸로 옷을 바꿀 수 있다며 잘난체하는 드랙퀸, 지구상의 마지막 레즈비언으로서 권총을 휴대하는 무법자, 그리고 대통령의 파시즘 세력에 맞서 싸우는 수많은 히어로들까지.

〈퀴어 네이션〉의 히어로들은 대통령이 아니라 돈 때문에 패배했다. 나는 모든 사람들이 볼 수 있도록 만화를 무료로 배포하길 원했지만 이 시리즈를 지속할 수 있는 수익 구조를 만들 방법이 없었다. 그러므로 맨해튼 콘도를 적당한 가격으로 매입할 수 있는 기회(일생의 꿈이었다)가 굴러 들어왔을 때, 나는 매달 만화에 쏟을 여윳돈이 거의 남아 있지 않았기에 선택을 할 수밖에 없었다. 내 서약도 실패로 돌아갔다. 매달 담보 대출금을 갚기 위해서는 더 나은 직업을 가져야 했다. 그래서 2001년 5월, 나는 제약 관련 의학 교육 회사에 정규직으로 취직했다.

콘도 계약 마감은 9월 셋째 주였다.

그리고 9·11테러가 터졌다.

8장
애도의 노래

그것을 처음 목격했을 때 나는 제대로 숨을 쉴 수 없었다. 마치 한때 거기 존재했던 한 쌍의 아름답고 애절한 혼령을 보는 것 같았다.

세계무역센터의 쌍둥이 빌딩이 무너지면서 사망한 2763명의 사람들을 기억하기 위해 매년 건물이 있던 자리에 두 개의 빛기둥을 쏘아올리면서 뉴욕 스카이라인에 구멍을 냈다. 9월 11일이 되기 며칠 전부터 아무것도 없는 하늘 이곳저곳으로 수 킬로미터 밖에서도 볼 수 있는 빛기둥이 쏘아올려졌다.

트리뷰트 인 라이트는 원래 일회성 추모로 기획됐었다. 하지만 하늘을 향해 빛나는 빛이 수많은 사람들의 마음을 움직이면서 뉴욕의 중심에서 외치는 이 추모는 매년 진행되었다.

하지만 이 행사는 예상치 못한 허점을 지니고 있었다. 트리뷰트 인 라이트는 본격적인 겨울이 시작되기 전 남쪽으로 긴 여정을 떠나는 철새를 죽음으로 이끄는 덫이 됐다. 명금류는 장시간 고군분투하며 비행을 하는 동안 체온을 낮추고 포식자의 눈에 띄지 않기 위해 주로 밤에 이동한다. 이들은 어느 정도는 별에 의존해 방향을 찾기에 강렬한 광원에 현혹될 수 있다. 예를 들면 88개의 스포트라이트로 이루어진 트리뷰트 인 라이트라든가. 설치 미술가들 사이에서는 충돌이 있었다. 하지만 그들은 이 문제를 놓고 소모적이고 긴 싸움을 하는 대신 협력하기로 결정했다. 뉴욕시 오듀본의 자원봉사자들은 트리뷰트 인 라이트를 틀어놓는 날이면 밤새도록 그 장소에서 하늘을 들여다보고 20분 동안 보이는 새의 숫자를 셌다. 새의 밀도를 모니터하고 빛에 너무 많은 새들이 끌려들어오면 새들이 다시 방향을 찾고 흩어질 때까지 일시적으로 라이트를 껐다. 이런 방법으로 수천 마리 새들의 목숨을 구할 수 있었다. 그 덕에 트리뷰트 인 라이트는 2001년 9월 11일 잃어버린 목숨을 기릴 뿐 아니라 상호 존중을 통해 우리가 함께 문제를 해결할 수 있다는 것을 보여준 좋은 사례가 됐다.

하지만 그날은 그다지 좋은 일이 벌어지지 않았다.

대략 새벽 5시 30분쯤 나는 꿈에서 흰매Gyrfalcon를 보고 갑자기 잠에서 깼다. 작은 거위 크기의 새도 사냥할 수 있는 흰매는 세상에서 가장 큰 매로 먹이를 찾기 위해 극지방 하늘을 배회한다. 나는 오랫동안 흰매를 보고 싶어했지만 최북단에 가본 적 없었기에 어두운 색의 개체도, 매우 드문 흰색 변종도 본 적이 없었다. 꿈속에서 흰매가 내 머리 주변을 빙글빙글 돌면서 나를 불안하게 만들었다. 이 꿈이 왜 그렇게 나를 동요하게 만든 건지는 알 수 없었지만 꿈에서 깨어나니 시급하고 불안함 마음은 사라졌다. 새에 대한 꿈이었고 일찍 일어난 탓에 나는 이를 센트럴파크로 탐조를 하러 가라는 계시로 받아들였다.

그해 가을은 내게 이상한 시기였다. 봄 동안은 정기적으로 탐조를 했지만 가을에는 한 번도 하지 않았다. 여러 가지 이유를 꼽을 수 있다. 우선, 새들은 가을에 지저귀지 않는다. 귀로 탐조를 하는 나는 새들의 노래에 묻어나는 독특한 특징을 좋아하고 이를 이용해 새를 찾는 걸 즐겼다. 또 다른 이유는 가을에 이동하는 철새 가운데 번식깃(눈에 띄는 색과 패턴이 수놓인 화려함의 표본)이 난 수컷이 거의 없기 때문이다. 이 시기에 새들은 봄에 입었던 화려한 깃을 벗고 칙칙한 색의 암컷과 어린 새끼들로 가득해진다. 그중에서도 가을에 내가 공원을 찾지 않는 가장 큰 이유는 봄처럼 완전히 탐조에 빠져 사회적 책임을 저버리면 내 주변에는 친구가 하나도 남지 않을 것이기 때문이다. 한때 센트럴파크 탐조의 전설이었지만 지금은 돌아가신 스타 사피르는 내게 농담조로 이렇게 말한 적이 있다. "더 괜찮은 친구를 좀 사귀어!"

하지만 바람이 많이 부는 날이 탐조하기 좋다는 건 알고 있었다. 잠자리에 들 때, 일기예보에서 밤 동안 북쪽에서 한랭전선이 내려와 북서풍이 불어 새들이 남쪽으로 향하도록 만들어 준다고 이야기하는 그런 날 말이다. 그래서 나는 쌍안경을 들고 시장 예비선거 투표소에 들린 후에 램블로 향했다.

그날 아침은 정말 믿기 어려운 풍경이 눈앞에 펼쳐졌다. 맑고 투명한 푸른 하늘. 포근한 온도. 공원은 찬란히 아름다운 이파리로 가득했다. 큰뿔솔딱새가 나뭇가지 사이를 이리저리 날아다녔고, 가을을 맞이해 생긴 눈 주위의 에메랄드색 고리가 눈에 띄는 밤나무개개비Chestnut-sided Warbler가 있었으며, 아메리칸딱새는 꼬리를 까딱이다 몸을 바들바들 떨던 귀뚜라미를 잡아 휙 날아갔다.

날씨는 점점 좋아지고 있었다. 각자 도착했지만 늘 그래왔던 것처럼 사람들은 천천히 삼삼오오 모여 램블을 돌아다니며 탐조를 시작했다.

"어쩌면 여러분은 맨해튼 한 가운데 있다는 사실을 잊을지도 몰라요."

그리고 나는 이 말을 덧붙일 수밖에 없었다.

"사이렌 소리가 들린다는 것만 빼면 말이죠."

구급차의 긴급한 사이렌은 이렇게 사람이 가득한 도시에서 주기적으로 들을 수 있는 배경음악이었다. 그렇기에 사이렌 소리가 점점 커지는데도 우리 중 누구도 별로 관심을 기울이지 않았다. 그리고 소리는 점점 더 커졌다.

우리는 계속 램블을 거닐었다. 처음 보는 사람이 우리에게 달려왔다.

"그거 들었어요? 세계무역센터에 비행기가 충돌했어요!"

그리고 그녀는 우리를 지나쳐 달아났다. 뉴욕에서 처음 보는 사람이 갑자기 당신에게 다가와 뉴스를 전해주는 일은 없다. 만약 그런 일이 생긴다면 상대가 정신적으로 문제가 있는 상황이므로 가까이하지 않는 편이 좋다. 게다가 우리 주변에 있는 모든 것(엄청난 숫자의 새들, 완벽하게 목가적인 공원, 탐조인들 사이의 편안한 동지애)이 그녀의 말과 함께 어우러져 이상하게 느껴졌다. 내 머릿속에는 이런 생각이 스쳤다.

'저 이상한 여자는 누구지? 그리고 대체 무슨 말을 하는 거지?'

나는 2인승 프로펠러기가 세계무역센터 건물 하나에 박혀 우스꽝스럽게 삐져나온 모습을 상상하곤 곧 잊어버리려 했다.

우리는 반대편에 있는 작은 공터에서 환경미화원 두 명과 마주쳤다. 이들은 하던 일을 멈추고 카트 주변에 옹기종기 서서 라디오에 귀를 기울이고 있었다. 무슨 일이 벌어지는 중이었다.

　　우리는 공원 밖을 나서며 각자 가야 할 길로 찢어졌다. 단 한 사람만 빼고. 그녀는 의도적으로 평온한 공원에 더 머무르기로 결정했다.

　　“여기 더 있으려고요?”

　　나는 공원 출구로 빠르게 걸어가며 숨이 찬 채로 물었다.

　　“여기 앉아서 책을 읽으려고요.”

　　그녀는 차분하게 결의에 차서 말하고는 근처 벤치에 앉아 가방에서 책을 꺼냈다. 세상에 어떤 어둠이 드리우든 조금 더 버티기로 결심한 것처럼 보였다. 그 대답은 그날 들었던 답 중 가장 흥미로웠다. 나는 몇 년이 지난 후 그녀에게 그날 어떤 책을 읽었는지 물었다. 그 책은 바로 성경이었다.

　　공원을 나와 5번가와 72번가에 들어서자 환상의 정원에서 빠져나와 악몽으로 들어선 것 같았다. 주변에 있는 사람들이 라디오를 들을 수 있도록 코너에 주차된 차 문이 열려 있었다. 뉴스를 전해주는 앵커 피터 제닝스의 목소리가 들렸다.

　　“공식 발표입니다. 세계무역센터 두 빌딩이 완전히 붕괴됐습니다.”

　　나는 눈을 깜빡였다. 완전히 붕괴됐다고?

　　나는 쌍안경으로 5번가를 따라 시내를 둘러보았다. 하지만 먼 곳에서 올라오는 어마어마한 양의 연기 기둥에 막혀 더 이상 보이지 않았다. 높은 굽을 신은 사람이든 낮은 굽을 신은 사람이든 평소에 차가 잘 다니지 않는 거리의 도로 한 가운데를 모두 같은 방향으로 이동하고 있었다. 연기 기둥에서 멀어지는 시 외곽 방향이었다. 〈고질라〉 영화에서 패닉에 빠져 도망가는 사람들의 우스꽝스러운 모습이 문득 떠올랐지만, 이건 현실이었다.

펌프스를 신고 단정한 검은색 드레스를 입은 젊은 여성이 외곽으로 향하며 내 옆을 지나던 순간, 그녀의 휴대폰이 울렸다. 그녀는 휴대폰에서 흘러나오는 말을 가만히 듣고 답을 하더니 비틀거리며 도로변에 무릎을 꿇고 흐느끼기 시작했다.

그래, 이건 진짜 현실이었다.

지하철, 버스, 자동차가 모두 멈췄고 24번가에 있는 집에 가기 위해 나는 사람들을 헤치고 거슬러 걸어갈 수밖에 없었다. 50블럭을 거슬러 올라가야 했다. 내 작은 원룸 아파트로 돌아가기 전 22번가에 있는 사무실에 들려 텔레비전의 빛과 소리를 제외하면 아무도 없는 모습을 바라봤다. 텔레비전은 그 누구도 목격하지 못한 비극을 떠들고 있었다.

며칠 동안 뉴욕은 폐쇄됐다. 사무실과 가게는 대부분 문을 닫았고 조심스럽게 길가로 나오면 무장한 군인, 군용차, 전투용 비행기와 마주하게 됐다(전투용 비행기가 가장 우리를 불안하게 만들었다. 뉴요커들이 움찔한 이유는 저공 비행 제트기의 소리 때문이었을 것이다. 그리고 나도 그랬다). 14번가의 남쪽으로는 거주민을 제외하고는 아무도 갈 수 없었다. 하지만 내가 있던 22번가에서도 불에 타고 남은 폐허의 매캐한 냄새는 사그라들지 않았다. 뉴요커들은 집 안에만 있었고 그건 수상쩍은 공기 때문만은 아니었다.

뉴욕의 거리는 귀신이 들린 것 같았다. 사랑하는 가족을 찾지 못한 사람들은 타워가 무너진 후에도 기력이 없는 상태로라도 어떻게든 살아남아 누군가 가족의 행방을 알고 있을 거라는 실낱같은 희망으로 급하게 복사한 '실종' 전단지를 마을 곳곳에 붙여 놓았다. 이들의 모습을 담은 사진은 행복한 순간(생일, 결혼, 장난 어린 스냅 사진)이 담겨 있지만 이제 그 순간은 가로등 기둥과 가게의 진

열창에 웃는 얼굴로 박제돼 있다. 멈춰 서서 자세한 설명을 읽으면 이들이 살아온 모든 삶의 궤적을 볼 수 있을 것이다. 세계무역센터에 있던 유명한 식당에서 일하던 경비원과 접시닦이부터 캔터 피츠제럴드의 거대 기관까지, 이들의 이름은 전 세계 각국의 언어로 쓰여 있었고 미소 짓는 얼굴의 피부색은 다양했다. 그리고 끝에는 거의 항상 '103층에서 일했습니다' 같은 운명적인 말을 찾아볼 수 있었다. 당신은 이들이 세상을 떴음을 알 수 있을 것이다.

우리는 집에 머물렀다. 작은 아파트 안에서 꼼짝 않고 있으면서 아무것도 하지 않고 어디에도 나가지 않고 뉴스가 흘러나오는 텔레비전 화면에만 시선을 고정했다. 타워가 불타오르는 장면, 공포에 질린 사람들과 타워에서 사람들이 떨어지는 장면을 반복해서 보면서 나는 눈에 띄는 무언가를 뚫어지게 바라보았다. 그 근처를 평화롭게 날개짓을 하며 지나가던 하얀색과 회색으로만 버무려진 갈매기 한 마리였다. 상반된 모습이 나란히 놓인 모습은 내 감정을 건드렸다. 조화롭게 어우러지기에는 너무 큰 간극이 있었다. 사람들이 서로에게 광기를 행사하는 동안에도 자연은 지속됐다. 나는 그날 아침 공원에서 봤던 우아하고 경이로운 생명체와 며칠 동안 가슴 아플 만큼 푸르렀던 하늘을 떠올렸다. 거대한 재앙에도 불구하고 철새의 이주는 계속될 것이다. 거대한 자연의 순환은 계속될 것이다. 나는 끔찍한 상황 속에서도 회복력 있는 더 큰 세계에서 안정을 찾을 수 있다는 사실을 발견했다.

이틀 동안 쉴 새 없이 몰아치는 뉴스(지역 뉴스 전문 케이블 채널인 NY1은 그 후에 우리의 상처 난 도시에 무슨 일이 벌어지고 있는지 계속해서 정보를 전달해주고 있었다)를 들은 후 언론 발표는 새로운 국면을 맞이했다. 부상자 선별 센터는 웨스트사이드 허드슨 강변의 23번가에서 시작해 몸집을 키운 첼시 부두 스포츠센터에 자리했다. NY1 리포터는 현재 이들이 얼음, 개인 세면도구, 깨끗한 티셔츠 지원을 요청하고 있다고 보도했다.

"마침내! 내가 도움을 줄 수 있는 게 생겼네."

나는 박스를 하나 집어 근처 슈퍼마켓으로 향해 얼음을 모조리 구매했다. 우리 집은 이스트리버로 빠지기 직전 동쪽 끝에 있었기에 나는 반대편에 있는 첼시 부두로 가는 맨해튼을 가로지르는 버스(몇몇 버스는 다시 운행하고 있었다)를 기다렸다. 버스 정류장에서 기다리는 사이 어떤 남자가 지원 물품이 담긴 박스들을 들고 걸어왔다.

"당신도 NY1 방송 봤군요, 그렇죠?"

내가 말을 건넸고 우리는 거의 텅 비어 있던 버스에 오를 때까지 이야기를 나눴다. 그리 오래 지나지 않아 버스에 사람들이 채워지기 시작했다. 버스가 계속 서쪽으로 향하면서 정류장마다 멈추는 동안 점점 더 많은 사람들이 박스를 들고 버스에 올랐다. 결국 버스는 품에 물건을 한 아름 안은 뉴요커들로 가득해졌다.

웨스트사이드 하이웨이에 가까워질수록 오후의 햇빛은 도로를 금빛으로 물들였다. 나는 장관에 감탄을 금치 못했다. 우아한 빛 때문만이 아니라, 그 빛이 비추는 뉴욕의 얼굴이 아름다워서였다. 버스 유리창 너머를 바라보면서 나는 내가 평생 본 그 어떤 풍금조나 솔새보다도 아름다운 장관을 목격했다. 인류애의 물결이 서쪽으로 밀려들고 있었다. 폭격이 있었던 아침에 어마어마한 숫자의 사람들이 도시 외곽으로 걸어갔던 것처럼. 하지만 이번에는 그보다 두 배는 더 많았고 뚜렷한 목적이 있었다. 우리는 수레와 세탁 운반 카트를 끌면서 넘쳐나는 박스의 균형을 잡으려 애썼다.

부상자 선별 센터에서는 차를 끌고 오지 말아달라고 부탁했고 우리는 삼삼오오 걸어서, 버스를 타고, 택시를 잡아서 도착했다. 자원봉사자들은 눈이 휘둥그레져서 물건을 받기 위해 빠르게 움직였다.

집에 돌아왔을 때 아까 그 NY1 리포터는 여전히 보도 중이었다. "그만! 그만! 이제 충분하답니다!"

그날 오후보다 내가 그 도시를 더 사랑했던 적은 없었던 것 같다.

그 주 금요일, 마침내 비가 내렸다. 하루 종일 내리는 비에 분위기는 침울했다. 이제껏 일어난 일들의 여파로 잘못된 것처럼 보였던 완벽한 날씨는 결국 도시의 슬픔에 무너졌다.

이 동네를 맴도는 감정은 분노가 아니라 슬픔일 것이다. 당연한 말이지만 죽음에 대한 슬픔인 동시에 상처 난 도시와 가능성으로 가득했던 뉴욕의 상실에 대한 슬픔이기도 했다. 몇 달 동안 나는 U2의 애절한 〈내가 원하는 건 너야All I want is you〉를 수도 없이 반복해서 들었다. 길을 잃은 영혼과 돌아가고 싶은 대도시를 그리워하면서. 하지만 내가 그리워하는 밝고 훼손되지 않은 대도시는 절대로 다시 돌아올 수 없을 것이다. 그런 도시가 진짜 존재하긴 했을까? 뉴욕에서는 모든 것이 가능하며, 가능성은 우리가 상상했던 것보다 훨씬 어두웠다.

미국의 또 다른 지역에서는 그 어떤 감정보다 복수에 대한 울부짖음이 강력하게 울려 퍼졌다. 단결된 모습을 보여주기 위해 뉴욕 곳곳에 성조기가 걸려 있었다. 이런 애국심이 정당성을 얻었음에도 우리는 응징이라는 무기의 날을 세우지 않았다. 적어도 나와 내 주변을 돌아보면 불타오르는 애국심은 뉴욕이 하루 빨리 원래대로 돌아갈 수 있도록 돕기 위해 미국 전역에서 이 도시를 찾아온 수많은 사람들을 환영하고 감사함을 한껏 전할 때 모습을 드러냈다. 애국심은 치유를 향한 열렬한 열망으로 드러났다.

무뚝뚝하기로 유명한 수많은 뉴요커들도 한동안 서로를 친절하게 대하고 인내심을 발휘하며 우리 모두가 배워야 할 점이 있다는 것을 의식했다. 동네 사람들은 모두 당시 벌어지는 일에 감동을 받은 것 같았다. 이번만은 모든 뉴요커들(지하철을 타고 다니는 사람부터 리무진을 타고 빈둥거리는 사람까지, 파크 애비뉴 펜트하우스에 거주하는 거물부터 길에서 생활하는 사람까지)에게서 무언가 공통점을 찾을 수 있었다.

그러므로 비 내리는 금요일, 그러니까 사고가 발생한 후 다시 사무실이 문을 연 첫날, 나는 점심시간에 머리를 비우는 것 말고는 그 어떤 계획도 없이 밖으로 나섰다. 그리고 로맨틱한 분위기가 아닌 상황이라면 일반적으로 뉴욕에서는 하지 않았을 행동을 했다. 처음 본 사람과 대화를 했던 것이다.

플랫 아이언 구역의 골목에 같이 서 있던 그 사람은 내 또래로 보였다. 그 남자는 빗속에서 내가 그랬던 것처럼 빗줄기 너머 무언가를 보고 있었다. 그의 이름은 기억이 나지 않는다. 그리고 대화가 어떻게 시작됐는지도 기억나지 않는다. 유일하게 기억에 남는 건 우리가 자연스럽게 점심을 함께 먹기로 했고, 우리 바로 뒤에 있었던 아이젠버그라는 올드스쿨 디너에서 밥을 먹었다는 것이다. 우리는 구운 치즈 샌드위치가 주는 안정감을 향유하고 창문에 회색빛 세상이 씻겨내려가는 동안 따뜻하고 뽀송한 실내에서 서로에게 자신의 이야기를 들려줬다. 이야기가 끝나자 우리는 다시 빗속으로 뛰어들었고 각자의 길로 흩어져 다시는 만나지 못했다.

나는 이 사건에 감정적으로 영향을 받지 않았다고 스스로를 강하게 설득했다. 어쩌면 벌칸 두뇌 훈련을 위한 나의 오랜 노력이었을지도 모른다. 어쩌면 내가 경로에서 벗어났다는 사실을 인정함으로써 '테러리스트들이 이기게 놔두지 않으려는' 결심이었을지도 모른다. 나는 친구와 가족에게 (누가 봐도 뻔히 보이는 혼란을 제외하면) 내 세계에 있는 모든 것이 평소와 다르지 않은 척하려고 노력했다. 나는 가끔 바보처럼 행동한다.

9·11 테러 다음 날 션과 연락이 닿았을 때 나는 안심했다. 몇 년 동안 친구였는데도 나는 그가 어디에서 일하는지조차 몰랐다. 그리고 션이 일하는 거대 금융기관의 본사가 그라운드 제로에 있진 않을까 두려웠다. 나는 가까운 친구들 중 아무도 다치지 않았다는 사실에 안도했다. 로버트 딜레이니는 내 지인 중 금융권에서 일하는 유일한 사람이었지만 세계무역센터 근처에서 일하진 않았다. 당시 로버트와 나의 관계는 막 연애의 흐름으로 접어들고 있었다. 나는 이 똑똑하고 잘생긴 남성과 나 사이에 얼마나 불꽃이 튈 수 있을지 파악하는 중이었다. 우리는 비슷한 나이었고 아이비리그 졸업생 성소수자 연합에서 만났다. 나는 로버트의 폭발적인 감정에 압도됐고 몇 번 데이트를 했다. 서로 바쁜 일정을 소화하고 있었기에 재앙이 일어나고 모든 것이 진정된 후 나는 몇몇 친구들과 휴가를 보내기 위해 잡은 해안 근처의 숙소에서 로버트에게 전화를 걸었다.

전화를 받은 사람 중 하나가 대답을 했고, 내가 로버트에 대해 질문했을 때 숨을 들이키는 소리와 잠깐의 침묵이 있었다.

로버트는 쌍둥이 빌딩에서 일하지 않았다. 운이 좋은 어떤 사람들은 그날 원래 타야 했던 기차를 놓쳐 늦거나 전날 늦게까지 파티를 하느라 숙취에 찌들어 병가를 냈을 수도 있다. 그리고 그 운명의 장난이 목숨을 구했을 것이다. 로버트는 그 반대의 운을 가졌다. 그는 그날 세계무역센터에서 클라이언트와 아침 미팅을 갖기로 했다. 9월 11일 아침, 노스타워의 높디높은 106층에서. 스냅샷으로 영원히 보존된 수많은 미소 중 하나가 내가 알고 있는 얼굴이었다. 나는 너무 일찍 샴페인을 터트렸다.

로버트 딜레이니는 방이 여섯 개인 어퍼웨스트사이드의 아파트에서 피아노를 연주했었다. 그는 언젠가 그 건물이 공동주택으로 전환되면 매입하고 싶다는 꿈을 꿨다. 로버트는 마흔세 살이었다.

몇 년 후, 가족을 만나러 롱아일랜드로 향하는 열차를 타고 가는 동안 시간을 보내기 위해 책을 꺼냈다. 내 역마살이 다시 힘을 발휘했다. 이번에는 히말라야에서 트레킹을 하고 싶었다. 그 세계가 어떤 모습일지 알고 싶었던 나는 에베레스트를 오르는 위험한 도전을 연대순으로 그려낸 존 크라카우어의 《희박한 공기 속으로》라는 책을 읽었다. 책을 거의 다 읽어갈 때쯤 시 한 편이 눈보라처럼 나를 덮쳐 다시 9월 11일 아침으로 보내버렸다. 비행기 승객들과 2763명의 사람들이 목숨을 잃기 전으로, 우연이었든 잠에서 깨어나게 할 만큼 긴급한 징조였든 새벽녘 흰매에 대한 꿈을 꾸던 그때로. 나는 오래전에 이 시를 읽은 적이 있었지만 잊고 있었다. 윌리엄 버틀러 예이츠의 〈재림〉 도입부였다.

소용돌이처럼 원을 그리며 날아오르는

매는 더 이상 조련사의 소리를 듣지 못한다

세상이 무너져 내린다, 중심을 지탱하지 못한다

무질서만이 세상을 뒤덮고

피에 물든 물결이 넘치며 어디서든

순수한 의례를 함몰시킨다

가장 선한 자들은 신념을 잃어가고

가장 악한 자들은 강렬한 열정으로 가득하다

9장

세상의 꼭대기

지옥은 실존한다. 네팔 카트만두 유일한 공항의 국내선 청사 문턱을 넘어보라.

그 공항의 전반적인 인상은 시간을 잃어버린 것 같은 장소라는 것이었다. 고루한 신호체계와 진부한 플라스틱 의자가 있는 휑뎅그렁하고 체계적이지 못한 공간은 지난 세월을 떠오르게 만들었다. 항공 체크인 부서는 이동식이었다. 그 옆에는 푸드코트 대신 소다와 간식거리를 판매하는 자판기가 있었다. 거대한 전기 선풍기가 웅웅거리며 쉬지 않고 돌아갔고 어마어마하게 많은 사람들이 다양한 언어로 웅성거렸다. 하지만 멈춰 있는 사람들처럼 선풍기로는 공기가 움직이지 않는 듯했다. 혼돈, 혼란, 어딜 가나 보이는 산맥으로 둘러싸인 작은 국가를 찾아온 독일인 단체 관광객들의 키보다도 높게 쌓인 짐 더미 한가운데에서 사람들은 모두 모여 실낱같은 희망에 집착했다. 오늘은 출발할 수 있을지도 모른다는 희망에.

사흘 일찍 카트만두에 도착했던 2010년 10월 초, 나는 빠르게 국제 터미널을 통과했기에 공항에서 크게 걱정하지 않았다. 오랫동안 품어왔던 꿈에 한 발자국 다가갔다는 사실에 과하게 흥분한 상태였다. 일생의 모험이었던 히말라야 산맥 트레킹 입문 코스 앞에 와 있었다. 지구상에서 가장 높은 곳인 '에베레스트'는 영국 제국주의자들이 붙인 이름이다. 현지에서는 몇 세기 동안 사가르마타(네팔어로, '하늘의 꼭대기' 혹은 '천국의 정상' 등으로 번역된다) 혹은 초몰룽마(티베트어로 '세상의 지모신'라는 뜻이다)로 불렸다. 산이 네팔과 티베트 사이에 있기에 나는 '지모신'을 네팔 쪽에서 오르기로 결정했다. 중국의 통제 하에 있던 티베트의 정치적 상황이 걱정스러웠기 때문이다(나는 티베트 이름을 고집했는데 산 양쪽을 오가는 셰르파가 민족적, 언어적으로 티베트와 연관되어 있었기 때문이다). 하지만 이번에는 혼자 여행하지 않기로 마음먹었다.

만남과 헤어짐을 반복하던 남자친구 스콧은 내가 도착했을 때 이미 카트만두 호텔에서 기다리고 있었다. 키가 크고 무뚝뚝한 스콧은 그래픽 디자이너였고 놀라운 안목을 지녔다. 우리는 공통점이 거의 없었다. 백인에 웨스트코스트에서 나고 자란 스콧은 내가 꼭 필요한 건강식처럼 섭취하는 탐조나 너드 문화에 전혀 관심이 없었다. 객관적으로 보면 우리의 관계는 잘 풀리지 않았어야 했다. 사실 지난 몇 해 동안 우리는 뉴욕의 방 하나 딸린 작은 아파트에서 비좁게 생활했고 우리 사이의 침묵은 명확해졌다. 결국 스콧은 다정한 이별과 함께 서부로 이사했다. 하지만 경력을 쌓으려 고군분투하며 시간이 흐르면서 스콧은 다시 돌아오고 싶어 했다. 그리고 나는 잘생기고 어깨가 딱 벌어진 남성을 거절하는 사람이 아니었다. 친숙함으로 안정감을 주고 좋은 마음씨를 지닌 이 남성을 내가 아닌 누가, 어디서, 어떻게 행복하게 만들지 불안감을 느끼고 있다면 더더욱.

스콧은 나보다 훨씬 오랫동안 히말라야에 가는 것을 꿈꿔왔다. 그래서 우리의 관계를 시험해보기 위해 우리는 히말라야를 함께 오르기로 했다. 산스크리트어인 '히말라야'를 직역하면 '눈의 집'이며, 전반적인 산맥을 의미하는 단어다. 그러므로 엄격하게 말하자면 이 단어는 틀렸다. 복수형으로 써야 하기에 '히말라야들'이라고 하는 게 맞다. 뉴욕에서 카트만두로 향하는 직항이 없었기에 나는 그를 만나기 위해 며칠에 걸쳐 방콕을 경유하기로 했다. 스콧은 나보다 늦게 뉴욕을 떠났지만 인도를 짧게 경유했기에 카트만두에 일찍 도착했다. 네팔의 수도에서 다시 만나면서 우리는 모험의 진정한 시작을 고대했다. 비록 스콧은 내가 이 여행에서 두 개의 계획을 숨기고 있다는 사실은 몰랐지만.

우리의 계획은 간단했다. 초몰룽마 꼭대기까지 오르려는 의도는 전혀 없었다. 둘 중 누구도 등산에 대해서는 기술적 경험이 없었다. 전문 지식 없이 무모한 행동을 하는 건 바보들이나 하는 짓이며 아무런 준비 없이 산에 도전한(극한의 날씨, 극심한 추위, 위험한 벼랑, 숨조차 쉴 수 없는 공기) 많은 사람들이 목숨을 잃었다. 대신 우리는 가이드와 함께 카트만두에서 에베레스트 트레일 입구가 있는 루클라의 작은 마을로 날아갔다. 비교적 낮은 고도인 해발 2860미터에 자리 잡은 루클라에서 스콧과 나는 트레킹을 시작했다. 며칠 동안 우리의 가방을 옮겨주는 짐꾼의 도움을 받아 64킬로미터를 걸어서 해발 5364미터에 위치한 에버레스트 사우스 베이스캠프까지 가파른 경사를 올랐다가 돌아오는 여정이었다.

카트만두 공항에서 앉을 자리를 발견한 우리는 걸어다니는 대신 몇 시간 동안 그저 앉아 있기만 했다. 그 전날에도 정확히 같은 일을 하며 시간을 보냈다. 여기서 우리만 그런 건 아니었다. 가족을 만나기 위해 이동하려 했던 수많은 네팔 사람들도 발이 묶였다. 비슷한 숫자의 서양인들, 그러니까 아마도 우리처럼 트레킹을 하러 온 사람들도 같은 문제를 겪었다. 우리 눈에는 청명해 보였지만, 무슨 이유에서인지 날씨는 산으로 향하는 항공편을 묶어버리고 계획을 방해했다. 몇몇 관광객들은 산더미같이 쌓여 있는 더플백 위에 앉아 있었고 심지어 바닥에 앉아 있는 사람도 있었다. 우리 모두 똑같이 허망한 표정을 짓고 있었다. 항공편이 재개됐지만 여전히 그 누구도 움직이지 않던 순간, 루클라에서 벌어진 사고(다행히 인명사고는 없었다)로 비행기 잔해가 완전히 정리될 때까지 공항이 폐쇄될 것이라는 공지가 들렸다. 이 소식은 트레킹을 하러 기다리던 사람들을 당황하게 했다. 루클라로 향하는 비행기는 단지 맑은 하늘보다 더 많은 것을 필요로 하는 듯했다. 이제 우리는 기다리기만 할 뿐 아니라 불안하기까지 했다.

미쳐버릴 것만 같았다. 몇 달 동안 세운, 구름 가까이를 걷는 계획이 감질날 정도로 가까워졌는데 나는 땅바닥에 갇혀 있기만 했다. 시간을 하릴없이 보내면서 트레킹을 위해 가져온 책 세 권 중 첫 번째 책을 다시 읽었다(우리 더플백의 무게는 정확히 15킬로그램 정도 나갔다). 나는 여행 동안 쓸 일기장을 꺼내 이곳에 입성하기까지의 과정을 기록했다. 얼마 지나지 않아 스콧이 끼어들었다.

"왠지는 잘 모르겠지만 네팔 사람들이 네 행동에 완전히 매료된 것 같아."

나는 얼굴을 처박고 일기장에 낙서를 하고 있었다. 고개를 들었을 때는 사람들이 나를 바라보고 있었다. 처음 겪는 일도 아니었다. 아르헨티나부터 태국까지 이제껏 내가 여행했던 장소 중 가장 멀리 온 데다, 지역 사람들이 흑인을 거의 한 번도 보지 못했을 장소에서 나는 시선을 한 몸에 받고 있었다. 가장 성가신 것은 친구에게 소리를 치고 있던 불량해 보이는 남자아이였다. 그 아이는 멕시코어로 이렇게 소리쳤다. "마이클 잭슨 동생이야!"

비슷한 상황 중 가장 재미있었던 일은 부에노스아이레스에서 벌어졌다. 그때까지 남아 있던 유일한 티켓은 그 오페라 공연 좌석 중 가장 비쌌지만 환율을 고려하면 집 근방에 있는 메트로폴리탄 오페라의 값싼 좌석과 가격이 비슷했다. 결국 나는 1층 앞쪽 좌석에 앉아있던 아르헨티나 상류층 사람들의 궁금증 어린 시선을 한 몸에 받으며 외교를 위해 방문한 국가원수처럼 장대한 콜론 극장의 박스석에 앉게 됐다. 나는 국가원수가 그러는 것처럼 그저 고요하게 미소 짓기만 했다. 좀처럼 보기 힘든 커틀런드아메리카솔새가 자신을 보고 흥분하는 탐조인으로 가득한 센트럴파크에 도착했을 때 어떤 기분이었을지 짐작할 수 있었다.

하지만 이 상황은 달랐다. 내가 하는 행동을 지켜보는 그 사람들의 시선에 실제 내 모습은 거의 담겨 있지 않다는 생각이 들었다. 몇 시간 동안 수기로 무언가를 작성하는 모습을 독특하게 바라볼 이유가 없다고 생각했지만, 그 사람들의 눈에는 그래 보이는 듯했다.

이틀 동안 꾼 꿈을 세세하게 기록하면서(그 정도로 시간이 남아돌았다) 어찌저찌 일기 작성을 마쳤다. 그리고 세 번째 책을 꺼냈다. 네팔 새의 정보가 담긴 도감이었고, 히말라야에 서식하는 종을 벼락치기로 공부해 더 생산적으로 여행할 수 있도록 도와주었다. 어느 고도에서 어떤 종을 찾을 수 있는지 표기해둔 내 도감은 어느 두 아이의 관심을 끌었다. 열 살에서 열한 살 정도 돼 보이는 아이들은 이곳의 다른 사람들처럼 미칠 듯이 지루해 보였다. 나는 신이 나서 아이들에게 도감을 보여주었다. 누구에게든 그랬지만, 특히 내가 사우스쇼어 오듀본에서 탐조를 시작하던 때와 비슷한 나이대의 어린아이가 새에 대한 관심을 보일 때면 나는 자제심을 잃었다. 아이들은 새를 보여준 것에 대한 감사를 표하기 위해 자판기에서 뽑은 초콜릿 맛 웨이퍼를 내밀었다. 가공 처리가 된 과자는 삼키기 어려웠지만 여덟 시간 동안 아무것도 먹기 못해서 배를 곯고 있었던 내게 당의 유혹은 거부하기 어려웠다. 아이들은 소중한 간식을 선물하고 원래 있던 곳으로 돌아갔다.

지루한 한 시간을 더 보내고 나서야 하루가 끝났다. 다른 트레커들은 날이 끝나갈 때쯤 비행기에 올랐지만 우리는 그러지 못했다. 그날 루클라로 향하는 비행편이 더는 없다는 소식을 들었다. 둘째 날 내내 공항에 갇혀 있던 스콧과 나는 낙담한 채 다시 한 번 호텔로 향해야 했다. 하늘이 무너지는 것 같았다. 우리는 제대로 된 식사를 하고 방에 쓰러졌다. 다음 날 다시 비행편을 기다리기 위해 일찍 준비를 마쳐야 했기에 그날 밤 카트만두를 더 구경하는 건 불가능했다.

카트만두! 단어만으로도 서양인들의 귀에는 이국적으로 느껴지며 샹그릴라를 떠오르게 한다. 카트만두는 과거에도 현재도 꾸준히 내부적 갈등을 겪고 있다. 화려하게 장식된 16세기 벽돌로 만들어진 궁전은 거대한 사원과 앞다투어 하늘로 솟았다. 그 사이 도로의 교통 체증은 현재 진행 중이었다. 미니밴이 지나갈 정도로 널찍하고 먼지가 가득한 거리에서 스쿠터들이 오가는 사람을 지나쳐 양방향으로 질주하고, 거대한 얼음 덩어리가 실린 마차를 끄는 당나귀는 느릿느릿한 속도로 미니밴 뒤를 기어갔다. 주요 고속도로는 과속의 공포와 끊임없는 소음의 원천이었고, 구도

시의 중심에 있는 더르바르 광장 주변의 대로는 지나가는 사람들로 붐볐다. 그러니까 차가 군중 사이를 뚫고 지나가기 전까지는 '보행자'로 가득했다. 이 역사적인 구역을 걸어서 지나며 스콧과 나는 낮 동안 도시를 관광하며 보냈다. 처음 도착한 날 우리는 군중 사이에 갇혀 움직일 수 없었다. 나는 갑자기 인파가 몰려 우리를 깔아뭉개지 않을까 걱정했고 스콧은 공황 발작이 일어나기 직전이었다.

인파에서 벗어나기까지 길고 긴박한 몇 분이 지나고 우리는 점심을 먹기 위해 카페 위층 야외로 피신했다. 그러자 카트만두의 분위기가 완전히 달라졌다. 거리에서 마주친 군중과 정신 나갈 것 같은 교통은 잊히고 따뜻하고 차분한 바람과 맑은 날 구름으로 수놓인 하늘로 대체됐다. 우리 앞에 펼쳐진 이웃집의 붉은 벽돌 건물 군데군데 허브, 덩굴, 꽃이 무성하게 피어난 것이 눈에 들어왔다. 잘 가꾸어진 옥상 정원임이 분명했다. 산들바람을 타고 부유하는 연은 정원사에게 묶여 있었지만, 구세계 구석구석에 날개를 드리운 솔개Black Kite는 자유롭게 날아다녔다.

그날 밤 우리는 형식적이면서도 생소한 아름다움을 뽐내는 꿈의 정원을 돌아다녔고, 좁은 골목이 미로처럼 이어진 카트만두의 관광지구 타멜의 생기 넘치는 가게를 헤맸다(나는 모든 골목에서 예측할 수 없는 사건을 맞닥뜨리는 행복한 상상을 했다). 목 아래를 화려한 색의 천으로 감싸고 한가로이 거니는 젊은 힌두교인 여성 셋을 보자 결국 두 손 두 발 다 들 수밖에 없었다. 거리의 부산스러운 에너지와 루프탑의 평온함, 당나귀 그림이 그려진 아이스크림 카트와 자전거 인력거, 오토바이 운전자가 승객을 뒤에 태우고 목숨을 걸고 질주하는 모습 사이에서 어지러움을 느꼈다. 우리는 눈부시게 아름다운 사원이 있는 방콕을 떠났다. 방콕은 복닥거리고 번쩍이는 대도시였다. 하지만 나는 카트만두에 홀딱 반했다.

아니, 그렇게까지 홀딱 반한 건 아니었다. 그래도 스콧과 나는 떠날 준비가 되지 않았다.

공항에서 보낸 세 번째 날, 아침 여섯 시 반에 일어난 우리는 호텔방에서 나와도 좋다는 소식을 기다렸다. 우리가 남겨진 사이 다른 사람들이 항공편을 안내받는 모습을 보고 조급해진 내 안의 뉴요커가 상황을 해결하려 하자 여행사가 내놓은 개선안이었다. 나는 여행사에서 나온 우리의 가이드이자 통역가이자 조력자이자 한결같은 동료인 니마에게 엄격해졌다(시장기로 예민해지면서 내 기분을 달랠 수 없었다). 작고 날씬한 체격을 지닌 셰르파 니마는 햇볕을 많이 받아 피부에 주름이 많았기에 나이를 가늠하기 어려웠다. 니마는 조심스러운 성품을 지녔고 어떤 면에서는 수동적인 기질도 있었다. 이런 수동적인 면 때문에 우리는 다음 항공편에도 오를 수 없었다. 이미 이틀을 날린 탓에(이 기간은 높아지는 고도에 적응하는 데 꼭 필요한 날들을 희생한 것이었다) 여기서 더 시간을 지체하면 초몰룽마에 오르지 못하게 될지도 몰랐다. 그리고 나는 거절당하기 위해 여기까지 온 게 아니었다. 내 불안을 완화하기 위해 여행사는 가능한 오래 호텔에서 편안하게 대기할 수 있도록 해주었다(적어도 하루 전에는 생각해냈어야 했던 방법이었다).

일곱 시 반에 전화가 걸려왔다. 45분 만에 준비를 마치고 공항에 도착했지만 더 대기해야 했다. 다른 서양인들이 떠나는 걸 지켜보기만 하며 또 8시간이 지났다. 루클라로 향하는 비행편은 곧 끝날 예정이었고 그렇게 되면 스콧과 나는 다시 호텔로 돌아가야 했다. 나는 비명을 지를 준비를 마친 상태였다.

그때 갑자기 니마가 어디선가 탑승권을 구해왔다! 윌리 웡카 초콜릿 공장의 황금 티켓을 든 찰리의 심정을 이해할 수 있었다. 탑승구 대기실로 안내받았을 때 나는 마치 약속의 땅에 발을 딛는 것 같다고 생각했다.

우리는 포장된 도로를 가로질러 작은 프로펠러기에 올랐다. 항공사는 스콧, 니마, 나 그리고 몇몇 탑승객을 태워 무게를 적절히 분산시켰다. 아드레날린이 솟구쳤다. 우리가 정말 히말라야로 향하고 있었다!

승무원은 우리에게 솜뭉치 한 쌍을 건넸다. 승무원이 그걸 귀에 가져다댈 때까지 나는 솜뭉치를 손에 올려두고 의아한 표정으로 바라보았다. 프로펠러가 큰 소리를 냈고 단순하지만 효과적인 방식으로 소음이 차단되었다. 우리는 하늘로 올랐고 처음 보는 아름다운 히말라야의 모습이 우리를 반겨주었다. 히말라야 산맥이 지구에서 가장 높은 산맥인 데는 이유가 있다. 인도 아대륙이 유라시아 대륙과 부딪히던 대략 4500만 년 전(지질학적 시간으로는 매우 짧은 시기다) 히말라야는 충돌의 여파로 대륙이 접히며 만들어졌는데, 나이가 매우 어린 산맥인 탓에 침식으로 날카로운 가장자리를 깎아내릴 시간이 없었다. 비행기 창밖으로 내려다본 산맥은 모두 봉우리가 뾰족했다. 그 날카로운 각도는 프랙탈을 떠올리게 했다.

산봉우리 중 하나가 우리 코앞으로 다가왔다.

우리의 짧은 비행은 이제 루클라에서 막을 내리려 하고 있었다. 암벽으로 돌진하는 속도를 보니 비행은 비극적으로 끝날 것 같아 보였다. 나는 루클라로 향하는 비행이 이렇게 까다로운 이유를 이해하게 됐다. 작은 프로펠러기는 히말라야 옆으로 부는 바람에 흔들리면서 산의 옆면에 깊게 박혀 있는 바위에 착륙해야 했다. 그 순간 조종사는 즉시 방향을 오른쪽으로 90도 꺾었다. 그렇지 않았다면 히말라야에 처박혀 산맥의 일부가 됐을지도 모른다 (공항에서 들었던 충돌 같은 '가벼운 사고'는 거의 일상이었다. 루클라 공항이 전 세계에서 가장 위험한 곳에 자주 이름을 올린다는 사실을 그 당시에는 몰랐다. 내 정신건강에는 좋은 일이었을 것이다).

다른 승객들도 숨을 참는 것이 느껴졌다. 착륙하기 직전 산이 우리 앞으로 다가오는 찰나의 순간에 나처럼 사람들의 눈은 튀어나올 듯했다. 프로펠러기가 땅에 닿는 순간 조종사는 브레이크를 잡았고 다행히도 깔끔하게 프로펠러기를 비행기를 회전시켰다.

이 짜릿한 경험이 히말라야에 도착한 것을 환영해준 덕에 우리는 착륙하자마자 전혀 다른 지역에 와 있다는 것을 실감할 수 있었다. 카트만두 계곡의 아늑한 온기는 상쾌한 가을 공기와 만나 불타는 장작 냄새로 바뀌었다. 우리는 대부분 암석으로 이루어진 눈 덮인 봉우리를 배경으로 파란색 지붕이 눈에 띄는 1~2층 높이의 건물이 모여 있는 곳에 도착했다. 에베레스트 트레일과 초몰룽마의 입구인 루클라였다.

오랜 인내의 시간을 지나 우리의 실질적인 여행이 시작됐다. 하지만 내가 스콧에게 공유하지 않은 두 가지 비밀 중 하나는 이 여행이 몇 년 전에 시작됐으며 단순한 트레킹 이상이라는 것이었다. 나는 여러 번에 걸친 영적 순례를 시작하려는 참이었고 마침내 다섯 갈래 길 중 한 갈래에 도착했다.

'나무를 끌어안는' 토속신앙을 믿는 사람('토속신앙을 믿는 사람'이라는 표현은 매우 광범위하고 너무나도 다양한 믿음 체계를 포괄하며, 토속신앙의 종류는 백조의 깃털보다도 많다)으로서 나는 자연의 세계에서 내면의 영성을 더 큰 우주와 연결하며 신성을 찾았다. 비록 얼마간 내가 그렇다는 사실을 부정했지만 성소수자로서의 경험은 스스로를 부정하는 일이 무엇에도 좋은 영향을 미치지 못한다는 사실을 알려주었다. 〈스타트렉〉에서 보그가 말했듯, 부정은 쓸모없는 짓이다.

나는 종교가 개인적인 영역이라 생각하는 북동부의 고지식한 사람이기도 하다. 기도하는 사람, 명상하는 사람, 방언을 하는 사람을 제외하면 종교는 그 누구에게도 중요하지 않다. 다른 사람에게 자신의 종교를 들이미는 건 좋지 않으며, 다른 사람의 종교에 스포트라이트를 비추는 건 더더욱 나쁘다.

종교적 믿음은 비이성적인 것을 포괄하기도 하고, 종교를 믿지 않는 사람에게는 터무니없어 보이기도 한다. 종교는 시와 같다. 문자 그대로는 아니지만, 말하는 사람에게 깊은 의미를 남긴 진실을 전달하기 위해 비유를 주고받는다. 다른 사람들에게는 횡설수설하는 것처럼 들릴지도 모른다. 서로 다른 종교적 '언어'로 서로에게 불평불만을 이야기하는 건 무의미하다.

내가 영적인 신념을 이야기할 때는 보통 개인적인 접근을 택하지 않는다. 하지만 히말라야로 떠나는 순례길이라는 맥락에서는, 자연을 기반으로 한 수많은 토속신앙이 지닌 공통적인 믿음 두 가지를 기억해야 한다.

첫째, 이 세상에는 천국도 지옥도 없다. 신은 분리된 완벽한 영역에 존재하지 않으며, 그보다는 우리가 살고 있는 물질적인 세계의 구성요소라고 할 수 있다. 혹은 지구 그 자체를 살아 숨 쉬는 지모신으로 볼 수 있다.

둘째, 나침반의 방향과 관련된 고전적인 요소인 흙, 공기, 불, 물은 과학적으로 만물의 구성요소로 인정받지 못하지만 정신적으로는 여전히 유용한 도구로 남아 있으며 이해와 관심, 연결에 초점을 맞추는 렌즈 역할을 할 수 있다.

첫 번째 조건 덕에 나무를 끌어안는 토속신앙을 믿는 사람들은 그들의 신을 물리적으로 만질 수 있을 정도로 가깝고 친밀하게 알 수 있다는 독특한 위치에 있게 됐다. 신을 완벽하게 파악하기 위해서는 지구의 모든 지역에 거주하는 생명체와 친숙해져야 한다! 그건 수천 번을 다시 태어난다 하더라도 불가능할 것이다. 하지만 적어도 본질적으로는 신을 파악할 수 있을지도 모른다.

이 생각은 1996년, 호주에서 울루루 근처를 관광하며 도보여행을 하던 중 아침 햇살을 받으며 떠올렸다. 내 앞에 펼쳐진 장엄한 자연의 경이로움은 이미 분명하게 모습을 드러낸 신화, 그러니까 모든 곳에 존재하는 여신을 생각하게 만들었다. 무엇보다 울루루는 토속신앙을 믿는 사람들이 불의 요소, 인간의 의지, 무언가를 해내고자 하는 추진력을 상징하는 남쪽에 있었다. 남반구인 호주 중심부의 햇볕에 그을린 사막, 산불로 형성된 서식지에 거대한 붉은색 거석이 서 있었다(호주 남부를 아우르는 특징이다). 중요한 점은 내가 그 지역 자연의 신성함을 **느낄** 수 있었다는 것이었다. 어쩌면 나는 울루루가 에보리진에게 신성시되는, 말로 표현할 수 없는 어떤 이유에 영향을 받았을지도 모른다. 혹은 에보리진이 그걸 신성시한다는 사실을 알고 그렇게 느끼게 된 걸지도 모른다. 그렇다 하더라도 울루루는 민족성을 통해 대지에 대한 통찰력을 선사함으로써 다른 방식으로 지구를 바라보게 했다.

그때 나는 이런 생각을 했다. 만약 우리의 대지를 알아가기 위해 기본적인 접근법, 그러니까 각각의 원소를 대표하는 또 다른 네 가지 방향의 경관(서쪽, 북쪽, 동쪽, 중앙)을 발견하면서 개념을 확장한다면 어떨까? 지구의 모든 면을 알 순 없겠지만 토속신앙의 시각으로 바라본 지구, 거대한 규모의 대지를 알 수 있을 것이다. 토속신앙의 순례길이라는 아이디어가 떠올랐고 결과적으로 나는 이 순례길에 '다섯 갈래의 길'이라는 이름을 붙였다.

처음에 이건 그저 평범한 아이디어에 불과했다. 이 지구의 신성한 장소가 어디일지 알아내려는 과정 그 이상도 이하도 아니었다. 신성한 장소는 자연의 일부여야만 한다. 스톤헨지나 앙코르와트 같은 인공물은 원치 않았다. 여행할 때 현지 문화를 통찰하는 일을 중요하게 생각했지만, 나의 여신과의 만남을 다른 사람이 중재하는 것은 원하지 않았다. 이 장소는 지구의 전통적 지리를 기준으로 나침반의 방향에 따라 대략적으로 존재하고, 신비한 느낌을 불러일으켜야 한다. 그리고 울루루가 불과 남쪽을 상징하는 것처럼 각각의 원소를 상징해야 한다. 다섯 갈래의 길은 서식지와 문화의 다양성을 포괄해야 했다. 나는 후보군들을 심사숙고했지만 내가 그 장소들을 실제로 보게 될 수 있으리라고 생각하지 않았다.

몇 년에 걸쳐 이 생각은 머릿속 깊은 곳에 박혔고 나는 한 곳에서 다른 곳으로 향하는 길을 찾았다. 성소수자를 위한 여행 책에 수록될 리오에 대한 글을 쓰려고 남아메리카로 가는 여정에서 나는 이구아수 폭포를 찾았다. 브라질과 아르헨티나 국경에 있는 이 거대한 폭포는 정글의 강에 거대한 초승달 모양을 새기며 감탄을 자아낸다. 이구아수 폭포를 보자 경외심이 들었고 조디악 보트를 타고 폭포 아래를 지나면서는 흥분했다. 사방에서 무지개와 나비가 날아드는 모습에 가슴이 벅찼고 비가 내려 하늘에 회색 안개가 내려앉는 날에는 우울해지기도 했다. 물과 감성의 상징으로 신성하게 느낄 수밖에 없는 곳이었다.

아이슬란드로 향한 두 번의 여정은 그렇게까지 성공적이진 않았다. 가장 먼 유럽의 가장자리이자 북극권 바로 아래에 있는 이 섬은 지구상에서 지질학적으로 가장 활발한 곳 중 하나다. 천 년 전 바이킹이 섬에 있는 나무를 모두 베서 연료와 목재로 사용했기에 숲의 지표를 덮는 지붕이 부족했고 사람들은 토지의 전체적인 모습을 잘 이해하고 있었다. 비록 울루루나 이구아수 같은 북쪽의 전형이자 대지의 원소로 강렬한 끌림을 느끼는 명확한 장소를 찾진 못했지만, 내가 아직 발견하지 못한 곳에 그런 장소가 있다는 느낌을 떨칠 수 없었다. 어쩌면 아이슬란드의 불안정한 토양 아래에 묻혀 있는 신비한 지하 동굴이 그곳일지도 모른다.

그리고 나는 아프리카에 갔다.

2005년 12월 그리고 2006년 1월에 동아프리카 사파리로 떠나려는 목표를 위해 나는 오랫동안 돈과 휴가를 모았다. 야생동물 거주지역의 대표적인 야생동물들과 생소한 새들을 볼 수 있는 기회가 될 것이었다(나는 탐조가 포함된 사파리를 예약했다). 그리고 내 **뿌리**에 대한 경험이 될지도 모른다. 내 혈족은 서아프리카에서 왔지만, 아무튼 아프리카 대륙에 발을 디딤으로써 우리 선조가 사슬에 묶여 강제로 끌려온 이래 나는 가족 중 처음으로 다시 아프리카에 온 사람이 됐다. 그렇게 나는 그레이트 리프트 밸리에 도착했다. 지난 600만 년 동안 인류의 발생지였던, 6000킬로미터에 걸쳐 펼쳐진 계곡. 그 탁 트인 공간 가운데 어딘가, 내가 다닐 아주 작은 지역에서만이라도 중앙의 요소('에테르'라는 초월적인 다섯 번째 원소 그리고 영혼과 관련돼 있다)와 우연히 마주치길 바랐다.

나는 잊을 수 없는 탐조의 기억을 안고 집으로 돌아왔다. 벌잡이새Bee-eater들은 라무섬의 흙벽에서 하늘을 향해 몸을 날렸다.

새들의 암적색 몸은 일몰의 빛으로 불타고 있었다. 이파리 사이로 춤을 추는 리본이 살짝 보였다. 꽁무니 뒤로 물 흐르듯 떨어지는 긴 꼬리깃을 자랑하며 벌레를 쫓는 아프리카천국딱새African Paradise Flycatcher를 발견할 수 있을까 기대했다. 사바나를 누비는 사자, 표범, 치타처럼 위풍당당하고 치명적인 토니독수리Tawny Eagle 한 마리가 바닥에 있는 먹이 위에 있었다. 아프리카에서 나는 무려 275종의 새로운 새를 목격했다.

나는 내 정체성에 확신을 지닌 채 집으로 돌아왔다. 크리스마스 직후 여행을 떠났다가 여러 나라를 경유하는 26시간의 긴 여정 동안 음식을 챙겨먹기 위해 나는 가족들이 크리스마스 파티를 하고 난 후 아빠 몫으로 남겨둔 모닝빵 몇 개를 가져왔다. 충동적으로 나는 마지막 빵을 조금 남겨두었다. 그리고 아프리카의 땅에 처음 발을 디뎠을 때 주머니에서 모닝빵을 꺼내 땅에 흩뿌렸다. 그건 조금 바보 같았지만…… 무척 옳은 일로 느껴졌다. 그리고 동시에 무언가 완수했다는 느낌을 받았다. 이유는 알 수 없지만 아들로서 아빠의 빵을 땅에 돌려줘야만 할 것 같았다. ‘모국으로 돌아가는 것’에 대한 환상은 없었지만, 낯선 대륙에서 흑인이라는 이유만으로 나는 집에 온 것 같은 느낌이 들었다. 하지만 아프리카인들에게 나는 흔한 메이플라워 후손일 것이다. 시간과 눈물의 바다로 분단된 흑인들 사이의 괴리를 경험하며 나는 아무 말도 할 수 없게 되었다. 아프리카계 미국인들은 완전히 미국인이었고 누구도 이 사실을 지울 수는 없었다.

기사와 가이드 그리고 나는 곧 무너질 듯한 오래된 밴을 타고 탄자니아의 뜨겁고 건조한 평원을 가로질렀다. 피부에 흐르는 땀에 붉은색 먼지가 붙어 무시할 수 없을 정도가 됐다. 2주간의 사파리 여행을 시작한 지 며칠 지나지 않아 어마어마하게 많은 얼룩말을 보고 있자니 건조하고 칙칙한 생각이 떠올랐다.

"사자들이 자기 일을 안 하고 있네."

구불구불한 도로를 거쳐 급경사를 올라가자 밴의 엔진이 일하기 시작했다. 그리고 무언가 일이 벌어졌다. 갑자기 열기가 뚝 떨어졌다. 열린 창문은 시원한 안도감을 가져다주었다. 화성처럼 삭막했던 풍경은 점점 더 푸르고 무성해졌다. 나는 기운을 차렸고, 어떤 일이 나를 기다리고 있을지 궁금해졌다. 밴은 오르막길을 넘고 커브길을 돌고는 멈췄다. 가이드는 차에서 내렸다.

"이쪽으로 오세요."

가이드는 내게 내려 보라고 손짓했다.

나는 새롭게 눈에 들어온 풍경에 한 발 다가가서는 탄성을 내뱉었다. 양쪽으로 산이 완벽한 원을 그리며 서 있었고 비탈면 아래에는 숲, 사바나, 호수, 늪 등이 아프리카의 축소판처럼 펼쳐져 있었다. 우리는 250만 년 전에 엄청난 규모로 폭발하고 무너져내린, 지구상에서 가장 크고 온전한 형태의 칼데라*를 만들기 전까지는 거대한 화산이었던 웅고롱고로Ngorongoro에 도착했다. 화산은 죽은 지 오래됐지만 남은 분화구는 그렇지 않았다. 웅고롱고로는 생명체로 가득했다. 곧 내가 직접 만나게 될 수많은 아프리카의 유명한 동물들이었다. 마치 아서 코난 도일의 《잃어버린 세계》 속으로 들어온 듯했다.

우리와 함께 살아가는 거대한 동물들이 자유롭게 돌아다닐 수 있는 곳은 아프리카뿐이다. 웅고롱고로의 풍부한 자원과 크레

---

* 화산 일부가 무너지면서 생긴 분지.

이터 경계에는 어느 다른 곳과도 비교할 수 없을 정도로 몸집이 거대한 동물이 많이 서식했다. 근육질의 탱크 같은 코뿔소는 마음 놓고 풀을 뜯었다. 다 자란 코끼리는 야영지에 있는 텐트 근처를 느릿느릿 지나갔다. 크레이터 가장자리에 햇볕을 쏟아내는 태양의 주홍빛을 보면 새벽으로 착각할 만했다.

문자 그대로 인류의 시작이 이 토양에 묻혀 있었다. 응고롱고로 분화구 근처에는 올두바이Olduvai 협곡이 있었다. 여기서 유명한 고인류학자 리키가 선사시대 조상의 중요한 화석을 발굴했다. 이 작은 협곡은 연구자들만 출입 가능했기에 다른 사람들은 우리의 비밀이 묻혀 있는, 붉은 암석으로 줄무늬가 생긴 벽 바깥에서 궁금해하며 들여다볼 수밖에 없었다. 나무가 한 그루도 없이 탁 트인 지역인 세렝게티('끝없는 평원'이라는 뜻이다)는 올두바이 유적을 통해 불어오는 향풍을 만들어냈다. 벼랑에 서서 나는 백만 년 전 세렝게티에도 같은 바람이 불어왔을지를 생각했다. 지구 모든 사람의 조상도 지금 내가 느끼는 이 바람을 느꼈을까? 바람을 타고 조상들의 목소리가 들려오는 것 같았다.

모국으로 돌아갈 생각을 너무 일찍 접었던 것 같다. 이곳은 모든 인류의 모국이었다. 그리고 응고롱고로에서 내가 중앙과 지구의 영혼을 잘 보여주는 대표적인 장소를 발견했다는 사실은 의심의 여지가 없었다.

중앙에 대한 탐구까지 완성되면서 다섯 갈래 길 중 하나만 미탐사 지역으로 남아 있었다. 가장 까다로운 작업이었을 뿐만 아니라 내 발견을 완성하는 일이기에 이를 가장 마지막으로 미뤄뒀다. 마음과 지식 그리고 공기라는 원소와 관련돼 있어서 새를 위한 장소인 동쪽. 내가 가야 할 장소는 명확했다.

니마, 스콧 그리고 나는 루클라에 도착한 후 남은 하루를 보내기 위해서 곧바로 에베레스트 트레일로 출발해 그곳에서 집꾼을 만났다. 스물여섯 살인 수바스는 잘생긴 얼굴과 히말라야에 있는 모든 사람들처럼 군살 없는 체구를 지니고 있었다. 피부는 햇볕을 받은 덕에 대부분의 타망족 사람들보다 살짝 더 어두운 선명한 갈색 피부를 지니고 있었다. 우리는 트레킹을 하며 수바스가 네팔의 구릉 지대에 있는 대학에서 공중위생학 석사 학위를 밟고 있으며 학비를 벌기 위해 히말라야 트레킹 시즌이 되면 여기서 일한다는 이야기를 들었다. 미국 달러로 환산하면 한 학기 학비가 백 달러 정도 됐다. 수바스의 미래가 달린 고등교육은 다섯 자녀를 둔 그의 부모가 상상할 수도 없는 금액이었지만 뉴욕에서는 괜찮은 저녁 한 끼를 먹을 때 쓰는 돈이었다. 경제의 기준점이 놀라울 정도로 흔들렸다. 현실은 트레킹을 시작하면서 훨씬 더 두드러졌다. 매일같이 반복되는 패턴으로 단련된 수바스는 스콧의 15킬로그램 가방과 내 가방을 **둘 다** 등에 짊어지고 앞서 걷다 얼마 지나지 않아 빠른 속도로 시야에서 사라졌다. 쪼리를 신은 채였다. 스콧과 나는 니마의 뒤를 따라 느린 속도로 걸었다. 우리는 조심스럽게 히말라야에 들어섰다. 수바스의 한 학기 비용을 훌쩍 넘는 하이킹 부츠를 신고.

그렇게 멀리 가진 않았다. 땅거미가 침엽수와 오두막이 있는 산비탈까지 내려왔기 때문이다. 하지만 우리가 다른 세계에 와 있다는 걸 알아차릴 만큼은 멀리 왔다. 야크와 소의 잡종인 좁교Jop-kyo가 등에 짐을 잔뜩 싣고 줄지어 지나갔다. 멀리서부터 좁교가 다가온다는 것을 알려주는 부드러운 종소리가 들렸다. 가파른 낭

떠러지를 돌아가는 길은 좁고 사람들이 많이 이용해 거의 포장이 안 된 것처럼 보였다. 히말라야의 산길은 이보다 더 지나기 힘들었다. 도로도 탈것도 없었고 내가 당연하게 생각했던 기반 시설은 하나도 없었다. 이 지역, 솔루쿰부Solukhumbu에 무언가(식료품, 음료, 연료, 건축자재, 화장실 휴지)가 들어오거나 나올 수 있는 유일한 방법은 좁교를 이용하거나 짐꾼이 등에 멘 바구니 속에 싣는 것이다. 수바스 같은 사람은 해변의 파도처럼 이곳에 꼭 필요했다.

이곳에서의 삶은 두 발로 걷는 속도에 맞춰져 있었다. 우리는 그 흐름에 내던져졌다.

한 시간 만에 우리는 고도 2700미터 체플룽의 작은 마을에 있는 오두막에 도착했고 거기서 하룻밤을 보냈다. 누군가가 '오두막'이라는 단어를 히말라야어로 통역해줘야 했다. 뜨거운 물이 나오지 않는 무단열 구조물에, 부엌 한가운데 난로를 두고, 손님들이 사용하는 화장실 설비(복도에 있는 푸세식)에서만 열을 사용할 수 있었다. 예상은 하고 있었지만, 방의 냉기를 마주하자 서양인의 기대를 다시 한 번 재설정해야 했다. 루클라의 더 나은 숙박시설에서 머무를 수도 있었지만 스콧과 나는 이걸 즐기기로 했고 스웨터를 꺼입은 채로 잠들었다.

스콧과 나는 이전에 파리, 벨리즈, 라스베이거스를 여행했다. 특히 스콧이 계획했던 라스베이거스의 여정은 정말 즐거웠다. 스콧은 나의 생일에 터무니없다고 생각했던 곳으로 데려가 나를 놀라게 했다. 그는 라스베이거스에 도착했을 때 우리가 터무니없는 장소에 휩쓸려 흥청망청 놀 수 있도록 계획을 짰다. 스타트렉 익스피리언스 테마 놀이기구(정말 마음에 들었다!), 리버라체 박물관(삭막한 번화가에 있었으며 피아노 연주자의 잔기술만 가득한 노래를 들을 수 있없다). 비극적으로 꾸며낸 프랑스스러움으로 가득한 패리스 호텔 카지노의 숙소는 진짜 파리에서 보냈던 로맨틱한 여행을 떠오르게 만들었다. 라스베이거스는 미국의 조악한 부분을 천 배 정도 확대시킨 듯했다. 우리는 그 어리석음을 구경하느라 도박도 하지 못했다. 라스베이거스를 포함해 우리가 떠난 여행에서 스콧과 나는 굉장한 즐거움을 누릴 수 있다는 것을 증명했다. 첫 번째 히말라야 오두막에서 벌벌 떨면서, 더 혹독한 환경에서도 무너지지 않고 우리 관계를 유지할 수 있을 거라는 안도감이 들었다. 새로운 관계를 계획하던 중 이건 좋은 신호처럼 보였다.

하지만 여전히 나는 스콧과 트레킹을 하며 내 개인적이고 독특한 영적 관점을 공유하지는 못할 거라고 느꼈다. 스콧은 분명 야영지에서 내가 믿는 토속신앙이 괴상하다고 생각했을 것이다. 스콧이 동지(일 년 중 밤이 가장 길어 나는 땅거미가 질 때부터 새벽까지 깨어 있었다)와 하지(일 년 중 낮이 가장 길어 나는 새벽부터 땅거미가 질 때까지 야외에서 시간을 보냈다)를 기념하는 내 소박한 전통을 무시했을 때 이 사실은 확실해졌다. 스콧은 며칠 후 다시 한 번 이를 분명히 했다. 히말라야의 교차로 마을인 남체 바자르Namche Bazaar에 머무르며 나는 현지 예술가가 판매하는 멋진 예술품을 구매하는 대신 만다라(상징적이고 명상의 의미가 있는 기하학적 무늬)를 그려달라고 주문했다. 나는 만다라에 내가 중요하다고 생각한 상징을 넣기를 원했다.

"진짜를 사야지."

스콧이 그렇게 나를 비난한 후로는 더 이상 아무 말도 하지 않았지만 나는 이해할 수 있었다. 스콧은 미학적인 것과 실재하는 것을 좋아했다. 그렇기에 내가 의미 있게 생각하는 영성에 대한 독특한 접근 방식은 뒤로 밀려났다.

게다가 나 자신의 불확실성 때문에 여행에서 마주한 영성과 소통할 수 없게 됐다. 다섯 갈래 길은 내게 여행을 위한 개념 체계를 선사했지만 여기 히말라야에서 나는 그게 실제로 무엇을 의미하는지 모르게 됐다. 성공적이라고 생각했던 다른 갈래의 순례길에서 나는 직관에 따라, 즉 내가 느낀 대로 움직였다. 울루루에서 열기와 경이로움을 느끼고, 이구아수에서 감정과 경외심을 느끼고, 웅고롱고로에서 인류의 기원으로 시간을 돌렸다. 하지만 이번은 달랐다. 곧바로 목적지에 도착할 수 있는 게 아니라 며칠 동안 걸어야 했다. 그런 이성적인 마음의 여정이었기에 직관은 기껏 해야 2순위가 될 수밖에 없었다. 가파른 계곡을 비추기 위해 초승달이 구름 사이를 스쳐 지나가던 그날 밤 나는 내가 기대했던 어떤 깨달음도 얻지 못했다.

서늘하고 흐렸던 다음 날 아침, 트레킹을 시작하면서 이런저런 생각을 하기에 나는 너무 들떠 있었다. 우리의 첫 트레킹이 기다리고 있었다. 두드코시Dudh Koshi 강까지 두 시간을 걷자 구름이 걷히고 계곡에 온기와 햇살이 쏟아졌다. 우리는 초목이 무성한 협곡을 따라 걸었다. 빙하가 녹아 청록색으로 물든 급류가 가장자리를 따라 흘러 저 아래에 있는 강과 하나로 합류하는 곳이었다. 우리는 절벽을 잇고 있지만 곧 무너질 듯한 강철과 케이블로 만들어진 다리에 의지해 협곡을 건넜다. 이런 다리는 그 지역에서는 흔하게 볼 수 있는 것이었다. 불안정하고 엉성한 다리(니마 같은 가이드들은 한 번에 너무 많은 관광객들이 몰리지 않도록 했다)가 수년 동안 셀 수 없이 많은 트레커와 거주민들을 안전하게 실어 날랐다는 것은 의심할 여지가 없다. 의심할 여지가 없다…….

내 신경은 다리를 건너는 동안 곤두서 있었고 나중에 차를 마시며 진정됐다. 밀크티, 레몬차, 홍차, 생강차, 민트차……. 차야말로 히말라야의 산물이었기에 나처럼 차를 즐기지 않는 사람도 마셨다. 우리가 마시는 풍경과 함께 차도 술술 넘어갔다. 셰르파들이 신성시하는 쿰비율라Khumbila 봉우리(5500미터'밖에' 안 되기에 히말라야의 대표적인 봉우리에 들어가지도 못한다)가 구름 사이로 고개를 내밀고 두드코시 강 위로 우아하게 드리웠다. 우리는 지구상에서 가장 높은 곳으로 네팔의 보호구역이기도 한 사가르마타Sagarmatha 국립공원의 몬주Monju 입구에 도착했다. 초몰룽마까지 가기에는 여전히 며칠이 남았지만 우리는 한눈에 알아볼 수 있었다. 저 멀리서 산맥의 긴 옆면이 우리에게 손짓하고 있었다.

그곳에 가고 싶어 하는 사람이 우리만은 아니었다. 입구는 트레커들로 붐볐는데, 올라가려는 열댓 팀과 내려오려는 열댓 팀이 같은 길에 한꺼번에 모여든데다가 좁고 행렬이 넓은 길을 가로막고 있었다. 나는 루클라에 처음 내렸을 때 더 안락한 숙박시설에 머무는 대신 좁은 길로 트레킹하자고 제안했던 니마의 지혜에 감사를 표할 수밖에 없었다. 그의 단호한 결단력 덕에 우리는 군중으로부터 떨어져나올 수 있었다. 카트만두에서 비행편을 구하지 못해 답답한 며칠을 보낸 후 우리는 트레킹을 가장 많이 하는 시즌임에도 목적지까지 한 번에 도착할 수 있었다. 니마는 처음부터 우리와 떨어져 있었다. 그의 계획은 잘 먹혀들었다. 적어도 그때까지는.

혼잡하다는 것은 우리가 주기적으로 멈춰 서서 다른 사람들이 지나가도록 길을 비켜줘야 한다는 뜻이다. 나는 불평하지 않았다. 그날 두세 시간 동안 끝없이 오르막길을 올라야 했고 심혈관이 건강했는데도 나는 숨을 헐떡였다. 짧게 멈춰 서는 것은 언제나 환영이었다! 우리가 몬주에서 대략 해발 3400미터인 남체 바자르로 향했을 때, 출발 지점보다 600미터는 높이 올라간 것이었다. 스콧과 나는 고도를 느낄 수 있었다.

우리가 남체 바자르에 도착하자마자 산속 날씨는 다시 한 번 급격히 달라져 비가 쏟아져내리기 시작했다. 다행히 솔루쿰부의 가장 커다란 커뮤니티인 남체 바자르는 트레커에게 음식을 제공하며 몸집을 키웠기에 비를 피할 수 있는 안락한 피난처가 있었다. (개별 침실이 있고 뜨거운 물로 샤워할 수 있는 기본적인 호텔이었다!)

내 기분은 쉬이 나아지지 않았다. 스콧과 나는 트레킹을 하는 두 시즌 중 상대적으로 따뜻하고 특히 청명한 하늘이 주를 이루는 10월을 택했다. 하지만 우리가 남체 바자르에 도착했을 때 우리를 환영해주던 두터운 구름과 불규칙하게 내리던 비는 다음 날, 그 다음 날, 그리고 그 다음 날까지 계속됐다. 우리의 목적지인 초몰룽마와 다른 높은 히말라야 봉우리는 어둠의 장막 뒤에 숨어 있었다.

카트만두 공항에 있는 것 같은 기분이었다. 여기까지 오는 동안 거부당하기만 해서 짜증이 났다. 그 느낌은 내 불안함을 증폭시켰다. 정신적 탐구를 수행하려 했는데, 내 영성의 깊이는 너무 얕아 약간의 비에도 씻겨내려갔고 산봉우리의 모습이 눈앞에서 사라지자 크게 실망하게 됐다. 눈앞의 놀라운 광경을 무시하진 않았지만 나는 그저 보는 것보다 더 풍족한 것을 원했다. 다시 한 번 나는 내가 기대했던 통찰력을 찾아 허우적댔다. 토속신앙적 성지 순례를 하러 히말라야를 왔는데 지금 대체 무엇을 하고 있는 건지

의문이 들었다.

더 답답했던 것은 평소처럼 새를 뒤쫓지 못했다는 점이다. 탐조인이 아닌 스콧과 함께 트레킹을 하면 그렇게 될 줄은 알고 있었다.

> 🐦 **탐조 팁**
>
> 탐조를 하지 않는 사람이 있는 데서 억지로 탐조를 하려 하지 말자. 30분 동안 참을성 있게 늪굴뚝새Marsh Wren가 모습을 드러내기를 기다리는 동안 당신의 친구들과 가족들은 늦어진다며 화를 낼 것이다.

트레킹을 하는 동안은 매일 얼마나 이동하는지가 중요했기에 보고 싶었던 새의 흔적을 찾기 위해 꾸물거리거나 다른 길로 새는 여유는 거의 없었다. 그 결과 나는 이제껏 탐조를 해 본 적 없는, 살아 숨 쉬는 새로 가득한 지역을 가로지르면서도 트레킹 경로에 모습을 드러내는 새만 만날 수 있었다. 트레킹하며 맞닥뜨릴 상황에 대비돼 있다고 생각했지만, 철쭉밭과 나뭇가지가 이끼로 뒤덮인 작은 숲을 지나면서 한 번도 들어본 적이 없는 새소리가 울려퍼지는 것을 들었을 때는 이 놀라운 소리의 정체를 밝히러 쫓아갈 수밖에 없었다. 정말 많이 애를 태웠다.

이제까지 모든 고도에서 어디서나 볼 수 있었던 검은 보초병 큰부리까마귀Large-billed Crow는 손쉽게 자신을 드러냈다. 남체 바자르를 넘어 황무지를, 지의류로 뒤덮이고 옅은 안개가 깔린 경사면을 드라마틱하게 활공했다. 이 까마귀는 완벽하게 공포영화 세트의 일부 같아 보였다. 흰머리바위딱새White-capped Water Redstart를 처음 목격하던 순간 나는 전율했다. 계곡을 따라 쏜살같이 날아가는, 머리가 벗겨진 울새처럼 생긴 쾌활한 새였다. 하지만 나는 수많은 광경이 흘러가는 것을 보고만 있어야 했다.

히말라야비단꿩Himalayan Monal은 적어도 얼마간 그 불안을 완화시켜줬다. 겉은 벌새처럼 무지개 빛깔(얼굴은 청록색, 목은 진홍색, 등은 황녹색)이 수놓여 있고, 그 아래로는 대비되는 완전히 새까만 색을 품은 생명체를 상상해보자. 이제 성장호르몬을 주사해 이 '벌새'가 사냥에 활용되는 새만큼 튼튼한 체격을 갖추고 머리에 깃이 우뚝 솟게 만들어보자. 아시아에 서식하는 꿩은 눈부신 모습으로 유명하다. 당연한 말이지만 나는 도감에서 네팔의 국조인 이 새의 모습을 확인했다. 목재 비탈길을 느긋하게 거니는 수컷 꿩을 처음 목격했을 때, 나는 숨을 쉴 수 없었다. 고도 때문은 아니었다. 심지어 스콧조차 감명을 받았다!

히말라야비단꿩 덕에 불안을 떨쳐버릴 수 있었다. 필사적으로 이곳에 온 의미를 찾으려던 마음 한 구석이 편안해졌다. 이제 나는 여행이 어떻게 흘러가든 받아들일 수 있게 됐다. 히말라야비단꿩 그리고 앞으로 내가 발견하게 될 모든 것과 함께 나는 흐린 날씨를 받아들였다. 날씨가 흐려 초몰룽마를 포함해 여러 봉우리를 볼 수 없게 될지라도 괜찮았다. 내가 보고 싶었던 것은 맑은 하늘이 아니라 명확한 정신이었으니까. 주변의 요소들은 내 통제를 벗어났지만 내 안의 힘, 특히 내 생각은 내가 통제할 수 있었다. 이번 순례길은 목적이 뚜렷하다기보다는 여행과 같았다. 내면의 순례에 대한 여행. 나는 히말라야가 선사하는 것이라면 그 무엇이든 흡수하기 위해 여기에 왔다.

때마침 우리는 해발 3867미터인 텡보체에 도착했다. 그 지역에 있는 티베트불교 사원 중 가장 중요한 곳이었다. 힌두교가 지배적인 카트만두나 네팔 저지대와는 종교가 다른 히말라야를 오르는 동안 불교에 심취하게 됐다. 루클라에 도착한 이후로 우리는 경전이 새겨진 거대한 원통인 티베트 마니차의 환대를 받았다. 길조의 상징부터 타라보살의 그림까지 포괄하는 불교의 도상학을 모든 곳에서 만날 수 있었다. 텡보체의 거대한 수도원, 곰파에서 나는 불교의 가장 핵심적인 수행법 중 하나인 티베트식 명상법을 맛볼 수 있었다.

명상은 오랫동안 내 신앙의 실천 중 하나였다. 토속신앙 의식은 탐조를 하는 것부터 프렌치토스트를 만드는 것까지 여러 일상에 물들 수 있지만 내가 토속신앙과 직접적으로 연결된 활동이라 믿는 것은 명상뿐이었다. 나는 기도를 하지 않았다. 어디에서나 볼 수 있는, 웅장한 나무 아치 형태 캐노피와 수많은 별이 흩뿌려진 하늘 아래 있는 교회에도 가지 않았다. 나는 명상을 했다. 그리고 의심할 여지없이 불자들은 명상의 전문가기에 나는 의식, 마음 챙김, 집중, 정신을 다스리는 상태를 전환하는 법에 대해 배울 수 있었다.

간단한 규칙(사진 촬영 금지!)을 준수하기만 하면 관광객들은 매일 명상 의식을 하는 텡보체의 승려들을 관찰할 수 있었다. 스무 명 이상의 관광객들과 나는 앞으로 일어날 일을 전혀 예상하지 못한 채 그날 저녁 곰파에 들어섰다(스콧은 함께하지 않았다. 텡보체로 올라가는 일은 스콧에게 큰 무리를 주었고 한 걸음 내디딜 때마다 심장이 빠르게 뛰게 했다. 그리고 무엇보다도 스콧은 휴식을 원했다. 내가 스콧에게 숨기고 있던 두 번째 비밀을 밝히기에 적절한 시기는 아니었다).

수도원 본당의 내부는 화려하고 정교한 장식으로 꾸며져 있었다. 머리를 깨끗하게 민 승려들과 고동색과 짙은 황색, 진홍색의 승복이 조화를 이뤘다. 거대한 불상은 불당 앞의 제단에 자리하고 있었고 그 옆에 창을 든 두 명의 조력자 석상이 호위하고 있었다. 천장은 직접 그린 만다라 십여 개로 뒤덮여 있었는데, 이 복잡한 패턴은 불교 미술의 깊은 상징을 이해하지 못하더라도 시선을 사로잡았다. 향냄새가 가득한 공기 속에서 25명 정도의 승려들이 나란히 놓여 있는 벤치 네 개에 앉았다. 그리고 주지승인 린포체는 제단 앞 눈에 띄는 자리에 앉아 있었다.

끝이 땅에 닿을 정도로 길게 뻗은 웅장한 뿔피리가 의식의 시작을 알리며 울려 퍼졌다. 그 소리가 장내와 우리 몸을 울렸다. 승려들은 내가 이해할 수 없는 말을 읊기 시작했다. 가끔 린포체가 종을 쳤고 그에 대한 답으로 다른 승려들이 모두 같은 행동을 반복하며 아름다운 소리의 파도를 만들었다. 경을 읊고 종을 치고 경을 읊고 종을 치고 가끔은 불협화음이 튀어나왔다. 갑작스레 팅샤*를 부딪히는 소리, 북을 울리는 소리, 크고 작은 나팔의 요란한 소리가 들렸다. 뉴에이지의 안정적인 배경음악과는 정반대의 소리였기에 나는 이런 폭발적인 소리가 승려들이 졸지 못하도록 하는 역할인지 궁금했다.

그리고 모든 승려들이 차를 마신 후 의식의 전반적인 음정이 낮아졌다. 그들은 한 음절을 일정하게 냈다. 나는 눈을 감았고 내가 승려의 목소리에 몸을 맡기고 있다는 사실을 깨달았다. 실제로는 20~30분 정도였지만 영겁의 시간에 빠진 것 같았다. 이전 소리의 주기와 대조적이어서 더 감동적이었다.

음악은 다시 처음으로 돌아왔다. 이번에는 좀 더 복잡한 의식

---

*   티베트 승려가 연주하는 악기로, 금속성의 맑은 소리를 낸다.

이 되었다. 악사들이 불교의 상징이자 하얀색 소라고둥인 샹카를 연달아 불고 그 끝을 만졌다. 출가한 지 얼마 안 된 승려들이 린포체에게 어깨 너비가 넓은 옷깃과 여러 겹으로 된 모자, 옆면에 장식이 달린 왕관까지 점점 더 많은 장신구를 얹었다. 그 후 더 많은 초심자 승려들이 닭 벼슬 모양의 거대한 왕관을 쓰고 모든 장식을 벗어 한데 묶어두었다. 이번에는 훨씬 더 오래 지속됐기에 결국 나는 의식이 끝나기 전에 자리를 뜨거나 저녁식사를 놓치는 위험을 감수해야 했다. 나는 약간의 두통을 안고 나왔다. 향은 나랑 맞지 않았지만, 나는 명상과 여러 형태에 새로이 감탄했다.

그리고 내 마음처럼 하늘이 맑아졌다. 공기가 차갑고 터무니없을 만큼 날씨가 맑았던 다음 날, 계획의 반 정도 트레킹을 했을 즈음 안경의 렌즈를 바꾼 것처럼 세상이 선명하게 보였다. 우리는 히말라야 높은 지대까지 올라갔다. 나무는 사라졌고 어디에서나 볼 수 있었던 큰부리까마귀Large-billed Crow의 숫자가 줄어들자 그 자리를 고지대에 서식하는 다른 까마귀가 채웠다. 바로 노랑부리까마귀Yellow-billed Chough였다. 바닥을 이루는 암석은 훤히 드러나 있었으며 거대한 봉우리가 모습을 드러내기 시작했다. 아마다블람Ama Dablam의 쌍둥이 봉우리는 송곳니처럼 하늘을 향해 튀어나온 눈 덮인 들쭉날쭉한 봉우리 중 하나였다. 이런 광경은 본 적이 없었다.

"만약 신이 사는 장소가 있다면 바로 여기일 거야."

나는 스콧에게 말했다. 그도 딱히 부정하지 않았다. 올림푸스 산은 이 만들어진 지 얼마 안 된 험준한 봉우리로 대체되었다.

분명 신은 산소를 별로 필요로 하지 않는 듯했다. 이곳은 산소가 부족했다. 나는 어느 고도에서든 괜찮았지만, 더 높은 고도로 올라가야 할 때는 더디게 걸었고 심지어 숨이 턱턱 막혔다. 가파른 비탈길 꼭대기에서 우리는 초몰룽마 봉우리까지 오르려다 목숨을 잃은 등반가를 기리는 기념비를 지났다. 목숨을 잃은 사람들의 이름이 빼곡한 돌기둥 주변에는 빨간색, 파란색, 흰색, 초록색, 노란색 티베트불교 깃발이 나부끼고 있었다. 이 고도는 그저 트레킹을 하는 것만으로도 어려웠다. 이 기념비는 아마추어들이 이곳을 등반하지 않는 이유를 다시 한 번 일깨워줬다.

해발고도 4240미터인 딩보체의 오두막에서 하룻밤을 보내면서 나는 쉬이 잠들지 못했다. 새벽 4시에 갑작스레 잠에서 깼고, 이 시간대쯤이면 달이 사라지기에 별을 즐기기 위해 울루루에서 들이쉰 공기 이후 가장 청명한 공기를 마시며 밖으로 나왔다(스콧을 깨우지 않기 위해 조심히 나왔다). 나는 해가 뜰 때까지 깨어 있었다. 아마다블람의 거대한 봉우리가 나를 가로막고 있었다. 산봉우리 뒤로 밝은 하늘의 파편들이 쏟아졌고 봉우리 주변은 금빛으로 물들었다가 천천히 하얀 비탈길을 타고 빛이 내려왔다. 지평선에 있는 회색빛 도는 보라색 구름은 바닥부터 용암 같은 진홍색으로 물들었다가 은은하게 색을 잃었다. 누군가는 신의 손길을 봤다고 생각할지도 모른다. 이 풍경은 그 자체로 신성하게 느껴졌다.

우리는 아마다블람의 쌍둥이 봉우리의 그늘이 드리운 해발 4900미터 로부체의 농경 마을에서 다음 날 밤을 보냈다. 이 날 밤은 내 생애에서 두 번째로 편치 못했다. 이뇨감을 느끼며 자다가 두 번이나 급하게 일어났는데 영하 6도의 날씨에 복도 끝에 있는 푸세식 화장실까지 느릿느릿 걸어가는 비참한 경험을 해야 했다. 그러고는 다시 잠에 들 수 없었다. 높은 고도에서 잠을 자는 것이 힘든 일이라는 경고를 들었지만 순식간에 잠들 수 있는 내 능력

덕에 괜찮을 거라고 생각했다. 하지만 그 생각은 틀렸다.

잠이 부족해 스콧과 나 모두 부비강에 문제가 생기면서 고통받았다. 에베레스트 베이스캠프에 도착하기 전 마지막 작은 전초기지인 해발고도 5140미터에 위치한 고락셉을 트레킹한 지 8일째 되는 날 아침 우리는 모두 호되게 당했다. 오두막의 공용 공간에서 휴식을 취하는 동안 트레커들의 좀비 같은 표정을 보니 고도가 얼마나 높은지 알 수 있었다. 아무도 말을 하지 않았다. 쉴 새 없이 들리는 숨소리, 기침 소리, 코 훌쩍이는 소리, 푹 쓰러지는 몸짓과 추위에 웅크리는 어깨, 움직이지 못하는 사람들의 모습이 많은 것을 알려주었다.

그 순간 우리는 밖으로 나가 처음으로 히말라야에서 가장 큰 피라미드 모양의 초몰룽마를 보았다. 니마는 그날 오후 바위가 많은 암벽을 지나 우리의 궁극적인 목표이자 해발 5364미터에 달하는 에베레스트 베이스캠프로 안내했다. 비록 갖춰진 것은 별로 없었지만. 몇몇 등반가들의 텐트가 근처에 흩어져 있었고 위치를 표시하기 위한 볼더*가 있었다. 주변에는 기도를 위해 달아둔 깃발이 나부끼고 있었고 쓰레기가 넘쳐났다. 너무도 많은 트레커들이 셀 수 없이 많은 플라스틱 병을 버렸고 다시 가져가려는 생각은 없었던 것 같았다. 시에서 쓰레기를 수거해갈 수 없었기에 가져온 사람이 다시 가져가는 것 말고는 쓰레기를 치울 방법이 없었다.

이런 감동적이지 않은 모습도 나와 스콧의 성취감을 축소시킬 순 없었다. 지구에서 가장 높은 산 입구에 도착했다! 나는 잠시

---

* 베이스캠프 위치를 확인할 수 있는 랜드마크 역할을 하는
 바위.

그 자리에서 스콧에게 비밀로 했던 두 번째 비밀을 알려줄까 고민했지만 그러지 않기로 했다. 나는 장밋빛 햇살이 비추는 이 세상의 지모신 봉우리를 바라보았다. 그리고 무언가 신비한 기운을 느꼈다. 지적 환희였다. 나는 지구의 지각이 끝나는 지점(더 높지도 낮지도 않은 높이)이자 모든 것이 뻗어나가는 가장자리를 바라보고 있었다.

어둠이 내려앉으면 날카로운 암석을 넘어 고락셉으로 돌아가야 했기에 오후에 베이스캠프에 도착하는 것은 위험했다. 우리는 안전한 수준에서 속도를 높였다. 그럼에도 나는 멈춰 서서 뒤를 돌아봤다. 초몰룽마의 전경에 보이는 봉우리인 눕체산 위로 달이 떠올랐고 계곡 전체에 달그림자를 만들었다.

그때부터는 내리막길이었다. 문자 그대로기도 하고, 비유적으로도 그랬다.

다음 날 아침 우리는 난방이 되지 않는 합판으로 만든 판잣집 방에서 추위에 떨며 일어났다. 그리고 밖에 짙은 안개와 자국눈이 내린 모습을 발견했다. 심지어 우리가 자는 동안 뱉은 수증기로 창문 **안쪽에** 1센티미터 두께의 얼음이 응결돼 있었다.

우리는 모두 두통을 호소하며 일어났다. 높은 고도 때문에 나타나는 현상이었다. 나는 그나마 가볍게 앓았지만 스콧은 고산병을 치료할 수 있는 식이요법을 했음에도 이마 한 가운데에서 심장 박동을 느낄 수 있었다. 위급 상황이었다. 우리는 고도를 높이지 않고 신체가 적응할 수 있도록 하는 적응 기간에 딱 하루만 썼던 것에 대한 대가를 치르고 있었다(카트만두 공항에서 대기하면서 며칠을 보냈기에 남체 바자르에 적응하는 데 보낼 수 있는 시간은 하루뿐이었다.)

우리는 칼라파타르Kala Pattar를 아침 일찍 등반하기로 계획하고 잠에 들었다. 칼라파타르는 모든 봉우리들이 한 눈에 보이는 탁 트이는 시야로 유명한 전망 좋은 곳이었지만 산소의 밀도가 매우 적은 고락셉까지 올라가야만 볼 수 있었다. 심지어 바닥에는 눈이 쌓여 있고 앞이 보이지 않을 만큼 안개가 끼어 산을 더 오르는 건 어려웠다. 칼라파타르는 흐릿하게 보였다. 스콧의 상태를 보면 그런 게 문제가 아니었다. 고산병이 시작됐을 때 유일한 치료법은 산을 내려가는 것뿐이다.

기분 좋은 하산은 아니었다. 코감기 때문이었든, 다른 이유였든 두통뿐만 아니라 우리의 부비강에도 강렬한 자극이 있었다. 또 우리 둘 다 장에 문제가 생겨서 등산을 하면서 화장실에 가는 걸 참으려 노력했다. 안개는 살을 에는 듯한 차가운 보슬비로 바뀌었다. 흐린 날씨까지 더해져 로부체에 도착했을 때 우리는 완전히 뻗어버렸다.

다음 날 아침 화장실을 들락날락하는 사이 나는 결국 스콧과 이야기를 나누기로 결심했다. 이 모든 여정 동안 스콧에게 숨겨왔던 비밀을 이야기하기로 한 것이다.

"스콧, 지금까지 우리 여행 괜찮은 것 같아?"

"당연하지."

내 질문을 듣고 약간은 놀란 그에게 나는 배낭에서 여행 내내 숨겨놨던 파란색 상자를 꺼냈다.

"남은 생애 동안 나와 함께 여행을 해줄래?"

상자 안에는 뉴욕을 뜨기 전에 티파니앤코에서 어렵게 구한, 스콧의 손에 딱 맞는 단순한 디자인의 반지가 들어 있었다. 나는 앞으로 지구 꼭대기에서 프로포즈할 기회가 절대 오지 않을 거라는 사실을 알았다. 우리는 둘 다 엉망이었다. 며칠 동안 머리를 정리하지도 씻지도 못해 몰골은 처참했고 냄새도 끔찍했다. 하지만 우리가 이렇게 서로를 사랑할 수 있다면 그게 의미 있는 게 아닐까? 히말라야의 작은 마을, 언제나 함께 서 있을 아마다블람의 봉우리 두 개가 보이는 곳에서 나는 프로포즈를 했다.

스콧은 놀랐지만 내 프로포즈에 답을 했다.

그날 내 일기는 이렇게 시작했다.

Q: 오늘 무엇을 얻었나요?

A: 코감기, 설사, 약혼

"쿠퍼! 이게 무슨 일이야! 뼈밖에 안 남았네!"

뉴욕에 있는 회사로 돌아왔을 때 사무실 대표(너그러운 인품을 지녔고 솔직하며 운동을 하는 사람을 기가 막히게 알아보는 여성이다)가 나를 보자마자 한 말이었다. 히말라야 트레킹에서 돌아온 내 모습을 보고는 그녀의 입이 떡 벌어졌다.

틀린 말은 아니었다. 나는 트레킹 전에 몸무게의 4분의 1을 감량했다. 근육은 쉬는 동안에도 연료를 태우고, 그러기 위해서는 산소가 필요하다. 그 정도의 고도에서 산소에 굶주린 내 신체는 이렇게 소리치며 상체의 근육을 잃게 했을 것이다.

"안 돼! 근육을 사용하지 않을 거라면 없는 게 낫겠어!"

게다가 히말라야의 불교 신자들은 대부분 채식주의자였다. 근육을 유지하기 위해 고단백 끼니를 여러 번 먹던 나는 더 이상 그 식단을 유지할 수 없었다(나는 계속 닭장에 있는 닭 한 마리를 잡길 바랐다. 그냥 한 마리만!). 결과는 예상 가능했다. 나는 바싹 말랐다.

내 신체가 겪은 스트레스에는 다른 징후도 있었다. 문에 손을 찧인 기억은 없었지만 엄지손톱에 가로로 무늬가 생겼다. 더 자세히 들여다보다가 내 열 손가락 손톱 **전부**에 무늬가 생겼다는 사실을 발견했다. 나는 손톱이 자라는 속도를 관찰했고, 이상이 생긴 부분을 계산해본 결과 트레킹을 하던 시기와 맞아떨어졌다. 내 손톱은 성장이 억제된 나무의 나이테처럼 트레킹으로 억제됐다.

하지만 그 어떤 것도 영원하지 않았다. 손톱이 자라면서 이상한 무늬는 사라졌고 해발고도와 산소 농도와 운동과 식이요법이 원래대로 돌아오자 근육이 빠르게 붙기 시작했다.

안타깝게도 스콧과 나도 영원하지 못했다. 나는 스콧에게 뉴욕에서만 식을 올리는 게 어떻겠냐고 물었고, 당시 뉴욕에서는 아직 동성혼이 합법화되지 않았기에 우리의 관계가 안정적인지 확인하기 위해 긴 약혼 기간을 가져야겠다고 생각했다. 하지만 뉴욕 주지사 앤드루 쿠오모는 한 달 만에 입법부에서 동성혼을 통과시켰고 스콧과 나는 로부체에서의 프로포즈 이후 일 년 만에 식을 올렸다. 시간이 더 있었다면 더 현명한 선택을 할 수 있었을까? 아니면 우리 둘 중 한 명이 이 관계를 끝냈을까? 알 수 없다. 우리의 결혼 생활은 결국 처음과 비슷한 부담감 아래에서 흐트러졌고 나란히 세계 정상을 여행하던 스콧과 나는 결국 서로 다른 길을 걷게 됐다.

그러나 다른 것들은 여전히 내 옆을 지키고 있다. 독특한 장소에 대한 기억, 그 기억을 둘러싼 어려움과 드러난 사실, 오랜 기간에 걸친 스스로에 대한 탐구 같은 것들 말이다. 나는 내 안의 토속신앙에 적응했다. 내 정신의 갈망은 여전히 우리가 던져진 혼란스러운 삶 속에서 질서와 의미를 찾으려 했지만, 트레킹을 하며

예상치 못한 변화를 통해 배운 대로 나는 상황이 흘러가는 가도록
두는 편이 더 나을 거라고 생각했다. 나는 가끔 명상을 하며 불교
인의 정신수행을 통해 세상을 향한 더 깊은 인식의 문을 열 수 있
었다. 최선을 다해, 나는 5.3킬로미터의 높이에서 삶을 내려다보
았다. 저 먼 히말라야의 차고 깨끗한 공기를 마시며. 그리고 어떤
순간에는 내가 완전히 엉망이어서 고된 발걸음으로 앞으로 나아
갈 수 없다고 느끼기도 했다.

　거대한 신을 알아가면서 나는 허파를 신의 숨결로 가득 채우
고 모든 봉우리에서 호흡으로 신과 연결될 수 있었다. 많은 사람
들에게는 이해할 수 없는 말처럼 들리겠지만, 내게는 살아 숨 쉬
는 세계를 그려내는, 여러 트레킹과 여행에 담긴 기억이 있다. 울
루루…… 이구아수…… 웅고롱고로……

　초몰룽마.

10장

가족 문제

동물의 왕국에서 수컷 황제펭귄보다 헌신적인 아버지는 없다. 남극이 점점 더 어두워지고 추워지는 동안 암컷은 알을 하나 낳고 수컷에게 알을 맡긴 후 몇 주 동안 물고기를 충분히 섭취하기 위해 바다로 향한다. 그동안 수컷은 영하 30도의 온도와 자비 없는 바람 속에서 온기를 유지하며 남극의 한겨울을 보낸다. 몇 달 동안 음식 하나 먹지 않고 단 한 가지 목적을 위해, 소중한 알을 지키기 위해 애쓴다. 수컷은 알을 얼음에 닿지 않게 하기 위해 발등 위에 조심스럽게 균형을 잡고 두꺼운 피부와 단열에 뛰어난 깃털로 온기를 유지하며 부화하기를 기다린다.

흰색과 푸른색으로 뒤덮인 척박한 벌판에 우뚝 서서 움직이지 않는 수컷 황제펭귄의 머리 위를 빙빙 도는 별과 남극광의 흐릿한 빛이 비출 때면 그 긴 철야 동안 무슨 꿈을 꾸는지 궁금해진다. 너무 굶주린 나머지 물고기 떼가 가득한 환상을 보게 되진 않을까? 얼마 안 있어 부화할 새끼의 얼굴, 미래의 희망을 담은 솜털 덩어리를 상상할까?

암컷이 돌아와 육아를 맡으면 아사하기 직전의 수컷은 마침

내 바다로 향해 자신의 몫을 먹는다. 그리고 새끼에게 먹이를 주기 위해 다시 돌아올 것이다. 지금까지 새끼의 유일한 따뜻함과 보호의 원천이 슈퍼맨 아빠였으니 말이다.

하지만 이 중 어떤 특성도 우리 아빠에 대한 설명은 아니다.

나의 아빠 프란시스 쿠퍼는 다양한 면을 지닌 사람이었다. 브루클린에서 어린 시절을 보낸 과학 선생님, 한국전쟁 참전용사, 흑인 시민권 활동가. 하지만 자녀를 따뜻하게 보호하는 아빠는 이 리스트에 오르지 못했다. 사실은 그 반대였다. 내 최초의 기억은 어린 시절 아빠를 두려워하는 공포 속에서 살았던 날들이다. 나뿐만 아니라 우리 가족 모두 그랬다. 물리적으로 폭력을 행사하진 않았지만 아빠는 잔인할 정도로 감정적이었다.

그 어떤 것도 좋게 지속되지 않았다. 우리는 항상 캠핑 갈 준비가 되어 있었는데, 이때가 아빠가 가장 행복해한 순간이었다. 1972년 여름, 아빠는 캠핑카에 나를 밀어넣고 금환일식을 관측하러 캐나다 노바스코샤주로 남자들만의 여행을 떠났다. 우리는 감탄하며 하늘을 관측했다. 낮이 순식간에 밤으로 바뀌고 태양의 가장자리만 남은 금환이 하늘에 검은 동그라미를 새겨 넣는 동안 아홉 살 난 남자아이는 아빠와 나란히 앉아 있었다. 두 괴짜 과학자가 그보다 행복했던 적은 없었다.

나를 사랑한다고 생각했던, 얼마 전까지만 해도 내게 해와 달을 보여주었던 사람이 며칠 동안 자신의 어둠에 빠져 가족(다른 사람에게는 절대로 보여주지 않았다)을 분노의 배출구로 삼는다는 사실을 받아들이기 힘들었다. 하루에 담배 한 갑을 피우는 아빠의 습관 때문에 간접흡연으로 롱아일랜드의 작은 이층집에는 오랫동안 어두운 구름이 내려앉았다. 으르렁대거나 소리칠 때를 제외하고는 이 시기 동안 아빠와 소통을 할 수 없었다. 아주 사소한 일에서도 그랬다. 못된 말을 뱉는 것과 오랫동안 언짢은 얼굴로 침묵을 지키는 것 중에 어느 쪽이 더 끔찍한지 가늠하기도 어려웠다. 우리는 오랫동안 한 남자에게서 풍겨나오는 위협적인 공기 속에서 살아남는 방법을 배웠다. 어린 시절 나는 1970년대의 상징인 나무 판넬로 장식됐지만 조심하지 않으면 깨질 것 같은 살얼음판이 깔린 듯한 집에서 생활했다. 엄마와 누나와 나는 아빠가 화를 내지 않도록 조심히 다녀야 했다.

"젠장."

내 사춘기가 찾아오기 직전의 어느 날 아빠는 잠긴 목소리로 불평했다. 그날 나는 설거지를 하다가 컵을 깨뜨렸다. 우리 집에는 식기세척기가 없었다. 누나와 나의 손뿐이었다. 당번을 교대하는 날 저녁에 이런 소리가 들렸다.

"더 조심했어야지!"

아빠는 노래의 후렴구를 부를 때처럼 우렁차고 높은 데시벨로 나를 질책해 당황하게 만들었다. 그 결과 내가 그릇을 또 깰 가능성만 높아졌다. 그때 나는 우리 집이 교사 두 명의 월급으로 근근이 살아가지만 실수로 물컵을 깼다고 해서 갑작스러운 비난을 들어야 할 정도로 가난하진 않다는 건 몰랐다.

아빠는 과하게 예민했고, 그런 성격은 게이라는 사실을 숨기고 있는 어린아이에게 좋지 않았다. 나는 이미 동성애에 대한 세상의 혐오를 내면화하며 자기혐오를 쌓아가고 있었다. 나는 내 안의 무언가가 잘못돼서 아빠에게 그런 분노와 실망을 안겨준 게 틀림없다고 생각했다. 그게 최선을 다해 숨기려는 내 노력에도 불구하고 드러나는 내 게이스러움 그 자체 때문인지 궁금했다.

아빠의 눈에 비친 나의 부끄러움과 수치심은 반년에 한 번씩 주기적으로 잘린 동물의 팔다리를 보여줄 때 정점을 찍었다. 이 사태는 의례적으로 일관성 있게 진행됐고 나는 오후 내내 이 시간이 오는 걸 두려워했다. 냄비에 동물의 팔다리를 끓일 때 집안에 퍼지는 악취로 이날을 알아차릴 수 있었다. 마침내 가족끼리 저녁을 먹으러 둘러앉으면, 돼지 발과 발굽을 포함해 모든 부속물이 접시 위에 있었다.

"저는 이거 못 먹겠어요."

어린 시절의 나는 그렇게 말했다.

"내가 먹으라는 건 그냥 먹어."

아빠가 답했다. 올드 사우스의 기억 저편으로 사라진 선조로부터 전해져 내려오는 몇몇 전통 요리를 알고 있는 그에게 전통적인 남부 요리인 족발 요리는 많은 준비가 필요한 별미였다. 하지만 내게는 혐오스러울 뿐이었다.

"하지만 정말 못 먹겠어요."

"그 빌어먹을 접시에 있는 건 다 먹어!"

아빠가 으르렁거리듯 말했다.

"하지만 다 토할 텐데요."

"한 번 먹어보렴."

엄마가 끼어들었다. 엄마와 누나는 돼지고기 덩어리를 소화시키는 데 문제가 없었다. 그래서 나는 회색의 끈적끈적한 족발을 들어 한 입 베어 물었다. 내 이는 돼지의 피부로 추정되는 두꺼운 층 사이를 비집고 들어갔다. 나는 입 안 가득 고무 같은 음식을 물고 힘겹게 씹기 시작했다. 풀 같은 물질이 입안과 식도 표면을 코팅하는 것 같았다. 정말 말 그대로 삼키기 힘들었다. 나는 구역질을 했다. 그러자 음식이 완전히 엉망이 된 채로 접시에 돌아왔다. 아빠는 이걸 기싸움이라고 생각하고 나를 방으로 보냈지만 사실 그건 아빠가 절대 이길 수 없는, 내 식도와의 싸움이었다.

열네 살에 부모님이 이혼했을 때 내게 누구를 따라갈 건지 같은 질문은 주어지지 않았다. 부모님이 갈라서는 일은 험난했다. 이후 엄마는 최선을 다해 우리가 아빠를 만나는 걸 방해했다. 그것 때문에 엄마와 싸웠다고 하기는 어렵지만, 나는 엄마가 가끔 권했던 대로 성을 바꾸지는 않았다.

내가 하버드 신학기 봄방학 동안 롱아일랜드의 집에 들렀을 때를 빼면 아빠는 고등학교와 대학교 시절 내내 내 인생을 거의 떠나 있었다. 그때 나는 아빠에게 중요한 말을 하고 싶었다.

"아빠가 알아야 할 것 같아서요. 저 게이예요."

나는 아빠와 차 안에 나란히 앉아 말했다. 긴장되긴 했지만 무섭진 않았다. 내 삶에서 아빠가 후순위로 밀려나면서 아빠가 내 감정을 쥐고 흔드는 정도도 줄어들었다. 언제나 내 안전한 피난처가 되어주었던 엄마에게 커밍아웃했을 때 엄마의 반응은 1981년 자유주의 무신론자인 엄마에게서 예상할 수 있는 감정적 폭발, 눈물이었다.

"하나의 과정일 뿐이잖아. 왜 너 스스로에게 꼬리표를 붙이려 하니? 내가 뭘 잘못한 거니?"

엄마는 점점 더 많은 눈물을 흘리며 말했다. 처음 접한 이 새로운 바다에서 나만의 닻을 내리기 위해 애쓰던 나는 모든 면에서 참을성이 부족했다. 반면 아빠의 답은 내가 어린 시절 동안 알아왔던 꽉 막힌 소통의 연장선에 있었다.

"아."

아빠의 반응은 그날의 회색빛 하늘만큼 불투명하고 밋밋했다.

"그 방면에 잘 아는 사람 만나게 해줄까?"

"아뇨, 괜찮아요."

정신과 의사는 원하지도 필요하지도 않았다.

"아."

그게 아빠와 이 주제에 대해 나눈 마지막 대화였다. 그 후로 우리는 몇 년 동안 보지 못했다.

엄마와 아빠가 뉴욕시립대학교에서 처음 만났을 때 아빠는 다른 학부생보다 나이가 많았고 공군 복무를 마치고 학교에 입학했다. 실제로 군복무를 한 아빠와 친구 빈센트는 콜린 파월을 포함해 ROTC 학부생들의 무식함을 조롱했다(파월은 안타깝게도 중요한 순간이 왔을 때 아무것도 할 줄 몰랐다. 흑인 최초로 합동 참모 본부의 첫 본부장 직을 맡았던 그는 부끄럽게도 레즈비언과 게이가 군복무를 수행하는 것에 반대했다. 수십 년 전 자신과 같은 흑인의 군복무를 반대하며 일었던 논쟁을 잊은 것 같았다. 그리고 후에 조지 부시가 재임했을 시절 미국 국무장관으로 재직하며 유엔 앞에서 뻔뻔하게 대량살상무기에 대해 거짓말을 하면서 수십만 명의 목숨을 앗아가고 그 지역을 초토화시킨 이라크 전쟁을 정당화했다).

공군에서 복무하던 시절 아빠는 한 번도 비행기에 오르지 못했지만(나안 시력*이 매우 나빴다) 늘 비행을 꿈꿨다. 제2차 세계대전 때 편견을 극복하고 두각을 나타낸 터스키기 에어맨Tuskegee Air-

* 맨눈으로 3.5미터 거리의 대상이 얼마나 선명하게 보이는지 수치화한 값.

men[**]을 우상화했고 비행기의 방향타 색처럼 '붉은 꼬리'라는, 매에서 영감을 받은 별명을 얻었다. 대학교에서 아빠는 날아다니는 대신 과학 수업을 들었고 트리니다드에서 태어났지만 열두 살부터 미국에서 자란 미인인 우리 엄마, 마거릿을 쫓았다. 아빠는 멀끔한 전직 군인이었고 기를 수 있을 만큼 기른 붉은 수염과 '백인'으로 착각할 수 있을 만큼 흰 피부를 지녔다. 하지만 아빠는 스스로 아프리카계 미국인의 유산을 물려받고 맬컴 엑스[***]의 외형을 구축한 데 자부심을 느꼈다. 엄마는 초콜릿색 피부와 모계 유전보다 상대적으로 생머리에 가까운 긴 머리를 지녔다. 둘은 결혼했고 누나와 내가 태어났다.

이 모든 것이 진실임에도 나중이 되어서야 가족들이 잘 털어놓지 않은 큰 문제로 고통 받고 있었다는 걸 알게 됐다.

첫째 아이의 임신 기간은 9개월보다 훨씬 더 '짧았다.' 독실한 가톨릭 신자인 외할머니는 결혼을 서둘러야 할 상황에 처해 있었고 그녀를 막을 사람은 거의 없었다. 외할머니는 여섯 살의 나이에 수백만 명의 목숨을 앗아간 1918년 스페인 독감에 걸렸지만 이겨냈다. 당시 영국령 가이아나에서 독재자 같은 아버지 아래 영국식 가치관으로 엄격하게 양육됐지만 아버지의 말을 무시하고 피아노 연주자와 눈이 맞아 트리니다드로 도주했다. 몇 번에 걸쳐 이주하면서 외할머니는 외할아버지와 뉴욕까지 횡단했다. 남편의 도박과 여성 편력 때문에 점점 지쳐간 외할머니는 그 당시로서는 (가톨릭 신자에 한해) 전례 없던 선택을 했다. 바로 이혼이었다. 이혼

**   제2차 세계대전에서 활약한 흑인 전투기 조종 부대.
***   미국의 급진적인 흑인 해방 운동가.

하기 전 누적된 남편의 도박 빚을 안 외할머니는 결혼한 흑인 여성이 그 당시에 상상조차 할 수 없는 결정을 내렸다. 퀸즈에 자신의 명의로 집을 하나 구매한 것이다. 외할머니는 혼자 엄마를 키우면서 신경의학과 간호사로서 벌어들인 월급으로 대출금을 갚았다. 외할머니는 훗날 손자인 내게도 헌신적인 모습을 보일 만큼 강인한 사람이었다(외할머니가 나를 부르는 애칭은 '사내애The Boy'였는데 마치 내게서 얻을 정보는 손자라는 것뿐이라는 듯했다).

엄마에게서 얼마 안 있어 벌어질 일을 들은 후 외할머니가 아기자기한 연립주택으로 아빠를 불러 대화를 나누는 장면은 상상만으로도 아찔하다. 외할머니는 틀림없이 작은 뒷마당의 빛이 들어오는 식탁에 아빠를 앉히고 진지한 대화를 나누었을 것이다.

"너희 둘 무슨 생각이니? 피임도 안하고 동물처럼 붙어먹은 거냐?"

가이아나와 영국 억양이 섞인 외할머니의 목소리가 들리는 듯하다. 외할머니는 가톨릭 신자기도 했지만 간호사이자 뛰어난 실용주의자기도 했다.

"너희의 신중하지 못한 행동으로 이런 상황이 만들어졌으니 이제 또 다른 생명이 걸린 상황에서 너희가 가야 할 길은……"

아빠는 엄마와 결혼을 하고 싶었든 그렇지 않았든 할머니의 강압으로 선택할 기회조차 얻지 못했다.

반면, 아빠의 생물학적 엄마는 아빠가 어렸을 때 아빠를 포함한 네 남매를 버렸다. 우리는 친할머니의 이름 말고는 별로 아는 것이 없다. 후손들의 피부가 모두 밝은색이라는 점을 미루어볼 때 어쩌면 친할머니가 백인이었을지도 모른다고 생각했다. 친할머니에 대해 알고 있는 이야기는 하나뿐이었는데, 그 이야기는 꽤나 구체적이었다.

어느 날 친할머니는 첫째와 둘째를 집에 두고 금방 오겠다며 어린 아빠와 고모만 데리고 집을 나섰다. 진짜 계획은 다른 남자와 달아나는 것이었지만 마지막 순간에 친할머니는 마음을 바꿨다. 도망가려는 마음이 아니라 두 아이를 데리고 가려는 마음을. 아빠와 고모는 '당신의 깜둥이를 책임지세요'라는 팻말을 든 채로 기차역에서 발견됐다.

말할 필요도 없이 친할머니의 이름은 우리 입에 거의 오르내리지 않았고 막연한 혐오감만 지니고 있었다. 친할머니는 우리 가족에게 환영받지 못하는 인물이었다. 자신의 어머니를 향한 아빠의 분노는 스스로 인지하지 못하는 사이에 그를 대표하는 특징 중 하나가 됐다.

친할머니의 도주로 아버지는 한동안 친할아버지의 손에 양육됐다. 그 결과 아빠의 어린 시절은 대공황의 궁핍과 친할아버지의 독재 아래 형성됐다. 당시 기록을 보면 내가 자란 숨 막힐 듯한 분위기가 유쾌하게 느껴질 정도다. 친할아버지에 대한 내 기억은 아파트 지하의 어둠 속에서 만났던 웃음을 잃어버린 어두운 사람이라는 희미한 기억에 한정돼 있다. 누구도 편안하지 않았던 장소였다.

이 역사가 엄마, 누나, 나와 아빠 사이의 관계를 얼마나 짓눌렀는지 말로 표현할 수 없다. 내가 아는 유일한 사실은 아빠가 1980년대를 홀로 보냈고 쓰라리게 이혼했으며 두 아이와 소원해졌다는 것뿐이다. 아빠가 변하기 시작한 건 미리암을 만난 후였다.

"네 아빠가 널 보고 싶어해."

내가 사랑하는 알레타 고모의 유일한 자식인 사촌 도나가 1980년대 후반, 내가 〈페임〉에서 일하기 시작한지 얼마 안 돼서 연락을 해왔다. 도나가 나보다 열 살은 더 많았지만 우리는 쭉 친하게 지냈다. 자연스럽게 도나는 내게 소식을 전해주는 사람이 됐다. 나는 의심스러웠다. 굳이 내 삶에 아빠라는 존재를 초대할 필요가 있을까?

하지만 가족들과의 관계 개선은 나를 다시 한 번 돌아보게 된 계기기도 했다. 엄마와의 따뜻했던 유대관계는 약간 차가워졌다. 우리는 정반대의 기질을 지니고 있었다. 나는 감정을 불신하고 엄격하게 통제했지만 엄마는 그 순간의 감정에 충실했다. 어른이 된 자식의 시각에서 아빠의 감정 폭풍우로부터 아이들을 안전하게 보호한 엄마는 아름답고 성인군자 같기만 할 뿐 아니라 훨씬 더 복잡한 사람으로 느껴졌다. 엄마의 단점 중 하나는 현실에 얽매이지 않고 공상의 나래를 펼친다는 것이었다. 엄마가 누나와 나에게 성을 바꾸라고 강요했던 일로 나는 일찍이 알아챘다. 아빠가 대하기 힘든 인물이었던 건 맞지만 그렇게 부정당해 마땅한 대량학살자 같은 사람은 아니었다. 하지만 엄마는 마치 처녀의 몸으로 우리를 낳은 것처럼 행동했다. 나는 엄마가 자신의 공상적인 욕망에 걸맞게 진실을 유동적으로 해석한다는 사실을 깨달았다. 자신의 고국으로 돌아갔던 목가적인 여행이 끝날 무렵 엄마는 트리니다드와 토바고에서 누나에게 전화를 했다. 당시 누나와 나는 책임감 있는 어른의 삶을 살기 위해 노력하고 있었다. 엄마는 누나에게 회사에 거짓말을 해서 여행을 더 오래 할 수 있게 해달라고 부탁했다("내 아버지가 돌아가셨다고 좀 말해줘." 사실 외할아버지는 몇 년 전에 이미 돌아가셨다. 이건 전혀 새로운 사건이 아니었다. 외할머니의 말에 따르면 엄마는 학부생 때 기말고사를 앞두고 시험을 보기 싫다는 이유로 전날 밤 교수에게 교수의 어머니가 돌아가셨다는 익명의 전보를 보내 시험을 취소시켰다. 엄마의 거짓말이 드러났을 때 퇴학당하는 걸 막기 위해 외할머니가 얼마나 많은 고비를 넘겨야 했을지 상상조차 할 수 없다).

"그냥 롱아일랜드에 와서 네 아빠 이야기를 들어봐. 나도 같이 있을 거야."

도나는 말했다. 도나가 제안한 안전장치 덕에 덜 부담스러웠고, 호기심이 발동했다. 게다가 맛있는 집밥이 보장된다는 건 내가 맨해튼행 기차를 타게 만들기에 충분했다. 나는 늘 돈이 부족했고 공짜 저녁식사를 그냥 지나칠 수 없었다. 아빠와 몇 년간 만났다고 하지만 한 번도 본 적 없는 아빠의 연인 미리암이 마법 같은 실력을 지닌 셰프란 말을 도나에게서 듣고는 더더욱.

나는 아빠의 연인이 궁금했다. 도대체 어떤 정신머리를 지닌 사람이 우리 아빠와 함께 살려는 걸까?

내가 도착했을 때 미리암은 조용하고 녹음이 우거지고 깔끔하게 정돈된 이층집으로 나를 안내했다. 내가 어린 시절을 보낸 곳보다 더 고급스러운 동네였다. 미리암의 짧은 회색 머리는 갈색 피부, 에너지 넘치는 작고 호리호리한 몸매와 잘 어울렸다. 그리고 어떤 음식을 하든 맛있는 냄새가 났다.

나는 아빠를 어색하게 끌어안았다. 그날 밤 아빠의 태도는 그보다 더 좋을 수 없었다. 우리는 **대화**를 하고 있었다. 내 고등학교와 대학교 졸업에 관한 세세한 부분에 대해서. 나중에 알게 된 사실이지만 아빠는 나 몰래 졸업식장 끄트머리에 참석했었다고 한다. 그게 아빠가 할 수 있는 최선이었다. 우리는 앞으로 남은 시간을 어떻게 보낼지에 대해 이야기를 나눴다. 개를 기를 것인지 물었을 때만큼은 쓸쓸한 대답을 들었다.

"아니. 동물에게 다시 정을 주고 싶지 않구나. 영원히 이별하는 경험을 또 하고 싶지 않아."

아빠는 조금의 망설임도 없이 대답했다. 우리 가족의 반려견이었던 스팽키는 부모님의 이혼 후 우리와 함께 지냈다.

그때 말고는 아빠는 기분이 좋아 보였다. 아빠는 담배도 끊었다! 미리암이 일으킨 기적은 정말 놀라웠다. 그래도 나는 여전히 경계심을 늦추지 않았다.

갑작스레 풍겨오는 좋은 향기에 이끌려 부엌에 머리를 들이밀자 미리암도 자신의 이야기를 털어놓았다.

"나는 네 어머니 자리를 차지하려는 게 아니란다. 잘 자란 너를 보니 어머니 역할을 잘 해내신 것 같구나."

이건 좋은 소식이었다. 하나 있는 엄마로도 이미 나는 벅찼기 때문이다. 그리고 미리암은 엄마에 대해 긍정적인 생각을 지니고 있었다. 아빠는 분명 끔찍한 이혼 과정과 자식의 삶에서 쫓겨난 것에 분통을 터트렸을 것이다. 그럼에도 불구하고 한 번도 만나보지 못한 사람에게 미리암은 자비로운 마음을 지니고 있었다. 미리암은 이렇게 부탁했다.

"네 아빠에게 기회를 좀 줘."

그러지 않을 방법이 없었다. 아빠가 이렇게 괜찮은 여성과 관계를 유지하고 있다면 어쩌면 아빠가 완전히 달라졌다는 이야기일 테니까.

적어도 아빠의 남성 정체성을 이루는 근본적인 두 가지는 **변하지 않았다.** 한 가지는 여전히 불같은 열정을 지닌 활동가로서 사회의 불의에 맞설 때면 고집불통의 핏불테리어 같은 결단력을 지닌다는 것이었다. 어린 시절 내 첫 사진은 시민권 시위에 참여한 모습이었다. 아빠가 선두에 서 있고, 엄마는 한 손에는 누나를 안고 다른 손에는 신생아를 태운 유아차를 끌고 저지시티 거리를 활보하고 있었다. 우리가 저지시티에 잠시 살았을 때 열정적인 장로교 신부인 로버트 캐슬 목사와 함께 인종차별에 맞서 싸우는 일이든, 이후 롱아일랜드에 정착해 학교 속 인종차별에 대항해 인종평등지부를 이끄는 일이든 부모님은 변화를 일으키기 위해 행진하고 단체를 조직하고 시위를 했다. 그런 것들이 우리 집에서는 언급할 필요도 없이 그저 당연한 일로 여겨졌다. 세상에 잘못된 것이 보이면 그것을 고치려고 노력해야 한다.

"하지만 저 같은 사람이 변화를 위해 뭘 할 수 있을까요?" 같은 말로는 정당화할 수 없다. 선출된 정치인들에게 편지를 쓰자(아홉 살에 내가 썼던 환경을 위한 행동을 촉구하는 편지는 값어치를 매길 수 없지만 안타깝게도 유물이 되어 사라졌다). 같은 동기를 지닌 사람들이 속한 시민단체와 연대하자. 평화로운 시민불복종 행위를 위해 위태로운 상황에 자신을 던지자(시민운동에 활발하게 참여하던 젊은 시절, 아빠는 여러 번 체포됐다). 혹은 아빠가 좋아하는 전술 중 하나를 효율적으로 사용해 법법자를 끌어낼 수도 있다. '고소'는 사실상 아빠의 미들네임이었다.

"볼드윈에 있는 영화관 주인을 상대로 소송을 진행 중이야."

미리암, 누나 그리고 나와 음식점에서 저녁을 먹으면서 아빠는 설명했다. 화해를 위한 첫 번째 만남이 진행된 지 얼마 지나지 않아서였다. 그 영화관 주인은 영화를 보기 위해 줄을 서서 기다리고 있던 거의 모든 흑인 고객들에게 무례를 범했다.

"내 앞에 있던 젊은 커플이 영화관 주인에게 불평을 하니까 그 사람이 커플이 들고 있던 티켓을 낚아채서 갈가리 찢은 다음 얼굴에 던졌어! 그 모습을 보고 환불을 요청하고 지방당국에 민원을 넣었지.”

“그래서 어떻게 됐는데요?”

누나가 물었다.

“2년 전 일이야. 사건은 여전히 행정 체계를 거치는 중이고.”

아빠는 지금으로선 그게 이야기의 끝이라는 듯 말했다. 우리가 만나는 내내 아빠는 말을 했고 미리암은 조용히 미소를 짓고 있었다.

“뒷이야기도 들려줘요.”

아빠는 성가시다는 표정으로 미리암을 바라봤다.

“영화관 주인은 일 년 전에 심장마비로 사망했어. 하지만 그건 중요하지 않아! 원칙이 중요하지!”

아빠는 마지못해 인정했다.

비행에 대한 아빠의 갈망은 변하지 않은 듯 보였다. 아빠는 내가 어렸을 때부터 이 열망을 드러냈다. 우리 가족이 업스테이트 뉴욕으로 여행을 갔을 때 아빠는 적절한 조건에서 엔진 없이도 몇 시간이고 공중에 떠 있을 수 있는 날개를 지닌 행글라이더를 타는 법을 배우는 강좌에 등록했다. 아빠는 자격증을 따는 데 필요한 기술을 습득하고 지식을 축적하기 위해 열심히 노력했다. 공군에 복무하는 내내 지상에 발이 묶여 있었던 아빠는 마침내 비행을 할 수 있게 됐다.

어렸을 적 아빠가 2인승 행글라이더에 나를 태운 적이 있었다. 엄마는 행글라이더를 타는 내내 무슨 일이 벌어질까 두려워했다. 하지만 아빠는 자신이 하는 일을 잘 알고 있었다. 아빠는 고도를 높이기 위해 공기가 위로 상승하게 만드는 열을 포집했다. 비행기 창밖을 보는 것처럼 세상은 난생 처음 보는 모습으로 아래에서 표류했다. 하늘과 우리 사이에는 투명한 플라스틱으로 만들어진 얇은 막만 존재했고 동체를 통과하는 바람소리 외에는 어떤 소리도 들리지 않아 자유로운 느낌이 들었다. 붉은꼬리말똥가리Red-tailed Hawk 한 마리가 호기심으로 가까이 다가오다 멀어졌다. 나는 가까이에서 붉은꼬리말똥가리를 보게 돼 신났다. 그 사이 아빠는 말똥가리를 질투하고 있었다. 말똥가리는 그저 팔을 뻗기만 해도 별 다른 노력 없이 날 수 있었다. 아빠가 하늘을 날기 위해서는 에일러론*과 방향타, 조종석과 투명한 덮개가 필요했다. 그래도 행글라이더를 타고 나는 건 새의 비행과 가장 비슷했다. 우리는 서로 다른 관점에서 비행할 수 있다는 사실에 감사했다. 그 순간 우리의 열망은 공중에서 만나 높이 솟구쳤다.

비행은 아빠의 상상력을 사로잡았고 붉은꼬리말똥가리를 통해 느낀 아프리카계 미국인의 자긍심과 비행의 관계는 시간이 지날수록 더욱 깊어졌다. 롱아일랜드 비행협회의 유일한 흑인 회원이 된 아빠는 은퇴 후 일주일에 한두 번씩 섬의 동쪽 끝 비행장에서 시간을 보냈고, 비행하지 않을 때면 행글라이더를 손보며 시간을 보냈다. 아빠와 내 관계를 다시 정립하면서 아빠는 성인이 된 누나와 내가 같이 비행을 하기를 바랐다. 누나는 아빠의 제안을 받아들였고 엄청난 경험을 했다고 말했다. 오늘날까지도 나는 내가 주저하는 이유를 확신할 수 없다. 어쩌면 오래된 타성으로 인

---

*   비행기 날개 뒤쪽 가장자리에 경첩으로 고정돼 있는 작은
    조종용 날개면.

해 울타리 밖으로 나가지 못한 걸지도 모른다(성인으로서 모터 없이 하늘을 질주하는 일은 나를 고심하게 만들었다). 하지만 나는 누나처럼 나도 결국에는 해낼 것이라 생각하며 마음속으로 다짐했다. 내겐 시간이 많았다.

화해의 물에 발가락을 살짝 담그면서 나는 아빠의 어두운 면 중 하나를 경계했다. 어린 시절 아빠와 시간을 보내며 느꼈던 본질적인 부분이었기에 완전히 사라졌을 거라고 생각하지 않았다. 나는 내 일부를 숨기며 아빠의 못되고 다른 사람을 괴롭히는 모습이 나타나기를 기다렸다. 하지만 그 대신 나는 아빠의 전폭적인 지지를 받았다.

아빠는 처음에는 어색해하며 생일선물로 받은 거액의 수표에 크게 화를 냈다. 나는 이런 일은 받아들일 수 있었지만 아빠가 내 삶으로 다시 돌아올 수 있다는 것은 받아들이지 못했다. 게다가 아빠는 내가 하버드에 다니던 내내 부재중이었다. 내 학자금은 모두 엄마의 몫이었다. 엄청난 기부금을 선사하는 하버드의 강력한 금전적 지원 정책에도 불구하고 대학 과정은 내게 빚을 남겼다. 학기 등록 날이 되면 회계 담당자의 사무실에서 몇 번이나 수표를 전해주었고 그때마다 엄마가 날짜를 늦게 적었다는 사실을 발견해 부끄러웠다. 나는 그 수표가 발행되면서 엄마가 겪어야 했을 어려움에 대해서는 깊게 생각하지 못했다.

"하버드에 학비를 냈어야 했니?"

같이 저녁을 먹던 중 아빠가 머뭇거리며 말했다. 내가 지나가는 말로 대출금을 언급했던 때였다.

나는 의아한 듯 아빠를 바라봤다.

"그렇지 않으면 제가 4년 동안 대학을 어떻게 다녔겠어요?"

"전액장학금을 받은 줄 알았지."

아빠의 목소리는 내가 한 번도 들어보지 못한 부드러움과 자책이 담겨 있었다.

"하버드에는 전액장학금이 없어요."

어쨌든 그 당시에는 없었다. 금전적 지원이 있다고 생각하고 계산기를 두드린 탓에 우리 가족의 가계는 벼랑 끝으로 몰렸었다. 아빠는 정말 아무것도 몰랐다.

놀라운 점은 아빠와 내가 이에 대해 대화를 나누고 있다는 것이었다. **아빠와** 대화를 하고 있었다. 이렇게 소통에 능한 아빠는 첫 만남에만 등장한 한 번의 예외적 모습이 아니었다. 아빠는 계속해서 이런 태도를 보였고 그 다음 만남을 기약했다. 아빠가 갑자기 수다쟁이가 된 건 아니었다. 독선적이고 고집이 강하고 부당한 대우를 받는다고 느낄 때 집요한 모습을 보이긴 했지만 여러 주제에 대해 이야기하는 것을 즐기기도 했다. 그리고 나는 아빠의 또 다른 달라진 점을 눈치챘다. 만날 때마다 아빠는 나를 안아주고 항상 같은 인사를 건네며 헤어졌다.

"사랑한다, 아들아."

아빠를 둘러싼 모든 상황은 꽤 괜찮게 돌아갔다. 자주 만나면서 우리는 점점 덜 싸우게 됐고 어울리는 것을 즐기게 됐다. 엄마가 일찍 은퇴하고 토바고로 이주하기로 결정하면서 근방에 사는 가족은 아빠가 유일해졌다. 맨해튼에 있는 우리 집에서 롱아일랜드 레일로드를 타고 조금만 가면 됐다. 내가 돌아갈 때면 아빠는 기차를 타게 두지 않고 맨해튼까지 차로 데려다준다고 고집을 부렸다. 내가 비행기를 타고 어딘가로 이동할 때마다 아빠는 꼭 우리 동네까지 와서 공항으로 데려다주었다. 그리고 내가 돌아오는 비행기를 타고 도착해 공항을 빠져나오면 지하철, 택시, 자동차 렌트 서비스 중 어떤 것을 계획했든 상관없이 직접 집에 데려다주려고 기다리고 있었다. 처음에는 몇 년 동안 자리를 비운 것에 대한 과잉 보상이라 생각했다. 하지만 나는 더 강력한 이유를 발견했다. 이건 아빠의 세계에서 가족을 위해 할 수 있는 헌신이었던 것이다.

나는 내 어린 시절을 돌이켜보았다. 성인이 되고 나서는 내가 어린 시절 당연하게 받았던 것이 무엇이 있는지 인지하기 시작했다. 아빠는 내 인생의 많은 부분에서 끝없이 노력해왔다. 사우스 쇼어 오듀본과 함께했던 일요일로 이루어진 내 어린 시절이 저절로 만들어진 건 아니었다. 지구상에서 가장 진이 빠지는 일 중 하나(학생들을 가르치는 일)로 일주일을 보내고 나서도 단지 새에 완전히 정신을 빼앗긴 아들이 탐조를 할 수 있도록 아빠는 일요일 아침부터 일찍 일어나 담배로 잠을 깨웠다. 분명 잠을 더 자는 편이 행복했을 텐데도. 그건 나를 위한 헌신인 동시에 아빠 자신을 위한 기쁨이기도 했다. 아빠는 탐조인이 아니었지만 자연을 사랑하는 사람으로서 아들과 함께 밖에서 보내는 시간을 소중히 여겼다. 그 당시에는 이를 잘 표현하지 못했더라도. 엘리엇 커트너는 내 탐조 멘토였지만, 프란시스 쿠퍼는 내 아버지였다.

아빠는 그 이후로도 황제펭귄 같은 면이 있었다. 하지만 이런 보살핌을 겉으로 드러내지 않았다. 그리고 나와 누나는 폭풍우처럼 몰아치는 아빠의 기질 때문에 그걸 제대로 볼 수 없었다.

아빠는 얼마 지나지 않아 이걸 표현했다. 정말 의미 있는 방식으로.

　내가 마블에서 일하기 시작한 지 얼마 지나지 않아 나는 실제로 하는 일보다 더 엄청나 보이는 '명예훼손에 반대하는 게이와 레즈비언 연합GLAAD' 이사회의 공동 의장이 됐다. 1980년대 후반 GLAAD는 뉴욕을 기반으로 한 언론 감시단체였고 새로운 풀뿌리 집단이었다. 이후 미디어 시상식으로 유명해지며 전국적으로 거대해졌지만. 이 단체는 텔레비전에 성소수자 연예인이 공개적으로 등장하기 전, 그러니까 엘렌과 앤더슨이 등장하기 훨씬 전에 제 역할을 했다. 에이즈 위기가 최고조에 달하면서 성소수자들은 자주 모멸적인 고정관념의 대상이 되었고, 노골적으로 성소수자 혐오를 드러내는 매체와 언론에서 비난을 받았다. GLAAD는 이에 맞서 싸우기 위해 만들어졌다. 그리고 열정적인 활동가가 힘을 모을 때 벌어지는 일을 겪었다. 우리는 서로 싸우느라 너무 많은 에너지를 소비했다. 나는 그 당시 운영진이 두 개의 교전 캠프로 이원화됐던 GLAAD의 활동가가 됐다(아빠에게 물려받은 유전자에 각인된, 변화를 만들려는 성향 때문이었다). 양쪽 모두에 중립적이었던 나는 평화를 유지하기 위해 남성 공동 의장으로 추대됐다.

　내가 재임 중이던 어느 여름날 밤 북부 맨해튼에서 게이 커플이 집단 린치를 당했다. GLAAD는 범죄 현장 근처에서 비폭력 시위를 주도하며 우리의 관할 범위를 약간 벗어났다. 이건 미디어에 관한 문제가 아닌 거리를 안전하게 다닐 수 있는지에 관한 문제였지만 우리는 동기를 부여할 수 있는 자원과 분노를 지니고 있었기에 앞으로 나아갔다. 나는 급하게 세워진 야외무대에서 공동 의장으로서 연사를 소개하고 청중의 환호를 이끌어냈다. 어쩌면 효과가 너무 강력했을지도 모른다. GLAAD 구성원들은 사람들에게 지역구 의원에게 연락해 성소수자 커뮤니티를 위한 정의를 요구하라고 촉구했으며 시위가 끝난 후 일부는 거리로 나가 길을 막고 같은 내용을 요구했다. 계획한 것은 아니었지만, 우리가 시작한 행동에서 촉발된 시위대 끄트머리에서 다른 사람들이 우리의 주장을 관철시키기 위해 체포될 위험을 감수했다. 나는 체포되는 것이 두려웠고 내가 만약 체포되면 어떤 파문이 일지도 걱정됐다. 나는 일생을 범생이처럼 살아왔다. 내가 법 가장자리에 가장 가까이 갔던 경험은 열일곱 살 때 지하철에서 의도치 않게 벌인 칼싸움이었다. 하지만 단체의 대표로서 두고만 볼 수는 없었다. 나는 깊게 숨을 들이마시고 끄트머리에서 벗어나 거리 한 가운데에 있는 시위대 사이에 합류했다. 그리고 생전 처음으로 체포당했다.

나중에 알고 보니 뉴욕에서 시민불복종 행위로 체포되는 것은 그리 큰 일이 아니었다. 경찰들은 심드렁했다. 내 사건은 몇 시간 만에 처리됐다. 나는 앞으로 있을 사건을 처리하기 위해 출석 통지서를 받고 경찰서를 나와 집으로 돌아갔다.

집에 도착했을 때쯤엔 이미 해가 진 후였다. 자동응답기는 메시지가 왔다며 반짝이고 있었다. 메시지에는 익숙하고 굵은 목소리에서 느껴지는 성미가 담겨 있었다.

"안녕, 크리스, 아빠다. 오늘 뉴스에 시내에서 열린 게이 시위가 나왔는데 거기 네가 있는 모습을 봤어. 그리고 그 시위대에서 몇 명이 체포되는 장면도 봤다. 그래서 너도 체포된 건지 그리고 괜찮은 건지 확인하려고 전화했단다."

내 입이 조금 벌어졌다. 나는 GLAAD에서 활동하는 것을 아빠에게 알린 적이 없었다. 사실 몇 년 전 아빠에게 커밍아웃을 한 이후로 우리 둘 사이에서 나의 정체성에 관한 주제를 꺼낸 적이 없었다. 아빠와의 관계에 아직 자신이 없었고 아빠가 내가 성소수자라는 점을 어떻게 느끼는지 전혀 알 수 없었기에(나는 어린 시절 나를 싫어했던 버럭 씨를 두려워했다) 나는 그걸 우리의 비행금지구역으로 취급했다. 하지만 아빠는 바로 그 비행금지구역으로 손을 뻗고 있었다. 뿐만 아니라 젊은 시절 정의를 위해 싸우다 체포된 경험을 이야기하며 자부심을 드러내기도 했다. 아빠의 아들이라는 사실이 자랑스러워졌다.

그 이후로는 반농담조로 시위를 하다가 체포된 적이 없으면 우리 가족이 아니라는 말까지 하게 됐다.

그 일 덕에 나는 아빠 앞에서 게이스러운 면을 숨기는 것을 그만뒀다. 아빠는 권위적인 흑인 남성이기에 나는 최악의 상황도 예상했었다. 그러나 아빠는 운 좋은 성소수자만이 지닐 수 있는 포용적인 부모라는 사실을 또 한 번 증명했다. 가끔은 너무 포용적이기도 했다. 롱아일랜드로의 여행을 확실히 하기 위해 나는 아빠와 토요일을 보내고 그날 밤 도시 반대편에 사는 데이트 상대와 약속을 잡았다. 그가 나를 데리러 오면 바로 차에 올라타려 했지만 아빠는 나의 데이트 상대의 얼굴을 보고 싶다고 고집을 부렸다. 아빠가 사실상 나의 성소수자적 삶을 처음으로 직면하게 된 일이었다. 아빠와 미리암은 따뜻하고 자애로웠고 내 데이트 상대는 흠잡을 데 없이 자신을 소개했다. 하지만 그 찰나의 영원 같은 시간 동안 나는 궁지에 몰린 메추라기처럼 절망에 빠져 가능한 멀리 도망갈 준비를 했다. 내 인생에서 그렇게까지 초조했던 적은 없었다. 마치 무도회 전날 선택받기를 기다리는 여학생 같았다.

"진심이야? 내가 보기엔 정신 나간 것 같아!"

내가 아빠와 코스타리카로 여행을 떠나기로 계획했다는 걸 들려주자 누나가 보인 반응이었다.

아빠와 화해를 한 지 몇 년이 흘렀고 누나와 나는 새로운 가족과 함께 추수감사절과 크리스마스 저녁을 보내기 시작했다. 미리암과 두 자녀 그리고 그들의 아이들과 나, 누나와 매형과 아이들, 알레타 고모와 도나, 아빠가 우리 가족의 일부라 생각한 외할머니까지. 칠면조와 햄 한 입에 재미있는 의견을 곁들이며 미리암의 마카로니와 치즈 그리고 캔디드 얌, 아빠의 집에서 만든 에그노그(럼주와 캐리비안 스타일을 더했다)와 함께 하는 모닝빵, 어린 시절부터 지금껏 잊지 못했던 아빠의 특별 요리로 가득한 명절 식사는 떠들썩했다. 가볍고 호화로우며 입에서 살살 녹는 고구마 파이까지 있었다. 아니나 다를까 정치 이야기가 나왔고 누군가는 클래런스 토머스*의 이름을 언급했다. 방 안은 격분해서 욕과 고성이 오고갔다(식탁에 앉아있던 누군가는 대법원에서 토머스의 역할이 '스칼리아**가 깔고 앉을, 조용하고 순종적이며 겉 천은 진한 갈색이지만 내부는 주인님을 편안하게 모실 수 있도록 흰 솜털로 가득 차 있는 쿠션'이라고 하기도 했다). 크리스마스 저녁은 수많은 선물의 포장지를 찢는 폭풍 같은 거실에서 끝이 났다. 대부분은 아빠와 미리암이 준비한 것이었다. 이렇게 명절을 하루 보낸 후 아빠의 고집으로 아빠가 운전해주는 차를 타고 돌아가면서 우리는 뜻밖의 여행을 떠나게 됐다.

더 중요한 점은 아빠와 나의 유대관계가 형성됐다는 것이다.

---

*   미국 역사상 두 번째 흑인 대법관이지만 보수의 아이콘으로 유명하다.

**   미국 대법관 중 가장 보수적인 성향의 대법관.

아빠가 나이가 들고 나서 주기적으로 큰 물건을 옮겨야 하는 계절이 오면 나는 아빠의 집에 가서 집안일을 도왔다. 아빠는 드릴, 둥근톱, 장작더미를 다루는 데 능했다. 나는 늘 그랬듯이 도구에는 서툴렀지만 적어도 헬스장에서 무거운 걸 들며 근육을 만들어 놓았다. 집안일이 끝나고 우리는 멀티플렉스로 가서 스스로에게 상을 줬다. 우리 가족이 지닌 SF 유전자가 없는 미리암은 SF 영화를 보고 싶지 않아 했다. 그래서 나는 아빠와 SF를 함께 즐기는 동지가 됐다. 가끔 우리는 한 쌍의 무단결석한 학생들처럼 두 편의 영화를 연달아 보았고 공포영화의 점프스케어 때문에 뒷줄에서 비명을 지르면 기뻐서 키득대기도 했다.

하지만 마티네 더블 크리처 피처***나 명절 식사는 며칠 동안 스트레스를 관리하고 폐쇄적인 상호 교류를 계속 나눠야 하는 해외여행과는 완전히 달랐다. 그리고 나와 누나 둘 다 이 사실을 알고 있었다.

"아빠와 코스타리카에서 열흘 동안 보낼 자신 있어?"

누나가 반복해서 물었다. 사실은 확신이 없었다. 하지만 한편으로는 몇 년 전 처음으로 에코투어리스트를 위한 천국(메릴랜드주 크기 정도 되는 곳에 850종의 새들이 서식했다)으로 멋진 여행을 혼자 다녀오고 난 후 한 번 더 가고 싶은 마음이 간절했다. 마블에서 근무하고 있었던 나는 그 어느 때보다 돈이 없었고 아빠가 여행 경비 대부분을 부담했다. 우리는 목적지로 코스타리카에서 가장 외딴 곳을 정했다. 지금까지도 재규어가 돌아다니고 전 세계에서 가장 매서운 맹금인 부채머리수리Harpy Eagle가 날아다니는 오사 반도

*** 괴물을 주제로 한 영화를 낮 시간에 연속 상영하는 것.

의 원시림이 우리의 목적지가 됐다. 이 여행은 미국 열대지역 탐조에 대한 사랑이 깊어지게 만들었다. 하지만 아빠를 향한 사랑은 늘어날까, 부서질까?

6시간 동안 비행하고 프로펠러기와 밴과 배를 탄 후 비포장도로 위를 사륜구동으로 달리며 우리는 길을 찾아갔다. 오사에 있는 숙소까지 향하는 여정이었다. 아빠는 스페인어로 소통하는 내 능력에 감명을 받고 놀랐다. 유창하진 않았지만 오랫동안 라틴아메리카를 여행한 나는 영어밖에 할 줄 모르는 아빠에게 다국어 신동처럼 보일 만큼 대화를 나눌 정도는 됐다. 아빠는 나를 자랑스러워하는 듯했다.

오사는 매우 인상적이었다. 열대우림의 녹음 사이에서 전기로 만들어진 것 같은 푸른빛이 주기적으로 빛났다. 그 빛의 정체는 하늘을 나는 모르포나비였다. 정말 거대해서, 나는 언뜻 움직임을 보고는 어떤 새인지 확인하려고 튀어나갔다. 칠흑 같은 검정색에 눈에 띄는 진홍색 헤드기어를 얹은 듯한 빨간모자무희새 Red-capped Manakin는 친절하게도 가까운 곳에 가만히 앉아 있었다. 하지만 이런 순간을 위해 아빠가 아침 내내 들고 다니던 비디오카메라는 배터리팩이 방전돼 있었다(아빠는 감정적으로 굴기보다는 상황을 즐겼다). 금강앵무Scarlet Macaw는 빨강, 파랑, 그리고 초록색이 어우러진 요란한 무리를 이루고는 머리 위로 날아갔다. 흰매는 흠 잡을 것 하나 없는 날개로 유유히 비행했다. 루푸스꼬리벌새 Rufous-tailed Hummingbird는 꽃이 피어난 것 같으면 일단 새빨간 부리를 밀어 넣었다. 비바람이 몰아치고 난 후 우리를 먼 곳까지 데려다줄 모터보트를 운전하던 조종사는 태평양 연안에 보트를 멈춰 세웠다. 그 아래로 한 무리의 물고기들이 지나가는 모습은 우리 눈에는 보이지 않았지만 흥분한 갈매기에게는 그렇지 않은 듯했다. 돌고래들이 우리 보트 주변에서 뛰어올랐고 하늘에는 보물을 새겨 넣으려는 것처럼 무지개가 떠 있었다. 어느 날 밤에는 밤색턱투칸Chestnut-mandibled 한 무리가 멀리 떨어진 나무 꼭대기에서 자리를 잡고 저물어가는 태양에 이별을 고했다.

"디오스 테 데Dios te dé! 디오스 테 데!"*

우리는 그날 석양 속에서 밤색턱투칸이 커다란 부리를 휘두르며 소리를 내는, 형언할 수 없는 모습을 바라보았다. 재규어나 부채머리수리는 한 마리도 마주치지 못했다.

미국에서 자주 그랬던 것처럼 코스타리카에서는 딱새를 구분하는 것이 약간 까다로웠다. 그리고 여기서 탐조를 하는 일곱 가지 즐거움 중 여섯 번째가 등장한다.

탐조의 여섯 번째 즐거움

퍼즐을 푸는 기쁨

만약 당신이 날마다 새로운 워들**이 나오기를 열렬히 기다리는 사람이라면, 경쟁자들이 행운의 룰렛을 돌린 후 바나가 글자를 뒤집는 모습을 보며*** 자신이 더 잘할 수 있는지 확인하기 위해 매일 저녁 텔레비전 앞을 사수한다면, 토요일에 제발 비가 내려 집에서 남은 퍼즐 몇 개를 맞출 수 있기를 바란다면, 날아다니는 생

---

* 스페인어로 '신이시여!'라는 뜻.
** 매일 새로운 퀴즈가 나오는 단어 게임.
*** 룰렛을 돌려 나온 상금을 걸고 단어를 맞추는 미국의 〈휠 오브 포춘〉이라는 퀴즈쇼의 내용.

명체의 미스터리를 알아내기 위한 도전을 상상해보자! 더 정확히 말하자면, 중앙아메리카에는 겉으로는 거의 똑같이 생긴 딱새가 세 종 있다. 배부리딱새Boat-billed Flycatcher, 소셜딱새Social Flycatcher, 큰노랑배딱새Great Kiskadee 모두 등은 갈색이고 배는 짙은 노란색, 머리 윗부분은 검은색과 흰색 줄무늬가 있어 마치 자전거 헬멧을 쓰고 있는 것 같다. 처음에는 이들을 구분하는 게 거의 불가능해 보이지만 중요한 차이는 빠르게 눈에 띈다. 배부리딱새는 코가 매우 크고 소셜딱새는 크기가 매우 작으며 **"키스-카-디! 키스-카-디!"** 하고 우는 큰노랑배딱새와는 확연히 다른 소리를 낸다(훨씬 구분하기 어려운 것은 내가 한 시간 가량 쫓아다닌 끝에 부에노스아이레스에서 발견한 브랜딱새Bran-colored Flycatcher였다. 당시에는 확신하지 못했는데, 마침내 브랜딱새의 이름을 알게 됐을 때 느낀 성취감은 탐조로 얻을 수 있는 여섯 번째 즐거움이었다).

세 가지 종밖에 보지 못했지만 나는 이들을 한 번에 구분할 수 있었다. 아빠는 내 모습에 감명 받은 듯했다.

> 🐦 **탐조 팁**
>
> 네 가족을 알라! 연관된 새들은 보통 모습과 행동양식 같은 비슷한 특징을 공유한다. 그리고 이런 특징은 약간의 경험만 있어도 친숙해질 수 있다. 만약 한눈에 비둘기와 딱따구리를, 딱새와 울새를 구분해낼 수 있다면 특정한 과에 속한 종 사이의 기준이 될 수 있는 특징(세세한 색, 패턴, 크기, 소리)에 집중할 수 있을 것이다.

여행을 하면서 아빠가 가장 기분이 좋지 않았던 순간은 아침 하이킹을 시작했을 때였다. 가이드는 사람들을 멈춰 세우고 초식

동물로부터 공격받는 것을 피하기 위해 나무가 자신의 몸통을 둘러싸는 길고 날카로운 가시를 진화시켰다는 사실을 알려주었다.

"만져봐도 되나요?"

금발의 등산객이 조심조심 가시에 다가가며 물었다.

"네. 그런데 조심……"

가이드가 채 말을 끝내기도 전에 그 여성은 진흙에 미끄러졌고 넘어지지 않기 위해 본능적으로 나무를 끌어안았다.

가시가 그녀의 가슴과 팔에 박힐 때 내뱉은 비명은 완전히 본능적이었으며 사람들을 공명시켰다. 수 킬로미터 안의 다른 모든 영장류도 그 뜻을 이해했을 것이다. 가이드는 이후 20분 동안 조심조심 그녀의 피부에서 가시를 뽑아냈고 그 사이 우리는 그저 놀란 채로 바라보며 기다리는 것밖에 할 수 없었다.

"어떻게 구급상자도 안 들고 다닐 수 있니?"

아빠는 내게 짜증내듯 중얼거렸다. 우리는 오두막에서 멀리 떨어져 있었기에 그녀에게 즉각적으로 적절한 조치를 취할 수 없었다. 물론 아빠의 말이 옳았지만, 그 순간 아빠는 놀라운 행동을 취했다. 그저 상황이 흘러가게 두었다.

그날은 오사에서 보낸 모든 저녁과 그리 다를 바 없이 마무리됐다. 우리는 오두막 현관의 흔들의자에 앉아 해변을 바라보았다. 타종부표가 멀리서 울렸다. 오두막에서 구매할 수 있는 칵테일은 평범한 맛 그 이상도 이하도 아니었다. 하지만 나는 문명의 빛과 흐름에서 벗어난 장소에서 하늘 곳곳을 장식한 별을 바라보며 한 모금 한 모금을 음미했다.

여행이 정말 성공적이었기에 다음해 아빠가 내게 캐나다 연해주로 함께 여행을 가자고 제안했을 때 나는 주저하지 않았다.

오사에서의 여행을 무사히 마쳤다면, 아니 무사한 정도가 아니라 끝내주게 잘 마쳤다면 캐나다 여행은 식은 죽 먹기일 거라고 생각했다.

하지만 이내 아빠와 나 사이의 관계의 퍼즐을 푸는 건 훨씬 더 깊고 복잡한 문제라는 사실이 드러났다.

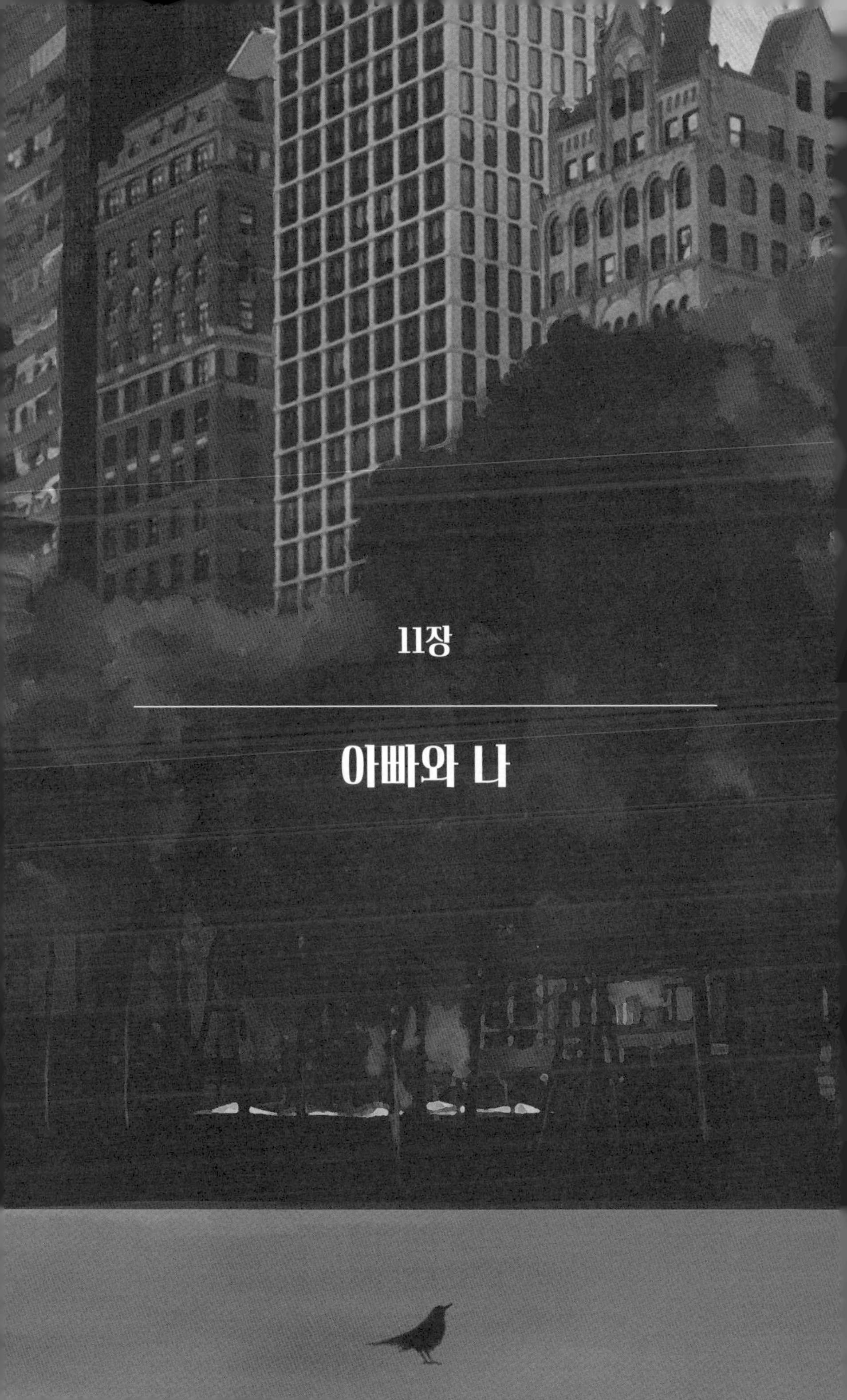

11장

아빠와 나

자동차항송선이 나와 아빠를 캐나다 뉴브런즈윅주 해안지역 펀디Fundy만에 있는 섬인 그랜드마난섬까지 데려갔을 때 우리는 섬의 훼손되지 않은 소박한 매력에 압도당했다. 섬에 정기적으로 방문하던 사람들은 우리에게 그 섬이 개발되기 전의 마서즈 빈야드 Martha's Vineyard(마서즈 빈야드에 가본 적이 없어 긍정도 부정도 할 수 없었던 평가였다)*와 비슷하다고 표현했다. 내가 말할 수 있는 건 북쪽의 상징적인 스왈로우테일 등대부터 남쪽으로 대서양이 내려다보이는 절벽이 완벽한 여름휴가를 보낼 수 있다고 손짓하는 것 같았다는 것이다.

시기는 완벽해 보였다. 맨해튼은 32도를 웃도는 온도와 90퍼센트가 넘는 습도, 옆을 돌아보기만 해도 흠뻑 젖어버릴 것 같은 날씨로 며칠 동안 불볕더위가 계속됐다. 북쪽부터 트레킹을 시작하기 위해 아빠가 나를 데리러 왔을 때 우리는 도시를 빠르게 빠

---

* 미국 매사추세츠 케이프코드 남쪽에 위치한 섬으로,
   오랫동안 인기 있는 휴양지였다.

져나갈 수 없었다. 나는 뉴욕보다 온도가 낮은 곳을 찾는 데, 아빠는 새로 산 캠핑카인 리알토 RV를 시험하는 데 혈안이 돼 있었다. 여느 RV처럼 소형이었지만, 리알토는 분명 내가 어렸을 때 온 가족을 태우고 대륙을 횡단했던 폭스바겐 웨스트팔리아보다 한 단계 나아졌다. 내가 성인이 된 후 함께하는 첫 캠핑 여행이었기에 우리는 펀디만의 자연 명소와 끝내주는 탐조 장소를 방문하고 하이킹을 한 후 그랜드마난섬 주변에서 고래를 구경하는 것까지 모두 하기로 했다.

하지만 자연은 다른 계획이 있었던 것 같다.

우리가 섬에 도착한 그날 오후, 저녁 햇살이 초원과 침엽수림에 쏟아지며 바다를 배경으로 영화 같은 풍경을 연출하고 있었다. 하지만 다음 날 아침이 되자 우리를 뉴욕에서 이곳까지 오게 만든 바로 그 침체된 열기와 습도가 북쪽으로 미끄러지면서 차가운 캐나다 공기와 부딪혔다. 그 결과 한 치 앞도 보이지 않는 안개가 만들어졌다. 안개는 그랜드마난섬에 내려앉았고 이동하거나 사라지지 않았다. 가시거리가 너무 짧아 나는 몇 미터 떨어진 나무에 앉아 있던 머리가 하얗고 꼬리가 하얀 거대한 무언가가 그렇게 보고 싶었던 흰머리수리라고 추측하기만 했다. 탐조를 관둘 수밖에 없었다. 고래 구경도 마찬가지의 이유로 포기해야 했다. 산을 오르는 건 아직 선택의 여지가 있었다. 전망이 잘 안 보여도 크게 상관하지 않는다면.

당연한 말이지만 실망스러웠다. 하지만 경험이 많은 여행자로서 얼마나 계획이 잘 짜여 있든 성공적인 여행은 누구도 통제할 수 없는 변수에 의존하는 도박이라는 사실을 알고 있었다. 대부분은 날씨 때문이었다. 변덕스러운 상황을 받아들이고 그 안에서 최선을 선택하거나, 그러지 못한다면 아예 아무것도 선택하지 않는 것이 낫다.

아빠는 상황을 인지하지 못했다.

나는 아빠가 무언가 이상하다는 걸 바로 알아챘다. 목소리가 크지만 가끔은 상냥한, 그 당시 다시 알아가던 아빠의 모습을 그날 아침에는 찾아볼 수 없었다. 그 대신 간단한 질문에도 불평불만이 가득하고 어딘가를 노려보는 표정을 마주해야 했다. 어린 시절 내내 익숙했던 뚱한 태도였다.

"이런 젠장맞을 안개."

나는 우리가 빠진 곤경을 대놓고 인정하면 아빠가 다시 최근 내가 알던 모습으로 돌아오지 않을까 생각하며 말했다. 하지만 아빠는 조용했다.

"어쩌면 등대로 여행을 할 수 있을지도 몰라요. 그 정도는 할 수 있을 거예요."

나는 쓸모 있는 제안을 덧붙였다. 아빠는 우리가 자고 일어난 잠자리를 계속해서 정리하고 있었다.

"어, 아니면……."

"알아들었다고!"

아빠는 갑자기 큰 목소리로 짜증내듯 소리를 쳤다.

"아, 네. 전 아빠가 그냥……."

"등대에 가도 이렇게 짙게 안개가 끼면 아무것도 볼 수 없어. 그렇지 않으면 등대에 안개 경적이 왜 있겠니."

이 멍청한 놈아. 아빠가 이런 말을 입 밖으로 내지는 않았지만 넌더리난다는 듯한 말투가 많은 걸 말해주었다. 아빠는 캠핑장에서 끌어온 전원과 하수구 시스템을 복구시키기 위해 차 밖으로 나섰고 문이 세게 닫히는 소리가 들렸다.

"제 말은 그러니까 등대 안 말이에요."

나는 아무도 없는 차 안에서 혼자 중얼거렸다.

다음으로 나는 원래 다음 날 가기로 했던 바닷새 번식지 근처로 향하는 보트 여행지 두 곳을 제안했다. 안개 속에서도 구경할 수 있을 것 같았고 아빠에게 희망을 불어넣어줄 거라 생각했다. 하지만 새로운 계획도 아빠의 기분을 나아지게 하지 못했다. 그리고 날이 저물면서 내게 짜증을 내고 참을성 없이 투덜대기 전까지 아빠의 언짢은 침묵은 지속됐다. 결국 나는 아빠를 자극하지 않기 위해 아무 말도 하지 않았다.

아빠는 그날 밤 캠핑카에서 저녁을 준비했다. 좁은 공간에서 아빠의 부정적인 감정이 유난히 답답하게 느껴졌기에 나는 고개를 숙이고 고민에 빠졌다. 싸구려 여행용 플라스틱 식기에 붙어 있는 날붙이가 달그락거리는 소리가 멈추지 않았다. 캠핑카의 노란 실내 조명 아래에서 나는 설거지를 시작했다.

"아니, 아니, 아니야! 그렇게 하는 게 아니라고!"

아빠는 끔찍하고 우렁찬 목소리로 소리쳤다. RV의 작은 물탱크에 들어갈 수 있는 물의 양은 한정적이었기에 아껴 써야 했다. 아빠는 물을 최소한으로 사용하는 방법을 알고 있었지만 나는 그걸 충실히 따르지 못했다.

"이렇게 하라고!"

아빠는 내 손에서 수세미를 낚아채 시범을 보이곤 신경질을 내며 싱크대에 던졌다.

"대체 넌 뭐가 문제니?"

나는 주눅 든 채로 수세미를 집어 들고 다시 설거지를 시작했다. 컵 안에 남은 약간의 물만 이용해 깨끗이 컵을 씻었다.

내 손은 덜덜 떨리고 있었다.

나는 떨리는 손을 보고 크게 놀랐다. 삼십대가 된 성인 남성이었지만 내 손은 여전히 겁에 질린 아홉 살 아이로 돌아갔다. 아빠의 짜증으로 나는 다시 어린아이가 되어버렸다.

참을 수 없었다. 그냥 넘어갈 수는 없었다. 다 큰 성인 남성은 마음을 다잡고 그 자리에서 솔직히 말을 해야겠다고 결심했다.

"대체 아빠는 뭐가 문제에요? 오늘 하루 종일 재수 없게 구셨잖아요. 저랑 말할 때마다 바보 취급하시고요. 대체 뭐 때문에요? 날씨가 우리 여행을 방해해서요? 단지 그것 때문에 저한테 이렇게 얼간이처럼 구는 거예요? 머리에 대체 무슨 일이 일어났길래 가장 가까운 사람을 감정 쓰레기통 취급하지 않고는 부정적인 감정을 해결할 수 없는 건지 모르겠지만, 이거 하나만 기억하세요. 저는 이걸 참고 견딜 의무가 없어요! 어린 시절 내내 참았지만, 이제 그 아이는 없어요. 아빠가 스스로를 돌아보지 않으면 다음 날 첫차를 타고 뉴욕으로 돌아갈 수 있을 정도로 제 지갑에는 신용카드가 가득해요. 그리고 여기에는 지쳐 나가떨어진 아빠 혼자 남겠죠. 다시는 저한테 화풀이 하지 마세요. 드디어 말했네요. 이 말을 하게 돼서 정말 기뻐요."

그 순간 나는 이 캠핑 여행에서 정신과 비용으로 들어갈 수천 달러를 아꼈다는 생각이 들었다.

내 폭발로 아빠는 얼어붙었다. 그리고 그날은 스스로를 억제하는 듯했다. 아빠가 옆에 있어서 불행하지 않은 것까지는 아니었지만, 아빠는 적어도 나를 공격적으로 대하지는 않았다. 이 상태는 다음 날 아침 열댓 명의 사람들과 바닷새 집단 번식지로 여행을 떠날 때까지 유지됐다.

새들이 둥지를 틀고 있는 탁 트인 암벽 사이의 둔덕 속 위장용 텐트에 숨어서 우리는 새 두 마리를 직접 볼 수 있었다. 북극해의 독특한 부리를 지닌 '펭귄'인 레이저빌과의 바다오리였다. 우리는 환호성을 내뱉었다.

> 🐦 **탐조 팁**
>
> 북반구에는 펭귄이 살지 않는다! 펭귄은 남반구에만 서식하고 북극에서는 절대 발견할 수 없다(반대로 북극곰은 북극에서만 서식하기에 펭귄과 북극곰 캐릭터가 동시에 등장하는 멍청한 코카콜라 광고는 틀린 정보를 퍼뜨리는 것이다). 북반구의 펭귄은 바다쇠오리 같은 바다오리과로 변했다. 생태계에서 바다오리과는 남반구의 펭귄처럼 해양 물고기를 잡아먹는 지위를 맡고 있다. 다만 펭귄과 다른 점은 바다오리과는 날 수 있다는 것이다.

그리고 갑자기 아빠는 원래대로 돌아갔다. 놀라운 새들이 보여주는 놀라운 광경에 흥분한 것 같았다. 안개는 걷히지 않았지만 검은 구름은 걷혔다. 그리고 아빠는 문자 그대로도 비유적으로도 남은 여행 내내 행복한 야영객이 됐다.

내게 안도감을 주는 동시에 뜻밖의 일이었다. 아빠가 화낸 이유는 분명 우리의 여행을 방해하는 좋지 못한 날씨였다. 그걸 알고 있었지만 가까운 사람에게 화풀이를 하는 걸 주체하지 못했다. 나는 어린 시절을 돌아보며 내가 부족해서 아빠가 화를 내는 거라고 추측했던 것이 사실 나와는 아무런 관련이 없었다는 사실을 발견했다. 아빠의 반영구적인 침체된 기분은 부모님이 둘 다 진심이 사라져버린 결혼에 묶여 있는 자신을 발견한 결과였을 확률이 컸다.

하지만 이 또한 완전히 정답은 아니었다. 아빠는 다른 사람에게 자신의 어두운 모습을 내비치지 않도록 스스로를 연마했다. 내가 지켜본 바로 아빠는 가족 외의 사람들에게 그래왔고 캠핑 여행 내내 마찬가지였다. 일상에서 낯선 사람들과 만날 때마다 아빠는 기분이 좋아 보였다. 심지어 안개로 기분이 곤두박질친 후에도, 나에게 역정을 내기 적전에도 그랬다. 미리암과의 대화에서 나는 이미 아빠의 어두운 면이 완전히 사라지지 않았다는 것을 눈치챘다. 미리암은 여전히 주기적으로 아빠를 참아주고 있었다. 심지어 아빠가 나와 누나에게 최상의 태도를 보일 때(캠핑 여행을 떠나기 전)에도 말이다. 가장 끔찍한 것은 아빠의 화가 어디서 비롯됐든 간에 오직 가장 사랑하는 사람에게 그 화를 전가한다는 점이었다.

결국 그랜드마난섬에서 아빠의 행동은 우리가 재회한 후로 역정을 내도 될 정도로 내가 가까워졌다는 것을 의미했다. 얼마나 잘못된 방식인지!

기이하게도 여행을 마친 후(내가 마블을 퇴사하고 1990년대 후반 동안 뉴욕시가 경험하던 정치적 올바름의 대격변을 선도하며) 우리는 더 가까워졌다. 어쩌면 내가 마침내 아빠의 어딘가 잘못된 역학을 이해했기 때문일 수도 있다. 혹은 그 여행에서 내가 아빠에게 선을 넘으면 맞서 싸울 수 있을 뿐만 아니라 아빠를 버릴 수도 있다는 선전포고를 했기 때문일 수도 있다. 괴롭히다가 결국 저항을 받는 이상한 방식으로 아빠는 나를 존중하게 된 듯했다. 아빠가 미리암에게 설거지로 싸운 이야기를 들려준 것 같았다. 미리암은 아빠가 화를 낼 때마다 반박하고는 마무리로 내 말을 인용했다.

"드디어 말했네. 이 말을 하게 돼서 정말 기뻐!"

"엄마, 나 대학 갈 거야!"

서아프리카에서 뉴욕으로 이민 온 스물세 살 아마두 디알로가 장시간 비행을 마치고 집에 돌아와서 그의 어머니에게 말했다. 미국에서 2년을 보낸 후 디알로는 포틴스 스트리트에서 오랜 시간 양말과 장갑, 비디오를 팔면서 9000달러를 저금했다. 다운타운에 살면서 마을 사이를 연결하는 간선도로를 걸어다니길 좋아해 주기적으로 포틴스 스트리트를 지나다녔다는 디알로 앞을 어쩌면 나도 여러 번 지나쳤을지도 모른다. 활기찬 뉴욕의 속도로 빠르게 걷느라 수줍음이 많고 체구가 작은 디알로를 못 보고 놓쳤을지도 모른다. 나는 인도 가판대에 늘어선 판매 상품에 거의 주의를 기울이지 않았으니까. 이곳에서는 수백만 명의 사람들이 서로 만나지 않고도 지나칠 수 있었다.

그러던 중 디알로의 삶에 네 사람이 끼어들었다. 이들은 디알로를 그냥 지나치지 못했다. 1999년 2월 4일 자정쯤 디알로가 브롱크스에 있는 집으로 돌아간 후 건물 앞에 섰을 때 총으로 무장한 네 명의 백인 남성이 늦은 밤 인적이 드문 거리에서 차를 타고 천천히 디알로에게 다가오고 있었다. 비조직 범죄 전담반(이들의 모토는 '밤은 우리의 것We own the night!'이었다)이라 부르는 공격적인 특수부서의 사복 경찰관으로 밝혀진 이 남성들은 범죄 기록이 없는 비무장 흑인 남성이 집 앞에서 자기 할 일을 하는 것을 목격했다. 그들은 디알로가 가방에서 꺼내는 무언가를 총이라 추측하고 41발의 총알을 발사했고 그중 19발이 그의 탄탄한 몸을 뚫고 지나갔다.

아마두 디알로는 대학을 다닐 수 없었다. 그 대신 디알로는 상자에 담겨 엄마와 함께 집으로 돌아가야 했다.

우리 가족은 그 이후 벌어진 시위 최전선에 합류했다. 이는 12년 후 플로리다에서 트레이본 마틴이 살해되고 그 살인자가 무죄 선고를 받았던 '흑인의 생명도 소중하다' 운동의 전신이었다. 아마두 디알로를 위해 모인 시위자들은 뉴욕시와 당시 시장이던 루돌프 줄리아니 행정부를 흔들어 놓았다.

하지만 디알로 시위는 적절한 이름과 자극적인 줄임말을 활용한 '지긋지긋한 퀴어들Fed Up Queers'이라는 단체의 성소수자 활동가들이 브로드웨이 교통을 차단하기 전까지는 본격적으로 기세가 상승하지 않았다. 이 백인 퀴어 활동가들은 액트업ACT UP*의 에이즈 활동가의 전술을 차용해 아프리카계 미국인 공동체와 연대해 목숨을 걸고 시위했다. 디알로의 죽음에 대해 경찰에 책임을 묻는 투쟁에서 시민불복종이라는 명목으로 체포된 첫 사례였다. 물론 마지막 사례도 아니었다. 이 평화로운 반항으로 시위자들이 매일같이 경찰국 본부인 원 폴리스 플라자로 옮겨가 체포되는 일은 루틴이 됐다. 매일 수십 명의 시위자로 구성된 조직이 경찰국 앞에 자리를 잡고 정의를 요구하다 체포됐다. 정치 전문가(예를 들면 전 뉴욕시장인 데이비드 딘킨스)와 연예인(수잔 서랜든와 팀 로빈스 등)을 포함해 체포된 사람들은 다 합쳐서 1200명 이상 됐다. 그리고 시위자들 중 이 싸움을 계속 끌고 갔던 건 늘 성소수자들이었다. 시위 조직원 중 하나인, 뉴욕의 가장 유망한 흑인 성직자 캘빈 버츠 목사는 성소수자 공동체가 대의를 위해 한 일을 결코 잊지 못할 거라고 회고했다.

---

*   1987년 에이즈 위기에 대응해 결성된 단체. 에이즈에 대한 대중의 인식을 개선하는 활동을 한다.

우리 가족들은 날이 좋은 3월 23일 화요일 원 폴리스 플라자에 모였다. 지난 세대를 재연하는 것에 가까운 풍경이었다. 누나는 한 손으로 어린 조카를 안고 다른 한 손으로는 또 다른 조카가 탄 유모차를 밀며 행진했다. 아빠와 내가 69명의 다른 사람들과 경찰 본부 앞에 자리를 잡자 누나와 엄마는 가장자리로 이동했다(아이를 데리고 온 누나는 체포될 위험을 감수할 수 없었다). 69명의 시위대 속에는 영화 속에서 봤던 흑인 활동가 커플이 있었다. 자신의 재능을 활동에 헌신하는 모습에 아빠가 진심으로 인정했던 오시 데이비스와 루비 디였다.

"당장 해산하지 않으면 체포할 겁니다!"

경사가 메가폰을 들고 소리쳤다. 어제와 그 전날의 시위를 통해 우리 중 누구도 꿈쩍하지 않을 것이라는 사실을 잘 알고 있었을 테지만. 경찰들은 플라스틱 수갑을 들고 우리를 둘러싸고 있었다. 잠시 후 경사의 신호로 경찰이 안쪽으로 진입했다.

경찰과 시위대 모두 전문적인 방식으로 시위를 진행했다. 경찰은 분명히 그 전날 연습을 많이 했고 어떤 상황에서도 더 거칠어지진 않을 것이다. 연예인들의 참여와 언론의 눈총이 있으니까. 시위자 중 그 누구도 저항하지 않았다. 우리는 우리가 원하는 바로 그 시점을 언론이 계속 조명할 수 있도록 체포되길 원했다. 디알로의 죽음 이후 경찰의 무대응과 흑인과 유색인종에 대한 부조리한 치안 유지가 드러난 때에. 경찰과 시위자들은 시민 불복종이라는 제목의 가부키 배우가 됐다. 우리의 분노를 표출하는 동시에 한 치의 양보조차 거부한 시장과 경찰의 위법 행위에 대해 비판의 목소리를 내기 위해 기획된 퍼포먼스였다. 이 사실을 알고 있었어도 나는 경찰이 내 손을 등 뒤로 돌려 수갑을 채우고 아빠와 함께 다른 사람들과 다른 방향으로 데리고 갈 때 몸속에서 아드레날린이 솟구치는 위험 신호를 느꼈다.

경찰차는 이미 기다리고 있었다. 하나는 남성들을, 다른 하나는 여성들을 각기 다른 구역으로 체포해갔다. 경찰차가 시내로 향하는 동안 나는 상대적으로 유연한 35살의 손목을 비틀어 플라스틱 수갑에서 빼냈고 코트 주머니 안에 숨겨둔 초콜릿을 꺼내 먹으며 아빠와 시선을 맞추고 무언가를 꾸미고 있는 듯 미소를 지었다. 이 굶주린 남성에게서 음식을 떼어놓기에 욕 경찰국의 케이블 타이는 역부족이었다(다 먹은 후 나는 경찰이 눈치채지 못하도록 꾸물꾸물 움직여 다시 수갑으로 손을 밀어 넣었다. 비록 경찰차 바닥에 포장지를 버려 신념을 굽히지 않는 사람이 남긴 작은 징표를 나중에 발견하게 만들었지만). 경찰차 내부를 둘러보니 대부분 갈색 피부에 회색빛 머리칼이 조금 남은 사람들이었다. 대화 내용은 가벼웠고 사람들은 조용했다. 하지만 곧 상황은 달라졌고 아빠도 그랬다.

같은 경찰차 안에 있던 사람들이 업타운 구치소의 유치장에 갇혀 일이 진행되기를 기다리는 동안, 체포된 사람 중 나이가 있어 보이는 사람 하나가 노래를 시작했다. 노래는 전통적이면서도 영적인 가사를 담고 있었는데 지금까지도 어느 쪽인지 구분할 수 없다. 그 정도로도 아빠는 깊은 감동과 영감을 받았다. 아빠의 눈 속에는 나보다 더 오래된 불꽃이 타오르고 있었고 성가대에서 수도 없이 노래했던 목소리를 키웠다. 나는 아빠가 20대로 돌아가는 모습을 목격했다. 정치적 올바름과 관련된 문제에 휘말리며 시민권을 위해 투쟁하던 시기로. 나는 나이 든 활동가들이 합창하는 모습을 지켜봤다. 그리고 노래가 끝나자 아빠는 다른 노래, 또 다른 노래를 부르기 시작했다. 우리 민족은 미국 땅에 발을 디딘 이래로 오랫동안 저항과 투쟁의 노래를 불렀지만 나는 함께 부를 만큼 노래를 잘 알지 못했다. 나는 이들의 정의로운 목소리가 경찰서 전체를 채우고 철근과 벽돌, 석조를 흔들며 울려퍼지는 것을 보았다.

몇 년 후 나는 다시 한 번 이런 초현실적인 소리에 둘러싸이게 됐다. 센트럴파크에서 여름철새가 한창 이동하던 어느 날, 로저 로저와 그의 친구 재러드, 나는 다양한 종류의 솔새를 발견하고 가장 예쁜 수컷의 모습을 보기 위해 램블 안을 돌아다녔다. 선명한 짙은 회색 선이 있는 검은머리솔새Blackpoll Warbler, 호랑이 같은 줄무늬와 진홍색 볼을 지닌 케이프메이솔새Cape May Warbler, 다양한 갈색이 어우러진 적갈색가슴솔새Bay-breasted Warbler, 5월에 핼러윈을 맞이하는 듯한 아메리칸딱새, 불타오르는 것처럼 목 부분이 빛나는 블랙번솔새 등등. 이 새들은 북아메리카에서 가장 높은 목소리를 지닌 명금류 중 하나다. 그리고 우리가 만나러 갔을 때도 노래를 하고 있었다.

이 새들은 한 소절 한 소절이 지날 때마다 점점 더 고조되며 노래를 불렀다. 계속해서 음을 이탈하는 정신 나간 딱새들 사이에 떨어진 것처럼 누가 더 크고 강하고 높은 소리를 낼 수 있는지 겨루는 결승전이 진행되고 있었다. 높은 가지에 앉아 있던 딱새들은 쌍안경조차 필요하지 않은 거리까지 내려왔다. 마치 심사위원석까지 다가와 자신을 충분히 어필하고 작은 몸에서 뿜어져 나오는 원초적인 힘으로 몸을 떠는 것 같았다. 오늘날까지도 우리는 특정한 시간과 장소에서 어떤 이유로 딱새 수컷들이 이런 격렬한 충동에 휩싸였는지 그 이유를 모른다. 센트럴파크의 모든 것을 보고 듣고 느낀 스타워즈의 마스터 요다 같은 로저조차 어떤 사람에게는 들리지 않을 정도로 높은 소리 파장에 휩쓸리면서 얼어붙었다. 높은 소리의 합창곡은 우리 귀에 크게 들려왔다. 우리의 머리로는 완전히 이해할 수 없는 계시의 순간이었다.

두 순간 모두 나는 전지전능한 존재와 함께 한다는 것에 감사하고 경외심을 가지며 귀를 기울일 수밖에 없었다.

그 다음으로 체포된 날은 활동가들이 아마두 디알로를 위한 정의를 지속적으로 요구한 지 몇 주가 흐르고 나서였다. 이번에는 훨씬 더 평범했다. 나는 집에서 몇 블록 떨어진 곳에서 일어나는 시위에 참여하기 위해 돌아왔다. 이번 시위는 뉴욕시 경찰국 본청에 계획적으로 체포됐던 것보다 훨씬 더 부드러운 분위기였다. 근처 병원에 있는 환자들을 방해하지 않기 위해 조용히 피켓을 들고 주위를 빙글빙글 돌면서 인도 한쪽 구석에 스스로를 욱여넣었다. 이 꽤나 합법적이고 평화로운 표현의 자유를 보고 뉴욕 경찰은 해당 구역을 봉쇄하고 모든 사람에게 이 장소를 당장 떠나지 않으면 체포될 수 있다고 경고했다. 그리고 경찰들은 자신들이 내놓은 불법적인 요구로 인해 혼란스러워진 틈을 타 우리 중 일부를 체포했다. 당황하고 화가 나서 우리는 더 이상 침착하게 스스로를 자제시키지 않고 인도를 따라 걸으며 근처 블록을 행진했다.

"도로로 나가세요!"

내 뒤에서 누군가가 소리쳤다.

"도로로 나가요!"

그 말에 충실히 따라 나는 세컨드애비뉴의 도로로 뛰어들었다. 손에는 누군가에게 빌린 '이건 총이 아니라 지갑입니다'라는 비판적인 문구가 적혀 있는 피켓을 높이 들고 있었다. 하지만 내가 뒤를 살짝 돌아보자 도로로 나온 건 나 혼자였다. 그리고 그 순간 경찰이 나를 덮치고 피켓을 바닥에 내려치고 내 팔을 등 뒤로 결박했다.

줄리아니는 평화로운 시위에 질렸는지 경찰 인력을 투입하기로 결정한 것 같았다. 근방의 경찰서에서 사건을 일단락 지은 후 법정 출두장을 받고 석방되는 대신 뉴욕시 경찰국 본청으로 이송됐을 때, 나는 진짜 힘든 게 무엇인지 배우게 됐다. 나는 경찰국의 악명 높은 유치장에서 하룻밤을 보내고 다음 날 조사를 받게 될 거라는 사실을 알게 됐다. 몇 주 전만 하더라도 일부러 체포되기 위해 뉴욕시 경찰국 본청 근처를 떠나지 않았는데, 이제 경찰들도 의도를 '존중'하기로 한 듯 보였다.

다른 교정시설과 마찬가지로 형광등만 켜진 눅눅하고 창문도 없는 대기실에서 나는 절망에 빠져 목을 매달지 못하도록 벨트를 포함한 소지품을 압수당했다. 암울하고 미래가 없는 배경은 경찰의 태도와도 잘 어우러졌는데, 국경관리국 요원이나 차량관리국에 뼈를 묻게 된 사람들에게나 어울릴 법한 냉정한 태도를 일관되게 보여줬다. 이들은 디알로 시위대를 경찰에 반하는 집단으로 인식하고 반감을 숨기지 않았다. 나는 에이즈 약을 압수당한 다른 체포자가 항의하는 소리를 들었다. 1999년에는 하루에 한 알만 복용해도 되는 제품이 없었기에 항HIV 약물은 엄격한 식이요법을 지키며 복용해야 했다. 그 사람의 상황이 어떻게 해결됐는지 나는 알 수 없었다.

저녁 8시쯤 나는 약물 남용이나 경범죄 혐의로 이곳에 온 20여 명과 함께 대형 유치장에 갇혔다. 이번엔 나와 함께 있던 운동권 동료들은 체포되지 않았다. 구석에 노출된 채로 덩그러니 놓인 변기 물소리와 그에 따라 흘러나오는 악취와 바지를 내리는 엉덩이를 둘러싼 불쾌한 광경만 있을 뿐이었다. 나는 단단하고 세균학적으로 의심스러운 바닥에 자리를 잡고 이따금 터져 나오는 돌발적인 상황 한가운데에서 잠을 자려 노력했다("물 내리고 나와!" 벌거벗은 엉덩이가 천천히 화장실 손잡이를 밀자 누군가가 소리쳤다. 우리 모두 냄새를 맡을 수 있었다). 새벽 3시가 되자 경찰은 창살을 두드려 우리를 깨우고 샌드위치를 건네주었다(대체 왜?). 원더브레드 두 장 사이에 가공한 볼로냐 소시지 조각이 들어있는 샌드위치였다.

다음 날 아침 동이 틀 무렵이 되어 마침내 밖으로 나갈 수 있게 됐을 때 아빠(내가 체포됐을 때 유일하게 전화했던 사람이었다)는 기쁨이 담긴 베이글을 들고 나를 배웅하러 나와 있었다.

여전히 여름철새가 이주하던 시기였으므로 나는 다음 날 아침 공원으로 향했다. 동행한 탐조인들은 내게 전날 뭘 했길래 코빼기도 보이지 않았는지 물었고 나는 이들에게 내가 경험한 지하세계를 들려주었다. 나는 이들(그 당시만 해도 모두 백인이었다)이 내가 '급진적인' 흑인 활동가라는 데 흠칫 놀라면서도 겉으로는 드러내지 않을 거라고 예상했다. 하지만 예상과 다르게 나는 찬사를 들었다. 어쩌면 내 권리를 지지하는 보여주기일 수도, 맨해튼에 거주하는 백인 자유주의자가 느꼈을 죄책감 때문일 수도 있지만 어쨌든 진심인 듯 보였다. 내가 이 작은 탐조 커뮤니티를 소중하게 여기게 된 또 하나의 이유다.

10년 전쯤 성소수자 혐오 집단이 폭력에 반대하는 시위를 벌였을 때처럼, 체포된 사람들은 결국 수개월 동안 계속해서 법정기일을 미루는 '조건부 기소유예ACD' 처분을 받게 됐다(조건부 기소유예는 법정에서 "6개월 동안 문제에 휘말리지 않으면 이 일도 없던 일로 해줄게"라는 말을 효과적으로 전달하는 방법이다). 루돌프 줄리아니는 9·11 테러 이후 '미국의 시장'이라는 칭호를 얻었지만 몇 년 후 도널드 트럼프 단임제 대통령을 보좌하며 국민적 바보가 되기도 했다. 이후 드러날 줄리아니의 판단력과 성격의 결함을 보면 그가 디알로 사건 전후로 지속적으로 뉴욕 흑인 사회의 반감을 키웠단 사실은 전혀 놀랍지 않다. 41번이나 방아쇠를 당겼던 경찰이 속해 있던 길거리 범죄 부서는 2002년 줄리아니의 후임 시장이 취임할 때까지 해체되지 않았다. "밤은 우리의 것"이라며 호언장담하고 허세를 부리던 경찰은 결국 무너지고 말았다.

디알로의 어머니인 카디자투는 계속해서 인종차별에 맞서 싸웠다. 도시에서 부당한 사망 사건을 겪게 된 카디자투는 아마두 디알로 재단을 설립해 뉴욕시립대학교에 입학하는 이주민이나 아프리카계 후손들에게 장학금을 후원했다.

자연의 힘도 시간이 흐르면서 약해지거나 사그라들기도 한다. 20세기 초에 태어난 외할머니는 새천년에 들어서면서 천천히 노쇠해지셨다. 브로드웨이에서 〈라이온 킹〉을 보길 갈망했던 할머니를 위한 당일 티켓 두 장이 갑자기 생겼을 때는 러시아워로 길이 꽉 막힌 상태였다. 퀸즈의 연립주택에서 브로드웨이까지 시간에 맞춰 갈 수 있는 방법은 지하철뿐이었다. 나는 이 90세 노부인이 집 근처에 있는 지하철역으로 발걸음을 옮기며 끝없는 계단을 오르고, 노선도 끝에 있는 타임스퀘어역 지하 정류장에서 더 많은 계단과 씨름하며 굳건한 결의를 불태우는 모습을 바라봤다. 그리고 극장이 어두워지고 커다란 기린과 가젤 인형이 통로를 따라 내려와 무대로 향하는 모습을 보며 할머니의 눈이 소녀처럼 초롱초롱해지는 것을 목격했다. 활기찬 막간극이 공연되는 동안 기분 좋은 박수 소리도 들렸다. 나는 이 뮤지컬이 내 인생 최고의 공연 중 하나라는 사실에 들떴다. 내용 때문이 아니라, 할머니에게 일어난 일 때문에. 집으로 모셔다드리기 위해 택시에 몸을 실었을 때 할머니와 함께 브로드웨이까지 가느라 고생한 보람이 있다는 사실을 깨달았다. 하지만 그 여정은 할머니에게 정말 힘겨운 일이었다. 그 많은 계단을 올라 혼자 사시는 연립주택으로 다시 가야 했으니까.

늘 불굴의 의지와 투지를 불태우시던 할머니는 마지막 1년여 동안 울혈성심부전으로 고통 받으며 급격하게 쇠약해지셨다. 한때 수많은 환자를 병상에 눕힌 스페인 독감을 이겨낼 정도로 튼튼했던 할머니의 신체는 물이 차면서 부풀어올라 피부에서 진물이 나기도 했다. 90세까지 견고하게 남아있던 정신도 '노년기 건망증' 정도가 아니라 방금 나눴던 대화를 다시 반복하는 식으로 조금씩 흔들리고 있었다. 할머니는 요양원을 거부했다. 우리는 할머니가 온갖 역경을 딛고 지켜온 집의 문고리에서 할머니의 차갑고 생기 잃은 손가락을 억지로 떼어내야 했다. 병원에서 돌아온 후 할머니는 다리 힘이 풀렸는데도 엎드린 채로 바닥을 가로질러 집안을 돌아다닐 수 있다는 것을 보여주기도 했다. 자존심이 강했던 할머니는 우리에게 자바 더 헛*처럼 부푼 몸을 이끌고 복도를 내려오는 모습을 지켜보라고 명령했고 나는 처음으로 내 머릿속에 가슴 아픈 〈스타워즈〉 이미지가 떠오르는 걸 원망했다.

반면 할머니의 외동딸이었던 엄마는 토바고에서 은퇴 후의

* 　스타워즈의 빌런으로, 한 행성을 지배하는 범죄 조직의
　두목이다.

삶을 보내다 잠시 돌아와 할머니를 도와줄 수 없는 이유를 끝도 없이 늘어놓으며 나를 화나게 만들었다. 체면을 세우기 위해 할머니에게 거짓말을 했다는 사실을 알게 됐을 때는 화를 주체할 수 없었다. 엄마는 내가 매달 할머니에게 보내던 얼마 안 되는 수표가 자신이 보낸 거라고 거짓말을 했다(할머니는 다 알고 계셨다).

누나와 나는 할머니의 요양을 최대한 도왔다. 가끔 간병인이 올 수 없는 날이면 퇴근 후 할머니 집에서 밤을 지새우기도 했다. 하지만 면허가 없고 풀타임으로 근무하는 내가 도울 수 있는 건 한계가 있었고, 교외에 사는 누나는 돌봐야 할 아이들이 있었다. 그 모든 어려움에도 아빠는 늘 그 자리에 있었다. 아빠와 미리암은 할머니를 병원까지 데려다주고 필요한 물건을 사다 나르고 할머니가 어떻게 지내시는지 확인하기 위해 들렀다. 오래전에 고통스럽게 이혼했고 의무감에서 탈주한 전 아내의 어머니를 위해 그는 이 모든 걸 감내하고 있었다. 아빠는 평생에 걸쳐 할머니를 존경했다. 더 중요한 사실은 아빠에게 할머니는 가족이었다는 것이다. 그리고 아빠의 세계에서 아빠는 가족을 위해 더 많은 일을 할 수 있었다.

건강이 점점 더 나빠지면서 할머니의 존재가 무너져내리고 존엄성까지 빼앗기는 모습을 가까이에서 지켜보며 나는 큰 충격을 받았다. 그래서 2007년 어느 토요일 오후, 나는 클래식한 탈출구를 선택했다. 어떤 영화인지 생각하지 않고 은색 스크린이 깜빡이는 동안 멍청한 현실에 빠져들 수 있는 영화관으로 향한 것이다. 〈캐리비안의 해적: 세상의 끝에서〉는 일반적인 '멍청하다'는 표현을 훨씬 뛰어넘는 영화였다. 나는 세 시간 동안 아무 생각 없이 행복하게 보낼 수 있다는 가능성에 안도했다. 중반쯤 됐을 때 영화는 예상치 못한 방식으로 내게 다가왔다. 길을 잃은 것 같은 영혼이 다시 처음으로 돌아가는 것처럼, 같은 문장을 계속 되풀이하며 방금 전 나눈 대화를 반복하는 장면이 나왔다. 갑자기 나는 뒷줄에서 흐느끼기 시작했다. 내 주변에 있던 사람들은 세상에 어떤 멍청이가 디즈니 테마파크 놀이기구의 스핀오프에 감동을 받아 눈물을 흘리는지 궁금해했다.

그리고 며칠 후 할머니가 돌아가셨다.

엄마는 할머니가 돌아가시기 일주일 전이 되어서야 돌아왔다. 그것도 건강 문제를 주렁주렁 달고서. 고혈압, 일과성 허혈 발작, 섬유근육통이라는 이름의 모호한 통증 그리고 결국 경화증이라는 진단을 받은(치료를 받고 있기는 하지만 생활하는 데 때로는 크게, 때로는 거의 영향을 미치지 않는 문제였다) 여러 문제였다. 뭐라 말하기 어려웠다. 엄마는 그간 너무 멀리 떨어져 있었고 빈번하게 거짓말을 늘어놓았으며 자신을 늙지 않는 아름다운 여성이라고 믿었다. 엄마에게 후자의 경우는 특별히 열심히 노력할 필요도 없었다. 미국을 떠나기 전 우리가 함께 어디를 갈 때면 사람들은 종종 엄마를 내 아내로 착각했다(당연한 말이지만 엄마는 이런 아무 의미 없는 일에도 신나 했다).

할머니가 돌아가신 지 몇 년이 지나고 엄마를 만나기 위해 토바고를 찾았던 마지막 방문에서 나는 시간의 흐름을 정통으로 맞은 엄마를 만났다. 엄마는 허약해져 거의 거동을 할 수 없었고 짧은 거리를 이동할 때도 보조기가 필요했다. 엄마의 질병과 증상은 그 나이대 여성에게 나타나는 수준을 훨씬 뛰어넘었다. 암 빼고는 거의 모든 증상이 발발했는데, 나는 다른 질병 때문에 암이 몸에서 살아남을 수 없었을 거라는 암울한 생각을 했다.

엄마는 의료적 도움을 거절하는 단계에 있었고 나는 엄마의 의견을 존중했다. 그곳에 오랫동안 머무를 수 없는 이유를 장황하게 만들어가며 나는 뉴욕으로 돌아왔다. 결과가 어떨지 알았지만 가족들을 버리고 외딴 곳으로 떠나기로 결정한 엄마를 위해 내 직장, 파트너, 삶을 버리고 동성애 혐오가 만연한 섬으로 이주할 수는 없었다. 그리고 나는 여전히 엄마가 할머니를 버렸다는 것에 화가 나 있었다. 그래서 내 삶을 되찾은 후에는 지역사회에 적극적으로 참여하는 친구의 네트워크에 엄마를 돌보는 일을 맡기고 그 선택이 최선이길 바랐다.

엄마가 할머니를 방치했다고 화를 내면서도 나도 같은 행동을 반복했던 것이다. 엄마가 가장 도움이 필요할 시기에, 어린 시절 내내 아빠라는 폭풍으로부터 나를 보호해줬고 항상 나를 믿고 지지해줬던 엄마를 방치했다.

몇 달 뒤 엄마의 가장 친한 친구인 지젤이 내게 전화를 했다.

"크리스천, 멜로디랑 여기 당장 와야 할 것 같아. 지금이 아니면 기회가 없을 것 같구나."

누나와 나는 토바고에 도착해 병실에 누워있는 엄마를 보고 놀랐다. 엄마는 얼마 안 있어 건강을 조금 회복해 퇴원을 했고, 우리는 며칠 동안 엄마에게 온 정성을 쏟았다. 엄마를 기쁘게 하기 위해 바다가 보이는 영리 목적 노인 복지시설에서 희미해지는 가망과 형식적인 보살핌에서 애써 눈을 돌렸다. 그 후에 우리는 3000킬로미터를 날아 집으로 왔다.

그로부터 일주일 정도 지난 2016년 8월, 나는 업무 회의에 참석하기 위해 외근 중이었다. 전날 늦은 밤 아빠에게서 엄마가 돌아가셨다는 소식을 전해 들었다. 어떻게, 왜 그랬는지 모르겠지만 나는 회의에 참석하고 동료들과 어울리며 그 소식을 혼자 삼키고 겉으로 티를 내지 않았다. 저녁식사 자리에서 한 동료가 어린 시절 좋아했던 음식에 대해 물었고, 나는 엄마가 자주 만들어 주셨던 럼주에 절인 건포도가 들어간 브레드 푸딩을 꼽았다. 동료가 물었다.

"어머니께서 아직도 만들어주셔?"

나는 잠시 주저했다.

"아니, 엄마는 어젯밤 돌아가셨어."

소리 내어 말하자 현실감이 들었다. 그리고 순식간에 평정심을 잃었다. 동료는 내 말을 듣고 웃었다. 내가 농담하고 있다고 생각한 듯했다.

몇 분 후 그 자리에 있던 십여 명의 사람들이 내가 한 말이 농담이 아니라는 사실을 알아차렸다. 충격으로 분위기가 가라앉았고 말을 꺼냈던 불쌍한 동료가 자신의 실수에 완전히 정신이 나가는 바람에 결국 내가 그녀를 위로하는 상황이 펼쳐졌다. 하지만 어떻게 알았겠는가? 그 누구도 알지 못했을 것이다. 엄마가 돌아가신 날 나는 너무나도 평소처럼 행동했다. 그런 사람이 대체 어디 있을까?

나는 감정적으로 꽉 닫혀 있었다. 벌칸이 되려고 너무나도 노력한 끝에, 인간으로서 변명할 여지가 없는 형편없는 존재가 되어버렸다.

"아빠랑 대화를 해보는 게 어때?"

티나의 유감스러워하는 목소리가 전화를 타고 내게 애원하듯 전해졌다. 나의 이복 여동생(정확히 말하자면 미리암이 데리고 온 딸로, 나와 누나 또래였다)은 같은 가정에서 자라진 않았지만 아빠를 진심으로 사랑했다(우리가 어렸을 때 아빠가 어땠는지를 생각해보면 아마도 환경 때문에 그랬는지도 모른다). 티나는 아빠의 어두운 면을 알고는 있었다. 아빠가 2010년에 전립선암과 폐암을 진단받으면서 아빠의 성질은 하루 종일 함께 있는 미리암에게 향했다.

이런 전화가 처음은 아니었다. 미리암과 티나는 내가 아빠에게 나도 모르는 어떤 영향력을 행사한다고 생각하는 것 같았다.

"네 아빠가 네 말은 듣잖니."

미리암은 내게 이 말을 여러 번 했다. 나는 이 고집 센 양반이 누군가의 말을 들을지에 대해서는 회의적이었다. 하지만 티나가 미리암의 편을 든다는 건 상황이 심각하다는 뜻이었다.

"이 상황이 계속되면 우리 엄마는 이 머저리랑 헤어질 거야. 아빠가 가족을 완전히 산산조각내는 거지."

티나는 특유의 있는 그대로 진실을 말하는 화법으로 말을 이었다.

나는 아빠가 미리암을 얼마나 사랑하는지 알고 있었다. 자신의 운명과 씨름하는 동안 프랜시스 쿠퍼의 방식으로 미리암을 향해 쏟아낸 언어적, 정신적 학대가 바로 그 증거였다. 만약 미리암이 아빠를 떠난다면 친할머니가 아빠를 떠났을 때처럼 큰 타격을 입을 것이고, 아빠는 분노만 남은 채 노쇠해져가는 스스로를 불쌍하게 여기게 될 것이다. 나는 아빠가 약해졌을 때 엄마에게 했던 것보다 더 잘 돌보겠다고 스스로 약속했기에 어떻게든 아빠를 돕겠다고 결심했다.

캠핑 여행에서 그랬던 것처럼 나는 아빠의 행동을 질책했다. 그리고 아빠를 집에서 끌어내 미리암의 머릿속에서 아빠를 최대한 지우려 했다. 탐조도 그중 한 가지 방법이었다.

아빠는 폐암 수술을 받았고 전립선암 4기이긴 했지만 호르몬 치료를 받는 중이었다. 아빠의 행동은 굼떠졌지만 몇 시간씩 서 있는 게 아니라면 여전히 활동적이었다. 그렇기에 센트럴파크는 아빠와 탐조를 하기에 딱 좋은 장소였다. 걷기 힘들지 않은 포장된 길, 중간 중간 멈춰서 쉴 수 있는 벤치 여러 개, 재충전할 수 있는 보트하우스 카페와 함께 적소에 위치한 화장실이 있었으니까. 게다가 여름철새의 이동은 이 모든 경이로움에 빠져들라고 손짓하는 듯했다. 그때까지도 아빠는 탐조인이 아니었지만 자연을 사랑하는 사람이었기에 함께 탐조하러 다니는 것을 즐겼다. 내가 어릴 적 아빠가 나를 사우스쇼어 오듀본이 주최하는 탐조 행사에 데려다주곤 했던 것처럼, 우리는 롱아일랜드에서 트레킹을 하고 아빠의 이목을 집중시킬 화려한 종을 발견할 수 있는 램블에서 만날 날을 정했다.

"저기 물지빠귀가 있어요."

아잘레아 연못 근처에 다가가며 내가 말했다. 아름다운 숲속 연못의 가장자리에 도착하기도 전에 **"스픽!"** 하는 새의 강렬한 울음소리가 내 귀를 끌어당겼다. 그때까지 10여 종의 솔새를 관찰하며 괜찮은 오전을 보내고 있었지만 나는 아빠에게 얕은 연못에서 두건솔새나 블랙번솔새가 목욕을 하는 모습처럼 눈이 휘둥그레질 정도의 광경을 선물하고 싶었다.

> 🐦 **탐조 팁**
>
> 날이 따뜻해지면 수많은 명금류가 더위를 식히기 위해 물놀이를 한다. 한낮 흐르는 물 근처에서는 더 효과적으로 탐조할 수 있다.

새들이 목욕하는 모습은 기초적인 쌍안경 사용법만 알고 있어도 쉽게 포착할 수 있다. 빠르게 날아다니는 새를 찾기 위해 나무 꼭대기에 있는 나뭇잎 부근을 들여다보지 않아도 된다. 등은 갈색이고 배에는 줄무늬가 있는 물지빠귀는 화려함과는 거리가 멀지만 바닥에 머무르는 경향이 있어 쉽게 발견할 수 있다. 물지빠귀는 계속해서 꼬리를 까딱이는 행동이 눈에 띈다. 북부에 서식하는 루이지아나물지빠귀와 구분하기 위해 남부 여성의 엉덩이를 씰룩이며 걷는 모습을 흉내 내던 마티 마티의 모습을 떠올린 나는 속으로 키득거렸다. 아빠는 코웃음을 쳤다.

"그 작은 소리로 무슨 새인지 알 수 있을 리가 없어."

센트럴파크를 자주 찾는 사람 하나가 근처에 서 있었다. 나이가 들어 귀가 잘 들리지는 않지만 믿음직한 클로드였다. 클로드는 참지 못하고 아빠의 말을 정정했다.

"알 수 있을 거요."

그 새는 마침내 연못 제방의 꺾인 곳을 돌아 우리의 시야에 들어왔다. 남부 여성의 엉덩이를 씰룩이는 모습은 조금도 찾아볼 수 없는 행동으로 진흙을 헤치며 걸어다니는 모습이었다. 북부물지빠귀였다. 그 사실을 확인하기도 전에 아빠는 이미 미소를 짓고 있었다. 아들의 모습이 자랑스럽다는 듯이.

영화를 자주 보러 가는 아빠와 나의 관계는 아빠를 집 밖으로 더 자주 나오게 하는 또 다른 방법이었다. 특히 미리암은 별 관심이 없었던 SF 영화를 볼 기회를 기꺼이 내게 넘겨주었다. 아빠와 나, 누나와 조카를 비롯해 장르물에 열광하는 우리 가족은 〈스타워즈〉의 새로운 트릴로지의 첫 번째 영화인 〈스타워즈: 깨어난 포스)를 보기 위해 몇 시간 동안 줄을 서서 기다렸다(아빠가 그 시간 내내 서 있지 않아도 되도록 우리 젊은이들이 교대로 자리를 잡았다). 마침내 자리에 앉게 됐을 때 나는 영화가 시작된 후 내 옆에 앉은 아빠와 조카와 나누어 먹을 준비를 하며 무릎 위에 둔 인공 버터 팝콘 향을 음미했다. 조명이 어두워지자 관객들은 기대감에 숨죽였다. 성스럽고 마술 같은 언어("오래전 멀고 먼 은하계에서")가 스크린을 가득 메웠다. 익숙한 팡파르가 울렸고 우주선이 하이퍼스페이스를 질주하고 분노의 빛 속에서 광선검을 번쩍이며 우리는 어린 시절로 돌아갔다. 영화에 대한 평가는 엇갈렸지만 어린 시절의 중요한 순간을 40년이 지난 지금, 손자 손녀들과 함께 재현하는 경험은 어떨까? 그것은 진정한 영화의 마법이었다.

심지어 더 거대한 재현이 뒤이어 일어났다. 아빠는 내게 전화를 걸어 엄청난 이야기를 들려주었다.

"북아메리카에서 개기일식을 볼 수 있다더라!"

아빠가 휴대폰에 폭발적으로 흥분을 쏟아냈다. 수십 년 전부터 알려졌기에 새삼스러운 일은 아니었지만 불과 일주일 앞으로 다가온 이 천문학적 장관은 우리 모두의 마음을 설레게 했다. 우리는 1970년 캐나다 프린스에드워드아일랜드주에서 함께 개기일식을 본 적 있었다.

"저도 이야기 들었어요! 내슈빌에서도 볼 수 있다고 하더라고요."

내슈빌이 그 기준을 만족하는 유일한 장소는 아니었지만 내슈빌은 남부가 아닌 곳 중 가장 가까웠다.

"다시 한 번 보게 된다면 정말 멋질 것 같아요."

우리 모두 같은 생각을 하는 동안 침묵이 흘렀다.

"우리는 갈 수 있어."

아빠가 말을 이었다.

"하지만 지금쯤이면 호텔 예약이 다 차지 않았을까요?"

결론부터 말하자면 아빠는 마을 외곽의 더블 침대가 있는 모텔 방을 찾았다. 낡은 장식부터 희미한 곰팡이 냄새가 나는 카펫, 조잡한 가구, 우중충한 벽을 보고서야 여기가 내슈빌에서 예약 가능한 숙소 중 마지막으로 남은 하나였던 이유를 알 수 있었다. 이 지역의 전성기는 백미러에 스쳐나가는 장면처럼 빠르게 희미해졌다. 시내를 관광한 후 개기일식 전날 밤 희미한 조명 아래에서 노트북으로 〈왕좌의 게임〉 에피소드를 몰아보면서(다행히 와이파이는 작동했다) 드라마를 본 적이 없는 아빠에게 각 캐릭터의 배후와 운명의 반전에 대한 줄거리를 열심히 설명해줬다. 우리를 둘러싸고 있던 음울한 배경은 사라지고 얼음과 불의 신화 속에 등장하는 땅으로 바뀌었다. 우리는 사랑하는 용이 죽자 고통으로 울부짖었고 워킹 데드의 더러운 하수인으로 부활하자 공포에 질려 숨을 헐떡였다. 우리 가족의 전형적인 끝내주는 밤이었다.

다음 날 오후 우리 주변의 변화는 훨씬 더 심오했다. 일식을 관측하러 자연 속으로 차를 몰고 가는 것을 잠시 고민했지만 우리는 지금 머물고 있는 낡은 모텔 부지에서 하늘을 보기로 결정했다. 그날은 구름이 많이 끼어 하늘을 가리고 있었기에 우리의 위치와 상관없이 일식을 보지 못할까 봐 두려웠는지도 모른다. 조잡한 숙소를 견디며 마지막까지 고생한 트레킹이 헛수고가 될까 봐. 하지만 운 좋게도 일식이 일어나기 직전과 일식이 일어나는 동안 태양 근처 구름이 걷혔다. 우리는 특별한 목적을 위해 디자인된 검은 편광 필름 렌즈를 통해 달이 천천히 태양을 집어삼키는 모습을 지켜봤고 찌는 듯한 8월의 남극광에 약하게 은빛이 감돌았다.

"세상에."

나는 나도 모르게 중얼거렸다. 그리고 하늘에 새겨진 구멍을 보기 위해 1분 남짓 암막렌즈를 멀리 치웠다.

그건 상상으로만 그리던 새를 마침내 현실로 보게 됐을 때 겪는 유니콘 효과와 그리 다르지 않았다. 오히려 그 반대다. 일식이 일어나면 평생 의심의 여지없이 존재한다고 생각했던 하늘이 갑자기 상상조차 하기 어려운 모습으로 바뀐다. 눈앞에 잠시 엄청난 우주가 펼쳐졌다. 다 허물어져가는 내슈빌 모텔 주차장에서 나는 반세기 전에 그랬던 것처럼 아빠와 나란히 서서 신성한 장면을 목격했다.

그리고 이것이 우리가 함께한 마지막 여행이었다.

다음해 겨울이 거의 끝나갈 때쯤 나는 갈라파고스로 향하는 여행을 예약했다. 에콰도르로 탐조를 가는 사람들과 동행했는데, 다시는 이 길에 오르지 못할지도 모른다는 생각에 찰스 다윈이 진화론을 집필하는 데 영감을 준 외딴 섬을 둘러보는 5일간의 보트 투어를 추가했다. 홀로 갈라파고스로 향하는 보트에 탑승할 예정이었지만 1인 요금 옵션이 없었기에 2인 요금을 지불해야 했다. 그렇다면 아빠를 초대하는 건 어떨까? 이건 그럴 만한 가치가 있었다. 우리 둘 다 즐거울 뿐만 아니라 함께하는 과정 자체를 즐길 수 있는 생태 여행이었다. 그리고 몇 년 전 아빠가 비용을 지불했던 코스타리카 여행에 화답할 수 있는 기회였다.

내가 함께 가지 않겠냐고 제안했을 때 전화기 너머로 아빠의 신난 목소리를 들을 수 있었다. 나는 그때까지 전직 생물 선생님이자 과학에 미친 사람인 아빠의 평생 꿈이 갈라파고스를 가보는 것인지 몰랐다. 여행 준비 자체도 우리에겐 일종의 모험이었다. 준비물을 마련하고, 여행 주최자로부터 온 이메일을 공유하고, 가서 볼 수 있는 도감이 있는지 확인해야 했다.

그리고 에콰도르로 향하는 비행기에 오르기 전날 나는 전화 한 통을 받았다.

"아들아, 나는 안 가는 게 나을 거 같다."

나는 말문이 막혔다. 이제까지 세운 계획과 기대를 차치하고라도, 결정을 마지막에 뒤집는 건 지금껏 알던 아빠답지 않았다. 그건 아빠가 제일 싫어하던 행동이었다.

"아니, 잠깐만요. 이해가 안 돼요. 이 여행 간다고 신나셨잖아요!"

"그럴 기력이 없어. 여행을 못 따라갈 거 같구나."

"그냥 배만 타면 돼요, 아빠! 섬에 내려서 하이킹하는 건 아주 잠깐이에요. 아무것도 하고 싶지 않으면 그냥 배에만 있어도 돼요."

나는 도저히 아빠를 이해할 수 없었다. 일생의 꿈을 이렇게 날려버리려는 걸까? 나이가 들면서 노쇠해지긴 했지만 늘 유능하다고 자부하던 사람(이번 여행 전까지도 하루 종일 준비를 했다)이 여행 전날 밤 11시에 이렇게 말한다니? 무슨 일이 있는 것 같았지만 아빠는 자세히 설명하지 않았다.

"비행편 때문에 그러는 거지?"

아빠는 전화를 끊기 전 돈 문제가 중요하다는 듯 덧붙였다.

"보험 청구에 필요한 서류 잘 모아두렴. 보험사가 돈을 가져가면 안 되지."

적어도 이 반응은 평소의 아빠 같았다.

결국 나는 홀로 배에 올랐고 투어에서 만난 사람들과 친해지면서도 내내 아빠의 부재를 의식했다. 해변에서 바다사자가 내게 다가와 사람 좋아하는 강아지가 손등 냄새를 맡는 것처럼 수염을 내게 비볐다. 어린 바다사자 세 마리는 바다 카약을 타고 지나가는 내 모습을 보고 누가 더 빠른지 내기를 하자는 것으로 받아들였다. 연안을 떠다니던 중 호기심 많은 갈색사다새Brown Pelican 한 마리가 부리와 내 코가 닿을 만큼 가까이 다가왔다. 의심의 여지 없이 우리 둘 다 서로가 정말 특이하게 생겼다고 생각하며 흥미를 느낀 것 같았다. 나는 단조로운 색에 독특한 부리 모양을 지녀 자연선택에 의한 생태적 지위에 적응하면서 다윈을 상징하게 된 핀치새를 구분하기 위해 고군분투했고 바다이구아나는 조금씩 내 앞으로 다가오고 있었다. 그렇다. 갈라파고스 야생동물들은 정말 그 어떤 사람에게도 두려움을 느끼지 않았다. 얼가니새Booby의 발 색깔을 구분하고 제비꼬리갈매기Swallow-tailed gull의 우아함에 감탄하기도 했다. 그때마다 같은 생각을 했다. 아빠도 좋아했을 텐데! 하지만 그곳에 아빠는 없었다.

아빠보다 나이가 많고 활동력이 떨어지는 사람들도 배를 타고 이동하는 여정을 문제없이 수행했다. 나이 든 아버지를 모시고 여행을 하는 중년의 레즈비언 여성을 만났을 때(우리는 시작부터 계속 함께 다녔다) 나는 아빠와 함께였다면 어땠을까 생각하며 가슴이 아렸다.

에콰도르 본토로 돌아와 본 새들은 갈라파고스 새만큼 겁이 없진 않았지만 다양성은 그 누구보다도 눈부셨다. 상상할 수 있는 모든 색 조합으로 만들어진 것 같은 놀라운 파란색 판부리마운틴투칸Plate-billed Mountain Toucan, 깊은 숲속에서 제멋대로 엉켜 머리의 주황색 깃털을 뽐내는 커다란 수컷 안데스바위새Cock-of-the-Rock, 가장 높은 고도의 가파르게 깎인 절벽에 자리 잡은 커다란 안데스콘도르Andean Condor. 게다가 벌새도 있었다! 너무나도 많고 너무나도 다양한 종류가 있어 붙일 이름도 동나 새로운 이름을 만들어내야 할 지경이었다. 자코뱅비둘기Jacobin, 갈색지빠귀Hermit, 코로넷Coronets, 사파이어벌새Sapphire, 에메랄드벌새Emerald, 트레인베어러벌새Trainbearer, 라켓꼬리벌새Rackettail, 사브레윙벌새Sa-brewing, 코케트벌새Coquette. 어떤 벌새 갤러리(현지인들은 모이대를 만들고 적당한 입장료를 받는 게 수익을 내는 좋은 방법이라는 것을 깨달았다)에서는 수십 종의 화려한 무지개 빛깔 깃털을 볼 수 있었는데, 마치 갓 구운 파이가 가득한 가게를 보고 대식가가 열광하는 것처럼 탐조인들을 열광하게 만들었다.

집으로 돌아와 열대 아메리카 탐조의 경이로움이 걷히자 나는 아빠의 영문을 알 수 없는 행동을 다시 생각했다. 나는 미리암과 허심탄회하게 대화를 나눴다.

"정말 이상하네. 그 여행 간다고 정말 신나 있었거든. 심지어 물속을 찍을 수 있는 특수 카메라까지 구입했어. 몇 주 동안 가서 입을 옷을 잔뜩 꺼내기도 했고. 둘이 떠나기로 한 전날 준비를 모두 마쳤어. 그러더니 갑자기 물리적으로 불가능하다고 이야기를 하더구나."

곧 우리는 그 이유를 알게 됐다. 아빠의 폐암이 재발했고 다른 곳으로 전이되기까지 했다. 아빠는 맨해튼 메모리얼 슬로언 케터링 암 센터에서 치료를 받고 있었다. 처음 진단을 받은 후부터 나는 아빠와 미리암이 진료를 받으러 갈 때 가능한 동석하려 했다. 아빠는 나이 들어가면서 유전자를 물려받은 내가 직면하게 될 전립선 건강의 문제를 아는 것이 중요하다고 생각했기에 와달라고 했다. 어쨌든 아빠의 표면적인 이유는 그거였다.

1년 동안 아빠는 80대 남성이 받을 수 있는 치료법은 다 받았다. 이 기간 동안 아빠는 급속도로 쇠약해졌고 미리암에게 점점 더 의존하면서 더 못되게 굴었다. 좋아하는 흔들의자에서 시간을 보내고 텔레비전 앞에서 잠을 청하곤 했다. 밤이면 미리암은 거의 쉴 수 없었다. 아빠가 화장실 가는 걸 돕기 위해 반복해서 깨야 했다. 그렇지 않으면 아빠가 혼자 화장실을 가려다 넘어질 수밖에 없었다. 근처에 살고 있던 미리암의 아들이 달려가 쓰러진 아빠를 일으켜 세우고 아빠에게 말을 걸려 여러 번 노력했다.

미리암이 한숨 돌리고 잠을 잘 수 있도록 가끔 나와 누나가 롱아일랜드로 와 아빠 옆에서 잠을 자기도 했다. 그동안 미리암은 손님방에서 그렇게 원하던 잠을 잤다. 내 인생 내내 무시무시한 짐승이었던 아빠가 누워 있는 모습을 보면 정신이 번쩍 들었다. 아빠의 껍데기는 수척하고 연약하고 피부도 누렇게 떴지만 여전히(물론 이전만큼 불꽃을 뿜어내지는 못했지만) 목소리는 우렁찬 프란시스 쿠퍼였다. 아빠는 침대에서 화장실까지의 짧은 거리를 걷거나 배변 후 뒷정리를 하는 것도 간신히 해냈다. 이런 일에도 도움이 필요했다. 하지만 미리암이 매일같이 겪어야 할 육체적, 감정적 고통에 비하면 아무것도 아니었고 나는 그 고통을 조금이라도 덜 수 있어서 기뻤다. 부모님이 벌거벗은 채로 아무것도 하지 못하고 누워 있는 모습을 보고 싶진 않았지만 나이 들고 병약한 부모님을 둔 내 또래의 사람들에게 흔하게 일어나는 일이었다. 아빠와 나는 내가 어른이 되고 나서야 우리 둘 사이에 생긴 동료애를 두고 농담을 했다. 적어도 아빠는 내가 도와주는 걸 불편해하지 않았다.

프란시스 쿠퍼의 완고한 고집이 최소한으로 줄었다. 아빠가 잠을 못 이루던 어느 날 밤 우리는 침대에 누워 이야기를 나눴다. 그리고 나는 아빠가 젊은 시절 고군분투하며 정의로운 문제에 휘말렸던 것, 나와 누나에게 정의를 요구하는 올바른 자세를 물려준 것, 자연에 대한 열정과 새에 대한 사랑을 키워준 것, 그리고 내가 게이라는 사실에 그리 동요하지 않고 받아들인 것에 감사를 표할 기회를 얻었다. 내가 한 말을 가볍게 넘기지 않고 아빠는 어깨를 으쓱했다. 마치 그저 하루 일과 중 하나인 것처럼. 탐조 대목에 이르러서는 이랬다.

"일요일 아침마다 너랑 탐조하러 가는 건 그리 어렵지 않았어. 야외에 나가서 너와 함께 자연을 누리는 시간을 사랑했단다."

우리는 손을 잡고 잠에 들었다. 우리 사이에 더는 앙금이 남지 않은 것 같았다. 드디어 말했다. 그리고 이 말을 하게 돼서 정말 기뻤다.

2019년 늦겨울이 되자 아빠는 병상에 누워 집에서 호스피스 치료를 받았다. 누나와 나는 아빠의 의식이 아직 또렷할 때 온 가족과 함께 시간을 보낼 수 있도록 아빠의 집을 방문했다. 아빠는 늘 그렇듯 무언가 트집을 잡으려 했기에 며칠 일찍 도착해 보스턴에서 쉬지 않고 24시간 SF 영화를 보는 것이 가장 쉬운 목표가 됐다.

"어쩌면 나는 **죽었을지도** 모르지."

아빠가 반은 농담조로 반은 누군가를 탓하듯 과장해서 말했다. 오래전부터 이미 반복해서 하던 말이었다.

"아직 정정하시잖아요."

나는 동요하지 않고 견과류를 먹으며 대꾸했다.

"백 번은 더 봤을 멍청한 영화가 아빠보다 더 중요하구나."

나는 한숨을 쉬었다. 멍청한 영화라는 말이 나와서 하는 말이지만 우리는 그 멍청한 영화를 같이 봤다. 침대에서 시간을 보낼 수 있는 몇 안 되는 일 중 하나가 텔레비전을 보는 것이었기 때문이다. 아빠가 무시하는, 머리를 비우고 볼 수 있는 영화는 2004년에 개봉한 〈트로이〉였다. 트로이 전쟁을 담은 영화로 브래드 피트, 에릭 바나, 피터 오툴이 출연했다. 헥토르가 아킬레스와의 한 번의 결투로 죽음에 이르는 순간을 그린 이 영화는 가끔 대화에 끼어들어 우리의 관심을 앗아갈 정도로 흥미로웠다. 헥토르의 아버지 프리아모스 왕은 용감하지만 슬픈 운명에 처한 트로이의 왕자에게 할 말을 찾기 위해 고군분투했다.

"이보다 더 훌륭한 아들을 둔 아버지는 없을 거다."

프리아모스를 연기한 피터 오툴이 눈물을 흘리며 말했다.

"나도 그렇게 생각해."

아빠도 말했다. 아주 명확하게.

정말 예상치 못한 말이었기에 누나는 충격을 받은 듯했다. 가족들 모두 나를 쳐다보았다. 비록 영화 뒷내용은 거의 기억나지 않지만 나는 견과류를 입에 집어넣으며 시선을 텔레비전에 고정했다. 피터 오툴처럼 내 눈물샘에 무슨 문제가 생긴 것 같았다.

운명은 아빠를 위해 마지막 반전을 준비했다.

나의 조카는 유전자 검사 서비스를 이용해 조상의 혈통을 알아냈고, 자신과 연결점이 있는 사람이라면 누구든 연락할 수 있도록 프로필을 공개해두었다. 놀랍게도 아빠가 돌아가시기 몇 주 전 조카는 아빠의 사촌으로 밝혀진 한 여성에게서 이메일을 받았다.

그녀의 어머니는 아빠와 고모가 어렸을 때 집을 나간 친할머니의 여동생이었다.

당연하겠지만 그녀의 가족은 완전히 다른 이야기를 알고 있었다. 그들의 시선에서는 독재자 같은 친할아버지가 친할머니를 소박 맞히고 아이를 다시는 못 만나게 한 것처럼 보였다. 그녀는 가족들이 친할머니 앞에서 아이 이야기를 꺼내지 못하도록 입단속을 했다고 말했다. 아이 이야기를 꺼내면 친할머니는 말이 없어지고 매우 우울해했다고 했다. 당사자들이 모두 사라진 지 오래기에 무엇이 진실인지는 알 수 없었지만 아마도 그 사이 어디쯤에 진실이 있는 듯했다. 얼마 되지 않은 친할아버지에 대한 기억과 주변 사람들을 대하는 아빠의 태도로 미루어볼 때 친할아버지가 폭력적인 인물이었다는 사실은 의심할 여지가 없었다. 하지만 자녀들이 다 자라고 친할아버지가 돌아가신 후에도 친할머니가 연락조차 하지 않았다는 것 또한 사실이었다.

아빠의 사촌은 가족사진을 보내줬다. 우연하게도 그중 친할머니의 여동생이 지은 포즈를 몇 년 후 고모가 찍은 사진에서 똑같이 발견했다. 둘은 정말 똑 닮았다. 아빠의 누나인 알레타 고모는 친할머니가 집을 나갔을 때의 기억이 있을 만큼 나이가 많으셨다. 이제 알레타 고모는 90세가 넘었고 오랫동안 잃어버렸다고 생각했던 엄마의 사진을 처음으로 보게 됐다. 이게 얼마나 충격적인 일일지 나는 상상조차 하기 어려웠다.

누나와 나는 알레타 고모와 상의한 끝에 이 사실을 아빠에게 알리지 않기로 했다. 암 때문에 복용하는 여러 종류의 약으로 몸을 혹사시키면서 아빠에게 남은 시간은 얼마 되지 않았다. 정신이 명료해지는 시기는 예측할 수도 없었고 그리 길지도 않았다. 아빠는 평생 동안 자신을 버린 친할머니에 대한 증오를 신념처럼 여겼다. 모든 것이 아빠에게서 멀어지는 상황에서 아빠의 토대를 뒤엎는 일은 무의미하고 어쩌면 잔인해 보이기까지 했다. 그래서 나는 침묵을 지켰다.

우리는 호스피스 병동 직원에게 앞으로 준비해야 할 일에 대해 들었다. 임종 직전이 되면 아빠가 망연자실해서 허우적거릴 수 있지만 이는 정상적인 현상이라는 말을 들었다. 그날도 나는 여느 저녁처럼 아빠의 침대 옆에 앉아 아빠를 진정시키려 했다.

나는 아빠에게 나와 누나가 어렸을 때 가족끼리 가던 존스비치에 있다고 말했다. 나는 그 해변에 아빠와 함께 소풍을 나온 사람들의 이름을 불렀다. 미리암, 수년 전 이미 사망했고 아빠와 가장 가까웠던 오드리 고모를 포함해 모든 고모, 자녀, 의붓자식, 조카, 모든 손자와 애정했던 증손자까지. 환상 속 해변 모래는 곱고 희었고 바다는 깨끗하고 고요했으며 햇살은 반짝이고 공기는 짠내로 탁했고 해풍이 살짝 불어왔다. 나는 아빠에게 가족들이 해변에서 뭘 하고 있는지 각자의 독특한 특징을 알려주었다. 당연히 나는 탐조를 하고 있었다. 아빠는 해변에 누워 파도와 노는 아이들의 모습을 바라보았다. 아무것도 하지 않으며 하루를 마무리할 때 찾아오는 기분 좋은 피로감을 만끽하면서. 나는 아빠에게 파라솔 너머로 흩어져 있는 뭉게구름을 바라보라고 했다. 이런 뭉게구름은 적당한 양력을 제공할 만큼 따뜻한 공기가 충분하다는 뜻이므로 행글라이더를 날리는 사람에게 중요했다. 아니나 다를까 머리 위로는 갈매기들이 하얀 날개를 움직이지 않으면서도 높이 날고 있었고 갈매기가 지나간 자리에는 따뜻한 공기가 기포 모양을 만들며 파란색으로 그림을 그리고 있었다.

아빠가 내 말을 들었거나 이해했는지 알 길이 없었지만 내가 자세히 설명하기 시작하자 움직임이 잦아들었다. 나는 한숨 돌리고 부엌에서 미리암과 식사를 하기 위해 아래층으로 내려갔다. 내가 앉아 있던 스툴이 거의 부서질 뻔하자 나는 시간을 때우기 위해 공구를 들고 의자를 만지작거렸다. 어린아이 수준의 기술을 지닌 내가 결국 해냈다.

"오늘밤은 아빠의 영혼이 저에게 들어온 것 같네요."

내 말을 들은 미리암은 웃으며 아빠의 상태를 확인하러 위층으로 올라갔다.

"크리스!"

잠시 후 미리암이 소리쳤다. 미리암이 그런 소리를 내는 걸 들어본 적 없었다. 나는 빠르게 계단을 달려 올라갔다.

아빠는 눈을 뜨고 움직이지 않는 상태로 침대에 누워 있었다.

"돌아가셨어."

미리암이 말했다.

아빠가 돌아가셨을 때 그 해변에 있었다고 생각하고 싶다.

12장

센트럴파크에서 일어난
또 다른 사건

센트럴파크에서 새를 관찰하던 중 인종차별주의자와 마주친 바로 그 순간, 내 머릿속에서 무슨 일이 벌어졌는지 궁금해한 사람이 많았다. 그 순간 내 생각을 이해하기 위해서는 필란도 카스티야의 죽음을 언급할 수밖에 없다.

친구들에게 필이라는 애칭으로 더 많이 불렸던 32살의 흑인 남성 카스티야는 미니애폴리스주 세인트폴 교외(숙명적으로 다시 사건이 발생하게 되는 지역)에 있는 학교에서 영양사로 근무했다. 카스티야는 500명이 넘는 아이들의 이름뿐만 아니라 어떤 음식에 알러지가 있는지도 외웠다. 2016년 7월 따뜻했던 어느 저녁, 차에 여자친구와 그녀의 딸을 태우고 미네소타주 박람회 근처를 지나가던 중 한 경찰관이 차를 멈춰 세우고 검문을 했다.

카스티야는 흑인 어머니들이 경찰과 만났을 때 무사히 지나가기 위해 숙지해야 한다고 입버릇처럼 말하던 대처 방법을 모두 성실하게 수행했다. 경찰관의 지시도 착실히 따랐다. 말투도 정중했다. 카스티야는 오해의 소지가 없도록 경찰관에게 차 안에 총이 있으며 소지 허가를 받은 총이라 자진해서 언급했다.

카스티야가 운전석에서 지시사항을 착실히 따랐음에도 경찰관은 7발의 총격으로 카스티야의 목숨을 앗아갔고 뒷좌석에서 그의 여자친구와 네 살배기 아이가 이 상황을 그대로 목격했다. 만약 카스티야의 여자친구가 카스티야가 마지막 숨을 거두는 순간 총격 직후의 영상을 전 세계로 생중계하지 않았다면 이 사건은 대중의 관심을 끌지 못했을지도 모른다.

아마두 디알로의 경우처럼 (그리고 무감각할 정도로 일상화된 것처럼) 경찰관은 나중에 모든 혐의에서 무죄 판결을 받았다.

센트럴파크에는 그 시작부터 국가 규모의 분노를 유발하는 인종차별의 유산이 남겨져 있다. 센트럴파크는 존재 자체가 흑인들의 고통에 기반했다. 조경가인 프레데릭 로 옴스테드와 칼버트 보우가 만든 고상한 잔디밭과 나무가 우거진 비탈길이 만들어지기 전, 아프리카계 미국인 커뮤니티는 대부분 지금의 웨스트 80번가와 웨스트 89번가 사이에 번성했다. '세네카 빌리지'로 알려진 이곳은 19세기 초 뉴욕의 가난한 사람들을 위한 피난처였다. 흑인들과 아일랜드 이민자 일부 그리고 당시 미국의 사회적 위계질서에서 가장 밑바닥에 있던 백인들을 위한 곳이었다.

"공원이 들어서기 전 이곳에는 무허가 판자촌이 있었어요."

어느 날 아침 나는 대부분 흑인들로 구성된 탐조 프로그램 참여자들을 이끌고 공원을 이동하며 말했다. 그러자 흑인 탐조인 중 하나인 크리스털이 끼어들었다.

"정확히 말하자면 그렇지 않아요."

나는 깜짝 놀랐다. 여기 흑인 커뮤니티가 있었던 게 아니었나?

"판자촌이 아니었어요. 무단 점유자들도 아니었고요."

그녀가 정정해준 이야기를 듣고 더 자세히 조사해보니 세네카 빌리지 주민들이 사실은 각자 자신의 땅을 소유하고 있었다는 사실을 알게 됐다. 직접 지은 이층집에서 이들은 도자기를 식기구로 사용하고 상인과 노동자로서 비교적 편안하고 풍요로운 삶을 살았다. 탄압을 받았다는 것과 찢어지게 가난하다는 것은 동의어가 아니다. 비록 사회 전반에 걸쳐 크게 억압받았지만 흑인들은 세네카 빌리지에서 존엄성을 지키며 살아갈 수 있는 (세 개의 교회와 아프리카계 미국인 학교를 포함해) 자신들만의 장소를 개척했다. 판자촌이라는 개념은 19세기에 백인으로만 구성된 체제의 지도자들이 만들어냈으며, 이 거짓말은 약 175년이 지난 지금까지도 반복되고 있다. 크리스털이 세네카 빌리지의 역사에 대한 놀라운 지식을 공유하지 않았다면 나 역시 그랬을 것이다. 그 시대의 설립자들은 목적이 있었고 그 목적에 맞는 이야기를 만들어냈다.

그들의 목적은 50번가에서 100번가까지 이어지는 대규모 공원을 조성하는 것이었다. 그 중간에 세네카 빌리지가 있었기에 '판자촌'은 사라져야 했다. 다수의 힘을 이용해 도시는 토지 주인의 의사와 관계없이 부동산을 매입하기 시작했다. 남아있는 문서가 거의 없기에 이 도시의 강력한 권력을 지닌 자들이 이 소식이 달갑지 않은 수많은 흑인과 그에 못지않게 이를 원치 않았던 아일랜드 사람들에게 공정한 대가를 지불했는지는 상상에 맡겨야 한다. 주택 덕에 누렸던 여러 세대에 걸친 안정과 부의 축적은 이 사건으로 박탈당했고 이들이 어디로 흩어졌는지는 잘 알려지지 않았기에 회복하는 데 시간이 얼마나 걸렸는지, 회복하기는 했는지 그 누구도 모른다. 그리고 1857년 세네카 빌리지가 사라졌다.

오늘날 모든 인종과 민족의 사람들이 센트럴파크라는 광활한 도시 오아시스를 즐긴다. 탐조를 하는 사람으로서 나는 그 풍경을 누구보다 소중히 생각하지만 이 공원을 만드는데 들어간 비용과 대가를 누가 치렀는지는 늘 염두에 두고 있다. 그 기원은 흑인을 포함한 유색인종을 착취해 얻은 '진보'라는 패턴과 우울할 정도로 유사하다. 오늘날까지도 흑인 커뮤니티에는 하수처리장, 배기가스를 뿜어내는 발전소, 주요 도심 지역과 거주민을 단절시키는 고속도로, 이웃의 건강과 복지를 개선하는 데 아무런 도움이 되지 않는 여러 기반 시설이 불균형하게 배치돼 있다.

계획적으로 세네카 빌리지를 해체하고 나서는 맹렬한 파멸이 이어졌다. 1863년 뉴욕에서 아프리카계 미국인 뉴욕 시민들과 세네카 빌리지에서 함께 살던 아일랜드 이민자들이 폭동을 일으키며 120명이 사망하고 유색인종 고아 보호소가 불에 타는 사건이 발생했다. 1923년 플로리다 로즈우드의 흑인 마을에서 일어난 대량학살과 파괴도 흑인 남성과 백인 여성 사이의 사건으로 촉발된 것이었다. 서로 다른 원인으로 일어난 개별 사건이지만 가끔은 공통적인 하나의 맥락으로 합쳐지기도 한다. 세네카 빌리지의 종말은 가장 취약하고 소모품으로 취급될 수 있는 흑인 커뮤니티가 강제로 혹은 계획적으로 떠밀려갔다는 맥락에서 이해해야 한다.

132년이 지난 지금 센트럴파크에서 소모품으로 여겨지는 대상은 크게 달라지지 않았다. 나는 1989년 뉴욕에 살았던 사람이라면 누구든 잊을 수 없는 센트럴파크 조깅 사건을 생생하게 기억하고 있다. 4월에 사건이 일어난 후 이 사건은 몇 달 동안 뉴스 헤드라인을 장식했다. 주기적으로 밤에 공원에서 달리기를 하던 한 여성이 강간과 폭행을 당하고 방치됐다. 목숨을 건지긴 했지만 심각하고 영구적인 뇌손상을 입어 공격을 당한 기억을 잃은 채 수개월 동안 재활을 해야 했다(한 달도 채 지나지 않아 브루클린에서 강간 가해

자들이 피해자를 4층 건물 옥상에서 던져버리는 비슷한 끔찍한 사건이 벌어졌는데, 이 사건은 헤드라인을 장식하지 못했다. 이 사건의 피해자 역시 목숨은 건졌지만 심각한 부상을 입었다. 센트럴파크 조거 사건의 피해자는 부유한 백인이었고, 브루클린에서 있었던 사건의 피해자는 흑인이었다).

우리 가족과 아프리카계 미국인 커뮤니티에 만연해 있던 정서도 떠올랐다. 흑인과 라틴계 청소년 다섯 명이 맨해튼 성범죄전담반에 체포되어 강압적인 수사를 받아 범죄 혐의로 기소되었다. 도시 전반에서 신속하게 정의를 되찾아야 한다는 외침이 울려퍼졌지만 사람들은 이런 감정을 느낀 대부분의 사람들을 무시했다. 관심을 끄는 데 열심이었던 부유하고 무례한 부동산 개발업자 도널드 트럼프가 뉴욕의 4대 일간지에 뉴욕의 복원을 촉구하는 전면 광고를 싣고 다섯 명의 십대 청소년에게 사형 선고를 내려야 한다고 주장한 후에는 더욱 그랬다. 그 후 이들의 유죄 선고는 피할 수 없었다. 용의자들은 저지르지도 않은 죄목으로 10년 동안 수감돼 있다가 결국 무죄 판결을 받았다. 그리고 도널드 트럼프는 미국 대통령이 됐다.

덩굴옻나무처럼 얽힌 비참한 역사가 흐르는 공원의 아름다운 풍경 사이로 헨리라는 이름의 코커스패니얼이 목줄도 없는 상태로 앞만 보고 달려왔다.

2020년 메모리얼 데이 즈음 코로나19 확산의 중심지인 미국 도심에 살며 생긴 변화로 인해 달라진 봄철 습관은 내 일상이 됐다. 운송업계에 근무하는 노동자들은 전례 없는 속도로 빠르게 바이러스에 노출되고 있었다. 램블에 탐조하러 가기 위해 지하철을 타고 이들이 바이러스에 노출될 확률을 높여주는 건 정의롭지 못하다고 생각했기에 나는 자전거를 타고 공원으로 향했다. 사무실 건물들이 문을 닫은 시간대에 나는 자전거를 타는 사람을 위협하는 교통 체증이 없는 한산한 미드타운의 거리를 달렸다. 그리고 탐조를 하는 내내 도난 걱정 없이 자전거를 잠글 수 있는 공원 주변 장소를 물색했다. 자전거의 바퀴와 프레임을 튼튼한 가로등 기둥에 고정시키고는 쌍안경을 꺼내들어 어떤 보물을 발견할지 기대하며 새로운 하루를 들여다보았다.

계절이 거의 끝나갈 때쯤이었다. 공원 전반에 심긴 나무들은 이미 2주 전에 잎이 완전히 돋아났다. 나뭇잎 사이에서 작고 활동적인 명금류들을 발견하기가 훨씬 더 어려워졌기에 무성한 풍경의 미적 즐거움은 약간 떨어졌다. 언제나 나는 몇 주간의 추위와 어둠이 지난 후 나뭇가지는 연녹색의 섬세한 선으로 엮이고 세상을 희망으로 가득 채우는 봄의 첫 번째 장밋빛을 음미했다. 녹지가 가득해지면서 명금류를 관찰하기 어려워진 상황에 후회하는 대신 공원의 아름다움에서 편안함과 만족감을 느꼈다. 아름다움 속에 있으면서 아름다움이 사라졌다며 한탄하는 건 바보나 하는 짓이다. 내 안의 무언가가 채워지며 공원의 따뜻함에 화답했다.

램블은 거의 비어 있었다. 밤사이에 불어온 바람은 새로운 새들을 불러 모으지 못하거나, 우리 주변에 있던 철새를 다음 목적지인 북쪽으로 보낼 수 있었다. 철새 이동 후반부에 이르러서는 두 일 모두 일어나기도 했다. 다른 탐조인들에게도 새가 없는 것은 유난히 예민한 문제였고, 모든 계절에 걸쳐 그랬다. 나도 평균적으로 보는 숫자의 절반도 보지 못했다. 코로나 때문에 대부분의 탐조 단체는 40명 이상 함께 탐조를 나가는 활동을 모두 중단했다. 그리고 탐조인들은 통계적으로 코로나 바이러스에 취약한 노인의 비율이 높기에 대부분 집에서 나오지 않았다. 90대의 나이에도 여전히 센트럴파크를 제 집 드나들듯 하는 클로드도 다른 사람들처럼 2020년 여름철새의 이동 과정 관찰을 건너뛰었다. 이번 메모리얼 데이의 센트럴파크는 팬데믹과 연휴를 맞아 도시를 떠나는 사람들과 맞물려 조용한 계절 속에서 탐조를 할 수 있었다.

그러나 반려견을 산책시키는 사람이 문제였다. 도시에서 (바이러스를 퍼뜨릴 가능성이 있는 사람들 사이의 모임을 막기 위해) 반려견 산책을 금지시키고 탐조인들이 사라지면서 몇몇 사람들은 램블에서 개의 목줄을 자유롭게 풀어놓아도 된다고 생각했다. 목줄을 풀어놓는 건 늘 결과가 좋지 않았다. 35년 동안 공원에서 탐조를 하면서 이런 모습을 본 적은 없었다. 견주들이 공원의 규율을 하찮게 생각하며 따르지 않는다면 개들은 민감한 지역을 포악하게 짓밟을 것이다. 뉴욕에서의 무단횡단처럼 그 누구도 신경 쓰지 않는 규칙이 되어 모두가 그렇게 행동한다면, 나랑 우리 개도 그렇게 하지 않을 이유가 있을까? 이 행위는 전염병처럼 번졌다.

🐦 탐조 팁

우리는 여러분의 반려동물을 사랑한다. 하지만 '인간의 가장 친한 친구'도 새 입장에서는 굶주린 늑대일 뿐이다. 단지 무해하고 장난기 많은 자그마한 개구쟁이 털북숭이처럼 보인다 하더라도 말이다. 숨길 수 있는 발톱, 조용히 뒤를 밟는 모습, 전쟁의 신 아테나처럼 높이 뛰어오르는 이 생명체는 수백만 년의 진화를 거쳐 새를 사냥하는 기계가 됐다. 미국조류보호협회에 의하면 집고양이가 자연의 균형을 깨뜨리며 미국에서만 매년 24억 마리의 새를 사냥한다고 한다. 고양이를 집 밖으로 내보내지 말자. 그리고 반려견은 허락된 보호된 구역에서만 목줄을 풀자. 그렇게 한다면 수많은 새와 탐조인들이 고마워할 것이다.

보호구역에서 반려견의 목줄을 풀어두는 건 센트럴파크나 뉴욕만의 문제가 아니다. 해안가에서는 더 비참한 결과를 일으킬 수 있다. 특히 개활지 바닥에 둥지를 만드는 파이핑플러버Piping Plover와 리스트턴Least Tern 같은 멸종위기에 처한 도요새류는 이에 매우 취약하다. 게다가 수많은 사람들이 오가는 센트럴파크와 브루클린의 프로스펙트 공원처럼 제한된 장소는 반려견 밀도가 높다. 휴식이 간절한 철새들이 쉬어가는 곳을 포함해 야생동물이 서식하는 장소에 반려견을 풀어놓는다면 야생동물은 계속 방해를 받을 것이다. 또한 그 지역에 사는 식물종은 완전히 살 곳을 잃어 서식지는 종다양성이라곤 눈 씻고 찾아볼 수 없는 잔디밭처럼 변할 것이다(다음번에 산책 나온 반려견이 지나다니는 길을 가까이에서 볼 기회가 있다면 그곳에서 무엇이 자라는지 들여다보자).

우리의 소중한 공원과 야생동물의 생존은 우리 탐조인들에게 달려 있다. 문제는 대부분의 탐조인들이 지나칠 정도로 착하다는 데 있다. 우리가 반려견 주인에게 둥근 표현으로 말을 해도 돌아오는 것은 무시부터 공격적인 태도까지 매우 다양했다. 심지어 여기서 목줄을 왜 꼭 매야 하는지 설명해도 다르지 않았다.

"아, 얘는 안 그럴 거예요. 파리도 못 잡거든요."

"새들은 나무 위에 있잖아요. 저희 강아지가 어떻게 건드리겠어요."

"신경 좀 끄세요."

"공원 경비원이세요? 경찰이신가요? 아니라고요? 그럼 제가 왜 그쪽 말을 들어야 하죠?"

"꺼져."

분명히 말하지만, 개에게는 문제가 없다. 자유롭게 뛰어다니고 본능에 따라 행동하는 것을 두고 개를 탓할 수는 없다. 이 책임은 전적으로 무책임한 주인에게 있다. 견주들의 약 삼분의 일은 보호구역에서 개의 목줄을 맸고 공원을 이용하는 다른 사람들을 존중했다. 또 다른 삼분의 일은 목줄을 하지 않았지만 목줄을 매달라고 요청했을 때 억울해하거나 규칙을 몰랐다고 주장했다(사실 대부분 알고 있다. 목줄을 매 달라는 표시는 사방에 있었다. 멍멍이우선주의자들 때문에 허물어진 곳을 제외하면). 나머지 삼분의 일은 램블 근처에서 흔하게 찾아볼 수 있는 특별종으로, 자신의 방식대로 행동하는 데 익숙하고 개를 자신의 수족이나 본인이 가진 특권이라 생각한다. 이들은 반려견의 목줄이 끈을 매는 용도가 아니라 예술적인 패션 아이템일 뿐이라는 착각에 단단히 사로잡혀 있다.

그리고 에이미 쿠퍼가 여기에 해당한다.

나는 그녀의 이름조차 알지 못했고 만난 적도 없었다. 자기 반려견을 부르는 목소리가 내가 처음 들은 쿠퍼의 목소리였다.

"헨리! 헨리!"

그 소리의 크기와 강약을 잊을 수 없다. 다른 사람과 헷갈릴 수 없는 목소리였다. 그 소리는 평온한 아침을 깨뜨리고 손톱으로 칠판을 긁듯이 나를 움찔하게 만들었다. 무슨 일이 일어나는지 볼 필요도 없었다. 또 한 마리의 개가 램블에서 목줄이 없는 채로 달리고 있었다. 그 목소리는 나쁜 소식의 전조증상이었다. 그 당시에는 이 사건이 얼마나 끔찍한 결과를 불러일으킬지 상상조차 하지 못했다. 전혀 알지 못했던 두 '쿠퍼'가 우연히 만나고, 이후 메모리얼 데이에 미국 전반에 걸쳐 훨씬 중대한 사건과 다시 한 번 만나게 되는 일을.

나는 숨을 깊이 들이마셨다. 공원에서 반려견 목줄을 매지 않는 사람과 마주하기 위해 새벽 5시에 일어난 상태였다. 나는 그해에 아직 보지 못했던 아메리카솔새를 계절이 끝나기 전에 목격하는 데 집중했다. 아메리카솔새는 땅에서 주로 서식하는 새이며 낮은 수풀 사이를 지나다니는 습성이 있다. 아메리카솔새를 발견할 수 있을 거라 생각해 램블의 투펠로 메도우 동북부에 있는 삼림 구역에 갔는데, 코카스패니얼 한 마리가 겅중겅중 뛰어다니고 있었다. 아메리카솔새가 있었다 하더라도 지금은 없을 것 같았다.

후드가 달린 맨투맨 티셔츠와 레깅스를 신은 흑갈색 머리의 젊은 백인 여성이 눈에 들어왔다. 손에는 강아지에게 매지 않은 목줄이 들려 있었다. 젊은 여성은 투펠로 메도우 동쪽 가장자리를 지나는 길을 따라 북쪽으로 걸어가고 있었다. 나는 북쪽에 있는 교차로에서 동쪽을 바라보고 기다렸다. 그리고 그녀의 반려견이 달리고 있는 길, 그러니까 두 길이 교차되는 곳의 울타리에 표지판이 있다는 것을 발견했다. '램블에 있는 동안 반려견은 반드시 목줄을 매야 합니다.' 그 옆에는 글을 읽지 못하는 사람을 위해 목줄을 맨 반려견을 데리고 있는 사람이 작게 그려져 있었다. 얼마 지나지 않아 그녀는 표지판 바로 옆을 지나갔다.

"저기요."

나는 6미터 정도 떨어진 그녀에게 내 목소리가 잘 들릴 정도로 소리를 냈다.

"램블에 들어오는 반려견은 항상 목줄을 매고 있어야 해요. 저기 표지판도 있어요."

나는 그녀 옆에 있던 초록색 플랜카드를 가리켰다. 누군가의 주의를 환기시킬 때는 두말할 필요 없이 공식적인 문서로 명확하게 언급하는 게 중요하다는 사실을 알고 있었기 때문이다.

"반려견 운동장 문이 닫혀 있어서요. 운동을 시켜야 하거든요."

"네, 이해는 합니다. 하지만 저쪽으로 90미터만 가서 도로를 건너 램블을 벗어나면 오전 9시까지 반려견 목줄을 마음대로 풀어놓을 수 있어요."

나는 동쪽으로 난 길을 가리키며 말했다.

"너무 위험하잖아요."

너무 위험하다고? 그녀는 이미 램블에 오기 위해 반려견과 도로를 건너왔을 것이다. 그리고 램블을 나가려면 그 도로를 다시 건너야 했다. 사실, 도로를 건너지 않고는 램블 안으로 들어올 수가 없다. 당연한 말이지만 그녀의 집이 어디든 내가 언급한 구역을 지나갈 수밖에 없었다. 반려견의 목줄을 정말 풀고 싶었다면 왜 램블까지 왔을까? 그녀의 후드는 독특한 면과 폴리에스터로 혼합돼 있었지만 그녀의 이성은 빠져 있는 것 같았다.

그녀의 말뜻은 분명했다. 귀찮았던 것이다. 그녀는 원하는 대로 하고 싶었고 그게 전부였다.

"저기요, 본인이 원하는 대로만 하고 싶다면 저도 제가 원하는 대로 할 거예요. 근데 그게 당신 마음에는 별로 안 들 거예요."

내가 말했다. 그녀는 나를 노려봤다.

"뭘 하시게요?"

나는 쿠퍼의 반려견을 불렀다.

"불러도 안 올텐데요."

그녀는 완전히 확신에 차서 말했다.

"그건 두고 보죠."

가방에서 반려견 간식을 꺼내며 내가 말했다.

나는 몇 년 전부터 반려견 간식을 가지고 다니기 시작했다. 목줄을 착용하지 않는 문제에 대응하기 위한 여러 대책 중 하나였다. 간식은 최악의 최악을 위해 남겨둔 극단적인 방법이었다. 간식을 사용하는 건 그리 좋은 방법이 아니며, 앞서 말했듯이 우리 탐조인들은 심성이 착했다. 하지만 동시에 나는 평생을 성소수자의 권리와 아프리카계 미국인을 위한 정의를 위해 싸우며 '긍정적인 문제'에 휘말렸던 활동가 가족 사이에서 자란 활동가기도 했다. 액트업ACT UP 활동을 예의를 차려가며 했다면 에이즈에 대한 대우를 바꾸지 못했을 것이다. 시민권 운동 지도자들은 짐 크로법*을 폐지하기 위해서라면 도발적인 행동도 서슴지 않았다. 오랫동안 지속된 램블의 상황은 다른 정치적, 사회적 문제만큼 도덕적으로 중요하거나 영향력 있지 않았다. 친절함은 효과적으로 행동하는 데 있어 부수적인 고려 사항일 뿐이었다. 나는 갈등을 원하지 않았지만 두려워하지도 않았다. 야생동물, 공원 그리고 다른 사람들이 공원을 즐길 권리를 위협하는 일을 맞닥뜨렸을 때 효과적으로 저항하는 방법을 알고 있었다.

그리고 간식은 당연하게도 놀라울 만큼 효과적이었다(하지만 마음이 약한 사람에게는 그렇지 않을 것이다. 나는 그해 봄에만 화가 난 반려견 주인에게 두 번이나 공격을 당했다. 한 명의 경우 간식을 이용한 방법에 화를 냈고 다른 한 명의 경우 단지 자기가 불렀을 때는 꿈쩍하지 않던 반려견이 내가 불렀을 때 야생화가 가득한 곳에서 금방 빠져나왔다는 이유였다. 두 경우 모두 내가 싸움에 응하지 않았기에 영장류처럼 가슴을 치는 행위 이상으로 싸움이 번지지는 않았

* 1876년부터 1965년까지 시행됐던 공공시설에서 백인과 유색인종을 분리한 법.

다. 나는 신체적 폭력은 사용하지 않는다. 이제까지 그런 적도 없었고 앞으로도 없길 바란다. 아이작 아시모프가 《파운데이션》에서 이야기했듯 "폭력은 무능한 자의 최후의 피난처"다). 간식을 이용하면 반려견이 식물에게서 멀어지게 만들 수 있을 뿐만 아니라, 주인에게 목줄을 채우도록 강하게 이야기할 수 있다. 사람들은 낯선 사람이 반려견에게 간식을 주는 것을 싫어하지만 반려견은 누구든 상관없이 간식을 원하기 때문에, 간식을 못 먹게 하는 유일한 방법은 목줄을 채우는 것뿐이다.

적어도 평범한 경우에서는.

"제 개 건드리지 마세요!"

에이미 쿠퍼는 간식 봉투를 보더니 0.5초 만에 평온한 표정에서 공포에 질린 표정으로 돌변했다. 내가 간식 한 개를 던져주기도 전에 쿠퍼는 반려견의 목걸이를 낚아채더니 반려견을 공중으로 들어올렸다. 당연한 말이지만 반려견도 당황스러워 보였다.

그건 바람직한 행동이 아니었다. 반려견을 바닥에 내려놓는 순간 다시 달아날 수 있을 뿐만 아니라 반려견의 신체에도 별로 좋지 않은 행동이었다. 상황을 악화시키는 내리막길의 시작이었다. 좀 더 적절한 반응을 이끌어내기 위해 나는 다른 방법을 꺼내들었다. 여러 탐조인들이 램블에서의 문제를 기록할 때 사용하던 방법이다. 나는 개에게 목줄을 채울 때까지 그녀가 법을 위반하는 모습을 영상으로 촬영하기로 결심했다.

그렇게 그 유명한 영상이 탄생했다. 많은 사람들은 내가 인종차별적인 행동을 기록하기 위해 영상을 촬영했다고 오해하지만 사실 나는 그 다음에 무슨 일이 벌어질지 예상하지 못했다. 만약 내가 촬영을 하지 않았다면 이런 일이 일어나지 않았을지도 모른다. 에이미 쿠퍼가 나중에 밝히기를 가장 자신의 심기를 거스른 것이 영상 촬영이었다고 했으니까.

"저기요, 촬영하지 말아주세요. 하지 말라고 얘기했어요."

그녀는 반려견을 끌고 천천히 내 쪽으로 다가오며 말했다.

"가까이 오지 마세요."

나는 최소 1.8미터 간격을 유지해야 한다는 코로나 지침을 염두에 두고 있었다.

"촬영하지 말아달라고 했는데 지금 계속 찍고 계시잖아요."

그녀는 같은 말을 반복했다. 계속 내 쪽으로 다가오며 손가락으로 촬영을 중단하라는 제스쳐를 취했다. 반려견은 여전히 목줄을 하지 않았기에 카메라는 계속해서 돌아가는 중이었다. 나는 그녀가 내 손에서 휴대폰을 낚아채려고 하는 건 아닐까 걱정이 들었다.

"제발 다가오지 마세요."

내가 다시 한 번 말했다.

"저 그만 찍으세요."

"아니, 다가오지 마세요."

스트레스가 급격하게 쌓이고 있었지만 나는 물러서지 않기로 결심했다.

"그럼 사진을 찍고 경찰을 부를게요."

그녀가 휴대폰을 꺼냈다.

"제발, 제발 경찰을 부르세요. 제발요."

에이미 쿠퍼에겐 정당한 이유가 없었다. 숨통을 조이는 목걸이를 놓으면 개는 다시 자유롭게 돌아다닐 것이기 때문이다. 만약 그녀가 100달러 벌금을 순순히 받기를 원하는 거라면 나도 백 퍼센트 동의했다.

"여기 한 아프리카계 미국인 남성이 내 목숨을 위협하고 있다고 신고할 거예요.”

우와.

내면 깊은 곳 어딘가가 얼어붙는 것 같았다.

그러니까, 그녀는 그 길을 걸을 작정이었다. 그때까지만 해도 그건 단지 탐조인과 반려견을 산책시키는 사람 사이의 다툼이었을 뿐이며 램블에서 일어난 두 번째로 오래된 갈등이었다. 하지만 그녀는 이제 완전히 다른 방향으로, 나무에 유색인종의 시체가 매달려 있는, 경찰이 촌 쏜 총알에 흑인이 산산조각난 채로 누워 있는 곳으로 가기로 결정했다.

나는 평생을 미국에서 흑인으로 살아왔다. 백인 여성이 흑인 남성을 비난하는 것이 어떤 의미인지를 파악하기 위해 털사와 로즈우드*, 에밋 틸**까지 거슬러갈 필요도 없을 것이다. 누가 내 말을 믿겠는가. 내 미래에 문제가 생길 수도 있는 상황이었다. 그녀의 손가락은 이미 전화를 걸고 있었다. 아주 잠시 동안 나는 내가 촬영을 멈추면 이 모든 것이 사라질 거라고 생각했다.

당연히 그것 그녀가 원하는 바였다. 촬영을 중단하라는 요구를 관철시키기 위해 선혈이 낭자한 뭉툭한 블랙 메네스Black Menace***를 들고 나를 위협한 순간, 나는 그것이 의식적인 선택인지 무의식적인 편견의 산물인지조차 알 수 없었다. 나는 그녀를 전혀

---

* 1921년 백인이 흑인 거주지역을 공격한 털사 인종학살과
1923년 플로리다에서 벌어진 로즈우드 대학살.

** 1955년 미시시피주에서 백인 여성을 불쾌하게 했다는
명목으로 십대 흑인이 살해된 사건.

*** 흑인을 본질적으로 위험한 무언가로 묘사하는 인종차별적
고정관념.

알지 못했으며 우리의 대치 상황에서 그녀가 그 방법에 왜 그렇게 쉽게 손을 뻗었는지는 알 수 없었다. 그 후 몇 주 동안 우익 대변자들은 이 상황에 대해 변명하려 애썼고 쿠퍼가 경찰에게 정확한 내 정보를 전달한 것뿐이라며 인종차별을 정당화했다(애초에 거짓으로 혐의를 씌웠다는 사실은 무시하자). 그 순간을 제외하고 에이미 쿠퍼는 경찰에게 말을 하지 않았다. 그녀는 **내게** 말을 하고 있었다. 자신의 목숨이 위협받는다고 생각하는 사람이 다소 의기양양한 목소리로 경찰에게 신고하겠다고 언급하고 경찰에게 상대의 인종까지 설명할 리가 없다. 정말 목숨을 위협받았다면 간신히 번호만 입력했을 것이다. 그녀는 내게 그렇게 말함으로써 오랜 역사를 지닌 흑인에 대한 두려움을 이용해 옳지 못한 방법으로 경찰의 폭력적인 면을 끌어내고 내가 복종하도록 겁을 주려 했다.

그때 필란도 카스티야에 대한 생각이 바뀌었다.

필란도 카스티야의 죽음은 내게 터닝포인트였다. 카스티야와 같은 상황이었다면 나는 무엇을 할 수 있었을지 생각해봤지만, 카스티야가 아니라 그 어떤 흑인이 어떤 행동을 했더라도 결과를 조금이라도 바꿀 수 없었을 것이다. '우리가 어떻게 행동하든 그들은 우릴 쏠 거야.' 이전에 나는 이렇게 생각했다. '그런 상황이 온다면 나는 인간으로서의 존엄성을 훼손당하지 않고 상황에서 빠져나갈 거야.' 나는 경찰이든 누구든 백인들을 만족시키고 코퍼톤 태닝크림보다 어두운 피부색을 지닌 사람을 향한 백인들의 비이성적인 두려움에 부응하기 위해 스스로를 프레첼처럼 꼬지 않을 것이다. 나와 비슷한 상황에 처했을 때 백인이 선택할 법한 방식 외에 다른 방식은 택하지 않을 것이다(코로나19 마스크 반대 시위대와 1월 6일 반란군*의 터무니없는 행동으로 알 수 있듯이 백인의 준법정신은 거의 기대할 수 없는 수준이며, 단 한 명의 예외를 제외하고는 경찰의 손에 목숨을 잃은 경우가 없다는 사실을 통해 우리는 이 기준이 꽤나 낮다는 것을 알 수 있다).

이런 결심은 영상을 계속 촬영하기로 한 결정에 영향을 미쳤다. 에이미 쿠퍼의 인종적 협박에 맞서 하얀 피부, 검은 피부, 갈색 피부, 헐크의 녹색 피부, 혹은 안도리안의 푸른 피부를 지닌 생명체든 누구라도 그랬을 것이다. 어떤 경우에도 나는 에이미 쿠퍼의 위협에 굴복해 그녀에게 유리한 상황이 되도록 만들지 않을 것이다. 나는 스스로 인간성을 잃어버리지 않을 것이다.

"원하는 대로 이야기하세요."

나는 카메라로 계속 촬영을 하며 말했다. 그녀는 무엇이든 해야 했고 그건 그녀의 책임이었다.

"잠시만요."

그녀는 이상한 목소리로 말했다. 짐작컨대 나와 대화를 멈추고 911에 신고해야 해서 양해를 구하는 것 같았다. 그녀가 신중하게 생각하고 있지 않다는 것을 알 수 있었다. 자신이 촬영되고 있다는 걸 알면서도 코와 입을 가리고 있던 마스크를 벗어 얼굴 전체를 드러냄으로써 쉽게 알아볼 수 있게 만들었기 때문이다. 비디오에 촬영된 그녀의 말은 전화 반대편에 있는 사람에게 전달됐다(그동안 코커스패니얼은 그녀의 손에 피냐타처럼 매달려 있었다).

"죄송합니다. 저는 지금 램블에 있고 여기 성인 남성이 하나 있는데요. 아프리카계 미국인이고요, 자전거 헬멧을 들고 있어요.

---

* 2020년 미국 대선 결과를 뒤집기 위해 국회의사당에 침입해 테러한 사람들을 일컫는 말.

그리고 저를 촬영하면서 저와 제 개를 위협하고 있어요.”

에이미 쿠퍼는 처음에는 비교적 차분한 목소리로 말했지만 911 교환원이 더 많은 정보를 요구하자 잠시 말을 멈췄다가 약간 흥분한 상태로 말을 이었다.

“여기 아프리카계 미국인이 있고 저는 센트럴파크에 있다고 요. 그리고 저를 촬영하면서 저와 제 개를 위협하고 있다고요.”

또 다시 침묵이 흘렀다. 납득할 만큼 긴급한 반응을 얻지 못하자 그녀는 목구멍을 조이며 공포에 질린 소리를 주입했다.

“죄송한데 저도 그쪽 목소리가 안 들리거든요! 램블에 저를 위협하는 남성이 있다고요! 당장 경찰 좀 보내주세요!”

문제는 램블이 꽤나 넓다는 것이었다. 짐작컨대 수화기 너머의 사람이 램블의 정확한 위치를 알려달라고 요청했던 것 같다. 탐조인이라면 누구든 바로 답할 수 있었겠지만 내가 그녀를 굳이 도울 이유가 없었다. 그녀의 과장된 행동은 완전히 폭발했다.

“센트럴파크의 램블에 있다고요! **그건 저도 몰라요!**”

동시에 반려견이 불쌍하다는 생각이 들었는지 목걸이를 잡고 있던 손을 놓고 목줄을 맸다. 드디어.

“감사합니다.”

그리고 나는 카메라를 껐다. 반려견에 목줄을 채운 이상 나는 더 이상 그녀에게 관심을 쏟을 필요가 없었다. 그렇기에 그 다음에 벌어진 일은 비디오에 촬영되지 않았다.

“경찰을 부르니까 촬영을 안 하네요?”

911 전화를 마치자 겁에 질린 목소리는 사라지고 에이미 쿠퍼의 의기양양한 목소리가 다시 돌아왔다.

“네. 반려견에 목줄을 채웠으니까 더 촬영할 이유가 없죠.”

내가 답했다.

나는 경찰이 도착할 때까지 투펠로 메도우에서 기다렸다가 문제를 해결할까 잠시 고민했지만 곧 관뒀다. 애초에 공원에 온 이유는 탐조를 하기 위해서였지 저런 사람과 씨름하기 위해서가 아니었기에 나는 탐조를 하기로 했다. 그 여성이 더 이상 내 아침을 망치는 걸 원치 않았다. 그녀와 할 이야기가 끝났기에 나는 자리를 떴다.

그 순간 한 백인 남성이 북쪽 길을 따라 우리에게 다가왔다. 그때까지 그곳에는 나와 에이미 쿠퍼뿐이었다.

"도와주세요! 저 남자가 제 생명을 위협했어요!"

그녀는 고통스러운 척 몸을 웅크리며 소리쳤다.

"저는 그냥 목줄을 묶으라고 했을 뿐입니다."

나는 어깨를 한 번 으쓱하고 계속 걸어갔다.

불쌍한 사람. 그 백인 남성은 나를 한 번, 그녀를 한 번, 다시 나를 한 번, 그녀를 한 번 바라보았다. 마스크 위로 보이는 건 고통스러운 눈동자뿐이었다. 내가 그의 입장이었어도 난처했을 것이다. 그가 어떤 행동을 취했는지는 모른다. 확인하지 않았으니까. 내게는 찾아야 할 새가 있었다.

나는 걸어가면서 오리의 방수 깃털을 타고 물방울이 떨어지듯 방금 일어난 모든 일이 내게서 떨어져나가기를 바랐다. 벌칸처럼 감정을 조절할 수 있었기에 나는 몰입하는 동시에 평온하게 가능성에 대한 설렘을 느끼며 내 탐조 루틴으로 돌아갈 수 있었다.

하지만 사실은 불안했다. 계획했던 대로 공원을 나오는 길에 탐조를 하면서 나는 경찰차가 오진 않을까 계속 살폈다. 백인 여성에게 고소를 당한 모든 흑인 남성처럼, 아니 적어도 즉시 체포되지 않은 사람들처럼 나도 해명해야 할 일이 생겼다. 하지만 그동안 나는 새를 찾는 일에 최선을 다해 집중했다. 아메리칸딱새가 노래했고 검은색과 주황색이 어우러진 예쁜 모습으로 내 관심을 끌었다. 언제나 든든하게 내 주변을 지켜주는 넓게 트인 초록색은 마음을 진정시키는 마법을 부렸고 내 스트레스 지수는 고혈압을 일으키는 수준 이하로 천천히 떨어졌다. 자전거를 세워둔 곳까지 왔을 때 내게 다가온 경찰은 없었다. 나는 안도의 한숨을 내쉬었다.

여름철새가 이동하는 동안 아침 탐조를 하고 난 후 그날 가장 인상적이었던 관찰 내용을 페이스북에 게시해 탐조를 하지 않는 친구들에게 6주 동안 나를 보지 못한 이유를 알려주는 것은 나의 습관이다. 공원에서의 사건도 관찰한 내용은 아니었지만 충분히 인상적이었다. 그래서 나는 집에 도착하자마자 내가 찍은 영상을 페이스북 친구들에게 공개했고, 영상 이전 상황도 함께 기술했다. 일어났던 일을 공유하고 나니 긴장이 풀렸다. 나는 친구들이 내가 아침에 겪은 정신 나간 사건을 봐야 한다고 생각했다.

내가 영상을 게시하자마자 몇몇 친구들은 내게 메시지를 보내 영상을 공개 게시물로 바꾸라고 했고, 나도 동의했다. 그리고 내 휴대폰이 울렸다.

"이게 뭐야?"

나의 누나 멜로디였다. 당연하게도 누나는 격분했다. 흑인이라면 누구든 그렇겠지만, 흑인을 난폭하게 제압하는 경찰 공권력 집행의 오랜 역사를 고려하면 내게 일어날 수 있었던 최악의 시나리오를 쉽게 떠올릴 수 있었다. 시간이 좀 걸렸지만, 나는 누나를 안심시켰다. 그럼에도 누나는 여전히 화를 냈다.

"이거 내 트위터에 올려도 돼?"

누나가 물었다.

나는 망설였다. 누나는 에이로드부터 제이지까지 모든 사람이 울분을 표출할 수 있는, 비공식 계정이지만 활발하게 활동하는 아프리카계 미국인 트위터 네트워크인 '블랙 트위터Black Twitter'와 인연이 있었다(반면 나는 내 주변 사람들과 비교해 가장 소셜 미디어에 친숙하지 않은 사람이었다. 내게 '트윗'은 문자 그대로도 비유적으로도 새의 소리일 뿐이었다). 블랙 트위터는 이 사건을 나나 내 친구들보다 훨씬 광범위하게 노출시킬 수 있었다. 나는 그 결과로 어떤 일이 일어날지 확신할 수 없었지만, 나는 이 영상이 많은 것을 말해준다고 생각했다. 영상에 등장하는 자유주의의 도시 뉴욕에 거주하는 (정치적으로 올바른 표현인 '아프리카계 미국인'을 사용하고, 그 어떤 욕도 쓰지 않을 만큼) 도회적이고 교양 있는 여성은 의식적이든 무의식적이든 경찰들 사이에 인종적 편견이 만연해 있다는 사실을 알고 있었고, 이걸 무기로 써먹을 용의도 있었다. 그녀는 백인 여성이 관련된 사건의 용의자가 흑인이라는 사실을 언급하면 경찰이 특별히 앙심을 품고 용의자를 추적할 거라는 것을 알고 있었기에 주저하지 않고 그 계략을 사용했다. 이런 장소에서 이런 두 사람이 상대적으로 온건한 상황(반려견 목줄에 대한 논쟁)에 처했음에도 그런 일이 벌어진다면 그 편견이 대체 얼마나 깊다는 말인가? 69초짜리 영상에 기록된 오늘날 미국의 인종주의에 대한 현실을 이해한다면 이 사실은 자명했다.

나는 누나의 제안을 승낙했다. 뭐, 그 영상이 얼마나 관심을 받을 수 있겠어?

"멜로디의 트위터에 올라온 네 영상, 완전 히트치고 있어."

그날 오후 휴대폰을 들여다보며 아르투로가 말했다. 아르투로와 그의 친구, 나와 내 남자친구 존은 메모리얼 데이 기념 소풍을 나왔다. 우리는 그 사건에 대해 이야기를 나눴다. 나는 이 우스꽝스러운 상황을 건강에 좋은 마가리타 한 잔으로 잊기로 했다. 아르투로는 트위터 반응을 계속해서 모니터링했다.

"세상에, 케이시 그리핀이 리트윗했어!"

한 시간 정도 후에 아르투로가 소리를 질렀다. 신랄한 유머를 구사하는 코미디언의 반응이 이 영상이 문제적이라는 최고의 증거인 듯했다. 아침에 페이스북에 글을 올린 후로 소셜 미디어를 한 번도 들여다보지 않았던 나는 이 사실을 어떻게 받아들여야 할지 감을 잡을 수 없었다.

그때부터 눈덩이가 구르기 시작했다.

"이거 바이럴 타고 있어."

30분 정도가 더 지난 후에는 놀라운 수준을 넘어선 조회수가 기록됐다 우리는 감탄사를 연발했다. 현재 이 동영상은 4500만 회가 넘는 조회수를 기록했다.

"내 주변에서 이런 일이 일어난 건 처음이야."

그건 나도 마찬가지였다. 누나가 누른 '게시하기' 버튼으로 나는 미국 전역을 휩쓴 광분의 중심에 서 있었다. 휴대폰이 울리기 시작했을 때 나는 아직 상황을 파악 중이었다. 어떤 방법을 통한 건지 모르겠지만 기자들은 내 전화번호를 알아냈다. 나는 마치 마가리타를 한 잔도 마시지 않은 것처럼 전화를 받았고 최대한 조리 있게 답하려 노력했다. 다음 날 아침 동네 공원에서 〈인사이드 에디션〉의 기자를 만나기로 한 것도 아마도 미디어에 대한 무지에 더해 판단력이 흐려진 탓인 것 같다.

초반 인터뷰는 일반적인 흐름을 따라 진행됐다. 기자의 꽉 끼는 청바지와 스틸레토 힐이 처음 만났을 때부터 위험 신호를 보내기는 했다. 그리고 기자는 내게 뜬금없는 말을 했다.

"어제 미니애폴리스에서 백인 경찰이 무릎으로 목을 눌러 아프리카계 미국인을 사망에 이르게 했는데요, 이 사건에 대한 당신의 생각은 어떤가요?"

철새가 이동하는 동안 나는 뉴스를 주의 깊게 살피지 않는다. 그렇기에 나는 이 뉴스를 기자에게서 처음 들었다. 내가 기자에게 처음 듣는 이야기라고 말하자 기자는 눈을 반짝였다.

"이 영상을 아직 못 봤다고요? 제가 바로 보여드릴게요."

그리고 당신 반응을 카메라로 촬영해도 되죠? 기자가 노골적으로 말했는지까지는 기억나지 않지만 굳이 말할 필요도 없다.

"아니요."

"저희랑 같이 영상 보지 않으실래요?"

원초적인 감정을 건드리는 흑인의 고통을 독자를 흥분시키는 퍼포먼스로 악용하는 일을 왜 내가 허락해야 하는 걸까?

"아니요, 안 하고 싶어요."

내가 단호하게 말했다. 몇 가지 질문에 추가로 답을 한 후 인터뷰는 끝났다. 그 후로 〈인사이드 에디션〉과 다시 인터뷰하는 일은 없었다.

그 당시에는 조지 플로이드라는 이름이 대중에게 공개되지 않았지만 나는 이렇게 조지 플로이드 살인 사건을 알게 됐다. 운명의 장난인지 나와 에이미 쿠퍼의 만남과, 그보다 훨씬 심각하고 끔찍한 조지 플로이드와 그를 살해한 경찰관 데릭 쇼빈의 만남은 같은 날 벌어졌다. 두 사건 모두 전 세계 사람들이 볼 수 있도록 영상으로 기록됐다. 후자의 경우는 눈앞에서 벌어지는 사건을 기록할 수 있을 만큼 강인한 정신력을 지닌 십대 소녀 다넬라 프레이저가 촬영했다. 만약 그녀가 촬영을 하지 않았다면 우리 아프리카계 미국인들이 플로이드의 죽음에 대해 어떤 헛소리(아차차, 사실관계를 부인할 수 있도록 그럴듯하게 만들어진 조작)를 들어야 했을지 짐작만 할 뿐이다(이와 관련해 전 세계에서 가장 권위 있는 의학 학술지 중 하나인 〈랜싯〉은 2021년 9월, 1980년부터 2018년까지 미국에서 경찰과의 충돌로 인한 사망 사건의 55퍼센트가 실제 사망 사유와는 다른 사유로 기입되어 있다고 밝혔다. 이런 불일치는 흑인 희생자들의 숫자가 제대로 집계되지 못하도록 만들었다). 수십 년 동안 아프리카계 미국인들이 이야기해온 문제가 몇 시간 차이로 인접한 곳에서 순식간에 벌어진 것이었다. 오전의 사건에서는 경찰의 인식에 영향을 미치는 근본적인 편견이, 오후의 사건에서는 그로 인해 일어날 수 있는 치명적인 결과가 드러났다.

조지 플로이드 살인 사건은 경찰이 직무를 수행할 때 흑인의 생명을 노골적으로 무시한다는 것을 보여주었다. 쇼빈의 무자비한 행동뿐만 아니라, 현장에 출동한 다른 세 명의 경찰이 아무런 제지를 하지 않고 방관하기만 했다는 사실에도 주목해야 한다. 이게 화근이 됐다. 켄터키주 루이빌 자택에서 잠을 자던 무고한 브리오나 테일러가 경찰의 총격으로 사망한 사건과 조지아주에서 집 근처를 조깅하던 아마드 아버리가 백인 자경단 두 명의 총에 맞아 숨진 사건도 잇따라 일어났다. 그리고 다시 한 번 말하지만, 영상이 등장해 대중들이 격한 반응을 일으키고 몇 달이 지나서야 경찰들은 이 사건들을 심각하게 여겼다(이 사실이 아프리카계 미국인들에게 전하는 교훈은 분명하다. 기술이 지닌 힘을 주머니에 넣고 사용하자. 휴대폰을 꺼내 기록하고 기록하고 기록하자). 조지 플로이드 사건에 대응할 수 있었던 마지막 연료는 팬데믹으로 인한 셧다운이었다. 많은 사람들이 좌절감을 느끼고 집안에 갇혀 있었으며, 질병의 위험에 맞서 싸울 용기만 있다면 많은 이들의 반응을 이끌어 낼 기회였다.

그리고 사람들은 그 위험을 감수했다. 시위의 물결은 전례 없는 수준이었다. 이전에 볼 수 없던 구성(인종차별 시위 중 드물게 백인의 숫자가 흑인의 숫자보다 많았다), 규모(수천 명이 참여했다), 범위였다. 시위는 전국 방방곡곡에서 몇 주에 걸쳐 일어났다. '흑인의 생명도 소중하다' 운동은 대중의 관심 외곽에서 주요 기업과 주류의 인정을 받기 시작했다.

그러는 동안 나는 엄청난 관심에 시달렸다. 미디어의 관심은 나를 넘어 트위터에 동영상을 올린 누나에게도 쏟아졌다. 내 휴대폰에 최신 〈뉴욕타임스〉 뉴스 알림이 울리고 그게 나에 관한 내용이라는 사실을 발견했을 때는 정말 현실감이 없었다. 아침을 먹으면서 늘 보던 케이블 모닝 쇼를 보다가 내 이름이 등장하는 사건이 들릴 때도. 가장 이상한 순간은 내 남자친구가 시위 현장에서 전화를 걸어 내가 현장의 소리를 들을 수 있도록 휴대폰을 높게 들었을 때였다. 군중들이 연이어서 조지 플로이드와 브리오나 테일러의 이름 사이로 내 이름을 외치고 있었다(이건 정말 나를 불편하게 만들었다. 왜냐하면 나는 목숨을 잃지도 않았으니까). 화려한 헤드라인으로 유명한 보수적인 신문인 〈뉴욕포스트〉에서 사진기자를 보내 아파트 앞을 가로막았을 때는 황당했다. 나는 마치 파파라치를 피해 도망가는 다이애나 왕세자비처럼 빠르게 사진기자를 피해 로비로 뛰어들어갔다.

만약 내가 에이미 쿠퍼의 입장에 처했다면 어땠을까 상상해 본다. 전국적으로 경멸을 한 몸에 받는 상황을. 그녀가 한 행동은 명백하게 인종차별적이었다. 그건 논란의 여지가 없다. 하지만 그녀를 인종차별주의자라 부르는 건 자제할 것이다. 나는 그녀를 잘 알지 못하며 그 사건 이후 그녀의 삶이 어떻게 흘러갔는지도 모른다. 그녀 자신만이 자신이 인종차별주의자인지 아닌지 말할 수 있다. 앞으로의 행보를 통해서.

많은 사람은 내가 그렇게 쓰레기 같은 일을 저지른 사람에게 감정이입한다는 사실에 의아해 했다. 또한 내가 그런 트라우마를 이겨냈다는 것과 자신이 도움을 줄 수 없다는 사실에 안타까움을 표하기도 했다. 무슨 트라우마를 말하는 걸까? 그때 공원에서 있었던 말다툼은 확실히 불안감을 유발했지만 내게 트라우마를 남기려면 그 정도로는 부족했다. 에이미 쿠퍼의 터무니없는 행동은 그만한 힘을 발휘하지 못했다. 램블에서 다시는 새를 볼 수 없을까 봐 걱정하는 이들을 나는 그저 웃어넘기기만 했다. 쿠퍼의 잘못된 행동이 길모퉁이에 남아 있는 놀라운 탐조 경험까지 지워버릴 수 있지는 않았다. 나는 몇 년이 지난 후에도 감각적인 기억을 통해 독특한 새를 봤던 순간의 느낌을 떠올릴 수 있다. 만약 내가 경찰을 상대해야 했다면, 더 심하게는 폭행이나 감금을 당했다면 생각은 달라졌을 것이고 에이미 쿠퍼를 대하는 태도도 더 냉혹했을 것이다. 하지만 나는 실질적이거나 영구적인 피해를 입지 않았다(조지 플로이드와 달리 이런 면에서 나는 매우 운이 좋았다고 생각한다).

게다가 뉴스에 나오는 소식으로 누군가를 비현실적인 악당으로 만드는 일은 너무 쉽다. 그 자리에 있었던 사람으로서 나는 에이미 쿠퍼를 그저 한 명의 사람으로 볼 수밖에 없다. 인종차별적인 행동이라는 큰 실수를 한 사람이지만 그럼에도 그녀는 한 명의 사람이다. 물론, 경찰이 아프리카계 미국인을 대할 때 명심해야 할 부분을 그녀가 강조했다는 건 부정할 수 없다(하지만 누나는 당연히 용서하지 않았다. 절대로 흑인 여성의 가족을 건드리지 마세요).

단 몇 분을 가지고 누군가의 삶을 판단하길 원치 않는다. 우리 모두 최악의 순간이 있다(내가 겪은 순간만큼 나쁘거나 인종 편향적이지는 않길 바란다). 대부분의 사람들은 그런 순간이 영상으로 남지 않을 만큼 운이 좋을 뿐이다. 운이 나쁜 에이미 쿠퍼의 최악의 순간을 담은 영상이 아프리카계 미국인을 대상으로 한 경찰의 끔찍한 살인 사건 중 하나와 닮아 있었을 뿐이다. 이 사건은 그녀의 잘못된 점을 부풀려 그 사건의 생명력을 무기한 연장시켰다. 게다가 카메라에 포착된 반려견을 학대하는 장면은 동물을 사랑하는 사람들의 분노를 폭발시켰고 에이미 쿠퍼는 폭풍우의 중심에 서게 됐다.

그렇다고 이것들이 에이미 쿠퍼가 한 행동에 대한 변명이 될 수는 없다. 이 사건의 폭풍은 대부분 그녀 스스로가 만들어낸 것이기 때문이다. 에이미 쿠퍼는 집으로 돌아와 경찰에 다시 전화를 걸어 거짓말로 지어낸 혐의를 반복하면서 상황을 악화시켰다. 순간적인 스트레스가 지나가고 자신의 행동을 돌아볼 수 있는 시간이 생겼을 때 그녀는 상황을 더 극한으로 밀어붙였다(나는 몇 주 후에나 그 사실을 알게 됐고 그녀에 대한 내 공감 능력은 시험대에 올랐다). 그래도 여전히 결과를 받아들이기 힘들었을 것이다. 매일 해왔던 반려견과의 아침 산책에서 있었던 몇 분 동안의 잘못된 선택으로 인생 전체를 날려 버렸으니까.

얼마 지나지 않아 그녀는 언론에 미온적인 사과를 했고(내게 직접 연락해 사과하지는 않았다) 나도 딱 그 정도만 받아들였다. 하지만 그녀는 자신이 저지른 일을 이해한 것 같지는 않았다. 〈워싱턴포스트〉의 칼럼니스트 미셸 노리스가 정확히 짚어냈듯이 말이다.

에이미 쿠퍼가 '그 사람에게만' 사과하고 자기는 인종차별주의자가 아니라고 주장하는 대신 "네, 그건 꽤나 명백한 인종차별적 행위였습니다"라고 말했다면 얼마나 신선했을까요?

나는 인종적 오해를 공개적으로 인정하는 행동이 지닌 힘을 보았다. 그 행동은 다른 사람들도 인종적 부분에서 자신이 범한 실수를 점검하고 더 나은 행동을 하도록 만들었다. 나는 이런 반응들을 지지했다. 몇 달 뒤에 분명해졌지만, 에이미 쿠퍼는 이 길을 선택하지 않았다.

며칠 동안 미디어 폭풍우가 몰아친 후 나는 내 삶을 되찾을 수 있을 때까지 잠수를 탈 준비가 돼 있었다. 그리고 얼마 안 있어 그게 실수일 수 있다는 사실을 깨달았다. 좋든 싫든 나는 이 순간 미국에서 계속되고 있는 인종 관계의 출발점이 어딘지, 이 사건이 흑인 사회와 미국 전체에 어떤 의미를 지니고 있는지, 무슨 일이 일어나고 있고 일어나지 않는지, 우리가 정상 궤도에 오르고 앞으로 나아가기 위해 무엇을 할 수 있는지에 관한 모든 것을 분명히 설명할 수 있는 자리에 서게 됐다. 조지 플로이드, 브리오나 테일러, 아마드 아버리, 필란도 카스티야는 할 수 없는 일이었다. 그들은 그 능력을 빼앗겼지만 나는 할 수 있었다.

반세기 이상 미국에서 흑인으로 살아왔다는 것 외에는 내게는 특별한 지혜가 없었지만, 더 나은 삶을 위해 내가 맞서 싸웠던 몇 가지가 있었다. 흑인에 대한 공정성과 정의, 성소수자를 위한 평등, 새들이 전해주는 순수한 기쁨, 야생동물이 사는 지역을 보호해야 할 필요성이었다. 만약 마이크와 카메라를 내 얼굴에 들이 민다면 나는 말해야 한다고 생각하는 걸 말할 것이었다.

먼저 말해야 할 것은 에이미 쿠퍼에 대한 이야기가 아니었다. 그녀의 행동으로 무엇이 드러났는지가 중요했다. 미국에서 인종 차별이 얼마나 심각하고 광범위하게 일어나고 있는지에 대해(아이 러니하게도 에이미 쿠퍼는 캐나다에서 태어났지만 여전히 이 땅 곳곳에는 인종차 별이라는 독을 푸는 어둠의 흐름이 있었다). 에이미 쿠퍼 개인에게만 집중 하면 수많은 사람들이 자신의 인종적 편견을 성찰하지 않을지도 모른다. 우리가 오늘날 미국을 비참한 상태에서 벗어나게 하려면 꼭 필요한 일이었다. 만약 돌을 던질 에이미 쿠퍼가 필요하다면 거울을 들여다보자.

둘째로 말해야 할 것은 경찰의 손으로 자행되는 흑인들의 부 당한 사망과 잔혹함은 절대 '몇몇 암적인 존재'의 문제가 아니라 는 것이다. 그런 설명은 권력을 지닌 사람들이 지치지 않고 반복 하는 유언비어였다. 인종적 편견은 미국 사회를 다양한 방식으로 좀먹었고, 경찰도 그 사회의 일부다. 그렇기에 경찰은 생산자부 터 소매업자, 피고용자부터 CEO까지 다른 여러 사람들처럼 편향 된 인종적 관점을 갖고 있다. 차이가 있다면 경찰에게는 치명적인 힘을 사용할 수 있는 무기와 자격이 주어지기에 흑인들이 그들의 편견에 따라 영구적 상해를 입거나 목숨을 잃는다는 것이다. 여기 에 진실과 책임보다 침묵을 선택하는 경찰들의 공고한 '푸른 벽' 문화와 점점 더 군대식으로 변하는 문화가 더해졌다. 기회가 있을 때마다 합리적인 개혁을 가로막는 반동적인 경찰 노조의 부당한 영향력까지 더해지면서 흑인들의 시체가 쌓이기 시작했다.

분명 마음 깊은 곳까지 썩어문드러진 데릭 쇼빈 같은 사람도 있다. 아무것도 하지 않고 방관하며 여러 부서를 옮겨 다니면서 악영향을 끼친 조력자도 있다. 그러면서도 자신이 문제라는 사실을 영영 모를지도 모른다. 금발의 백인 소년이 총을 들고 뛰어다니는 모습을 보고 사람들이 그게 '무기'인지 확인하는 데까지는 꽤 시간이 걸릴 것이다. 하지만 장난감 총을 유색인 아이가 들고 있다면 사람들은 몇 초도 안 돼서 열두 살 남자아이의 목숨을 앗아갈 것이다(남자아이의 이름은 타미르 라이스Tamir Rice였다).

세 번째로 말해야 할 사실은, 몇몇 시위자가 큰 소리로 떠들어대는 것과 다르게 모든 경찰이 악마는 아니라는 것이다. 물론 경찰들도 우리처럼 미묘한, 혹은 눈에 띄게 분명하고 끔찍한 인종차별의 늪에서 평생을 살아왔지만 직무를 수행하면서 선입견을 뛰어넘는 사람도 있다. 그렇지 않다면 나는 지금 여기 있지 못하고 1980년 지하철 플랫폼에서 피범벅이 된 채로 또 다른 헤드라인을 장식하며 흑인들의 분노를 일으키는 하나의 이유가 되어 세상에서 사라졌을 것이다. 두 명의 백인 경찰관은 자신의 임무를 잘 수행했고 그 흑인 소년을 무사히 롱아일랜드에 있는 집으로 돌려보냈으며 주변에 있던 다른 사람들도 안전하게 보호했다. 운 좋게 센트럴파크에서 경찰과 마주치지 않았다는 말을 들었을 때, 큰 부상을 당하거나 죽을 수도 있었다는 말을 들었을 때, 나는 그런 가능성을 인정했다. 그리고 동시에 1980년의 그 순간도 떠올렸다. 그리고 센트럴파크에 경찰이 도착해 나를 발견하고 42년 전 두 경찰관이 그랬던 것처럼 자기 일을 잘 해냈을 수도 있었다는 것도 인정한다. 나는 경찰이 이것을 바로잡을 수 있다는 사실을 안다. 왜냐하면 지금껏 나는 그런 모습을 봐왔기 때문이다. 그렇기에 우리는 경찰에게 더 나은 것을 요구할 수 있고 요구해야 한다.

네 번째로 말해야 할 사실은 '경찰 지원을 줄이자Defund the Police' 운동은 의미 있는 아이디어이지만 매우 바보 같은 방식으로 전달됐다는 것이다. 그 슬로건은 이런 접근 방식이 실제로 무엇을 의미하는지 혼란을 불러일으키기도 한다. 이 운동은 경찰이 제대로 준비되지 않은 채 점점 더 다양한 사회적 개입을 수행해야 하는 경찰 자원(그렇다고 모든 자원은 아니다)의 상당 부분을 다른 곳으로 이동시키는 것을 목표로 한다. 그 결과 이런 자원은 비슷한 상황을 더 성공적으로 해결하고 치명적인 무력을 사용할 위험이 없는 사회적 서비스 업체에 재분배될 수 있다. 하지만 대부분의 사람들이 이해하는 '경찰 지원을 줄이자' 운동은 그렇지 않다. 성공할 리가 없다고 치부했던, 오해의 소지가 있는 말 뒤에 숨어있는 개념을 파악하기까지 몇 주가 걸렸다. 성공 가능성이 없는 '경찰을 폐지하라Abolish the Police'는 슬로건은 시위 가장자리에 있는 (주로) 백인 급진주의자들이 경찰의 면전에 대고 외치기 좋아하는 구호일지도 모른다. 하지만 범죄 피해가 가장 심각한 유색인종 커뮤니티에서는 숨 쉬는 공기를 없애라는 슬로건만큼의 지지를 얻고 있다. 가끔 악취를 풍기기도 하지만, 여전히 필요하긴 하다. 우리의 선택지를 경찰 공권력이나 경찰 인력 배제로 좁히는 건 잘못된 선택을 강요하는 것이다.

마지막으로 센트럴파크 사건의 영상을 보고 "반려견이 너무 불쌍하다!"라는 반응을 보이는 놀라울 정도로 많은 백인들에게 말하고 싶다. 페타PETA*에서 실시하지 않는 감수성 교육이 절실히 필요하다.

---

*　동물권을 위해 만들어진 국제단체.

‘그 사건’을 계기로 나는 15분으로 유명세를 얻게 된다면 그걸 효과적으로 이용해야겠다고 결심했다. 2020년 봄과 여름에 내 생애에서 가장 중요한 대통령 선거 운동이 정점을 찍고 있었고, 백악관을 점거하고 있던 백인 민족주의자는 자리를 비울 필요가 있었다. 하버드의 인맥을 통해서, 내 인지도를 이용해 민주당 후보인 조 바이든을 공개적으로 지지해달라는 요청을 받았다. 인종 불평등에 반대하는 대변인으로서 핵심적인 흑인 유권자들에게 내 지지를 전달할 수 있다면 기꺼이 그러고 싶었다. 나는 바이든과 일대일로 대화할 수 있는 화상 회의를 잡았다.

화상 회의가 잡힌 날 아침, 나는 휴대폰에 회의가 취소됐다는 소식이 울리기를 기다렸다. 분명 민주당 대통령 후보에겐 나와 30분 동안 이야기를 나누는 것보다 더 중요한 일이 있을 것이다. 하지만 그 순간 내 노트북에 미국 차기 대선 후보가 될 바이든이 나타났다! 우리는 40분 동안 쉴 새 없이 이야기를 나눴고(대부분 바이든이 대화를 주도했는데, 역시 정치인은 대화를 나누는 데 천부적인 재능을 지니고 있었다) 대화 녹음본을 편집해 온라인 광고로 배치했다. 그게 바이든 지지자들의 마음을 움직였는지는 모르겠지만, 그 선거에서 많은 사람들이 크고 작은 방식으로 그랬던 것처럼 나도 바이든과 이야기를 나누고 내 역할을 할 수 있어서 기뻤다. 이런 노력들로 조 바이든은 그가 있어야 했을 곳, 그러니까 위태롭고 사기꾼 같은 나르시스트 부동산 개발업자가 속해 있지 않은 위치에 서 있게 됐다.

나는 악명 높은 호모포비아 중 하나와 치열한 경쟁을 벌이고 있는 흑인이자 공식적으로 동성애자임을 밝힌 진보 성향 후보, 리

치 토레스가 민주당 경선에서 하원의원으로 출마하는 것을 지지
했다. 그 역시 선거에서 승리해 현재 브롱크스 지역구를 대표해
의회에서 활동하고 있다.

내 휴대폰이 울렸다. 이번에는 기자가 아니었다.

"크리스천."

"바비!"

"그리고 마리야."

전화로 또 다른 목소리가 들려왔다. 지금은 모두 DC 코믹스
의 거물이 됐지만, 마블에서 함께 일했던 친구들은 내게 놀라운
제안을 했다.

"센트럴파크에서의 경험을 만화로 그려보는 건 어때?"

바비가 말했다. 나는 이런 일을 생각해 본 적 없었다. 20년 동
안 만화계를 떠나 있었기에 이 문제가 슈퍼히어로와 어떻게 닿아
있는지 연결할 수 없었다. 잠시 머릿속으로 생각해봤지만 모든 면
에서 인위적이라는 느낌이 들었다. 며칠 후 마리에게서 다시 전화
가 왔다.

"아직은 스토리라인이 없지만 제목은 정해놨어. '새'로 말
이야."

나는 잠시 망설였다. 바비와 마리를 보면 DC 코믹스나 하늘
을 나는 인상적인 캐릭터인 슈퍼맨이 떠오르기보다는 여전히 그
들이 마블의 사람인 것 같은 느낌이 들었다.

"아! 알겠다."

그리고 갑자기 그 제목이 내 머릿속에서 구체적인 이야기로
펼쳐졌다. 젊은 시절 라틴아메리카를 동경하고 마술적 리얼리즘
에 도전하며 슈퍼히어로 세계에 간접적으로만 적용하는 방식이었

다. 이토록 극단적이고 견딜 수 없는 현실을 전달하는 데 문학보다 적절한 전통은 없다. 해피엔딩으로 끝내지 못하더라도 적어도 나를 스쳐간 사람들에게 약간의 고마움을 표현할 수 있을 것이다.

뛰어난 재능을 지닌 얼리사 마티네즈와 마크 모랄즈의 아트워크가 돋보이는 〈새〉는 DC의 새로운 시리즈 〈리프레젠트!〉의 첫 번째 순서로 공개됐고 간과되기 쉬운 시각을 소개하고 사회에 목소리를 내는 내용을 담고 있었다. 만화계에서 벗어난 지 오래된 탓에 나는 글을 쓰는 데 두려움이 가득했다. 하지만 나이 많은 행동대장이 여전히 남아서 스토리텔링의 날개를 다시 펼치고 싶어 했다. 그리고 나는 날아오른 내 이야기가 자랑스러웠다.

그 사건이 벌어지고 몇 주가 지난 후 내가 내려야 했던 가장 힘든 결정은 그 다음 무엇을 할 것인가였다.

나의 첫 번째 움직임은 새와 새들의 서식지를 보호하는 것이었는데, 그리 어렵지 않았다. 그 사건이 일어나기 한 달 전 나는 여러 단체를 대변하는 소수의 조류 전문가와 함께 화상 회의를 통해 커뮤니티 보드에 출석해 센트럴파크 반려견 목줄 규정을 강화해 달라고 호소했었다. 커뮤니티 보드는 뉴욕시에서 가장 즉각적이고 지역적인 시민 권한을 행사할 수 있는 기관으로, 지역 주민을 대표하는 위원들이 무보수로 일하며 공원에 대한 사법권을 어느 정도 갖는다. 커뮤니티 보드의 권한은 극도로 제한적이지만 지역 거주민의 목소리는 최소한 실제 권력을 지닌 사람들의 립서비스를 이끌어낼 수 있었다. 우리는 커뮤니티 보드에 의제를 올렸지만 이해관계와 각자의 특성이 충돌하는 커뮤니티 보드가 그렇듯 반려견 목줄 단속을 주제로 한 결의안은 다음 회의로 미뤄졌다. 다음 회의가 시작되기 전 그 사건(이전에 해결하기 위해 요청했던 바로 그 문제에서 시작됐다) 덕에 우리는 국제적으로 헤드라인을 장식했다.

다시 한 번 회의가 열렸을 때 나는 목줄 단속 규정이 진작 강제됐다면 나와 에이미 쿠퍼의 충돌은 일어나지 않았을 것이라고 지적했다. 사람들은 대부분 지지의 뜻을 밝혔지만 한 명의 커뮤니티 보드 구성원이 내 입을 떡 벌어지게 했다. 그는 이 결의안으로 경찰이 수행해야 할 업무가 더 많아져, '흑인의 생명도 소중하다' 운동이 강조하는 치안 유지 문제에 비추어 볼 때 사람들에게 잘못된 메시지를 전할 수 있다는 이유로 반대했다.

램블의 지리 특성상 목줄 규정을 상습적으로 어기는 사람은 대개 백인이라는 점을 기억하자. 그 커뮤니티 보드 구성원은 조지 플로이드 살인 사건으로 급부상 중인 '흑인의 생명도 소중하다' 운동으로 자신이 얻은 교훈이 백인을 향한 경찰의 단속을 줄이는 거라고 말하는 셈이었다. 나는 그 순간 비명을 지르지 않기 위해 최선을 다했다. 그 '논리'는 몇몇의 마음을 흔들었지만 결국 그 결의안은 통과됐다.

에이미 쿠퍼를 어떻게 해야 할지는 더 어려운 문제였다. 맨해튼 지방검찰청은 내가 그녀를 상대로 소송을 제기하길 강력히 원했지만 나는 이를 피하기 위해 최선을 다했다. 한편으로는 여기에 중요한 원칙이 얽혀 있다는 사실도 이해했다. 흑인들은 누명을 쓰고 혐의를 제기한 사람은 유유히 빠져나간 역사가 있는 나라에서, 흑인에게 가짜 혐의를 제기한 사람에게 분명한 증거를 제시하며 책임을 묻는 건 의미 있는 선례가 될 것이다. 그렇다면 앞으로 무고를 시도하는 다른 사람들을 억제하는 역할도 할 것이다.

하지만 다른 한편으로 나는 소셜 미디어에서 에이미 쿠퍼를 향해 살인 위협을 표현하는 것에도 강한 반감이 들었다. 강도 높은 비난을 하는 건 납득할 수 있었지만 살인 위협은 납득할 수 없었다. 심지어 맨해튼 지방 검사가 선거를 앞두고 있는 상황에서, 기소를 강력히 원하는 검찰의 열의가 폭도들의 복수심에 대한 갈증을 달래기 위해서가 아닌가 하는 의문이 들었다.

'열의'는 이를 단편적으로 표현한 것일 뿐이다. 어느 날 업무용 화상 미팅을 시작하려던 중 누군가가 마치 게슈타포처럼 자비 없이 아파트 문을 두드리는 소리에 깜짝 놀랐다. 처음에 나는 정신 나간 인종차별주의자들이 나의 주소를 추적했다고 생각했지만 알고 보니 지방검사 사무소에서 온 두 사람이 건물에 들어왔고 내가 그들의 전화를 무시했다는 것에 불쾌해하고 있었다. 나는 대꾸하지 않았고 옆집 사람이 말리려 끼어들었을 때 그들은 자신들의 지위를 이용해 유치한 말을 하며 위협했다.

"집으로 들어가세요. 저희는 공적인 일로 왔습니다."

그건 꽤나 큰 실수였다. 나의 이웃은 훨씬 끔찍한 사람들을 수년간 다뤄 온 악명 높은 로비스트였다. 결국 이웃은 이들을 건물에서 쫓아냈다. 내게 연락하는 방식은 그들이 원하는 대의에 도움이 되지 않았다.

나는 비례대표 자리를 강요당하기도 했다. 에이미 쿠퍼의 삶은 이미 붕괴됐다. 그녀는 직장을 잃었고 평판도 산산조각났고 과거의 무분별한 행동이 신문 1면을 장식하고 있었다. 내가 큰 피해를 입지 않은 이상 그 정도면 충분하지 않은가? 그녀의 혐의는 점점 늘어나는 것 같았다. 만약 무고를 고려하는 사람이 그 결과를 보고도 단념하지 않는다면 나는 어떤 법적 제제로도 막을 수 없다고 생각했다.

솔직히 말하자면 어느 정도 죄책감이 들었다. 나는 누군가의 인생을 파괴하는 데 일조하고 싶지 않았다. 이성적으로는 내가 그 경우에 해당되지 않는다는 것을 알고 있었지만(쿠퍼는 인종적으로 유리한 위치를 사용해 스스로 몰락했다) 나는 여전히 책임감을 느꼈다. 나는 쿠퍼를 벌할 생각까지는 없었다. 내가 원했던 건 단지 그녀가 반려견에게 목줄을 매는 것이었다. 하지만 우리 둘 다 갈등을 부추기는 방식을 선택했고, 그 결과는 파멸이었다. 하지만 나를 무너뜨리려 했던 파멸이 오히려 그녀를 덮쳤다. 쿠퍼가 유죄 판결을 받는다면 최대 징역 1년이 선고될 수도 있었다. 초범치고는 매우 높은 형량이었지만 선거 기간 중 대중의 분위기를 고려하면 이렇게 세간의 이목을 끌면서 정치적으로 격앙된 사건은 없었다. 나는 그 일부가 되고 싶지 않았다.

게다가 이건 내가 결정한 사안도 아니었을 뿐 아니라 고소할 일도 아니었다. 하지만 지방검사는 내 의사와는 상관없이 기소를 진행했다. 그렇기에 중요한 원칙에도 불구하고 나는 연민과 양심의 편에 서는 실수를 범하기로 했다. 나는 검찰 기소에 끼지 않기로 했다. 만약 검찰이 나에게 출석을 요구한다면 소환장을 보낼 것이고, 그때는 응할 용의가 있었다.

나의 결정에 흑인 커뮤니티의 반발은 빠르고 강렬했다. 하지만 그들을 탓할 수는 없다. 내 마음속에도 이들과 같은 생각이 있었기 때문이다. 대부분의 사람들, 심지어 우리 가족에게도 피부에 와닿는 일이었다. 결혼한 친척 중 하나는 내게 무척 화를 냈는데, 나중에 털어놓기로는 한 백인 여성이 외도를 덮기 위해 자신의 오빠를 무고하게 강간 혐의로 고소했고 그는 몇 년을 교도소에서 보냈다고 했다. 몇몇은 내게 배신감을 느끼기도 했다. 어떤 사람들은 에밋 틸 사건을 비롯해 여러 아프리카계 미국인들을 분노하게 만든 일을 저지른 대가로 에이미 쿠퍼가 벌을 받길 원하는 듯했다. 마치 한 명의 개인이 우리가 그동안 겪은 모든 잘못된 일들의 대가를 치러야 한다는 듯 말이다. 그 마음은 이해했지만 나는 양심을 따를 수밖에 없었다. 센트럴파크에서 일어난 사건에서 파생된 일 중 이 부분이 가장 마음 아팠다.

반대로 어떤 사람들은 이런 양심적인 행동을 기분 좋은 해결의 시작이라고 생각하는 것 같았다. 나와 에이미 쿠퍼가 화해를 할 수 있도록 자리를 만들겠다며 접근하는 사람들(거의 대부분 백인이었다)의 숫자는 믿기 어려울 정도로 많았다. 그런 화해의 과정이 훌륭한 한 장면이 될 것이라 생각한 건 기자뿐이 아니었다. 평범한 백인들은 내가 용서를 베풀어 다음 단계로 나아가 이 사건을 어떻게든 '바로잡아야 한다'는 생각에 빠져있는 듯했다. 에이미 쿠퍼가 잠적했다는 것도, 내게 직접 사과한 적 없을 뿐만 아니라 사과하겠다는 의사를 밝힌 적도 없는 것도 신경 쓰지 않았다.

나는 확실히 그런 것에 관심이 없었다. 제리 스프링어*처럼 머리채 잡아당기는 싸움을 하든 쿰바야**를 외는 순간처럼 포옹을 하든 에이미 쿠퍼와 직접 대면하고 싶지 않았다. 만약 그런 만남이 사법제도 시스템에 직면한 흑인들에 대한 공정성을 높여주

---

*　선정적이거나 논란이 있는 게스트를 등장시키는 것으로
　　악명 높은 〈제리 스프링어 쇼〉 진행자.

**　흑인 영가 중 하나인 〈컴 바이 히어〉를 아프리카식으로
　　발음한 것이다. 흑인 민권 운동이 활발하던 1960년대에
　　조엔 바에즈라는 가수가 부르면서 평화를 상징하는 노래로
　　자리잡았다.

거나 뿌리 깊은 인종적 편견을 뿌리 뽑는 데 도움이 된다면 고려할 의향이 있었다(나를 설득하기 위해서는 높은 기준을 넘어야 했을 테지만). 에이미 쿠퍼는 메모리얼 데이에 일어난 사건의 규모를 제대로 인지하지 못하고 있었다. 그녀가 이해하지 못한다면 우리의 만남은 쓸모없는 사진을 찍는 것보다 못할 것이다. 그 사건이 일어난 지 일 년 후 에이미 쿠퍼는 전 고용주를 상대로 부당해고 소송을 제기했다. 그 주장을 뒷받침하기 위해 쿠퍼는 몇 달 후 다시 등장해 사건이 일어난 이후 처음으로 기자와 이야기를 나누며 기억을 떠올렸다. "그는 그렇게 말했고 그녀는 이렇게 말했다"는 식의 대응은 별 도움이 되지 않는다고 생각했기에 나는 입을 다물고 있다가 그 사건이 일어났던 날 페이스북에 동영상을 올리며 동영상을 둘러싼 사건을 설명해두었다고 지적했다. 그 외에도 한 가지 사실이 눈에 띄었다.

　　에이미 쿠퍼는 내가 손에 들고 있던 자전거 헬멧으로 자신과 반려견을 해할까 봐 무서웠다고 주장했다. 마치 내가 위협적으로 휘두르고 있었던 것처럼. 여기에는 한 가지 문제가 있었다. 나는 탐조인이었고, 탐조인에게는 떼려야 뗄 수 없는 도구가 하나 있다. 바로 쌍안경이다. 쌍안경을 효과적으로 사용할 수 있는 유일한 방법은 두 손을 자유롭게 하는 것이다. 자전거를 타고 공원에 가서 새를 관찰할 때는 자전거 헬멧을 바지의 벨트 고리에 끼웠고, 걸음걸이가 어색해지면 어깨에 메고 있는 가방의 끈에 걸었다. 헬멧을 손에 들고 있으면 탐조를 할 수 없다.

　　쿠퍼가 의도적으로 거짓말을 하는 건지 아니면 시간이 흐르면서 기억이 왜곡돼 원하는 서사에 끼워맞추려는 무의식적인 욕구의 산물인지는 알 수 없다. 하지만 더 중요한 점은 다시 한 번 자신의 편견을 언급한다는 것이다. 흑인 남성이 지닌 자전거 헬멧은 폴리스티렌으로 만들어진, 위협적으로 휘두를 수 있는 잠재적으로 치명적인 무기로 간주됐다. 나는 흑인이 자전거를 타고 공원에 갈 때는 어떻게 해야 할지 궁금해졌다. 만약 내가 지하철을 탔다면 내 교통카드도 흉기 취급을 받진 않았을까?

에이미 쿠퍼가 그 사건을 겪고도 아무것도 배우지 못했다는 사실은 매우 슬프다.

사건의 1주기가 다가오면서 나는 또 다른 계절의 마무리를 앞두고 다시 램블을 찾았다. 2021년 센트럴파크의 여름철새 이주는 점점 줄어들고 있었지만 상황은 그 전년도와 완전히 반대라는 사실이 증명됐다. 바이러스가 한참 기승을 부리는 동안 탐조인을 보기 힘들었지만 이제 그 수가 회복됐을 뿐만 아니라 급증하고 있었다. 팬데믹으로 인해 야외로 나갈 핑계가 필요하거나 봉쇄 기간 동안 창문으로 새를 관찰하기 시작한 초보자들이 급증했다. 백신이 보급되고 전염률이 낮아지면서 초보 탐조인과 경험이 많은 탐조인들이 모두 램블에 몰려들었다. 거의 모든 곳에서 탐조인이 폭발적으로 늘었다.

그중에는 흑인 탐조인도 많았다. 수십 년 전만 하더라도 흑인 탐조인 숫자는 한 손으로도 헤아릴 수 있다고 농담하곤 했지만, 최 한 해 동안 지난 20년보다 훨씬 더 많은 숫자의 아프리카계 미국인 탐조인을 만났다. 이 사건으로 블랙에이에프인스템Black AF in STEM[*] 과학자들은 흑인 탐조인을 위한 주Black Birders Week 행사

---

*   자연 및 환경 분야의 흑인 과학자를 육성하는 단체.

를 열고 그들이 누구인지 어떤 일을 하는지를 소개하는 일련의 라이브 및 온라인 이벤트를 진행했다. 행사가 시작되고 2년차에 벌어진 일이었다. 여기에 참여하며 나는 얼마나 많은 흑인들이 쌍안경으로 하늘을 관찰하는지를 확인하고 매우 놀랐다. 흑인은 여전히 탐조 인구수에서 극히(특히 전반적인 인구 비율과 비교하면 더더욱) 일부를 차지하지만 커틀런드아메리카솔새만큼 희귀하지는 않다.

지난 일 년 동안 내 삶도 예상치 못한 방향으로 흘러갔다. 마스크를 벗으면서 나는 약간의 유명세에 적응해야 했다. 가끔 나는 이상한 맥락에서 최고의 방식으로 인정받았다. 나에게 영감을 받았다고 말해준 흑인과 나 덕분에 탐조를 시작하게 됐다는 젊은이들의 이야기는 내 벌칸 심장을 녹여버렸다. 전국에서, 심지어 바다를 건너 다른 나라 사람들까지 내가 감히 답장할 수 없을 정도로 감동적인 편지를 보내줬다. 몇몇은 독창적인 예술품까지 선물해줬다. 가장 눈에 띈 건 쌍안경을 들고 탐조 준비를 마친 사람과 그 옆에 새가 앉아 있는 나무를 만든 뜨게 인형이었다. 그리고 나는 21세기 뉴욕을 주제로 한 방대한 다큐멘터리에 출연하기 위해 공원에서 스파이크 리**와 어울리며 유명인의 기분을 즐겼다.

일 년 동안 여러 사건을 겪으면서 나는 탐조 단체나 환경보호 단체를 포함해 여러 단체로부터 강연 요청을 받았는데, 대부분 내가 감당할 수 없는 것이었다. 젊은이들과 함께 탐조를 하는 건 늘 즐거웠고 나는 PBS에서(온라인 노바 프로젝트와 어린이 프로그램 〈사이버 체이스〉에 방영하기 위해) 탐조하는 모습을 조금 촬영했다. 그리고 그

** 미국의 흑인 영화감독으로, 백인의 잘못뿐만 아니라 흑인 사회 내의 문제를 바로잡는 객관적인 시선으로 유명하다.

해 10월에 나는 새로운 가능성을 쫓기 위해 20년 가량 해왔던 사무직을 그만뒀다. 어쩌면 주요 채널 중에서는 처음으로, 탐조에 관한 텔레비전 시리즈를 만들기 위해 말이다. 나는 〈로 앤 오더 성범죄전담반〉이 나의 사건을 바탕으로 구성한 에피소드로 수백만 가구에 메시지를 전했다고 생각했다(이 프로그램의 오랜 팬이었던 나는 시즌 22 1화인 〈가디언즈 앤 글래디에이터〉에서 캡틴 올리비아 벤슨이 '나'에게 말을 거는 장면을 보고 머리가 터질 것 같았다). 그 수백만 가구는 날개 달린 생명체를 찬양하는 진짜 내 모습을 보게 될지도 모른다.

그해에 일어났던 모든 일에도 여름철새의 이동은 신성한 일이었고 나는 지난 6주 동안 정확히 내가 속해 있는 자리에서 시간을 보냈다. 5월이 되었고 때맞춰 공원에는 이파리가 가득해졌다. 검은머리솔새는 램블의 여러 지역에서 울창한 나뭇잎 사이를 지나다니며 높은 소리로 삐걱대며 노래를 불렀다. 이 소리는 매년 철새의 이주가 임박했음을 알려주는 신호였다. 램블을 찾는 대부분의 반려견들은 목줄을 하고 있었고 이 모습은 지난봄의 상황과 극명한 대조를 이뤘다. 그 누구도 제2의 에이미 쿠퍼가 되길 원치 않았다.

음, 대부분은 그런 듯했다.

오크 브릿지에서 허밍 툼스톤을 향해 걷던 중 중형견 한 마리가 길에서 벗어나 식재된 곳으로 뛰어드는 모습을 목격했다. 나는 문제를 일으키지 않기로 결심하고, 휴대폰으로 목줄을 채우지 않은 모습만 기록하라는 공원 관리부의 지시사항을 실행에 옮기기로 했다. 촬영을 하는 내 휴대폰 프레임 안으로 반려견의 주인인 젊은 백인 여성이 등장했다.

"죄송하지만 램블에서는 반려견 목줄을 풀면 안 돼요."

나는 가능한 부드러운 목소리로 말했다. 오늘은 소동을 일으키지 않으려 했다.

"여기가 어딘지조차 몰랐는걸요!"

반려견 주인은 잘 모르겠다는 미소를 지으며 어깨를 으쓱했다.

"음, 지금 여기가 램블이예요. 그러니까 반려견 목줄을 매셔야 해요."

"아, 네. 알았어요. 그럴게요."

그러고는 그녀는 개에게 목줄을 맸다. 그 여성에게 나는 감사 인사를 하고 영상 촬영을 중단했고, 소동을 일으키지 않았다는 사실에 만족하며 걸음을 옮겼다. 그리고 다시 나무에 앉은 새를 보기 시작했다.

"저기요! 저기요!"

2분 정도 지났을까, 그 여성이 나를 불렀다. 고개를 돌리자 나를 따라오던 모습이 보였다. 반려견은 목줄을 매고 있었다.

"아까 저를 촬영하고 있었어요?"

"네, 반려견을 촬영 중이었어요."

"왜요?"

"왜냐하면 공원 관리부로부터 보호구역에서 목줄을 매지 않은 반려견을 기록해달라는 요청을 받았거든요."

"그 영상에 저도 나오나요?"

"아마도요, 네."

"지워주세요."

자기 말을 따르길 바라는 목소리였다.

"안 돼요."

“하지만 그건…… (머릿속으로 있지도 않은 법률을 떠올리느라 눈알을 굴리는 모습을 볼 수 있었다) 제 사적인 영역을 침해한 것 같은데요.”

나는 그 말에 뭐라고 대꾸해야 할지 몰랐다. 그래서 그냥 잔인할 정도로 솔직해지기로 했다.

“저는 당신의 의견에는 별 관심이 없어요.”

“하지만 찍는 줄 몰랐다고요!”

“그럼 이제 아셨잖아요.”

이제 그녀는 약간 짜증난 듯 보였다.

“왜 안 지우시는 거예요?”

“왜냐하면 공원 관리부로부터 보호구역에서 목줄을 매지 않은 반려견을 기록해달라는 요청을 받았거든요.”

나는 똑같은 말을 반복했다.

“그 말이 적혀 있는 문서가 있나요?”

“메일로 받았어요.”

“그 메일 좀 봐야겠는데요.”

나는 크게 놀랐다. 그리고는 짧게 말했다.

“안 됩니다.”

갑자기 그녀가 휴대폰을 꺼내 영상을 찍기 시작했다.

“이제 제가 영상을 찍고 있는데 기분이 어떠세요?”

그녀는 쏘아붙이듯 말했다.

“네, 찍으세요.”

나는 어깨를 으쓱했다. 그녀는 과감하게 도전장을 내밀었다.

“이 영상을 경찰에게 보여주면서 사람들을 촬영하고 다니는 사람이 있다고 말하면 어떨 것 같아요?”

나는 멍하니 그녀를 바라봤다. 진심으로 하는 말인 걸까? 뉴스를 안 본걸까? 정말 말도 안 되는 상황이라 웃음이 터지기 일보 직전이었다. 투펠로 메도우 가장자리, 에이미 쿠퍼 사건이 일어난 곳에서 6미터 떨어진 곳이었고, 그 사건으로부터 정확히 1년이 지난 때였다. 나는 내가 저주를 받아서 이 〈사랑의 블랙홀〉*을 반복해야 하는 걸지도 모른다고 생각했다.

"그래요."

이게 내가 발휘할 수 있는 최선이었다.

"그러니까 제 사진만 찍고 집에 가겠다는 말인 거죠?"

나는 물러섰다. 공공장소에서의 사생활과 안전에 대한 여성들의 걱정에 민감하게 반응하려 노력했지만 공원의 규칙을 위반하는 사람에게는 이 카드를 사용할 수 없었다. 게다가 그녀의 비난은 다소 주제넘은 것이었다. 그날 내가 입고 있던 티셔츠 앞면의 커다란 무지개 깃발이 힌트가 됐을지도 모른다.

"좋은 하루 보내세요."

나는 이 말을 하고 그녀를 무시하기 위해 뒤로 돌았다. 다행히 이번에는 늦은 아침이라 주변에 사람이 많았다. 다른 누군가가 이걸 보고 있었으면 했다. 정신 나간 상황이었으니까.

"당신 뭐야? 변태야? 내 사진 보면서 자위할 거니?"

내 뒤를 쫓아오며 그녀가 소리쳤다.

내가 할 수 있는 일이라곤 고개를 저으며 하늘을 한 번 쳐다보는 것뿐이었다. 대체 누구에게 화를 내야 할지 모르는 상태였다. 나는 웃었다. 아니, 어쩌면 흐느꼈을지도 모른다.

---

*   1993년 개봉한 빌 머레이 주연의 코미디 영화로, 매일
      똑같은 하루가 반복해서 일어나는 타임루프를 다뤘다.

59번가부터 110번가까지, 1857년부터 2020년 메모리얼 데이 그리고 그 이후까지, 처음 목격했던 커틀런드아메리카솔새부터 내 등에 던져진 못난 비난의 마지막 울림까지, 기쁨부터 불쾌함까지. 센트럴파크는 앞으로 계속 놀라움을 선사할 것이다.

13장

앨라배마 밖에서

탐조인들 앞에 놓인 위험도 많다. 우리는 너무 많은 것을 알고 있다. 〈블러드 다이아몬드〉에서 북아메리카의 새가 아프리카에서 노래하는 장면만큼이나 터무니없는 일은 우리를 놀라게 만들 수 있다. 하지만 가장 기억에 남는 새와 영화가 어우러진 메시지(오듀본 지부와 함께 남부의 깊은 곳으로 여행을 떠나는 중이었다)는 무척 놀라웠다. 누군가 내 심장을 칼로 찢는 듯했다.

그 순간은 스티브 맥퀸의 〈노예 12년〉이 끝나갈 때쯤 등장했다. 아름다운 풍경과 끔찍한 행위를 대조시켜 남북전쟁 이전의 남부를 비난하는 메시지를 던지는 여러 힘든 장면 중 하나였다. 누나와 나는 개봉 첫 날 매진된 객석에 앉아 그런 장면이 하나씩 쌓여가는 모습을 보며 불안해했다. 흑인 여성과 흑인 남성의 영혼에 트라우마가 주입되는 클라이맥스 장면에서는 극장 안에 있는 모든 관객의 마음이 찢어지는 것 같았다. 하지만 내 마음을 아프게 한 요소는 보이는 것뿐만 아니라 들리는 것도 포함돼 있었다.

고통과 분노의 외침 뒤에서 나는 블랙번솔새의 노래를 들었다. 어쩔 수 없었다. 귀로 탐조를 하는 사람에게 이 기술은 절대 사라지지 않는다. 매우 높은 음이라 거의 들리지 않는다 해도. 그 특별한 노래는 나를 불러냈다. 내가 가장 사랑하는 미국 솔새의 존재를 확인하라며 내 발걸음을 멈추게 만들었다. 불타는 듯한 목구멍에서 음계를 뱉어내면서 새들은 이 세상의 눈부시게 아름다운 것들을 전달했다. 영화에서 가장 마음 아픈 순간을 장식하기 위해 모든 새의 소리를 들려주면서 그 타격은 배로 커졌고 나는 그 소리 외에는 아무것도 들리지 않기를 간절히 바랐다. 마지막에 등장하는 이 끔찍한 병치를 인정하고 싶지 않아 귀를 막고 싶었다. 하지만 이 노래의 핵심적인 마지막 음은 마치 세상의 기쁨에 옥죄여 새가 비명을 지르는 것처럼 긴박하게 계속해서 반복됐다.

그 순간 나는 무언가를 느꼈다. 앨라배마주 버밍엄의 16번가와 6번 애비뉴 노스가 만나는 골목에 서 있는 것 같은 느낌이었다.

남부의 8월이었지만 그때만 해도 오후면 무더위를 피할 수 있었다. 해가 쨍쨍한 하늘에 가끔 구름이 끼어 그늘이 지기도 했으니까. 길을 걸으며 땀을 약간 흘리고 있었지만 셔츠와 이마를 적실 정도는 아니었다. 구름이 걷히면 이 기분 좋은 마을 한구석에 강렬한 햇빛이 비쳤다. 웅장한 침례교회 입구에 있는 아치와 잘 관리된 캘리 인그램 공원 맞은편에 있는 잔디밭에. 공원 가장자리에는 소녀 동상 네 개가 있었다. 하나는 신발을 벗고 있었고 나머지 셋은 그 옆에서 다양한 자세로 놀거나 휴식을 취하고 있었다. 나는 놓여 있는 신발을 응시했다. 부재는 많은 것을 알려준다.

공원을 걸으면서 나는 그 아래 묻혀 있는 과거의 잔해를 떠올렸다. 그곳이 대체 어떻게 오늘날 예쁘고 평범한 곳이 될 수 있었을지 생각했다. 시민운동이 한창이던 1963년 9월 15일 아침, 미국에서 가장 인종차별이 심한 이 도시에서 백인 우월주의자들이

16번가 침례교회에 폭탄을 터트렸다. 이 침례교회는 버밍엄에 거주하는 아프리카계 미국인들이 예배를 드리려 모이는 중심지였고, 내가 서 있는 곳 맞은편에 있던 바로 그 교회였다. 십여 명이 부상을 입고 열네 살도 되지 않았던 애디 매 콜린스, 데니스 맥네어, 캐롤 로버트슨, 신시아 웨슬리는 모두 목숨을 잃었다. 이들은 그날 아침 지하에 모여 청년의 날 행사를 준비하고 있었다. 이들은 순교자가 될 수 없었다. 이들의 목숨을 앗아간 폭발은 이 나라의 양심을 메마르게 했다. 목숨을 잃은 아이들도 우리처럼 성장해 복잡하고 엉망진창으로 살아야 했지만 이들은 빈 신발만 남기고 떠났다.

공원에서는 이상하게도 블랙번솔새의 소리가 들리지 않았다. 그 대신 나는 흉내지빠귀의 소리를 들었다. 어린 시절 내 탐조 스승이었던 엘리엇 커트너의 묘비에서 들었던 소리와 같은 소리였다.

그때나 지금이나 흉내지빠귀는 추도 연설을 했다. 마치 이곳에 대해 할 말이 많다는 듯이. 마침내 이 껄끄러운 역사를 마주하기 위해 이곳에 오게 돼 기뻤다. 프랑스 파리와 라스베이거스의 호텔을 찾아가고, 부에노스아이레스에서 날이 밝을 때까지 춤을 추고, 시드니에서 밀회를 즐기고, 히말라야를 트레킹하고, 탄자니아를 여행하고, 갈라파고스까지 항해했던 작년의 내게 질문했다면 나는 앨라배마를 가야 할 곳 리스트 맨 마지막에 적어두었을 것이다. 나는 뉴욕에서 태어나 뉴욕 교외에서 자란 북부 사람이었다. 그리고 남부에서 흑인들이 겪은 실질적인 폭력에 대한 이야기는 북부 사람들의 의식 속에 크게 자리하고 있다.

"우리가 고향을 떠난 데는 이유가 있었어요."

나는 메이슨 딕슨* 라인 아래로 여행을 가자는 단순한 제안에도 종종 망설이곤 했다. 나는 동성애자라는 사실을 숨기지 않았고 기독교인도 아니었다. 그런 내가 보수적인 바이블벨트**를 찾아가는 건 생각지도 못한 일이었다.

흑인 탐조인에게 이런 판단은 매우 흔하다. 야외활동을 좋아하는 모든 아프리카계 미국인들은 지역에 따른 인종적 선호도를 인지하고 있으며, 이 사실은 유색인종 탐조인들에게 크고 작은 영향을 미친다. 새를 보러 가도 괜찮은 곳과 그렇지 않은 곳이 구분되기 때문이다. 우리는 여행하는 흑인들이 안전하게 숙박하고 식사할 수 있는 시설을 기록한, 차별의 시대를 위한 여행 가이드인 '그린북Green book'을 만들었다. 그리고 괴롭힘이나 위협을 받지 않고 안전하게 탐조, 캠핑, 하이킹, 등산을 할 수 있는 장소를 기록한 인식도를 실었다. 가끔은 그 불편한 구역이 미국 전역이 되기도 하지만 미국에는 우리가 (혼자서든 단체로든) 탐험을 하지 않는 지역이 있다. 클렘슨대학교의 야생동물학 교수이자 오랫동안 아프리카계 미국인 탐조인의 영혼을 담은 책과 에세이를 집필해 온 드루 랜햄은 〈흑인으로서 탐조하는 법Birding While Black〉이라는 에세이에서 "외딴 곳을 탐험할 때마다 느낀 두려움은 항상 쌍안경, 망원경, 조류도감과 함께 짐처럼 나를 따라다녔다"고 했다.

북부 출신 흑인인 나에게 미국에서 앨라배마만큼 외지고 두려운 곳은 없었다. 하지만 나는 운명의 장난으로 여기에 와 있다.

---

*   미국 펜실베니아주와 메릴랜드주를 나누는 경계선.
** 미국 중남부에서 동남부에 걸친, 개신교의 영향이 큰 지역을 의미한다.

센트럴파크 사건으로 인한 스포트라이트 덕분에 나는 적어도 당분간은 미국에서 가장 유명한 탐조인이 됐다. 탐조인 중에 유명한 사람은 거의 없기에 별로 달성하기 어려운 위업도 아니었다. 탐조인이 흑인이라는 사실이 눈길을 끌었고 조지 플로이드와 다르게 나는 운 좋게도 살아서 내 경험을 들려줄 수 있었다. 나는 엄청난 수의 다양한 단체로부터 오는 초대를 대부분 거절해야 했다. 하지만 그중 한 단체가 눈에 띄었다. 앨라배마 오듀본이었다. 그들은 처음으로 개최하는 블랙벨트 탐조대회에 게스트로 와줄 수 있는지 물었다.

　　나는 '블랙벨트 탐조'가 무엇인지는 잘 몰랐다(알고 보니 탐조 입문자에게 무술 수준의 기술을 전수한다는 의미는 아니었다). 하지만 남부의 독특한 생명체를 볼 수 있다는 것은 흥미로웠다. 남부는 오랫동안 내가 접근할 수 없는 지역 중 하나였기에 그 지역에 서식하는 생명체 또한 만날 수 없었다. 나 혼자서는 찾아갈 생각조차 못 했겠지만, 지형을 잘 알며 생각이 비슷한 탐조인인 앨라배마 오듀본 구성원들의 안내를 받는다면 이야기가 완전히 달라졌다. 어떤 나무에 내가 보고 싶어 하는 새들이 있는지, 어떤 나무에서 위험한 일이 발생할 수 있는지 잘 아는 사람들이었다.

　　게다가 블랙벨트 탐조 페스티벌에 초대된 또 다른 손님은 다름 아닌 드루 랜햄 교수였다. 나는 그와 원격으로만 연락을 주고받아봤다. 앨라배마 오듀본이 개최한 이벤트에 참여한다면 존경하는 우상 중 하나와 직접 만날 수 있는 기회가 생길 것이다(팬데믹으로 랜햄은 마지막 순간에 여행을 취소해야 했기에 이 만남은 좀 더 기다려야 했다).

　　그밖에도 앨라배마를 방문해야 할 개인적인 이유도 있었다.

외가 가족들은 카리브해 지역에 살고 있었고 친가 가족들은 아프리카계 미국인이었는데, 가족이 오늘날 어디에 살고 있든 간에 거의 모든 아프리카계 미국인들은 자신의 뿌리를 남부에서 찾는다. 1910년경부터 시작된 대이동으로 인해 약 600만 명의 흑인이 구 남부연합주에서 북쪽으로 이주했다. 매년 봄에 수많은 새들이 북쪽으로 이동하는 이유와 동일했다. 더 나은 미래 세대를 위해서였다. 새들에게 가장 중요한 것은 계절에 따라 온대 지방에 풍부하게 존재하는 자원인 먹이(주된 먹이인 곤충을 포함해 바닥을 기어다니는 징그러운 벌레뿐만 아니라 꿀, 물고기 등 여러 가지다)다. 북쪽으로 이주하는 새는 풍요로운 여름을 이용해 새끼를 건강하게 키워낼 수 있다. 아프리카계 미국인들에게 북부의 산업화된 도시는 가혹한 인종적 억압에서 벗어날 수 있다는 이점과 함께 경제적 기회를 제공했다. 자녀들에게 더 나은 삶을 선사할 수 있다는 가능성을 보여주자 수백만 명이 그 길을 선택했고 그 후 반세기 동안 수백만 명이 그 뒤를 따랐다. 쿠퍼 가족도 그중 하나였다. 단순히 남부가 아니라, 구체적으로 말하자면 앨라배마를 벗어났다. 내가 "우리 가족이 그 지역을 떠난 이유가 있다"고 말할 때 '그 지역'은 지금 내가 서 있는 땅을 의미한다.

그러므로 내가 미국인으로서 아프리카 땅에 발을 내딛을 때만큼 이질적이고 낯선 기분을 느끼게 하는 앨라배마는 북부 출신인 나에게 고향 같은 곳이다. 아프리카를 가려 했던 때처럼 내겐 따뜻한 고향 앨라배마가 기다리고 있다는 환상도, 오랫동안 만나지 못한 친척과의 상봉이 이루어질 거라는 상상도 없었다. 나는 내 뿌리를 찾으려면 어디서부터 시작해야 할지 몰랐고 20년 전 앨라배마에 살고 있는 먼 친척을 만났을 때(그분은 롱아일랜드로 와서 아빠와 만났다) 우리 사이의 간극은 그 어떤 연대보다도 컸다. 우리는 이야기하는 방식도 세상을 보는 방식도 달랐고 짧은 만남 동안 각자의 개인적인 삶에 그리 다가가지 못했는데, 나는 그가 나와 완전히 다른 세계를 살아온 사람이라고 생각했다.

그럼에도 나는 우리 가족의 역사에 중요하게 자리하고 있는 이 지역이 궁금했고 나와 앨라배마의 사촌이 탐조에 대한 관심을 공유하며 둘 사이의 간극을 메울 수 있다고 생각했다. 앨라배마 오듀본의 초대장이 도착했을 때 나는 그 기회를 잡았다.

주최자이자 앨라배마 오듀본 전무이사인 안셀 페인은 버밍엄을 떠나 페스티벌이 벌어지는 곳과 가까운 더 남쪽으로 이동하기 전 늦은 점심을 먹기 위해 나를 데리러 왔다. 나는 카페 창문에 있던 무지개 깃발을 보고 놀라지 않을 수 없었다. 페인은 앨라배마 출신이 아니었지만 점심은 앨라배마 출신인 조류 보호 활동 동료이자 협력자인 두 사람과 함께였다. 한 명은 여러 부위에 피어싱(귀에 몇 개, 나머지는 잘 모르겠다)을 한, 대도시의 사회적 관계에서 벗어나기 위해 시골의 소도시로 도망친 20대 백인 레즈비언이었다. 또 다른 한 명은 흑인 커뮤니티에서 존경받는 원로로서 조류 서식지 건강과 지역사회의 건강을 이으며 새들에게 눈길을 돌리고 있었다. 이들이 살아오며 겪은 서로 다른 경험만큼 두 사람은 새라는 공통 관심사로 연결돼 있었다. 이보다 더 기쁠 순 없었다. 새로운 바람이 불어오는 버밍엄 지역을 여행하는 짧은 기간에도 무지개 깃발이 주기적으로 등장하는 걸 보니 그리 놀랄 일도 아니었다.

나는 내가 상상했던 것보다 훨씬 더 복잡한 현실과 씨름해야 했다. 그렇다고 선조들이 남긴 땅에 내가 두려움을 느낄 이유가 없다는 뜻은 아니었다. 내 인식은 부족한 맥락과 업데이트가 필요한 지식을 기반으로 도출된 것이었다. 버밍엄은 비교적 진보적인 특징이 눈에 띄는 지역으로 발전했다. 미국 대부분의 지역이 그렇듯 이곳에서도 도시 자유주의와 농촌 보수주의 패턴이 반복되고 있었다. 그리고 의심의 여지 없이 남부는 1950년대와 1960년대 이후 인종에 대한 인식이 (일부 사람들이 주장하는 만큼은 아니지만) 더 나은 방향으로 변화했다. 백인 민족주의와 남부연방기를 부끄러워하지 않고 내보이는 사람도 일부 존재하긴 했지만.

안타깝게도 남부와 북부는 그리 다르지 않았다. 남자친구 존과 함께 여름날 롱아일랜드 해변에서 시간을 보냈을 때 근처에 있는 존스 비치 극장에서 컨트리 가수 루크 브라이언의 〈프라우드 투 비 라이트 히어〉 투어가 열리면서 주차장에 수많은 인파가 몰려든 적 있었다. 사람들이 들고 있는 트럼프 깃발(퇴임한 지 수개월이 지난 시기였다)과 남부연방기(뉴욕에서는 불법이다)가 바닷바람에 휘날렸다. 북부 지역도 남부와 마찬가지로 인종차별이 존재했다. 아마두 디알로, 패트릭 도리스몽, 타미르 라이스, 에릭 가너, 필란도 카스티야, 조지 플로이드 모두 남부가 아니라 북부 경찰의 손에 목숨을 잃었다. 사람들의 편견은 위도를 가리지 않았다. 나는 뉴욕에서 캐나다인과 함께하는 동안 인종차별을 당하기도 했다. 뉴욕보다 더 북쪽은 없다.

물론 앨라배마에서의 교류는 어느 정도 내가 의도한 대로 선별적으로 이루어졌다. 나는 이곳을 여행하며 3일 동안 단편적인 인상만 받았을 뿐이다. 그럼에도 지금까지 내가 경험한 것은 예상과는 다른 즐거운 경험이었다.

페인은 운전대를 잡았고 불평하지 않고 운전이 서툰 뉴욕 손님을 여기저기 데려다주었다. 〈드라이빙 미스 데이지〉*와 반대되는 상황이었다. 내 나이의 절반 정도 되는 백인이 운전하는 차를 타고 다니는 흑인의 입장이 되자 스스로가 늙고 쓸모없는 사람처럼 느껴졌다. (하지만 적어도 이 미스 데이지는 뒷좌석이 아니라 조수석에 탔다!) 해질 무렵, 우리는 블랙벨트 탐조 페스티벌의 본거지인 셀마에 도착했다.

"우와."

셀마에 흐르는 두 개의 대동맥인 브로드 스트리트와 워터 애비뉴의 모퉁이를 돌면서 나는 감탄했다. 셀마 시내의 다소 퇴색된 매력만큼이나 내 상상력과 역사에 그림자를 드리우는 에드먼드 페터스 다리가 시야에 들어왔다. 미국의 시민권 투쟁에서 이보다 더 악명 높은 곳은 찾기 어려웠다. 바로 내 앞에 분명한 현실이 펼쳐져 있었다. 이곳은 1956년 피의 일요일에 평등을 향해 몽고메리로 평화롭게 다리를 건너던 젊은 존 루이스와 600명이 넘는 사람들이 백인 경찰관에게 무참히 구타당한 곳이기도 했다. 서로 맞물려 있는 강철과 흰색 대들보로 만들어진 이 다리는 주변 풍경을 압도했다. 하루가 끝나갈 무렵 나는 이곳에 다시 와야겠다고 마음속으로 다짐했다.

다음 날 아침 남아프리카 출신의 쾌활한 백인인 앨라배마 오듀본의 크리스 오버홀스터를 소개받았고 우리는 함께 남부에서만 볼 수 있는 생명체를 찾으러 출발했다.

"삑삑거리는 강아지 장난감 같은 소리를 들어보세요."

---

*   20세기 중반을 배경으로 미국 남부의 나이 든 유대인 여성과
     흑인 운전기사 사이의 관계를 담은 영화.

나무가 우거진 호숫가에서 소나무를 살피며 그가 조언했다. 아니나 다를까 몇 분 만에 치와와가 좋아하는 봉제인형을 물어뜯으며 나무로 피신하는 듯한 소리가 들려왔다. 이 미친 듯이 귀여운 소리는 갈색머리동고비Brown-headed Nuthatch가 있다는 걸 알려준다(북아메리카 전역에서 찾아볼 수 있으며 아담하면서도 튼튼한 체구로 나무 몸통을 옮겨 다니는 새의 미니어처 버전이자 내 인생 목록에 추가된 사랑스러운 새다).

그 다음으로 우리가 찾던 새는 이 여행의 주 목표 중 하나로, 훨씬 더 큰 도전이 기다리고 있었다. 수컷의 머리 양쪽에 있는 작은 붉은 반점 두 개가 눈에 띄고 검은색과 흰색이 어우러진 지빠귀 정도 크기의 이 새는 한때 남부를 배회했다. 하지만 이들이 필요로 하는 서식지가 대부분 사라진 지금 이 새는 다른 남부 딱따구리인 상아부리딱따구리의 어두운 운명의 전철을 밟고 있었다. 붉은볏딱따구리는 현재 멸종위기에 처해 있고 특정 지역에서만 발견되기에 앨라배마에서 평생을 살아온 탐조인들마저 한 번도 본 적 없을 정도로 희귀하다. 나는 이 새의 멸종을 막기 위해 숲을 관리하는 모습을 보았고 운 좋게도 동행한 동료들의 기술 덕에 붉은볏딱따구리도 볼 수 있었다!

어렸을 때부터 조류도감에서 봐왔던 붉은볏딱따구리(이름을 읽고 대체 무슨 뜻일지 궁금해하지 않을 사람이 있을까?)를 실제로 보게 되니 숨이 가빠지고 손이 떨려 쌍안경이 살짝 흔들렸다. 탐조를 하는 일곱 번째 즐거움인 유니콘 효과의 부작용이다. 유니콘이 살아 움직이는 모습을 보는 사람이 되는 건 정말 특권이다! 대부분의 사람들은 그런 마법이 일어나지 않는 세상을 살아가지만 우리 탐조인들은 그렇지 않다.

긴 꼬리 가운데가 갈라져 있어 조류계의 '드라마 퀸'이라 불리는 가위꼬리딱새Scissor-tailed Flycatcher는 발견 리스트에 기록할 수 있었지만 눈앞에 총천연색을 펼치는 오색멧새는 발견하지 못했다. 새들의 생생한 움직임을 관찰하고 나자 나는 솔개가 더 보고 싶어졌다. 솔개는 카트만두의 지붕 위를 날아다니는 맹금 중 하나로 블랙벨트 탐조 페스티벌의 주요 볼거리다. 운이 좋게도 우리는 아주 잠깐 목격할 수 있었다. 야외 샌드위치 가게에서 점심을 먹던 중 우리 머리 위로 그때까지 한 번도 보지 못한 미시시피솔개Mississippi Kite가 지나갔다. 덕분에 이번 여행에서 가장 중요한 목표는 아메리카제비꼬리솔개Swallow-tailed Kite가 됐다(가위꼬리딱새만큼이나 드라마 퀸이다).

'블랙벨트'라는 단어는 지질학적으로는 흑색토가 풍부하다는 뜻이다. 하지만 역사적으로는 그 토양에서 수많은 흑인들이 처음에는 노예로, 이후에는 백인 소유의 농장에서 노예 임금을 받는 일꾼으로 거주했던 미국 남부의 여러 주를 일컫는다. 앨라배마에서 블랙벨트는 주요 남부 지역을 동서로 가로지르는 18개의 카운티로 구성돼 있다. 이곳이 바로 쿠퍼 가문의 출신지인 게 분명했다. 오늘날 앨라배마 블랙벨트에 거주하는 사람들은 대부분 아프리카계 미국인이며 이들은 대개 가난에 시달리고 있다.

그렇다고 모두 가난한 건 아니었고, 모든 농장의 소유주가 백인인 것도 아니었다. 오후가 되자 나는 조 가문이 대대로 소유하던 목장에 서 있었다. 살인적인 미소를 짓고 굵은 수염이 눈에 띄는 30대 건장한 흑인 남성 크리스토퍼 조가 입구에서 축제 방문객을 맞이했다. 조는 KKK가 문 앞까지 찾아와 땅을 포기하라고 협박할 때도 여러 세대들이 땅을 지키기 위해 고군분투한 이야기를 들려줬다. 모든 농가들이 그렇듯 조 가문의 상황은 여전히 좋지 못했지만 생계에 도움을 줄 새로운 동지가 생겼다고 했다. 바로 새였다.

조는 농부로 살며 자연의 존재를 잘 인지하고 있었다. 하지만 최근까지도 조는 새를 보기 위해 자신의 농장을 찾아오는 탐조인의 숫자가 늘고 있다는 사실을 몰랐다. 이 페스티벌은 농부와 탐조인을 하나로 연결시켜주는 과정이었다.

8월 오후 뜨거운 앨라배마의 태양 아래에서 나는 이 과정을 직접 경험했다. 20명 가량의 참가자들이 대기 중이던 트랙터에 몸을 싣고 농장의 건초 밭 가장자리를 느릿느릿 돌아나가자 여름 내내 무성하게 자란 웅장한 고목으로 둘러싸인 탁 트인 광장에 닿았다. 일단 그곳에 도착하면 탐조인들은 농장 경계를 이루는 낮은 울타리를 따라 줄을 서서 기다렸다.

조가 예초기 전원을 켜자 미시시피솔개들이 날아들기 시작했다. 건초를 깎는 예초기를 피해 도망가는 커다란 곤충을 낚아채기 위해 말이다. 미시시피솔개에게 예초기의 엔진 작동 소리는 저녁식사를 알리는 종소리였다. 그리고 우리는 테이블에 앉아 그 모습을 지켜봤다. 조지아에서 온 외향적인 젊은 흑인 생물학자인 코리나 뉴섬은 아침에는 미시시피솔개와 아메리카제비꼬리솔개 무리가 트랙터와 사람들 눈앞에 내려앉았다고 말했다. 뉴섬은 너무 흥분한 나머지 페스티벌의 다른 세션(다른 축제에서도 흔하게 볼 수 있는 조류 관찰 프로그램으로 다른 농장, 호숫가 공원, 옛 주립 목장을 구경하는 것이었다)을 건너뛰고 조의 농장을 한 번 더 방문했다. (나는 그를 탓하고 싶다. 한 번 더 보여달라는 뉴섬의 욕심 때문에 우리에게 징크스가 생긴 게 틀림없다!)

오전과 오후에 겪은 경험은 2세기 전 노예제의 유혈과 비참함에 젖어 있던 땅에서 새로운 무언가가 자라날 수 있다는 것을 보여주었다. 토지를 더 십도 있게 관리할 수 있는 흑인 지주에게 주어진 기회, 철새와 텃새의 숫자가 더 늘어날 수 있는 기회. 이 경험을 만끽하기 위해 앨라배마는 물론 다른 주에서까지 찾아오는 다양한 피부색을 지닌 탐조인들 덕에 생태관광객들에게서 벌어들이는 돈으로 여러 세대에 걸친 흑인 소유의 농장이 계속해서 흑인의 손에 맡겨질 수 있게 됐다. 첫 번째 블랙벨트 탐조 페스티벌의 영향을 아직 정량화할 수는 없지만 음식을 실은 카트와 식당을 찾는 사람들과 이곳에 머무르기 위해 호텔 방을 예약한 페스티벌 방문객 숫자를 고려하면 경제적으로 어려운 이 지역에 긍정적인 자극이 될 수 있을 것이다.

이 윈-윈-윈 전략을 목격하고 나니 이보다 더 기쁠 수가 없었다. 적어도 나는 이곳에서 아메리카제비꼬리솔개를 두 눈으로 목격했다. 자연에서 탐조를 하는 건 예측 불가능하기에 더 재미있다. 언젠가 이 솔새들을 또 보게 되겠지만, 오늘 목격한 것이 훨씬 더 중요했다.

덥지만 만족스러운 하루가 끝나고 페인은 미스 데이지를 셀마로 데려다줬다. 8월 초저녁은 아직 날이 밝았기에 운전을 맡아준 페인에게 깊은 감사를 표한 후 나는 혼자서 브로드 스트리트를 따라 워터 애비뉴와 에드먼드 페터스 다리의 교차로를 향해 걸었다. 생각할 것이 많았다. 이 장소가 지닌 모든 복잡성을 뚫고 등장한 경이로움뿐만 아니라, 복잡한 과거를 뚫고 나온 내가 영위할 수 있는 삶의 경이로움에 대해서. 새로운 무언가가 되기 위해 노력하는 삶에 대해서도. 고통스러웠던 나의 십대 시절을 되돌아보면서, 비참함에 마침표를 찍기 위해 했던 행동은 지금 돌이켜보면 도저히 이해할 수 없는 일들이었다. 환갑이 전속력을 다해 달려오고 있었지만 여전히 미래는 핑크빛일 것처럼 보였다. 하버드를 졸업하고 인생의 새로운 장이 열리기 직전, 그러니까 캠브리지를 떠나기 전 '내' 무덤을 방문했던 때 느꼈던 기분이 들었다. 다리를 건너지 않고는 셀마를 떠날 수 없었다.

거대한 다리의 크기가 시야에 들어오자 나는 아빠를 떠올리게 하는 붉은꼬리말똥가리를 볼 수 있을 거라는 기대와 함께 고개를 들어 하늘을 샅샅이 살폈다. 아빠는 새의 이름을 딴 흑인 조종사들을 우상화했고 행글라이더 조종사로서 새처럼 자신의 힘으로 힘차게 날아오르고 싶어 했다. 어떤 생물로 환생할 수 있다면 붉은꼬리말똥가리가 되고 싶어 했다. 아빠가 돌아가신 후 누나와 나는 붉은꼬리말똥가리가 날아오를 때마다 아빠를 생각했다.

붉은꼬리말똥가리는 보이지 않았지만 그런대로 괜찮았다. 아빠가 나와 함께 한다는 사실을 알고 있었다. 아빠가 직접 여기에 오진 않았을 테지만, 만약 여기에 올 수 있었다면 이 기회를 놓치지 않았을 것이다. 시민권을 위해 사사건건 싸워댔던 엄마도 나와 함께 있었다. 어렸을 때 나를 유모차에 태우고 시위에 참여했고 지금 이 순간에도 나와 함께 걷고 있다고 말하는 엄마의 목소리가 들리는 것 같았다. 할머니의 팔이 나를 감싸안는 것도 느낄 수 있었다. 흑인 여성 혼자서는 할 수 없었을 일을 해낸 꺾이지 않는 힘이 내가 숨 쉬는 공기에서 느껴졌다.

다리를 건너기 시작하면서 내가 이 걸음을 내딛을 수 있도록 도와준 모든 것들을 떠올렸다. 1965년 피의 일요일에 있었던 시위자들과 그들이 겪은 일들, 조상들이 이 땅 어딘가에서 견뎌낸 것들을. 그 모든 것이 내가 여기에 있을 수 있도록, 복잡하고 어지러운 삶에서 벗어날 수 있도록 만들었다. 그런 맥락에서 센트럴파크에서 내가 겪었던 사건은 그저 사소한 사건일 뿐이다. 1년이 지난 지금도 내가 인종 분쟁 역사의 중요한 인물로 언급됐다는 사실이 낯설게 느껴졌다. 복잡한 인생의 혼란스러움이 어디로 향하는지는 알지 못했지만 그것도 괜찮았다. 다리를 건널 수 있기까지 많은 도움을 받았으니까.

　　나는 마치 내 목숨이 달린 것처럼 앨라배마주 셀마의 거리를 뛰어다닌 흑인이다. 그리고 이건 모두 페인 탓이다.

　　다리를 건넜다 돌아온 후 우리 중 몇 명은 근방의 호텔 바에서 술을 마시며 탐조를 성공적으로 끝마친 것을 축하했다. 긴 하루의 마지막 햇살을 받으며 바에서 나오자마자 위에서 재잘거리는 소리가 들렸고 우리는 하늘을 올려다보았다. 수백 마리의 굴뚝칼새Chimney Swift가 있었다.

　　박쥐처럼 날갯짓을 하고 하늘을 나는 시가처럼 생긴 작고 어두운 색의 굴뚝칼새는 거의 하루 종일 날개에 의지해 공중을 날아다니며 곤충을 잡아먹으며 생활한다. 밤이 되면 인공 구조물을 둥지로 사용하기에 그런 이름이 붙었다. 그날의 순찰을 마친 굴뚝칼새는 해질녘을 대비해 모여들기 시작했다.

　　"굴뚝칼새를 따라 둥지까지 가요!"

　　페인이 신나서 소리쳤다. 요즘에는 굴뚝을 대부분 막아두면서 굴뚝칼새의 개체수가 감소하고 있다. 앨라배마 오듀본은 굴뚝칼새의 개체수를 보존하기 위한 프로젝트를 진행하며 모니터링을 하고 있었다.

"이 근처에 둥지가 있을 거예요. 갑시다!"

우리는 출발했다. 흑인과 백인, 여성과 남성이 뒤섞여 여섯 명이 미쳐 날뛰며 하늘을 지그재그로 날아다니는 수백 마리의 새들을 뒤쫓으려 애썼다. 굴뚝칼새 무리는 한 방향으로 향하는 것 같았다. 아니, 잠깐! 이쪽인 것 같았다. 우리는 술에 취해 있었고 이 추격전으로 완전히 흥분해 들떠 있었다. 우리는 우스꽝스러워 보일 것이다. 하지만 우리는 그 순간을 무척 사랑하기에 별로 신경 쓰지 않았다.

황혼이 깃들면서 페인은 브로드 스트리트의 벽돌 건물 지붕 뒤 어딘가에 있는 둥지를 찾아냈다고 확신했다. 우리는 새들이 지붕 틈새 사이로 하나씩 사라지는 모습을 지켜보며 잠복했다. 굴뚝칼새가 그때까지 한 번도 보지 못한 행동을 할 때까지.

북아메리카에 서식하는 그 어떤 새보다 하늘에 오래 머무르는 굴뚝칼새가 땅으로 내려왔다.

우리는 말을 잇지 못했다. 셀마 거리 모퉁이에 모여 있던 사람들은 수 세기까지는 아닐지라도 수십 년 동안 굴뚝칼새를 알고 지냈지만, 이런 행동을 한다는 건 들어본 적이 없었다. 굴뚝칼새는 아스팔트 한가운데 잠시 내려앉아 가로등 불빛에 날개짓을 하다가 다시 하늘로 날아올랐다. 뚜렷한 이유도 없어 보였고(거리에 마실 수 있는 물웅덩이가 고여 있지도 않았고 먹이로 삼을 만한 곤충도 없어 보였다) 공중이 아니라 땅바닥에서 곤충을 사냥하는 모습은 우리가 칼새에 대해 알고 있는 행동과 모순됐다. 이 상황을 설명할 방법이 없었다.

탐조인으로서 다시 한 번 깨닫게 되는 순간이었다. 우리는 아는 게 거의 없다. 그냥 신기한 정도가 아니라 흥분되기까지 했다.

천재성이 돋보이는 까마귀의 소리를 들으면서도 우리는 그들이 무슨 대화를 나누는지 전혀 알 수 없다. 작은 종달도요가 어떤 도요인지 여전히 구분하지 못하고, 둥지 재료로 사용할 수 있지 않을까 내 다리 주변을 날아다니며 다리털을 부리로 건드리는 코스타벌새Costa's Hummingbird처럼 예상치 못한 일이 발생할 때면 내 인생 전체가 동요했다. 내가 죽어 차갑게 생기를 잃은 손에서 쌍안경을 억지로 떼어낼 때까지는 평생 탐조를 하는 동안 새로운 것을 배울 수 있다. 우리에게 내려진 저주는 참으로 끔찍하면서도 놀랍다. 날아다니는 시가처럼 생긴 새를 쫓아 마을을 뛰어다니다가 평범한 가로등 불빛 아래에서 불가능해 보이는 모습을 목격하고 기쁨을 느끼다니. 우리는 정말 어리석은 바보들이다.

탐조인들이란.

감사의 말

회고록을 쓰는 건 공공장소에서 옷을 벗는 것과 비슷하다. 그리고 아마추어 스트립 콘테스트에서 나를 응원하던 대런과 스트립 댄서들을 통해 배운 것처럼, 많은 사람들이 응원해줄 때만 성공할 수 있다. 내 대리인인 거침없는 게일 로스가 없었더라면 이 책은 존재하지 않았을 것이다. 우리를 서로에게 소개해준 저널리스트이자 해설가인 밴 존스에게 진심으로 감사 인사를 전하고 싶다. 벌칸처럼 감정을 절제하려는 내 시도를 받아주지 않은 편집자인 차예네 스키테와 마크 워렌에게 진심으로 감사를 표한다. 이들은 마치 잘 빠지지 않는 이를 뽑는 치과의사처럼 능숙하고 인정사정 없이 내가 느낀 감정을 종이 위에 끌어내주었다(상상 속의 치과의사 의자에서 울려 퍼지는 비명은 무시하자).

엘리엇 커트너의 가족들이 커트너가 살아있을 때 세상을 아낌없이 알려주었고, 세상을 뜬 후에도 커트너가 지녔던 생각과 추억을 기꺼이 공유해준 것에 대해 감사한다. 아빠의 어린 시절에 대한 빈센트 라이트의 통찰력도 무척 귀중했다. 로저 파스키에, 클로드 블로치 그리고 우리의 삶에 새가 녹아든 것처럼 여러 페이지에 걸쳐 그려진 나의 탐조 친구인 센트럴파크 단골손님들에게 감사의 인사를 전한다. 우리가 함께라면 진귀한 사건을 더 많이 만들어나갈 수 있다!

이 프로젝트와 씨름하는 동안 인내심을 갖고 도움을 준 가족 모두에게 감사와 사랑을 보낸다. 특별히 미리암 쿠퍼와 나의 누나 멜로디 쿠퍼의 현명한 조언에 대한 고마움은 말로 다 표현할 수 없다. 운이 좋다면 애정 어린 지원을 해준 나의 파트너 존 자이아에게 진 빚도 앞으로 오랜 세월에 걸쳐 갚아나갈 수 있을 것이다.

옮긴이의 말

김숲

며칠 비가 많이 내린 어느 여름날, 수목원에 갔다. 흠뻑 쏟아진 비 덕분인지 수목원 안은 물소리로 가득했다. 얼마쯤 걷다가 우거진 덤불 아래로 흐르는 작은 개울이 눈에 띄었다. 마침 나무가 무성하고 사람도 별로 지나다니지 않는 곳이라 잠시 쉬려던 순간 개울가에서 움직임을 발견했다. 곤줄박이였다. 나뭇잎 아래로 청회색 꼬리깃을 자랑하던 곤줄박이는 잠깐 개울에 내려와 물을 마시더니 금세 덤불 사이로 숨었다. 곤줄박이의 모습을 본 순간 그 개울에 마음을 완전히 빼앗겨 버렸다. 쉬려던 생각을 접고 쭈그리고 앉아 개울을 관찰했다. 잠시 기다리자 다시 모습을 드러낸 곤줄박이가 이번엔 개울에서 목욕을 하기 시작했다. 그러다 5분도 안돼 덤불 사이로 또 숨었다. 다른 소리가 들리는가 싶더니 이번에는 박새와 참새 몇 마리가 나타났다. 개울에 내려올 듯 말 듯 하더니 덤불 사이로 모습을 감췄다. 조금 더 기다리니 새끼 딱새 대여섯 마리가 무리를 지어 등장했다. 이리저리 부산스레 움직이더니 개울에 내려앉았다. 물을 조금 마시는가 싶더니 금세 덤불 속으로 숨어버렸다. 개울 주변을 시끌벅적 오가는 새들을 관찰하는 사이 가족들과 연인 한 쌍이 지나갔다. 하지만 새들의 부산스러운 움직임을 발견하는 사람은 없었다.

가끔 쌍안경을 들여다보고 있으면 무엇을 보고 있는지 묻는 사람들이 있다. 새를 보고 있다고 답하면 새가 어디 있는지 의아해한다. 새가 있는 위치를 알려주면 이런 곳에서 새를 처음 본다는 반응을 보인다. 사실, 새는 어디에나 있다. 잠깐 걸음을 멈추고 귀를 기울이면 재잘대는 새가 보인다. 도시에서 볼 수 있는 새는 다양하지 않다고 이야기할 수도 있지만, 이 책의 저자 크리스천 쿠퍼가 그랬듯 도심 속 공원에서도 다양한 새를 만나볼 수 있다. 박새, 딱따구리, 곤줄박이, 까마귀, 까치 등 쌍안경 하나만 있으면 수많은 새들의 삶을 들여다볼 수 있다. 만약 그곳에 물이 더해진다면 훨씬 다양한 새를 만날 수 있다. 도시에도 물이 흐르는 장소를 만날 수 있다. 도시를 가로지르는 다양한 물줄기가 있으니까. 건강한 하천 생태계가 형성되면 물총새, 백로, 왜가리, 흰뺨검둥오리, 해오라기, 그 밖의 다양한 철새가 찾아온다. 하지만 대부분의 사람은 바쁘게 앞만 보고 걷거나, 휴대폰에 시선을 고정시키기에 새들을 만날 수 없다.

흑인이자 게이인 쿠퍼의 인생에 큰 지평을 열어준 사건으로 어린 시절 아빠와 함께 일요일마다 했던 탐조 산책을 꼽을 수 있다. 자신의 정체성으로 혼란스러워하던 쿠퍼에게 도감에서만 보던 새를 처음으로 동정同定하는 일은 무척 인상 깊은 활동이었다. 탐조 산책을 진행하던 엘리엇 커트너의 잘못된 정보를 수정해주기도 했다. 이후 쿠퍼는 아빠와 꾸준히 탐조 산책을 하며 새를 더욱 사랑하게 됐다. 쿠퍼는 자신의 정체성을 찾아가는 과정을 새를 동정하는 행위와 비슷하게 생각했다. 새의 특성을 찬찬히 살피며 그 진가를 살피듯 자신의 정체성을 알아갔으니까.

새의 모습을 자세히 들여다보면 비슷하면서도 다른 특성을 다양하게 만날 수 있다. 도감에 기록된 '종·속·과·목·강·문·계'로는 전할 수 없는 정보들이 많다. 예를 들어 참새는 무리를 지어 몰려다니며 함께 먹이 활동을 하고 잠을 잘 때도 한데 모여 같이 잔다. 반면 곤줄박이는 무리 생활을 잘 하지 않는다. 나무 열매를 좋아해 두 발로 열매를 단단히 고정하고 단단한 부리로 열매를 깨는 모습을 자주 관찰할 수 있다. 과일을 유난히 좋아하는 새도 있다. 시끄러운 소리를 잘 내는 직박구리는 감, 사과, 블루베리 등 단 과일을 정말 좋아한다. 하늘을 유영하듯 날아다니는 우아한 새이기도 하다. 이는 곤줄박이가 참새목 박새과이고 직박구리가 참새목 직박구리과라는 정보로는 알 수 없는 사실이다.

탐조는 힘든 마음에 위안을 주기도 한다. 녹지와 우울증의 상관관계에 대한 약 9만 5000개의 데이터를 분석한 영국의 한 연구 결과에 따르면 집 근처에 녹지가 많을수록 우울증에 걸릴 확률이 낮아진다고 한다. 멀리 갈 필요도 없다. 아파트 단지 안에서도 다양한 새를 관찰할 수 있다. 흔하게 볼 수 있는 참새부터 딱새, 박새 그리고 겨울마다 찾아오는 상모솔새까지 말이다. 지역에 따라 다른 새가 찾아오니, 우리 동네에는 어떤 새가 찾아올까 조사하는 일도 재미있다. 쿠퍼의 활동을 좇다 보면 어느새 탐조의 매력에 푹 빠지게 된다. 이번 주말에는 한 손에 쌍안경을, 다른 한 손에 도감을 들고 밖으로 나가보는 건 어떨까?